D1146039

070210

LES MARCHANDES D'ESPOIR
est le trois cent quatrième livre
publié par Les éditions JCL inc.

Données de catalogage avant publication (Canada)

Potvin, Hélène 1951-

    Les Marchandes d'espoir

    ISBN 2-89431-304-7

    1. Titre.

PS8581.O832M37 2004   C843'.6   C2004-940195-5

PS9581.O832M37 2004

© **Les éditions JCL inc., 2004**
Édition originale : avril 2004

Les Marchandes
d'espoir

DE LA MÊME AUTEURE :

Parfum d'anges, Chicoutimi, Éditions JCL, 2003, 312 p.
Les Chemins de papier, Chicoutimi, Éditions JCL, 2002, 272 p.

Les éditions JCL inc., 2004
930, rue Jacques-Cartier Est, CHICOUTIMI (Québec) G7H 7K9
Tél. : (418) 696-0536 – Téléc. : (418) 696-3132 – www.jcl.qc.ca
ISBN 2-89431-304-7

HÉLÈNE POTVIN

Les Marchandes d'espoir

Roman

LES ÉDITIONS JCL

Nous reconnaissons l'aide financière du gouvernement du Canada par l'entremise du Programme d'aide au développement de l'industrie de l'édition (PADIÉ) pour nos activités d'édition. Nous bénéficions également du soutien de la SODEC et, enfin, nous tenons à remercier le Conseil des Arts du Canada pour l'aide accordée à notre programme de publication.

Gouvernement du Québec – Programme de crédit d'impôt pour l'édition de livres – Gestion SODEC

À tous ceux-là de jadis
Qui ont forgé mon cœur d'enfant.

À mes deux grands trésors,
Mes petits-fils, Pavel, le fabuleux,
Victor, le magnifique,
Qui le gardent grand ouvert, aujourd'hui.

À tous les autres
Qui le découvriront à travers ces lignes
Et qui s'en émerveilleront...

Les Marchandes d'espoir
sont des femmes au cœur d'enfant
qui aspirent à l'intention de vérité
et à l'intelligence d'aimer.

Elles se sentent hésitantes, déplacées, voire malvenues,
sur les chemins pavés d'argent.
C'est pourquoi elles cheminent à leur rythme
à l'ombre des sentiers parallèles,
là ou brille la chaîne d'or,
là où parlent les nuages,
là où souffle le vent d'éternité.
Là où la solitude devient multitude.

Elles savent si bien
que l'on vit et l'on meurt très mal sans espoir.

Prologue

Nerja, sud de l'Espagne, 1849

À cette heure du jour, les rues étroites et endormies ressemblent, à s'y méprendre, à des couloirs d'ombre. De chaque côté, serrées les unes contre les autres, se dressent les habitations, toutes de crépi blanc, vêtues et parées de volets aux couleurs criardes. Tels des cerbères protégeant les demeures à la fois des voleurs nocturnes et des chaleurs diurnes, les lourdes portes en chêne massif, travaillées avec art et grinçantes à souhait, en se refermant, ont sonné, à midi, l'heure du repli.

Le blanc laiteux des façades réverbère la lumière du soleil à son zénith et aveugle le regard. L'odeur tenace des produits désinfectants utilisés aux petites heures du jour par les femmes en noir pour nettoyer leurs devantures, et jusqu'à « leur » part de ruelle, monte encore aux narines. Les émanations âpres réussissent à couvrir le parfum délicat des bougainvillées et celui, plus fort, des géraniums qui persistent, en dépit du climat intraitable, à fleurir et embellir les modestes *casas blancas*.

La chaleur est si intense et si vive qu'elle repousse même les chiens errants et les chats perdus jusque dans les recoins les plus imprévus : sous un banc minuscule, derrière une poubelle ou un balai oublié ; ou simplement roulés en boule sur la terre fraîche des jarres de fleurs en terre cuite dispersées au gré des humeurs sur les trottoirs étriqués, autour des plazas et du très achalandé *paseo*.

Carla dos Santos, surnommée familièrement la *niña*, sillonne les rues de Nerja en cette heure d'après-midi où la sieste trouve grâce au cœur des villageois repliés, eux aussi en boule, dans l'air tiède de leurs *casas*. Après avoir franchi *el paseo*, cette longue promenade typique à l'Espagne, l'enfant au teint blafard arrive au Balcón de Europa où elle s'arrête pour reprendre son souffle et contempler la mer sous ses pieds. À travers les balustres décoratifs, moulés avec soin dans un plâtre coloré d'ocre et dont la fonction principale est de protéger les curieux d'une chute possible, la fillette ne distingue aucun pêcheur sur la Calahonda, sa plage préférée.

Parée de sable fin et doré, sise en contrebas et à droite du Balcón, la Calahonda est encastrée précieusement dans le rocher, comme sertie dans une bague. Elle est accessible seulement par un long escalier de pierres d'une centaine de marches qui contourne et épouse naturellement le promontoire, digne avant-corps de la Sierra de Almijara qui longe la côte. Plus au large, la Calahonda est bardée de hauts récifs tortueux et épars aux formes hallucinantes. Certains d'entre eux, avec le passage des ans et des vagues déferlantes, ont adopté des attitudes de sphinx, protégeant jalousement la beauté sauvage et vierge de ces criques enchanteresses.

En dépit d'une envie irrésistible de s'y rendre, la fillette n'ira pas, pas aujourd'hui. Elle est trop lasse, il fait bien trop chaud et l'escalier lui paraît démesurément long. L'œil aux aguets, Carla remarque sur le sable les débris de quelques feux de bois et de maigres restes de sardines grillées abandonnés là par les hommes du village. Seul un chat blanc, errant comme elle, se régale de ce festin fortuit. Un bref instant, sentant une présence, le félin lève la tête et fixe l'enfant de son regard perçant. Il reconnaît l'errance dans les yeux aux reflets violets de la *niña* qui lui fait un signe de la main. Rassuré, il retourne à sa pitance. Puis, Carla scrute rapidement l'horizon. Les côtes du Maroc et de l'Algérie, dont on prétend l'existence au large, demeurent, malgré ce temps clair et pur, toujours invisibles à son regard naïf d'enfant; seule sa petite taille l'empêche de les apercevoir, croit-elle innocemment.

« Ah! arriverai-je à les voir un jour? » se demande-t-elle, dubitative.

Puis, ses yeux pervenche s'attardent sur le littoral et fixent un point précis: las Cuevas. Elle les devine plus qu'elle ne les voit. Situées à environ trois kilomètres de Nerja, ces grottes de l'âge paléolithique à même le cœur de la Sierra de Almijara n'ont plus de secrets pour l'enfant curieuse et trop consciente du peu de temps à sa disposition. Soudain effrayée de ce qui l'attend, aujourd'hui comme demain, un spasme secoue son corps chétif. Carla doit pourtant se rendre chez la Prima, but de son parcours. C'est pourquoi, en dépit d'une fatigue extrême, la *niña* canalise ses forces restantes, tant morales que physiques, et reprend sa marche sous le soleil de plomb.

Sa détermination devient telle que même l'église El Salvador, édifiée avec faste au XVIIe siècle dans un pur style mudéjar, n'arrive pas à capter son attention. Au contraire! C'est presque en courant qu'elle traverse, désormais sourde et aveugle à son environnement, la magnifique plaza de la Iglesia. Maintenant, l'eau ruisselle sur son front, sur ses longs cils et lui obstrue la vue. Elle ne sait si elle doit l'imputer à la chaleur ou à la fièvre qui est revenue la terrasser en force depuis la perte de l'améthyste.

***

Nerja, calle Puerta del Mar, n°17.

Exténuée par sa course, au bord de l'évanouissement, Carla pousse discrètement la porte laissée entrouverte, enlève ses sandales, puis s'aventure à pas feutrés dans le corridor étroit et sombre. De chaque côté, d'autres portes entrebâillées laissent voir à demi de hautes penderies, des commodes et chiffonniers d'un bel acajou rougeâtre ainsi que des lits à colonnes aux matelas creux et douillets. Les dalles de marbre, froides sous ses pieds brûlants, brillent d'une propreté immaculée. La fraîcheur du lieu la surprend et la fait frissonner. Le silence presque religieux et l'odeur d'encens qui règnent dans l'humble demeure l'apaisent soudain.

Pour y être déjà venue, plusieurs fois même, elle sait que le corridor débouchera sur une petite cour intérieure. Il y aura une table ronde au centre, recouverte d'une toile cirée d'un éclatant rouge vif. Des chaises de dimensions et de formes différentes, parfois fantaisistes, mais toujours stables, seront disposées un peu partout : autour de la table, sous les deux arbres séculaires, près de l'entrée de la cuisine et du petit salon qui donnent directement sur la cour.

— *¡Hola!... ¿Quién está por ahí? ¿Quién es?*

C'est la Prima qui s'interroge sur l'identité du visiteur.

— C'est moi, Carla.

La fillette persiste à utiliser uniquement sa langue maternelle. Mais elle comprend sans difficulté le langage du pays où elle vit, et où elle est née, il y a neuf ans. La Prima est si vieille qu'elle a eu tout le temps du monde pour comprendre les multiples expressions de l'âme humaine...

Lorsque Carla pénètre dans la cour, elle demeure figée et confuse. La Prima n'est pas seule. Deux autres femmes en noir, aussi vieilles que « la Cousine », lui tiennent compagnie, l'une assise à droite, l'autre à sa gauche. Malgré leur immobilité et une certaine sévérité dans le maintien et la tenue, les trois femmes paraissent engagées à la manière des Parques, Nona, Decima et Morta, qui tissent la toile de la destinée. L'enfant se demande un instant si elles appartiennent au passé, au présent ou à l'avenir. En portant une attention accrue, Carla arrive à capter leurs regards compatissants, empreints d'amabilité et de sagesse, à travers leurs yeux mi-clos.

— Ah! la Prima! se lamente alors la fillette dans une sorte d'élan dramatique, qui résonne aux oreilles des femmes comme une ultime tentative de recours en grâce. J'ai... j'ai perdu la pierre! avoue-t-elle dans un sanglot. Vous m'aviez dit qu'elle pourrait me guérir et j'y croyais! J'y croyais... Les quelques semaines pendant lesquelles je l'ai portée sur moi, je me suis sentie mieux, tellement mieux! Maintenant, regardez mes jambes et mes bras tachés de vilaines bleuissures! Voyez ma maigreur et cette fièvre qui me dévore. Je suis si fatiguée, si fatiguée que je voudrais dormir pour l'éternité!

« La Prima! je vous demande pardon. Je... je suis désolée, vraiment désolée. Est-ce que... est-ce que je vais mourir? *Lo siento, lo siento mucho... ¿Es que me voy a morir?* » répète la petite malade dans la langue de la vieille femme, langue qu'elle utilise pour la première fois de sa jeune vie.

De ses mains déformées et usées, mais ô combien douces, la Prima prend l'enfant chétive et fiévreuse, légère comme une plume, et l'assoit sur ses genoux. D'un geste subtil, discret, elle nettoie le sang qui s'écoule du nez de la *niña*, signe que la source de vie se tarit goutte à goutte. Ensuite, elle la serre sur son cœur et, d'une voix bienveillante et chantante aux accents andalous, l'enjoint de ne pas pleurer.

— *No lloras, niñita, no lloras, mi querida niñita...*

Les trois femmes se regardent d'un air entendu, plein d'une compassion et d'un amour sans bornes. Puis, dans une troublante concomitance, en raison de leur sagesse et à cause de leur impuissance devant tant de désarroi, elles tournent leurs visages sereins vers la statuette de la vierge noire et lancent, telle une bouée de sauvetage dans la mer du temps, une brève mais intense prière.

En premier lieu, la Prima tente de réconforter la *niña*. Elle lui parle des aléas du destin qui en a décidé autrement : l'améthyste ne revenait pas à Carla dos Santos, pas pour le moment. Pour un temps indéterminé, la pierre appartiendrait à d'autres pour qu'ils puissent, à leur tour, réaliser leur destinée. Carla n'avait pas à développer des regrets inutiles, de vains remords ou des rancœurs malsaines à ce propos. Si l'améthyste devait lui appartenir un jour, elle la retrouverait, mais probablement plus loin dans le temps ou ailleurs dans le monde. En attendant, la *niña* devait se montrer courageuse et accepter qu'il en soit ainsi, et pour l'améthyste et pour son triste sort.

Ce dernier constat amène la vieille femme à prononcer le terrible verdict. Pour ce faire, d'instinct, elle privilégie la langue maternelle de la petite :

— Oui, Carlita, tu partiras ailleurs, là où tu dois te rendre pour le moment. Ne pars pas désespérée. Sois en paix avec toi-même et le monde. Jusqu'à ton dernier souffle, garde grand ouvert ton cœur d'enfant. Ce sera plus facile pour l'envol, crois-moi.

Ensuite, d'une voix forte, mais empreinte d'émotions et de solennité, la Prima prend les deux autres femmes à témoin. Elle affirme qu'en dépit du laps de temps très court, le rôle de Carla dos Santos sur terre a été essentiel, utile, précieux et fort bien interprété. Cette dernière appréciation satisfait l'âme insatiable de vérité de la *niña* et, plus que tout, l'aidera à transcender sa condition; un faible sourire vient embellir son délicat visage pendant que ses yeux pénétrants, d'un adorable bleu pervenche et d'une beauté indescriptible, fouillent déjà les abords de l'autre monde...

Et puis, deux semaines passent. Temps infinitésimal dans le sablier du monde, mais interminable de souffrances dans la courte vie de Carla dos Santos.

Malgré la chaleur insoutenable, les villageois, cette fois, envahissent les rues de Nerja. Plusieurs suivent la procession funèbre qui fait lentement le tour du village pendant que d'autres, les plus âgés surtout, se tiennent sur le seuil de leurs maisons et se signent au passage du cortège silencieux. Tous tiennent à faire acte de présence, jusqu'au chat errant de la Calahonda qui, pour l'occasion, est monté jusqu'à la Puerta del Mar. Il se tient coi, assis sur ses pattes arrière, à côté de la Prima, et ses miaulements plaintifs se confondent étrangement aux lamentations des participants en deuil. C'est ainsi qu'une foule nombreuse et respectueuse accompagne la *niña* dans son petit cercueil blanc, pour son dernier voyage en terre d'Andalousie.

De la main, les trois vieilles, qui n'ont plus de larmes pour pleurer, lui font un dernier au revoir.

Au même instant, la Prima tourne son regard affligé et limité vers l'infini du ciel. Une brise légère a porté dans son sillon des centaines de petits nuages « blondoyants », évanescents, éthérés. Leur éclat ambré provient de la forte luminosité de l'astre de lumière. La vieille femme les observe attentivement et son âme se réjouit à la vue de ce qu'ils tracent dans la voûte azurée : une chaîne d'or! Pendant qu'elle retourne à l'ombre bienfaisante de sa demeure, le sourire aux lèvres et le chat sur ses talons, la brise devient vent doux, apaisant, unifiant. Elle le ressent comme un signe annonciateur: un vent d'éternité qui soufflera loin, jusqu'à des terres éloignées, longtemps pendant des saisons nombreuses. C'est pourquoi, comme s'il s'agissait de la chose la plus naturelle, la plus plausible au monde, la Prima, telle une marchande d'espoir, prophétise d'une voix claire et définitive, sans aucune hésitation :

— *Volverá...*

I

— Alors?

D'une candeur désarmante, la question, quoique posée par une femme au midi de sa vie, parut provenir du monde lointain de l'enfance tant la voix avait pris un timbre puéril.

« Comment un simple mot, somme toute banal, peut-il contenir autant d'attentes, susciter autant d'espérances? » se demanda bêtement le professeur Giroud qui se sentait extrêmement mal à l'aise, dans la plus complète ambiguïté.

Tant bien que mal, l'éminent psychiatre à la retraite tenta, encore une fois, d'occulter le fort sentiment d'impuissance qui l'envahissait face à sa cliente, l'étrange madame Beaulieu. D'abord, tel un parasite inopportun, cette sensation désagréable remontait insidieusement dans son âme en vagues fortes et noires. Puis, les lames déferlantes échouaient lamentablement sur les plages isolées – et pourtant peu nombreuses! – de son esprit cartésien. Quand, en fin de course, se brisant contre un mur intérieur jusque-là rebelle et étanche à tout ce qui était hors norme, les vagues redescendaient en fines gouttelettes de sueur sur ses tempes grisonnantes, le psychiatre n'avait alors pas d'autre choix que d'aboutir à ce lamentable constat: « Je suis tout à fait... inefficace! »

— Rien!

Tout de suite, le mot, lâché trop tôt, lui parut froid,

comme s'il provenait directement de cette onde glacée qui s'amoncelait effrontément sur son front, dégoulinant sur son nez, ses lèvres, asséchant douloureusement sa bouche, mais noyant abondamment le col de sa chemise au passage. Peut-être même cruel, voire lâche, dans les circonstances.

« Rien » : l'écho intérieur du mot creux lui renvoya la vision d'une terre dénudée de ses arbres, violée après un grand vent dévastateur. « Rien » : comme une profanation, un trou noir dans la clarté de son bureau, mais, surtout, dans la blanche assurance de sa pensée rationnelle et organisée. Jamais, de toute sa carrière, André Giroud n'avait eu à faire face à un tel cas! Pourquoi cela lui arrivait-il, juste maintenant, quand il commençait à se sentir à nouveau bien?

***

Comme tant d'autres Français, André Giroud était débarqué en sol québécois à la fin des années soixante pour participer activement au grand bouleversement de l'enseignement qu'avait déclenché le ministère de l'Éducation de l'époque, avec les fameux cégeps, les controversées polyvalentes et autres centres divers qui avaient suivi, tant hospitaliers qu'universitaires. Géographie, français, médecine, philosophie et même psychiatrie : autant de disciplines où l'on était venu à grand renfort de discours fleurdelisés « chez les cousins des Vieux Pays » pour recruter de jeunes et valeureux professeurs dont la vocation, et surtout l'endurance aux hivers blancs, ne faisaient aucun doute!

En plus d'un célibat voyant, d'un accent toulousain chantant et d'une jeune trentaine resplendissante, André Giroud avait arboré un enthousiasme fou quand il avait débarqué au Centre hospitalier universitaire de

Sherbrooke, dans la magnifique région des Cantons-de-l'Est, là où la frontière canadienne flirte ouvertement avec la terre tant convoitée de l'oncle Sam. Enthousiasme qui n'avait fait que fleurir avec les saisons de la belle province et croître avec les années passées en compagnie de la belle Céline. En effet, André n'avait-il pas eu l'impression de bourgeonner chaque printemps au souvenir de sa rencontre passionnée avec la pétillante Québécoise et de carrément s'épanouir, l'été venu, à chacun de leurs anniversaires de mariage? Sa fougue s'était bien un peu fanée, une fois l'automne arrivé, sans pourtant jamais se figer en hiver.

Après trente années dans l'enseignement, donc, le professeur avait pris et accepté de bon cœur une retraite bien méritée. Hélas! il ne pouvait en dire autant de sa vie maritale, laquelle s'était terminée bien abruptement et, surtout, contre son gré. Après si longtemps dans le système de la vie à deux, il avait plutôt « battu en retraite », cessant de soutenir et de vouloir à tout prix que son mariage perdure. À la suite d'un divorce difficile, qui avait plus ou moins coïncidé avec son retrait de la vie professionnelle, comme un cordonnier mal chaussé, le psychiatre avait fait du surplace pendant une longue, très longue période, cherchant Céline là où elle ne se trouvait plus, soupirant toujours après Céline qui ne l'aimait plus. Dans le plus total abattement, perdu au milieu de nulle part, il s'était surpris à désirer retourner vivre sur sa terre natale, lui qui n'y avait pourtant jamais songé depuis son arrivée! Cette idée saugrenue et persistante en était venue à le déranger sérieusement. Par conséquent, un matin, en homme avisé, il avait décidé de se reprendre en main.

« Trouver un nouveau centre d'intérêt qui puisse me passionner au point d'oublier tout le reste, femme et pays! » Voilà la pensée qui l'avait conduit à l'hypnose ericksonienne!

Or, depuis qu'il se consacrait corps et âme à une recherche poussée sur le sujet, donnant quelques heures de cours ici et là pour remplacer un collègue, mais ne faisant plus aucune consultation, il sentait le moral revenir au galop. Au grand soulagement de ses amis, l'humour, qui chevauchait allègrement l'enthousiasme de ses trente ans, le visitait de nouveau, lui faisant lancer à la ronde :

— Cet énoncé me va comme un gant, chers amis : « La nouvelle hypnose n'endort plus, elle réveille! »

Pourtant, en cette fin d'après-midi estival, en regardant Janine Beaulieu, la femme au souvenir dormant (c'est souvent en ces termes allégoriques qu'André Giroud pensait à elle), il se sentit découragé, sceptique, mais, surtout, fort attristé. Généralement, une dizaine de séances d'hypnose suffisaient largement pour venir à bout d'un problème. Ce ne serait pas le cas pour madame Beaulieu.

« Pourquoi diable ai-je accepté de la rencontrer? Et pourquoi est-ce que je continue à insister? Que se passe-t-il donc? » Ces questions revenaient l'obséder comme un leitmotiv lancinant.

Malgré lui et en dépit de toutes ces années de rigueur scientifique pendant lesquelles l'éthique de sa profession l'avait bien gardé de franchir tout rapprochement d'ordre intime avec ses patients ou encore de ressentir de quelconques émotions par rapport à eux et à leurs problèmes, André Giroud ne pouvait, à la suite de ce huitième échec consécutif, s'empêcher d'éprouver un profond chagrin. Car la tristesse se mouvait entre elle et lui, palpable, presque vivante. Comme si, en cette chaude et humide journée d'été, elle avait pris la forme d'un spectre vaporeux, effrayant et métamorphosant chacun sur son passage.

— Rien de plus... hélas!... pour le moment! lança-t-il soudain d'une voix qu'il voulut empreinte de sollicitude.

Honteux d'avoir laissé sa patiente naviguer plusieurs minutes, seule, dans cette mer de silence, il ajouta :

— Ne désespérez pas, madame Beaulieu! Nous n'en sommes qu'à la huitième séance d'...

Le regard de sa cliente, quoique encore alourdi par la transe hypnotique, suffit à lui couper net la parole. Non parce que celui-ci était méchant ou rageur ou même qu'il exprimait une vive déception – ce qui aurait été légitime dans les circonstances –, mais bien parce que le regard de la femme muette, aux yeux miroirs de l'insondable, habile à déchiffrer son impuissance, paraissait suppliant.

« Ses yeux me supplient de ne pas aller plus loin », constata le psychiatre simplement. Avec tact, il attendit donc qu'elle reprenne contact avec la réalité environnante.

Janine Beaulieu ferma de nouveau les yeux, mais, cette fois, de son propre chef.

***

Dans le calme du bureau cossu, le temps était immobile, à l'instar des centaines de livres sur les étagères. Même les respirations de Janine et d'André se faisaient discrètes, presque clandestines. Aucun bruit ne provenait de la salle d'attente. Madame Beaulieu, depuis huit mois, était la seule et unique patiente de l'éminent psychiatre. Pour être exact – et André avait été tout à fait honnête à ce propos –, Janine Beaulieu lui servait de cobaye. Il ne put s'empêcher de se questionner à nouveau au sujet de la femme qui se tenait devant lui. À savoir s'il pouvait vraiment lui venir en aide, comme semblait pourtant le croire son confrère.

Sans l'ombre d'un doute, on ne pouvait affubler

Janine Beaulieu d'un quelconque dérangement majeur. Elle ne souffrait d'aucun trouble mental grave. Quelques séances avaient suffi à André pour confirmer le diagnostic de son collègue et ami, Marc Fabre, psychologue de renom. Diagnostic écrit en toute hâte sur une simple feuille blanche dont les mots, et surtout la forme, ne cessaient de le chatouiller, tant ils lui avaient paru inhabituels, du moins non conformes à la procédure habituelle!

« Ferait-elle partie de ces êtres qui n'appartiennent à aucun ordre connu? » La question le hantait toujours après huit séances, huit mois. La note de Marc, agrafée sur la page intérieure du dossier ouvert de Janine Beaulieu, lui sauta aux yeux. Bien qu'il la connût par cœur, il lut :

Souffre régulièrement de nausées, parfois violentes dans les grosses chaleurs, depuis l'âge de dix ans. Le soma n'étant pas en cause (madame Beaulieu a passé tous les tests imaginables sans résultat), elle tente depuis quatre ans d'évaluer l'aspect psycho de son problème : tels sont ses propres mots!

Aucun signe de névrose, de paranoïa, de déni, de refoulement, de graves complexes, avait rapidement noté Marc. *Femme pour le moins « étrange », douée d'une grande volonté, mais, surtout, d'une extraordinaire intuition et d'une sensibilité hors du commun! En maîtrise d'elle-même, de sa vie en général.*

Je te joins les cassettes de nos entretiens, à la demande expresse de madame Beaulieu qui ne veut pas refaire des mois de thérapie (décision judicieuse et que j'approuve!).

Peut-être trop dépendante de son imagination ou... de son imaginaire? Probablement en profonde quête existentielle. Possiblement en grand besoin de réponses que personne, hélas, ne semble être en mesure de lui fournir! Certainement marquée et poussée par une idée fixe due à un rêve récurrent qui dure depuis cinq ans. Sûrement en perte totale d'une année de son enfance!

Essaie avec l'hypnose, André. Je ne voudrais pas qu'elle tombe dans les mains d'un charlatan. Tu es, je crois, sa dernière chance avant qu'elle ne se perde vraiment dans une impasse, avant qu'elle n'emprunte une voie sans issue ou que son cœur... Je sais que tu es fort occupé, ami, mais c'est une faveur spéciale que je te demande, car c'est une femme attachante et surtout très étrange! J'aurais tant voulu l'aider!

Je sais que toi, tu peux y arriver!

Merci... pour elle!

***

En écoutant les nombreuses cassettes, André Giroud avait découvert que Janine Beaulieu, comme bien des gens, avait dû affronter de douloureuses épreuves, mais s'en était assez bien sortie. Amochée, certes, mais profondément indemne. Janine était la cadette et l'unique fille d'une famille de neuf enfants. La perte de sa mère, avec qui elle n'avait pu établir de contact, voire aucun lien substantiel, et ce, malgré moult tentatives de sa part, l'avait profondément perturbée. Suite au décès accidentel d'Henriette Tremblay-Beaulieu, la première réaction de sa fille unique avait été de changer la façon d'écrire son prénom : Jeannine était officiellement devenue... Janine.

Chaque membre de la famille Beaulieu connaissait bien l'histoire de cette grossesse tardive et plutôt fâcheuse. Henriette avait finalement consenti à tolérer son état à une seule condition : ce devait être un neuvième garçon très beau, très grand et surtout très docile, et il porterait le prénom de Jean, en l'honneur d'un certain chanteur de charme des années quarante dont elle était entichée. Au grand désespoir d'Henriette, une fille naquit, laquelle, d'après elle, était « fluette, même pas jolie et, surtout, pas du tout docile! » Jean était devenu Jeannine, en désespoir de cause! L'initiative de changer l'orthographe de son prénom, avait proclamé Janine sans honte, lui avait procuré une grande libération, une nouvelle énergie et, plus que tout, un malin plaisir. Consciente, Janine se savait encore meurtrie, avec des cicatrices qui rouvraient régulièrement en raison de la relation tout aussi difficile avec sa belle-mère. Toutefois, aimait-elle à déclarer, si elle tenait toujours debout, c'était uniquement parce qu'elle arrivait à... tenir tête. Il y avait eu, aussi, la perte d'un garçon en bas âge. Mariée au même homme depuis vingt ans, sans autre enfant puisque, suite au décès du petit Frédéric, Janine avait décidé de se consacrer, en grande partie, à l'éducation des deux filles issues du premier mariage de son conjoint, Rémi Lanctôt.

« C'est une femme passionnée, aimante, désarmante par sa vérité, sa naïveté, sa candeur, conclut André. Une femme-enfant. »

Contre toute logique, Janine Beaulieu avait perdu le souvenir d'une année entière de sa vie! Sa neuvième année, plus précisément.

***

— Professeur, serait-il possible de...

Le timbre de la voix, tout en prenant André par surprise, le sortit de ses réflexions. Madame Beaulieu semblait désemparée, beaucoup plus que lors des dernières consultations. Désorientée. À bout. André décida d'attendre.

— Puis-je vous poser quelques questions avant de...? C'est que... je ne viendrai plus, professeur! C'est inutile. Peine perdue. Ma décision est prise.

24

Le psychiatre fut pris de court. Totalement. Il n'était surtout pas préparé à cet aveu qu'il ressentit comme un cuisant échec. Immédiatement, fidèle à elle-même, madame Beaulieu lut dans ses pensées :

— Je vous en prie, professeur Giroud! Ne le prenez pas « personnel ». Cela n'a rien à voir avec vous. Depuis neuf ans... NEUF ANS! Tiens, drôle de hasard, non? (Elle eut un petit rictus amer qui fit mal à André.) J'ai consulté tout ce qu'il y avait de personnes, de ressources, en commençant par des dizaines de médecins et de spécialistes, en passant par des voyants, des astrologues et autres médiums, sans parler des différents thérapeutes au cours des quatre dernières années, jusqu'à servir de cobaye à un éminent psychiatre-hypnologue! Sans résultat, comme vous le savez. J'avais pourtant espéré, cette fois...

Elle se tut. Aussi subitement que le vent tourne. En quête de lumière, elle porta son regard vers la fenêtre. Sans cesse, André associait cette femme au vent et à la terre, sans savoir pourquoi, sans connaître la provenance de ces étranges associations. Il la sentait chercher ses mots dans la tourmente de son cosmos intérieur. Il la regardait, fasciné.

Janine Beaulieu était loin de la beauté fatale et même de la beauté, tout court! Il y avait fort à parier, avait songé André la première fois qu'il l'avait vue, que son physique ne faisait retourner personne sur son passage. Il faut dire qu'aucun défaut majeur ne venait dénaturer l'apparence de Janine, en général. Un visage ovale. Un nez et un front courts, une bouche aux lèvres charnues, les oreilles légèrement décollées. Elle laissait paresseusement le gris se mêler aux reflets châtains de sa chevelure épaisse et longue, presque toujours nattée ou attachée simplement.

« Pourtant, y a pas à dire, elle se distingue nettement des autres femmes... normales que j'ai toujours connues! Pourquoi donc? » se prit-il à se demander soudain, en attendant que Janine reprenne la discussion. En la détaillant d'un œil furtif, il nota la couleur ambrée de sa peau. Elle suggérait fortement un mélange de sang indien et lui conférait un air à part. Vraiment à part.

« C'est de près, de tout près qu'il faut la regarder pour vraiment la voir! Comme si elle devenait invisible, voire insignifiante, de loin. Étrange impression. »

C'est alors qu'une phrase de Proust, lui revint soudain en mémoire:

« Nos existences sont en réalité, par l'hérédité, aussi pleines de chiffres cabalistiques, de sorts jetés, que s'il y avait vraiment des sorcières. »

Au même moment, Janine tourna la tête vers André et le fixa. Longuement. Intensément. Après plusieurs échecs, le professeur était maintenant en mesure de soutenir ce regard. Suivant leur position, les yeux noirs de madame Beaulieu étaient traversés par des éclats lumineux d'un violet sombre. Parfois, les larmes qui perlaient dans ses yeux renforçaient ce rayonnement exceptionnel, comme maintenant. André Giroud avait d'emblée comparé les yeux de Janine Beaulieu à deux pierres précieuses.

« Voilà où réside principalement sa grâce! comprit André. La beauté n'est rien en comparaison de la grâce qui émane d'un être. Une sorcière... Une devineresse... Un sort jeté? Ah! où en suis-je rendu, Seigneur, pour concevoir de telles pensées? Se rend-elle compte de la force tranquille qui émane d'elle? Du pouvoir immanent qu'elle semble posséder? Est-elle consciente du charisme qu'elle dégage? C'est elle qui hypnotise, qui SAIT. Que puis-je dire? »

— Ne dites rien, je vous en prie. Professeur, vous est-il déjà arrivé de savoir sans avoir appris? l'interrogea Janine dans une sorte de sanglot retenu. Si troublant.

Elle semblait particulièrement lucide. D'une lucidité hallucinante à traverser le temps, l'espace, les corps, les pensées. Sans pouvoir empêcher le tremblement de sa voix, André Giroud, pris de court, ne trouva rien d'autre à répondre :

— Que... que voulez-vous dire, madame Beaulieu?

— Je crois que vous comprenez ma question, mais que vous ne voulez pas vous embarquer sur ce terrain, n'est-ce pas? C'est vrai qu'il est peut-être plus glissant pour vous. Cela ne fait rien.

— Votre décision... est trop hâtive, Janine! Je vous en prie, réfléchissez! tenta le professeur spontanément et avec un élan peu commun.

Dans sa fougue soudaine, le psychiatre ne fut pas conscient qu'il avait appelé sa patiente par son prénom. Virant de bord comme une girouette au vent, il s'était soudain senti pris de mimétisme, copiant ainsi le comportement de l'étrange madame Beaulieu, probablement pour se confondre avec elle, pour ne pas la perdre ou ne pas se perdre.

— Hâtive? C'est à mon tour de ne pas saisir. Il me semble qu'une décennie consacrée à tenter de répondre à une seule question... Pour dire vrai, les ressources financières en ont pris un coup, et ma vie maritale aussi, sans parler des assauts répétés de ma belle-mère qui vont finir par avoir raison de Rémi. Bref, nous avons déjà fait le tour de la question. Ça suffit! De toute façon, j'y pense depuis notre troisième rencontre. Cela devient de l'entêtement de part et d'autre, non? S'il avait dû y avoir ouverture, elle se serait passée lors de nos premières entrevues, est-ce que je me trompe?

« Que répondre? Que répondre à cette femme télépathe dont l'intuition et le ressenti dépassent les frontières les plus éloignées de l'entendement ordinaire! » constata le psychiatre, complètement perturbé.

Il se sentit à bout d'arguments, au bout du raisonnable. Bout au vent de l'incompréhensible, de l'inexplicable. Effectivement, dès la fin de la troisième séance d'hypnose, André avait compris qu'il ne pouvait pas aider Janine Beaulieu. Elle voyait juste en disant qu'il s'entêtait depuis le quatrième rendez-vous.

— Et si nous écoutions ensemble l'enregistrement? Peut-être qu'à tous les deux...

— J'ai encore fait LE rêve, professeur, se contenta de répondre Janine.

***

Étrangement, elle ne disait pas « mon rêve » ou « j'ai encore rêvé ». Chaque fois, l'expression LE rêve, bien qu'elle lui fût désormais familière, prenait André par surprise. Tout en renforçant l'espace entre les deux mots, madame Beaulieu baissait le ton, comme prise en flagrant délit. C'était une façon comme une autre, avait conclu le psychiatre, de prendre un certain recul par rapport à la vision récurrente ou, pour le moins, de mettre une distance évidente entre elle, femme libre d'ici, et cette vision d'ailleurs qui, vraisemblablement, cherchait à la prendre en otage.

« Tout autant que le fait de m'appeler professeur signifie sûrement qu'elle était venue pour apprendre quelque chose de moi et non se faire soigner par moi, conclut le psychiatre. Plutôt raté, on dirait! »

— La nuit dernière. Mais, cette fois, vous en faisiez partie, murmura Janine d'un trait, gênée. C'est pourquoi j'avais espéré, j'avais cru...

Plus qu'avant, le psychiatre la sentit lasse, d'une lassitude à tout abandonner, le désir même de trouver, voire d'être libérée. Rien de plus compréhensible. Qui n'abandonnerait pas après quarante ans à avoir la nausée? Après neuf années à chercher quelques mois d'enfance oubliés dans le dédale sans fin des hôpitaux, des cliniques, des bureaux de thérapeutes? Sans parler des cinq dernières années à faire exactement le même rêve, une nuit, parfois même plusieurs, par semaine!

Anxieux, frileux malgré la chaleur étouffante qui se faufilait sournoisement par la fenêtre entrouverte, c'est presque avec appréhension que le professeur attendit la suite.

— Je me trouve dans un lieu sombre et humide, devant une porte qui me semble ancienne et haute, démesurément haute. Je ne vois pas bien mon visage, et je me sens petite, de la taille d'une fillette. Toutefois, je porte des vêtements de femme, même des bijoux et des talons hauts! J'entrouvre difficilement la porte qui grince. Elle est mal verrouillée, et je sais que je ne possède pas la clef pour l'ouvrir en grand. Tout de suite, une étrange lumière irradie du coin gauche. Par la mince ouverture, des reflets violets m'éblouissent. Je sais que je dois aller vers cette lumière, car une voix douce comme une caresse, mais si faible, presque inaudible, m'enjoint de le faire. Une voix dont l'accent, pourtant étranger, m'est si familier.

« J'ai alors si peur de perdre mon âme comme la dernière fois – ce sont les mots exacts qui me viennent à l'esprit dans le rêve – que je me sauve, le cœur au bord des lèvres.

« Mais hier, je me suis retournée quand je me sauvais en courant et... je vous ai aperçu. Vous! Vous vous teniez à côté d'une inconnue. En réalité, c'était comme une ombre avec qui vous conversiez amicalement. Et, j'ai entendu une autre voix, mais qui résonnait comme un écho lointain, venant de nulle part! Malheureusement, je n'en ai pas bien saisi le sens. Il me semble que c'était vol... quelque chose. Voldéra ou voléria. Je ne saurais le dire. Habituellement, et vous le savez bien, je me réveille avec un sentiment de perte si atroce que j'en ai la nausée. La nuit dernière, une fois réveillée, je... je n'ai ressenti aucun malaise! C'est pourquoi je pensais, j'espérais tant...

— Cette autre personne, enfin, cette ombre, était-ce une femme, un homme? s'enquit le psychiatre à la hâte, sans cacher un optimisme soudain.

— Je ne sais pas.

— Réfléchissez, Janine, prenez tout votre temps. Essayez soit de vous rappeler le terme exact, soit de faire une association quelconque, cela peut s'avérer capital!

Ne pouvant qu'être d'accord avec son interlocuteur, Janine se concentra intensément.

— En y repensant, hasarda Janine, il me semble, en effet, que cette ombre ne m'était pas totalement inconnue, ni à vous d'ailleurs! Vous aviez... quelque chose en commun. Mais je n'ai aucune idée de ce que c'est. Par contre, je crois pouvoir dire que... enfin, si je peux faire une quelconque association, elle ressemblait assez à la personne de mon dernier souvenir. Vous savez, celui après mon neuvième anniversaire! La même ombre. La même énergie. La même silhouette qui m'a réconfortée quand j'étais au pied de l'arbre et puis qui se tenait près de moi quand on enfonçait les aiguilles dans ma tête. Quant au terme exact, sincèrement, professeur, je n'arrive pas à me souvenir. C'était flou...

— Intéressant, Janine! Pardon! – Gêné, il se racla la gorge avant de poursuivre d'un ton plus réservé. – Madame Beaulieu, il y a peut-être... Non! il y a sûrement une piste. Voilà ce que nous allons faire. Chacun de notre côté, nous allons écouter les huit enregistrements et, à notre prochaine rencontre...

— Professeur! coupa Janine d'une voix lente et lointaine, comme si les paroles du psychiatre n'arrivaient pas à la toucher. Puis-je vous demander si vous avez découvert, et, si vous avez complété votre mission? Ce n'est pas le bon mot. Excusez-moi... votre engagement?

Oui! c'est un meilleur terme.

— De... mais... de quel engagement parlez-vous? balbutia André, décontenancé.

— Voyez-vous, professeur, je suis persuadée que chaque être a un engagement à remplir. Spécifique. Unique. Soit envers lui-même soit envers un autre, voire plusieurs autres. Nous avons tous, plus ou moins, le même profil d'humain : apprendre, découvrir, se nourrir, devenir sociable, aimer, s'accomplir dans différentes sphères, politiques, économiques, artistiques ou autres. Mais il y a, il doit y avoir une sorte d'unicité intrinsèque à chacun. Je pense qu'on peut réaliser cet engagement personnel sans en avoir conscience sur le coup ou même jamais. C'est sûrement mieux ainsi, car certains engagements peuvent être extrêmement pénibles à rencontrer.

« Je sais, je SAIS que l'engagement que j'ai à remplir se trouve derrière cette porte close. Un engagement que j'ai pris pendant cette neuvième année. Je suis sûre de ce fait, sans pourtant pouvoir expliquer la provenance d'une telle certitude. Je n'ai pas peur quand je songe à la lumière. À mon avis, elle ne peut être que positive, bénéfique. Ce que je crains, surtout, ce sont les mots : perdre mon âme. Ils me laissent extrêmement perplexe. Ah! si je pouvais me souvenir de ces quatre saisons. Alors... professeur?

— Euh! excusez-moi, madame Beaulieu. Je réfléchissais... Alors, quoi? questionna André, confus, qui ne comprenait pas la question, suspendu aux dernières paroles de Janine qui lui semblaient insolites, sans raison. Jusqu'ici, elle n'avait jamais employé ce terme pour parler de l'année oubliée.

Quelques minutes passèrent. Puis, la question finale de Janine vint mettre fin au murmure d'André qui s'était mis à fredonner un air de Vivaldi, son préféré d'entre tous : *Les Quatre Saisons*.

— Avez-vous découvert le vôtre, votre engagement?

***

André Giroud se sentait franchement dépassé par les événements, par cette femme dérangeante dont l'amnésie passagère, les nausées permanentes et le rêve récurrent demeuraient un mystère, un phénomène inexplicable, une énigme hermétique à tous, lui inclus. Si elle était éblouie par la lumière du rêve, lui, il était écorché par elle, par ses questions.

« Dire que l'hypnose ericksonienne, en principe, apprend à celui qui la pratique à conduire les autres vers leurs PORTES! Quelle parodie! Quel gâchis, Seigneur! »

À la suite de ce constat amer et cinglant, André Giroud se sentit les mains liées, prisonnier, à son tour, de quelque chose d'invisible et de puissant. Comment répondre à une telle question? Il ressentit que des frissons parcouraient son corps parce que, en réalité, cette question, sans oser se l'avouer ouvertement, il se la posait depuis tout récemment. En fait, depuis son échec matrimonial.

— Euh! je... je n'ai pas vraiment eu le temps ni le loisir de réfléchir à...

— Laissez tomber. Je suis désolée. Veuillez me pardonner, professeur. Je vois que je vous... perturbe. Je n'avais pas à vous poser une telle question. D'ailleurs, peut-être est-il préférable et souhaitable que l'engagement de chacun demeure un secret?

Le professeur perdit soudain l'allée sécurisante de ses pensées rationnelles. Par ces dernières paroles, madame Beaulieu avait éteint ses plus fidèles références pour le laisser marcher seul, dans le noir, sur une plage encore inexplorée de son esprit. Le psychiatre sentit qu'il atteignait un seuil de sensibilité jusque-là inconnu de sa conscience. Il lâcha prise. Il abdiqua et se laissa porter par ce courant inhabituel. C'est alors qu'il entendit des paroles sortir de sa bouche tout en sachant qu'elles ne provenaient pas du circuit familier de sa route bien tracée :

— Janine Beaulieu, c'est à votre tour de m'écouter! Vous savez très bien, autant que moi, que vos rêves... enfin, qu'ils ne mentent pas souvent! Vous rappelez-vous les trois rêves me concernant? Oui? Bien, comment dire?...

— Ne me dites pas qu'ils se sont tous réalisés?!

André avait remarqué que, chaque fois qu'il était question des autres rêves ou visions de Janine Beaulieu, dans une sorte de réflexe inné, elle baissait la tête, comme si elle était en défaut. De toute évidence, le sujet semblait la mettre très mal à l'aise. Il était clair que, même après toutes ces années, Janine n'arrivait toujours pas à croire, à prendre au sérieux ou à accepter ses dons multiples : télépathie, prémonitions, voyance...

— Euh! oui, finit-il par avouer, non sans difficulté. Du moins, deux d'entre eux. Quant au troisième, c'est assez particulier.

— Que voulez-vous dire?

— Euh! bien, j'ai... j'ai, pour ainsi dire, cela va vous sembler idiot, mais j'ai complété votre rêve!

— Vous avez quoi? explosa Janine, dubitative.

— Attendez! Je vous explique. Vous m'aviez simplement vu avec une femme d'un âge avancé, une Française, aviez-vous spécifié, en train de converser. Puis, nous nous étions penchés sur un objet de forme bizarre en parlant du passé. J'étais, d'après vous, très ému, très retourné. Il vous avait été impossible de nous situer dans l'espace et le temps.

« Voilà que, dans mon rêve, je me vois avec cette dame française et âgée. Nous sommes assis dans un salon, face à face, et nous prenons un café très fort.

Elle parle beaucoup, longtemps, et j'écoute avec une attention soutenue. À la fin, ou plus tard, ce n'est pas très clair, elle m'apprend qu'il ne lui reste plus que quelques saisons à vivre. À la suite de ses confidences, je dois prendre une décision. Je n'étais pas juste retourné par ses aveux, Janine. Croyez-moi! J'étais tout simplement confondu, incrédule. »

André Giroud s'arrêta net. Il se sentit gêné et surpris de s'être ainsi laissé aller.

— Avez-vous... enfin, l'avez-vous reconnue, professeur?

— Je crois qu'il s'agit de ma mère. Maman est française, évidemment, et elle aime beaucoup le café très fort, précisa-t-il avec retenue. À part ce détail, je n'avais pourtant pas l'impression de la connaître. Mais, un fils connaît-il vraiment la femme en sa mère? Bref. Voyez-vous, mon père est décédé, il y a deux ans. Maman a toujours affirmé qu'elle viendrait au Québec, un jour, mais comme papa avait peur de l'avion, ils ne sont jamais venus. Il s'agit sûrement d'elle. Qui sait si elle ne va pas enfin faire le voyage? Me cacherait-elle une grave maladie ou un secret de famille?... Mais nous nous éloignons, il ne s'agit pas de moi, ici! Veuillez m'excuser. Je suis tout à fait désolé.

« Madame Beaulieu, ne soyez pas à une séance près, tout de même! Aviez-vous remarqué qu'il s'agira de la NEUVIÈME? C'est la première fois, en cinq longues années, qu'un lien quelconque est fait entre le rêve, votre dernier souvenir et cette amnésie inexpliquée! Pour la première fois, une passerelle, Janine, une passerelle relie hier et aujourd'hui. Cette ombre du rêve est la même que celle de votre dernier souvenir, c'est évident! Et, après tout, avez-vous le droit de me priver de ce qui pourrait être... mon engagement, seulement parce que vous, vous n'avez pas encore découvert le vôtre? »

Après ces dernières paroles insensées, qui résonnèrent comme autant de décibels dans l'oreille du professeur, il se sentit porté par un vent fou. Dans le silence qui suivit, sous le regard pénétrant et lumineux de madame Beaulieu, pour la deuxième fois de son existence, André Giroud se vit fouler un sol inconnu. Une terre étrangère.

Cette fois, il n'avait aucune idée où ses pas le mèneraient.

II

Tant bien que mal, Rémi Lanctôt essayait de se concentrer sur son travail. Un contrat facile, pourtant, qui exigeait très peu de concentration en temps normal. Mais, justement, le mot normal ne convenait plus. Ni au temps ni à sa vie. D'abord, il y avait ce temps incertain, au dehors. Climat chargé d'électricité et de vents détraqués, porteur d'un orage imminent.

— Qu'il éclate et qu'on n'en parle plus, bon Dieu! se prit-il à tempêter d'un ton rageur, tout haut, tout seul.

Sitôt dits les mots, sitôt faite la relation.

Plus rapides que l'éclair, incontrôlables, ses pensées instables établirent une correspondance troublante entre la perturbation menaçante du dehors et la condition critique de son ménage. Ébranlé, Rémi comprit que ces paroles s'adressaient à elle, à lui. Il en fut médusé, anéanti. Las, inquiet, il enleva ses lunettes et se cala dans son fauteuil en l'éloignant du bureau. Avec la main gauche, d'un geste machinal, il se frotta le front à plusieurs reprises en y enfonçant les doigts dans la chair comme pour empêcher le déroulement de ce qu'il savait inévitable : une bande d'images récurrentes, défraîchies, vieilles de dix ans. Il ne put empêcher le film des souvenirs de défiler à toute vitesse dans sa tête.

Rémi vit tout ce temps qu'ils ne passaient plus ensemble, toutes ces heures interminables loin d'elle, tous ces mois perdus à chercher l'introuvable, toutes ces années à vouloir se nourrir des miettes d'un passé avare. Il se rappela aussi ces nuits, quand le sommeil le fuyait et qu'il entendait sa femme haleter en courant à la salle de bains, le cœur au bord des lèvres. Lors de ces brusques réveils nocturnes, il avait l'impression que les nausées de Janine pénétraient sa chair à lui, formant un amas de pus dans sa tête, devenant chaque jour davantage un énorme abcès à crever. Il n'était plus certain de l'amour qu'il portait à sa femme; il se sentait surtout impuissant à la guérir de ses maux.

Le rêve la tourmentait, elle, le harcelait, lui, ne leur laissant plus aucun répit depuis cinq ans. Cet étrange rêve, qui coïncidait avec leur arrivée en terre estrienne, avait incité Rémi à convaincre Janine de retourner vivre à Québec, là où ils s'étaient rencontrés. Il arrivait mal à comprendre l'entêtement de Janine à ce propos, d'autant plus que cet éloignement aurait mis fin aux incessantes discordes entre sa femme et sa mère à lui. Janine refusait catégoriquement d'en discuter, arguant que tout cela n'arrivait pas pour rien:

— Tout a une signification pour nous, Rémi: les événements que nous vivons, jusqu'aux êtres qui font partie de notre vie. Partir équivaudrait à fuir. Les choses n'arrivent pas juste comme ça, par hasard! Ce serait trop... trop banal, et trop facile, à la limite! Il doit y avoir un lien entre notre arrivée ici et le rêve, c'est obligé, voyons!

Rémi se souvint de ces jours pendant lesquels il se surprenait à désirer qu'elle ne trouve pas. Jamais. Parce qu'il avait alors peur de ce qu'elle pourrait découvrir, étant persuadé qu'on ne peut arriver à effacer complètement de sa mémoire que des événements ou des expériences traumatisantes qui nous ont fait atrocement souffrir. Il évoqua également ces autres jours, quand il espérait le contraire – quelles que soient les révélations – afin que leur couple puisse passer à autre chose.

Une décennie à chercher avec Janine la cause de ses violents haut-le-cœur, sûrement en lien direct avec cette fameuse année oubliée; en vain.

Une décennie à subir les railleries, les insinuations, les hypothèses, les convictions de Pierrette Lanctôt à ce sujet. De ce côté, un résultat imprévu: à son insu, Rémi commençait lentement, mais sûrement, à adhérer à l'opinion de sa mère.

***

Nonobstant le fait qu'il trouvât abracadabrante la thèse de l'engagement spirituel, sans pourtant oser l'avouer à Janine, Rémi Lanctôt considérait sa compagne de vingt années comme faisant partie des êtres à part.

« Elle avance dans l'intégrité la plus entière, se dit Rémi les yeux mi-clos, la tête légèrement penchée. Elle exècre le mensonge et l'hypocrisie, ça, c'est sûr! À certains moments, on dirait qu'elle se met à l'abri dans le silence comme un oiseau qui se cache à travers les branches. À d'autres, elle vole en solitaire, persévérante et courageuse malgré les vents contraires, en dépit des visions et des rêves prémonitoires qui lui tombent dessus comme des orages foudroyants, l'inondant jusqu'au fond de l'âme. »

Rémi se souvint, entre autres, des dernières paroles de Janine à ce sujet :

— Pourquoi moi? Hein? dis-moi. Qu'est-ce que ça me donne de savoir ou de voir puisque personne ne peut changer le cours des événements? Ce dont j'ai vraiment peur, c'est de rêver un jour de toi, des filles. Dieu merci! ça n'est jamais arrivé. Et puis, c'est trop... insensé. Presque injuste, non? Je vois l'avenir, parfois le passé, pour les autres. Même si je ne touche plus au tarot ou à la boule de cristal, je n'ai qu'à lever la tête au ciel et regarder les nuages ou ressentir l'aura des êtres qui me frôlent. Plus souvent qu'autrement, cela se passe même en dehors de ma volonté. Et je ne parviens pas à me souvenir d'une année, quelques petits mois de mon enfance. Que c'est bête, tu ne trouves pas?

La gorge nouée par l'émotion, Rémi se remémora l'expression grave de Janine après ce constat amer. Elle avait eu le regard triste d'une petite fille en quête de vérité. Le cœur esseulé d'une enfant en besoin d'amour. L'âme d'une femme divisée, en manque de sœur. Il avait ressenti de la pitié pour elle, à ce moment-là. Il lui sembla soudain que ce n'était pas bon signe.

« Ah! que vaut la pitié dans un couple? Évidemment, élevée dans un monde d'hommes, sans la complicité d'une sœur, d'une mère, ça ne devait pas toujours être évident! Ah! l'amour reviendra sûrement... »

***

Comme le temps, les réflexions et l'humeur de Rémi Lanctôt étaient changeantes, imprévisibles. Le vent reprit de plus belle au dehors, faisant osciller les arbres forts. Les éclairs blancs sillonnaient le ciel noir. La tourmente, en lui, charriait ses sentiments comme de simples fétus de paille. En se remémorant soudain ce huitième rendez-vous avec le professeur, un très bel homme dans la soixantaine, le mari de Janine éprouva tout à coup une pointe acide de jalousie. Honteux d'une telle pensée, laquelle, il le savait, n'avait pas lieu d'être, il ramena le fauteuil d'un geste bourru, puis rangea les photographies animalières, éparses sur le bureau, dans le dossier Baie-Du-Fèvre – Sentier principal. Ensuite, il éteignit l'ordinateur et la lampe Harfang, souvenir d'une de leurs nombreuses sorties ornithologiques, et il se leva brusquement.

C'est alors qu'il entendit la porte principale. Son cœur ne fit qu'un bond.

Comme il venait de le faire pour le dossier, Rémi Lanctôt mit une fois de plus de côté ses doutes et ses angoisses. Il réussit à arrêter net la bande d'images de sa tête aussi sûrement que s'il avait retiré une cassette d'un magnétoscope. Après ces pensées troublantes, Rémi ressentit une brève accalmie. Malgré leur évidente cacophonie, il songea qu'il pouvait bien faire encore un effort. Il continuerait à seconder son épouse dans sa quête. Encore aujourd'hui, il tenterait d'encourager Janine, coûte que coûte.

Rémi Lanctôt accrocha un sourire sur ses lèvres pour accueillir sa femme.

— Janine? Chérie! je suis au bureau!

***

Surpris, déçu quand il vit apparaître nulle autre que sa mère, Rémi laissa tomber et le crayon qu'il tenait encore en main et son sourire. Sans raison, il se sentit penaud, et ce sentiment de confusion accentua son impatience d'un cran.

— Maman!? C'est toi! Que fais-tu ici? Et merde! Je t'ai demandé cent fois d'appeler avant de venir.

— Et, cent fois, je t'ai dit, et je te le répète aujourd'hui, que je suis ta mère et que j'ai le droit de venir visiter mon seul fils à l'heure et au jour qui me conviennent! se contenta de répliquer Pierrette Simard-Lanctôt d'un ton cinglant, suite au reproche abrupt de son fils. En passant... bonsoir, Rémi! Tu sais, ce n'est pas nécessaire d'ajouter des grossièretés aux reproches et de me faire subir, à moi, ta pauvre mère, ta mauvaise humeur! Car je comprends que « ta » chérie n'est pas là! Encore une fois!

— Je t'en prie, maman, ne recommence pas!

— Je recommencerai jusqu'à ce que tu finisses par comprendre que ta femme est réellement...

— Arrête, maman! se contenta de supplier Rémi d'une voix plaintive.

Las, soudain désarmé, toute sa bonne volonté envolée, Rémi ne trouva rien de mieux à dire. Parce qu'il abdiquait toujours devant Pierrette Simard, il se sentit lâche. Surtout de ne pas défendre convenablement sa compagne. Et, comme toujours, pour se consoler mais, surtout, minimiser sa faiblesse, il se dit que tout le monde était lâche devant Pierrette, omettant sciemment d'ajouter : «... sauf Janine Beaulieu! »

— Rémi, mon petit, reprit vite Pierrette d'une voix doucereuse, voyant que le contrôle lui appartenait, cette histoire a assez duré, il me semble. Je te vois aller, va. Tu as changé et pas pour le meilleur, crois-moi! Ne vois-tu pas que ta femme est... vraiment malade? Évidemment, elle ne nous confiera pas tout ce qui ressort de ces fameuses séances de thérapie! Si tant est qu'il en ressort quelque chose! Rends-toi à l'évidence, Rémi, quand on en est rendu à consulter un psychiatre...

— Elle voit le professeur Giroud en tant qu'hypnologue, maman.

— Ça, c'est la meilleure! Et tu crois à ces sornettes? Se faire hypnotiser pour se souvenir, pour réveiller des bribes d'un passé soi-disant endormi!

Quand Pierrette vit que son fils avait tiqué au mot « soi-disant » et qu'il s'apprêtait à répliquer avec emportement, elle se hâta de reprendre le contrôle.

— Chut! laisse-moi parler. Ah! mon pauvre petit. Mon chéri! Ça ne te dérange pas qu'elle consulte uniquement des hommes? Et pas n'importe lesquels, en plus! Il paraît que ce professeur français... Bref. Tu ne trouves pas ça un peu louche? Enfin, Rémi, t'es-tu déjà demandé ce qui se passerait si tu apprenais qu'au cours de cette année de son enfance, elle s'était fait... je ne sais pas, moi... violer, par exemple?

« Elle a lâché le morceau, enfin! Autant crever l'abcès maintenant, du moins celui-là! » songea Rémi avant de lui répondre.

— Tu te décides à prononcer le mot! C'est pas trop tôt. Évidemment que j'y ai songé, maman! Je ne suis pas stupide. Cela demeure une très forte possibilité. Mais il ne s'agit pas de moi, bon Dieu! Il s'agit de Janine! Tu n'as donc aucune pitié pour elle?

Puis, gêné par les paroles qu'il allait ajouter, lesquelles, sans nul doute, déclencheraient les foudres de sa mère, d'avance il baissa la tête:

— D'ailleurs, elle ne croit pas qu'il soit question de cela. Elle soutient qu'il lui est arrivé quelque chose... d'exceptionnel à neuf ans et qu'elle a, pendant cette année, pris une sorte d'engagement... peut-être d'ordre spirituel qui...

— Je t'arrête! éclata Pierrette, hors d'elle. Elle délire. Tu délires. Vous délirez! Voilà le fin mot de cette histoire! À t'entendre, on croirait qu'elle a été enlevée par des extraterrestres, ma parole! – Elle s'arrêta net et réfléchit quelques instants avant de poursuivre. – Un engagement... Hum! peut-être bien, après tout! Mais pas celui qu'elle pense. Et... si elle s'était juré d'anéantir son ou ses persécuteurs? Qu'est-ce que tu dis de ça?

— C'est toi qui divagues, maman! C'est absurde. Tu regardes trop la télé! argua-t-il en fanfaronnant, voulant ainsi cacher son malaise devant une hypothèse qui était déjà venue effleurer son esprit.

— Cela s'est déjà vu, mon garçon. Écoute-moi bien. Réfléchis un peu. Ses huit frères ne peuvent lui fournir aucune précision sur sa neuvième année. Peut-être faudrait-il en chercher la raison, mais passons. Sa mère, de son vivant, non plus. Son père, encore moins! La seule personne qui s'est souvenue d'elle, et si peu – il faut bien le dire! – a été son institutrice de quatrième année. Elle s'est rappelé ta femme parce qu'elle fut apparemment la seule élève à lui apporter « de si beaux bouquets de fleurs en octobre ». Je sais, je sais. Ne me coupe pas! Je connais la suite! Madame Beaulieu ne cultivait pas de fleurs et Janine, malgré tous ses efforts, n'a pas réussi à découvrir où elle prenait tous ces bouquets. Moi, j'ai ma petite idée.

— Continue. Accouche. Qu'on en finisse!

— De nos jours, il arrive que certains jeunes acceptent des drogues ou de l'argent en échange de faveurs illicites. Avant, cela pouvait être des bonbons et pourquoi pas des fleurs? On peut s'attendre à tout, dans son cas! Elle a toujours cherché à être différente des autres! Et puis, quand une fille a le feu... Enfin, pas besoin de te faire un dessin! Élevée juste avec des hommes autour d'elle, Dieu sait ce qui a pu se passer dans sa tête, et dans son corps! Qui dit qu'elle n'a pas accepté un échange plus que douteux et que, depuis, la honte la dévore de l'intérieur jusqu'à la faire vomir sans arrêt! C'est plausible, non? Quant à l'engagement... Eh bien! dans sa petite tête de linotte, elle aura juré de faire payer ses agresseurs, un jour, d'une manière ou d'une autre.

En voyant le regard de son fils aller bien au-delà d'elle et s'agrandir de stupeur, les mots figés en travers de la gorge, la bouche entrouverte, le visage fantomatique, Pierrctte Simard cessa de parler et se retourna impassiblement, hautaine et dédaigneuse, comme elle savait si bien le faire.

Elle se retrouva face à face avec sa belle-fille. Imperturbable, d'un ton glacial et arrogant, elle lança:

— Tiens, tiens! Janine Beaulieu! La revenante! Vous écoutez aux portes, en plus!

— Je suis chez moi, dois-je vous le rappeler? riposta Janine d'une voix calme. Toutes les portes, ici, me sont ouvertes et m'appartiennent, madame Simard.

À dessein, Janine avait utilisé le nom de fille de Pierrette, car elle savait pertinemment que sa belle-mère détestait se faire interpeller ainsi. Pierrette exigeait qu'on l'appelle « madame Lanctôt », mettant ainsi en valeur le statut hiérarchique de son riche mari et d'elle-même, sa fidèle et dévouée épouse, par ricochet. Car il était connu de partout que René Lanctôt possédait, entre autres propriétés, la plus spacieuse, la plus chic, la plus chère et la plus courue des auberges des Cantons-de-l'Est. De plus, cette dernière abritait le non moins renommé restaurant Chez Émile avec vue sur le lac et sur la montagne de ski (dont il avait également la gérance), sans parler de son luxueux bateau de plaisance qui offrait l'unique croisière sur le majestueux et très navigué Memphrémagog.

Quant au père de Pierrette, Joseph Simard, qui n'avait été qu'un simple ouvrier à la manufacture de textiles, et qui avait eu tout le mal du monde à joindre les deux bouts, elle l'évitait par tous les moyens. Elle rangeait froidement son veuf de père aux oubliettes, ne lui rendant pratiquement jamais visite, étant bien la seule à faire fi de la grandeur d'âme de ce vieillard sensible, reconnu et apprécié de tous en raison d'une implication hors du commun dans les causes sociales de son milieu.

Le nom Simard, donc, évoquant clairement – aux yeux de Pierrette – le prolétariat dont elle était issue, résonnait chez elle comme un opprobre.

— Et, je vous connais bien, ajouta Janine rapidement. Sachant que je vous suivais de près, vous avez délibérément pris la précaution de ne pas refermer la porte d'entrée derrière vous.

— Que cherchez-vous à insinuer?

— Je n'insinue rien, j'affirme! lança Janine d'un trait. Je suis sûre que vous avez reconnu ma voiture. Vous avez fait semblant de ne pas me voir arriver au coin de la rue du Collège. Vous avez laissé la porte entrouverte en vous doutant que j'entendrais votre voix et, bien sûr, la conversation que vous vous êtes empressée de prendre en mains. Vous n'avez même pas le courage de vos actes et encore moins celui de me dire, en face, le fond de votre pensée. Vous me faites pitié, Pierrette Simard. En passant, vous avez dépensé beaucoup d'énergie pour rien. Voyez-vous, vous ne m'avez rien appris sur vous que je ne savais déjà.

— Lanctôt! Madame Lanctôt, rectifia Pierrette d'un ton cinglant, piquée au vif.

Elle tenta, par un regard haineux, injecté du sang qui lui montait à la tête, d'impressionner sa bru, mais en vain. D'une voix presque démoniaque, elle se contenta donc, pour le moment, de la mettre en garde :

— Vous le faites exprès. Mais vous ne perdez rien pour attendre. Je vous revaudrai ça, la Beaulieu.

Puis, comme un caméléon, de rouge enfer elle passa à gris limbes, prenant ainsi avec une facilité déconcertante la couleur de son interlocuteur. Avec mille précautions, elle s'adressa à son fils en minaudant :

— Rémi, mon petit, ne vois-tu pas qu'elle fabule, maintenant? Qu'elle perd la raison? Qu'elle est remplie de malveillance gratuite à mon égard? Rémi, mon chéri! Pourquoi aurais-je fait une chose pareille, Seigneur?

— D'abord, arrêtez ces larmes de crocodile, vous avez l'air ridicule, madame Simard, la rabroua sèchement Janine. Ensuite, vous allez laisser votre cher fils en dehors de tout ça! ordonna-t-elle d'un ton glacial, sans pourtant perdre son contrôle. Pourquoi avoir fait une chose pareille? Pour monter mon conjoint contre moi, voyons, en faisant ainsi la preuve de ce que vous avancez! Vous avez réussi à écœurer Doris, la première femme de Rémi, laquelle a préféré partir plutôt que vous subir toute sa vie! Si mes nausées n'avaient pas commencé avant vous, je n'aurais pas à en chercher loin la cause. Et je suis arrivée dans le décor, comme un cheveu sur la soupe. Plus têtue qu'une mule. Plus imprévue qu'une tempête. Et, surtout, surtout, pauvre comme Job. Quand le petit Frédéric est décédé et que je n'ai plus voulu d'autres enfants, vous m'avez traitée d'égoïste. Je refusais volontairement de vous donner un autre petit-fils simplement pour vous torturer. Tel était votre incroyable discours! Par la suite, vous avez commencé à me détester, carrément. Sans raison. Y a pas à dire. D'abord ma mère, ensuite ma belle-mère!

— Je vous ai tolérée parce que mon fils vous avait choisie et que vous sembliez différente, rétorqua Pierrette qui persistait à jouer le rôle de la belle-mère incomprise. Je dois avouer qu'au début, c'était plutôt amusant et, ma foi, assez pratique, votre petit côté voyance. Mais ce que j'ai pu sottement considérer comme une sorte de don chez vous m'est vite apparu une manœuvre habile, une ruse perverse pour en savoir plus sur les autres et les diriger à votre guise. La notion secrète de l'ésotérisme vous a toujours bien arrangée, va! Tout connaître pour mieux régner sur eux, les tenir en votre pouvoir. Mon pauvre fils le premier, et qui ne se rend compte de rien, en plus! Voilà pourquoi votre don est devenu machiavélique et... répugnant à la limite!

En entendant Rémi protester vaguement, Janine médita sur ces paroles prononcées avec haine et perfidie. Une évidence s'imposa d'elle-même: « Un être ne peut voir, comprendre et juger tout ce qui l'entoure que d'un seul niveau: celui sur lequel il se situe lui-même. Elle fait de la projection, ma parole, car c'est sûrement ce qu'elle ferait avec un don pareil: de la magie noire. »

Elle se souvint alors d'un commentaire du professeur. D'après lui, le don de Janine irritait probablement ceux et celles qui avaient intérêt à cacher leur véritable nature aux autres. C'est pourquoi elle ajouta:

— Vous voulez dire gênant, Pierrette.

— Euh! non, ce n'est pas du tout...

— Si. C'est exactement le mot qui convient. Je vous gêne, madame Simard, parce que je vous connais mieux que personne. Je connais vos travers et bien d'autres choses encore. En réalité, ce que vous voulez vraiment, c'est me voir loin, très loin, car j'en sais trop sur vous. Le reste vous importe peu. Vous n'en avez rien à foutre de moi. Vous voulez reprendre le contrôle total sur votre bébé, l'amour de votre vie, comme vous dites si bien!

Janine sentit qu'elle avait visé juste, car sa belle-mère perdit toute contenance. Ses lèvres se mirent à trembler. Quand elle réussit à parler, sa voix avait perdu le ton de supériorité et de sûreté qu'elle avait affiché jusque-là. La peur, soudain, la tenaillait.

— Videz votre sac, Janine Beaulieu. Allez! Si vous êtes si clairvoyante, parlez-nous donc de ces choses dont vous prétendez être au courant.

— Oh non! Je ne tomberai pas dans le piège. Je n'ai aucune envie de jouer votre jeu. Je n'ai pas à faire à quiconque des révélations ou à dévoiler des secrets qui ne concernent que vous.

Tout de go, Janine se tourna vers Rémi, agissant soudain comme si Pierrette Simard n'existait plus à ses yeux. Sa voix se transforma quand elle s'adressa à son mari. Tout à fait posée, bien en dehors de la tourmente, elle déclara:

— Rémi, je suis fatiguée. Je vais monter. Tu diras à ta mère que, tant que je vivrai ici, dans notre maison, elle n'y mettra plus les pieds. À partir de ce soir, je ne lui ouvrirai plus ma porte. Si elle veut te voir, ce sera ailleurs, n'importe où. Plus jamais ici. Dis-lui aussi que, si elle persiste dans ce comportement égocentrique et mesquin, elle risque de perdre des plumes, celles-là même qui lui donnent des ailes, aujourd'hui. Je t'attends en haut, j'ai à te parler en privé!

Quand Janine se retourna, sans un regard pour sa belle-mère, Rémi comprit qu'elle avait eu le dernier mot sur Pierrette Simard. Il constata que la détermination, le courage et le contrôle de sa femme n'avaient réussi qu'à accentuer sa propre honte. Il se sentit servile et, pour cela, il lui en voulut amèrement.

***

Après une douche rafraîchissante et bienfaisante – pendant que l'eau lavait son corps, il avait semblé à Janine que le quatrième élément désencrassait aussi son âme, encombrée par les propos odieux de sa belle-mère et l'apathie de son mari –, le grand lit moelleux accueillit Janine avec une douceur inhabituelle. Confortablement adossée contre deux oreillers, encore choquée mais délivrée à la fois, elle prit son livre de chevet et commença sa lecture. De temps à autre, elle quittait les pages du livre pour prêter l'oreille, mais n'entendait aucun bruit venant du rez-de-chaussée. Sa belle-mère avait dû quitter les lieux alors qu'elle prenait sa douche.

Peu après, dans le silence de la maison, elle distingua de faibles bruissements familiers provenant de la cuisine. Rémi n'était pas encore prêt à monter. Il se faisait probablement un café cognac.

Les yeux lourds, l'attention difficile à concentrer,

Janine décida subitement de refermer son bouquin. Elle en examina longuement la page couverture. Le titre. L'auteur. *Le Feu du dedans*. Castaneda. Elle se remémora, mot pour mot, la phrase sur laquelle s'était arrêtée :

« Quiconque se met sur le même plan que le petit tyran est vaincu. Agir en colère, sans contrôle ni discipline, n'avoir pas d'endurance, c'est être vaincu. »

Janine se sentit certes soulagée par cet énoncé, mais elle demeurait perplexe. Le mot « endurance » la laissait songeuse et inquiète, car, après toutes ces années, elle avait maintenant peur d'en manquer. Sans aucun doute, le petit tyran du don Juan de l'auteur prenait, dans son cas, l'apparence tout à fait insignifiante d'une belle-mère névrosée !

Absorbée par ses pensées, en caressant la page couverture de la main, elle s'arrêta au mot feu. C'était vrai qu'un feu intérieur la dévorait, mais certainement pas celui auquel faisait référence la mère de Rémi. Dans la bouche de Pierrette Simard, le terme avait pris une connotation on ne peut plus péjorative. Janine n'en revenait pas encore de voir que l'esprit humain pouvait, parfois, être aussi tordu !

« N'est-ce pas au plus fort de l'été, quand il est brûlant, que mes nausées sont les pires à supporter ? se questionna-t-elle pour une énième fois. Mais pourquoi ? Pourquoi ? Qu'est-ce qui a bien pu m'arriver ? Ah ! il faut que j'arrête. Que je range toutes ces préoccupations dans un tiroir et que je le ferme à clef. Rémi est inquiet, fatigué aussi, comme indifférent. Il devient de plus en plus faible devant Pierrette. Je l'ai senti très fort ce soir. Heureusement que mes relations avec les hommes sont plus simples ! Franches, directes. Quoique... »

Elle revit le professeur Giroud, gauche, incertain, décontenancé, sans ressource. Il y avait de quoi ! Pourtant, malgré les dernières paroles du psychiatre, auxquelles Janine ne se serait jamais attendue de la part d'un tel homme, elle ne reviendrait pas sur sa décision. Elle n'irait plus consulter. Ni lui ni personne d'autre. Jamais. C'est pourquoi, détendue dans son lit, patiente et sereine malgré l'altercation avec sa belle-mère, elle attendait Rémi, bien résolue à lui faire part de sa décision irrévocable.

***

Voleuse de sommeil, porteuse de sons, la nuit s'annonçait chaude, humide, collante. L'orage avait finalement éclaté, ne laissant derrière lui que des grondements sourds et lointains, quasi inaudibles. À travers la fenêtre ouverte, Janine put nettement discerner les clameurs de la fête estivale, la Traversée internationale du lac Memphrémagog, qui battait son plein. En revenant de Sherbrooke, Janine avait pu apercevoir une foule compacte, enserrée dans un périmètre délimité au bord du lac, qui attendait avec impatience et parapluies la prestation d'un orchestre à la mode. Ce dernier devait uniquement interpréter les chansons des Beatles, à la joie des spectateurs venus en très grand nombre pour l'entendre.

« Je n'aurais pas dû aller à ce huitième rendez-vous, se dit Janine, consternée. Il n'a servi à rien. Rémi aurait tant aimé assister à ce spectacle. »

Un autre bruit, beaucoup plus discret cette fois, changea le cours de ses pensées. Son compagnon montait lentement l'escalier. Quand Rémi entra dans la chambre, il fut surpris de trouver Janine encore éveillée.

— Oh! tu ne dors pas? Je croyais...

— Rémi, j'ai quelque chose d'important à te dire.

— Pas ce soir, veux-tu? Une autre fois. Demain... Je t'avoue, Janine, que j'en ai assez entendu pour une

51

seule soirée. Ma mère était dans tous ses états. Je ne l'ai jamais vue comme ça!

— Tu veux vraiment que nous dormions dans le même lit en faisant semblant que tout est parfait dans le meilleur des mondes? Bien étendus, tranquilles, dos à dos. Chacun pour soi? Eh bien! pas moi. Je ne désire pas parler de ta mère. J'ai dit tout ce que j'avais à dire...

— C'est faux. Et tu le sais.

— Tu veux bien t'expliquer? le questionna Janine, intriguée.

— Tu as insinué que tu savais des choses, mais sans les divulguer! Alors que je croyais qu'elle entrerait dans une colère folle, maman est partie complètement abattue, inquiète, nerveuse. Je ne l'ai jamais vue dans cet état. Ça m'a fait peur, tu sais. Enfin! Janine. De quoi parlais-tu? Que sais-tu?

— Rémi Lanctôt, écoute-moi bien! Ce n'est un secret pour personne. Il y a quelques mois, ta mère me harcelait sans cesse pour lui faire le tarot. Forcément, j'ai vu dans l'avenir, mais... dans le présent et le passé aussi! On ne peut pas toujours tout annoncer ou tout dévoiler! Encore moins à une personne proche. Elle, elle sait très bien de quoi il s'agit. Mais cela la concerne, elle, et personne d'autre. Jamais je ne dévoilerai ses secrets. J'ai juste voulu la remettre à sa place. Oublions ta mère une seconde, s'il te plaît. Je voulais te dire que je ne verrai plus le professeur Giroud.

— Ah! pourquoi? Que s'est-il passé? s'enquit Rémi d'une voix soudain attendrie. Ça n'a pas fonctionné, ma douce?

— Non. Rien. J'en ai terminé avec ces... enfantillages. C'est fini, Rémi. Je vais lâcher prise, comme on dit. À partir de demain, quoi qu'il arrive, je ne consulte plus.

Rémi se sentit soudain euphorique et soulagé. Sans

crier gare, l'abcès venait de crever tout seul, à l'intérieur de lui.

« Comment, se questionna-t-il, de simples mots, pourtant si anodins, ont-ils pu, à eux seuls, en quelques secondes à peine, enlever ce point lancinant dans ma tête? »

D'une rapidité vertigineuse, le changement d'état que cette annonce produisit en lui le prit de court. Il chancela légèrement en s'asseyant au bord du lit, ce qui incita Janine à lui demander s'il se sentait bien. En marmonnant un oui expéditif, il se retrouva doublement heureux à la pensée du bien-fondé de cette résolution. En effet, lorsque Janine Beaulieu prenait une décision, elle revenait rarement, très rarement, sur sa parole. Rémi eut soudain envie de tout oublier pour quelques heures. À brûle-pourpoint, il prit tendrement la main de Janine, la porta à ses lèvres et lança :

— Oui. Je... je vais bien, réitéra-t-il devant le regard inquiet de sa femme. Très bien, même! Et si tu te rhabillais? Il fait encore chaud. C'est une nuit extraordinaire. L'orchestre vient à peine de commencer à jouer. En fin de compte, si on y allait, à cette fête?

Janine comprit qu'il était encore temps de penser à Rémi Lanctôt. Juste à lui, juste à eux. En se levant d'un bond, elle partit d'un grand rire libérateur et rétorqua :

— Donnez-moi juste cinq minutes, cher monsieur Lanctôt, et je suis... toute à vous!

***

Pour se rendre à la pointe Merry, lieu des festivités, Janine et Rémi devaient descendre la rue du Collège jusqu'au centre-ville, puis longer le parc des Braves. En cette soirée de spectacle, le parc était délaissé par les citadins et les touristes. De grands ormes aux feuilles dentelées y côtoyaient des saules et des peupliers centenaires. Tous, plus ou moins séparés par de hauts lampadaires, ondoyaient sous la brise légère, dessinant librement leurs ombres fantasmagoriques.

En arrivant à l'entrée du parc, Rémi attira Janine en lui passant tendrement la main autour de la taille.

— Viens... viens voir un peu, madame Beaulieu. J'ai bien envie de te prendre au mot! « Je serai toute à toi » : n'est-ce pas ce que tu as dit textuellement?

— Mais... à quoi penses-tu? Non, c'est pas vrai?! T'es sérieux? Ici? Rémi, à notre âge... franchement!

— Y a pas d'âge, Janine, y a jamais d'âge pour être déraisonnables. Viens, viens... Laisse-toi faire! Juste à imaginer qu'on a seize ans!

La voix de Rémi avait quelque chose d'attirant, de jeune, d'hypnotisant. Janine ne fut pas longue à succomber. Main dans la main, en riant, excités par l'interdit, par l'inhabituel, par la lune orangée et invitante qui se faufilait entre les nuages retardataires, ils se dirigèrent d'un pas rapide vers le fond du parc, dans le coin le plus sombre. Là, contre un arbre, à l'abri des regards, Rémi embrassa frénétiquement Janine. Ses mains expertes fouillaient avidement sous le chemisier fleuri, sous la jupe blanche. En réponse à sa femme qui le suppliait – plutôt mollement, il faut bien dire – de faire attention qu'on ne les aperçoive, il objecta:

— Qui oserait m'empêcher de chercher un trésor? Y a que moi qui connais ces lieux secrets, ma belle! Personne d'autre n'y viendra.

Ils s'abandonnèrent l'un à l'autre en folles caresses, en longs baisers, debout, contre l'écorce rugueuse, à la dérobée, en toute hâte, comme s'ils avaient seize ans, comme pour rattraper le temps ou le défier. Lorsque, ensemble, ils atteignirent le plaisir, des millions d'étoiles se joignirent à eux pour célébrer la jouissance de cette chaude nuit de juillet.

Pendant qu'ils ajustaient leurs vêtements et leurs coiffures en se faisant des sourires entendus, les deux amants aux yeux brillants furent surpris par le reflet puissant de la lune sur eux. Leurs visages et leurs corps irradiaient de jeunesse et de bien-être. C'est alors que Janine, au souvenir subit des insinuations de sa belle-mère, pouffa de rire.

— Pourquoi ris-tu, ma douce?

— Oh! excuse-moi, Rémi, mais je pensais à ta mère quand elle disait que j'avais le feu... enfin... tu sais où.

Rémi ne put s'empêcher de rire aussi et, pour en rajouter, langoureusement, il passa lentement une main sur le croupion de sa femme.

— Arrête! Tu vas me faire mourir. Mon Dieu! si elle avait été témoin de cette scène torride, dans un parc public. Ça lui donnerait des munitions, c'est sûr! Ah! ah! ah! Mais la maman Pierrette, elle connaît pas si bien son fils chéri, je crois!

— Sais-tu que tu es formidable? Tu arrives à en rire, à dédramatiser une situation pourtant difficile pour toi. D'autres, à ta place...

— Chacun sa façon de faire face aux situations. Ce que Pierrette a dit ne m'a pas affectée parce que ses insinuations sont fausses. Je le sais. Un point, c'est tout. Oh! on croirait entendre ma mère!

Janine repartit d'un grand rire éclatant avant de poursuivre:

— Bof! après tout, Rémi, la vie est trop courte pour s'apitoyer sur son sort et se prendre au sérieux, non? Allez, on y va, à cette fête? Moi, j'ai envie de danser! Et seulement avec celui qui vient de me faire si bien l'amour!

Dans la nuit tiède, soudain rajeuni par leurs ébats amoureux au grand air, soulagé de cette trêve inespérée, de nouveau confiant, Rémi se mit à chanter à tue-tête dans la rue Principale. Sans aucune gêne, le mari de Janine mêla sa voix à celles du groupe musical qui s'égosillaient :

« She loves you, yeah, yeah, yeah, she loves you, yeah, yeah... »

III

La fin d'un siècle fou, et génial à la fois, d'une rapidité si vertigineuse qu'il avait devancé chacun à son insu, rendait son dernier automne tel un ultime soupir. D'une douceur et d'une langueur extraordinaires, la lumière automnale, comme on en avait rarement vu, accordait à tous – Janine et Rémi inclus – une trêve dans le temps.

Ce répit s'avérait le bienvenu après toutes ces saisons détraquées d'un climat qui avait perdu le nord depuis belle lurette, après tous ces mois d'un couple désaxé qui avait oublié le goût de l'instant présent depuis fort longtemps! Des couleurs magnifiques s'attardaient outre mesure aux fleurs tardives, aux feuilles et aux fruits encore bien accrochés aux arbres. Cette rémission saisonnière, avant le retour en force des supplices de l'hiver, donnait aux êtres le goût de s'arrêter, de profiter de la vie en se rapprochant les uns des autres. Ainsi, l'automne de l'année 1999 proclamait magistralement l'aube de l'an 2000!

Ce dernier, précédé par une publicité tapageuse et des préparatifs hors du commun, occasionnait chez certains une peur millénariste. Néanmoins, pour une grande majorité de gens, et plus particulièrement pour le couple Lanctôt, cette aurore du troisième millénaire réveillait une espérance fébrile et tangible.

En règle générale, on anticipait une sorte de mutation de l'Homme et, par ricochet, de la société :

un grand vent de conscience qui apporterait vraisemblablement dans sa suite une libération des conditions
de vie devenues précaires en cette fin de XXᵉ siècle.
Janine et Rémi ne faisaient pas exception à cette règle.
Toutefois, ils y ajoutaient un espoir tout personnel : que ce grand vent emporte définitivement le rêve. Car,
depuis cette nuit torride de juillet, depuis la décision
irrévocable de Janine de ne plus consulter, le rêve
n'avait plus hanté leurs nuits.

Ne subsistaient que les nausées, lesquelles, fort
heureusement, diminuaient de façon notable une fois
l'automne venu.

***

Suivant les saisons, et cela depuis les soleils et les
lunes de son enfance, Janine Beaulieu utilisait différents circuits de marche qu'elle appelait simplement
des chemins. Chaque jour, entre deux contrats de travail à la maison, elle choisissait celui qui convenait le
plus au temps, à la couleur du moment, « à son
biorythme », paraphrasait-elle, en riant. De plus,
affirmait-elle volontiers, en lui ouvrant sans cesse de
nouveaux horizons, ces chemins faisaient honneur à la
vie dans sa plénitude et sa diversité.

Prévalait, entre autres, le circuit de la rue des Pins.
Tout en permettant une vision en hauteur de Magog,
ville pittoresque au cœur de l'Estrie où habitait le
couple Beaulieu-Lanctôt depuis cinq ans, et de son
magnifique lac, le Memphrémagog, ce parcours
favorisait une vue d'ensemble du mont Orford,
imposant et fidèle rempart des forts vents d'ouest. Une
fois en haut de la rue, Janine pouvait admirer les
grands rapaces épousant les contours de la montagne,
planant majestueusement dans les courants ascendants
au-dessus des vastes prairies vertes, dorées ou

blanches, selon les saisons, lesquelles ceinturaient la ville de fort jolie manière. Par temps clair, la promeneuse apercevait la chaîne onduleuse des Appalaches qui s'enfuyait loin au sud-ouest jusqu'aux frontières américaines. De plus, ce qui était loin de déplaire à Janine, ce chemin encourageait les regards pénétrants qui, en se précisant, cherchent minutieusement de petits points dans l'espace infini...

En marchant lentement sous les pins centenaires, Janine Beaulieu passait devant les deux cimetières de la ville, haut perchés de chaque côté de la rue. Dans un face à face sans équivoque – à l'image de leur contrée! –, ils se plaisaient à faire entre eux une distinction presque choquante vu les circonstances: français, anglais. Cet état de fait, chaque fois, faisait réfléchir Janine sur ses racines françaises solidement implantées en elle. Elles étaient si profondes et si résistantes qu'aucune de ces querelles insignifiantes n'aurait pu les ébranler.

Lorsque le besoin de rencontres se faisait sentir, l'itinéraire du centre-ville, de préférence en dehors des périodes touristiques, plaisait également à Janine. Les entretiens avec les commerçants, les sourires échangés avec les promeneurs croisés de façon régulière et avec qui une certaine complicité s'était installée, répondaient amplement à ce désir de se retrouver dans la foule. En musardant ici et là, Janine prenait un vif plaisir à capter des bribes de conversations au passage. À partir de fragments, elle s'amusait alors à imaginer la vie de ces flâneurs qui déambulaient, comme elle, devant les vitrines attrayantes, artistiquement décorées selon les tendances saisonnières et festives.

Les odeurs exotiques que dégageaient les cuisines des restaurants qui avaient pignon sur la rue Principale lui faisaient, par leurs fenêtres béantes, effrontément venir l'eau à la bouche. Alors tentée et affamée, Janine revenait à la maison, le sac à dos rempli de provisions savoureuses : saumon fumé, gigot d'agneau, haricots verts, menthe fraîche, sans oublier quelques douceurs exquises pour un souper intime aux chandelles.

Tel avait été le cas récemment alors que Rémi et elle, en toute intimité, avaient souligné son quarante-neuvième anniversaire. À la fin du repas, Janine avait solennellement déclaré à son compagnon :

— J'ai le pressentiment que quelque chose va se passer qui changera le cours de notre vie, Rémi Lanctôt ! Si le rêve a cessé, c'est parce que je suis maintenant prête à accueillir autre chose. N'est-ce pas toujours ainsi : toute fin, aussi pénible ou inattendue soit-elle, n'inclut-elle pas en elle un renouveau ?

En attendant ce renouveau, la vie quotidienne, au grand soulagement du couple, avait repris un cours régulier et paisible depuis cette fameuse soirée d'été.

***

Janine Beaulieu privilégiait deux chemins à tous les autres : celui des oiseaux et celui du lac. Quand elle lançait à Rémi : « Je vais aux oiseaux ! », il pouvait couler beaucoup de temps avant son retour. L'ornithologue chevronnée qu'était Janine marchait sur le chemin des oiseaux comme si elle entreprenait, chaque fois, une véritable chasse aux trésors !

Cet itinéraire était principalement réservé au printemps quand les feuilles à venir sont encore bourgeons, après les longues froidures de l'hiver, juste avant les grandes chaleurs de l'été. Lentes marches au petit matin qui s'éveille très tôt ou à la brunante qui s'étire langoureusement dans les sentiers des marais, des forêts et des parcs, autant de refuges possibles pour les parulines aux noms excentriques et révéla-teurs : la masquée, la flamboyante, l'obscure ou la triste.

La gent ailée, qu'il s'agisse du cardinal au rouge ardent, de l'oriole à l'orangé spectaculaire, du geai au bleu étincelant ou même de la corneille au noir luisant, représentait pour Janine la plus pure expres-sion de la liberté. Pour son plus grand bonheur, Rémi partageait avec elle cette passion de l'ornithologie.

« Leur beauté naturelle relie l'âme de l'être à celle du monde et leur chant apprend au cœur à aimer et à célébrer la vie. »

Tant il était vivant en elle et bien qu'elle en ait oublié la provenance, ce discours, elle l'avait fait sien. Janine avait toujours eu l'impression que cette phrase poétique, inscrite en lettres d'or dans un recoin de son âme, résonnait en elle comme une étrange répétition, un écho sentimental de temps lointains, de saisons oubliées. En réalité, ces paroles, sans qu'elle en soit consciente, faisaient partie du souvenir inaltérable, réfléchissant une faible lueur de l'enfance endormie. Au gré de l'air, au bruissement des ailes, au fil du temps, donc, l'oiseau était incontestablement devenu pour Janine Beaulieu un inséparable compagnon, un fidèle messager.

***

Ce n'était plus le temps des oiseaux nicheurs puisque l'automne avait pris pour épouses Magog, son lac et sa montagne, apportant en dot sa flambée des couleurs et sa fête des vendanges. Ainsi, en ce début d'après-midi d'octobre 1999, Janine Beaulieu avait donc décidé d'emprunter le chemin du lac. En plus d'assouvir sa soif de réponses et son besoin d'évasion, ce parcours automnal lui permettait de scruter les eaux et les rivages du lac avec ses jumelles à la recherche des magnifiques bernaches du Canada, des oies des neiges ou encore des pluviers en habit d'hiver, tous en quête de nourriture lors de leur bref passage migratoire. À l'instar des voyageurs ailés, Janine se sentait l'âme migratrice en quête de subsistance pendant cette période de grande mouvance.

« Peut-être les oiseaux du nord m'apporteront-ils des réponses utiles pour ce changement de cap, cette halte obligée au passage imminent de la moitié de ma vie? » se questionnait-elle en avançant sur le sentier piétonnier.

Le bord du lac était réservé, et surtout aménagé, en fonction des promeneurs et des cyclistes. Les nombreuses aires de repos avec bancs et casse-croûtes sympathiques, les plages sablonneuses, les vertes pelouses, les chênes et les saules centenaires tout autant que les belles annuelles multicolores s'accordaient à merveille pour enjoliver les alentours de Memphré. Les amoureux de la nature pouvaient ainsi s'abandonner en toute liberté aux douceurs et aux parfums de l'air ainsi qu'au calme de l'eau qui s'étend à perte de vue jusque dans l'État américain du Vermont. Par surcroît, ils avaient le loisir de contempler le mont Orford qui, tel un sphinx, protège amoureusement le lac, son miroir.

L'attention de Janine demeurait en constant état d'éveil lorsqu'elle se retrouvait sur les chemins. Par conséquent, tout en se promenant au bord de la grève, elle nota la présence d'une vieille dame aux longs cheveux blancs comme neige, aux yeux couleur de l'eau, assise sur un banc, seule, à contempler le Memphrémagog.

Au premier abord, cette femme l'attira au même titre que toutes les personnes plus âgées qu'elle rencontrait et avec qui elle aimait s'entretenir. Janine décelait sur elles l'empreinte du temps qui marquait leur corps à la manière des vieux arbres : ils étaient soit forts, encore verts et vifs, soit faibles, gris et desséchés.

Au second regard, la vieille dame lui sembla repliée sur elle-même. Isolée dans une sorte de blancheur insolite, elle arrivait, malgré sa solitude, à se confondre admirablement avec le vaste espace paré des couleurs de l'automne. Cette scène précise produisit en Janine une sorte de déjà-vu inexplicable et très pressant. La femme aux yeux couleur d'eau paraissait énigmatique et vive malgré sa simplicité et son âge avancé. Peut-être à cause des cheveux longs ou encore des pieds nus dans ses sandales plates? Il y avait aussi cette lumière, telle une énergie particulière qui émanait de toute sa personne.

Inexplicablement, Janine Beaulieu ressentit une envie incontrôlable d'être près de l'étrangère. Ainsi, sans raison, une pensée saugrenue vint se loger dans son esprit soudain alerte : « C'est maintenant ou jamais! » De façon étrange, elle en vint même à craindre que la vieille dame ne prenne peur et ne s'éloigne avant qu'elle ait eu l'occasion de lui parler. C'est pourquoi elle s'approcha doucement et prit place juste à côté d'elle, sans faire de bruit. Pour une rare fois, Janine Beaulieu, qui d'ordinaire n'avait aucun problème à échanger avec les gens, se sentit mystérieusement intimidée. Presque petite fille...

***

— Je vois que vous observez les oiseaux, remarqua simplement la dame d'une voix mélodieuse, sans tourner son visage vers Janine. Avez-vous aperçu le pluvier argenté?... Non? Juste là, regardez bien, il se cache derrière la souche.

Suivant la direction que la main lui suggérait,

Janine ajusta ses jumelles pour une vision rapprochée et chercha l'oiseau du nord, tout en s'étonnant :

— Vous avez de bons yeux, madame! Oh! oh! ça y est, je le vois. Oh! il a encore presque toutes ses couleurs nuptiales! Ah! qu'il est beau.

— Il y a longtemps que vous observez les oiseaux? questionna poliment l'inconnue.

— Euh... en fait, pour dire vrai, je ne m'en souviens pas exactement! répondit gaiement Janine. Je sais une chose par contre. À mon dixième anniversaire, j'ai demandé pour cadeau à mes parents une paire de jumelles.

— Pourquoi à dix ans, plus particulièrement?

— Aucune idée! Et vous, madame, vous semblez bien les connaître aussi!

— Oh! moi... c'est de l'histoire ancienne, très ancienne! Je dirais une éternité que cela ne semblerait pas exagéré étant donné l'âge que j'ai, ajouta l'étrangère d'une voix espiègle. Vous habitez non loin du lac, madame...?

— Beaulieu. En effet, à dix minutes à pied. Et vous? Je ne vous ai jamais vue dans les alentours.

— Oh non, non! Je vis à Sherbrooke. Mais j'ai toujours adoré l'eau et, en vieillissant, elle me manque beaucoup. Je prends l'autobus et je viens m'asseoir ici les mercredis et dimanches depuis le début de l'été. Vous avez dit... Beaulieu? Oui! Ah! vous... vous êtes des Cantons-de-l'Est, enfin... de l'Estrie?

— Jamais de la vie! s'exclama Janine en riant, étonnée par la question. Vous n'avez pas remarqué mon accent? Je suis née au Saguenay, au pays des bleuets et des corneilles. À Arvida, précisément. C'est une petite localité paisible, blottie sous de très grands arbres. Sur la plus belle rue qui soit, madame, et qui porte un nom que vous aimerez : la rue des Sources!

Après plusieurs minutes d'un silence troublant,

Janine ne comprit pas pourquoi la conversation s'était arrêtée aussi net. En levant les yeux au ciel, elle vit un énorme nuage blanc se scinder en deux. Cette scène visuelle provoqua chez elle une pensée plutôt excentrique : « Une dague vient de découper la toile du temps. » Parallèlement à cette étrange évocation, une forte nausée l'envahit d'un seul tenant ; elle en demeura saisie et secouée. En se tournant vers sa compagne pour s'adresser à elle, Janine put remarquer le trouble qui s'était emparé de la femme âgée. Tout son corps s'était mis à trembler sporadiquement.

— Ai-je dit quelque chose qui..., bredouilla Janine avec difficulté. Aïe ! excusez-moi, je vais devoir partir. Je ne me sens pas très bien. J'ai mal au cœur.

— Vous avez... quoi ? s'écria la vieille femme.

Sans raison apparente, non seulement la compagne de fortune de Janine avait-elle pris un air complètement ahuri, mais elle avait aussi catapulté la question de manière tout à fait inattendue. Désorientée par un tel revirement de situation, de crainte que l'inconnue soit soudain prise d'une sorte de panique, Janine laissa passer un laps de temps avant de poursuivre.

— J'ai... j'ai mal au cœur, répéta-t-elle lentement, croyant à un quelconque malentendu. La nausée, vous savez ? Je suis désolée de vous avoir fait peur ! Ce n'est rien, je vous assure. Ça m'arrive assez régulièrement. Habituellement, je la sens venir. J'avoue que c'est la première fois que cela me prend aussi... subitement !

— Êtes-vous... enceinte ?

Janine ne s'attendait tellement pas à cette question qu'elle en oublia quelques instants et son malaise et la situation incongrue. Un sourire timide vint illuminer son teint blafard.

— Mais non ! voyons ! Qu'est-ce que vous allez chercher là ? Je frise la cinquantaine. En fait, j'aurai cinquante ans le 21 septembre de l'an 2000 !

Il y eut un autre silence. Lourd. Inexplicable. Presque gênant. Envahissant. Il sembla une éternité à Janine Beaulieu qui ne voyait pas bien ce qu'un simple mal de cœur pouvait avoir de si perturbant!

Se tortillant les mains avec nervosité, la vieille dame demeurait muette. On aurait dit qu'une sorte de fièvre subite s'était emparée d'elle, brûlant ses cordes vocales au passage! Puis, avec un certain emportement, elle extirpa de son sac un mouchoir pour s'éponger le front.

Attendant que la situation se rétablisse d'elle-même, Janine s'attarda à observer un oiseau blanc en vol, puis les perles des rayons du soleil scintillant sur le lac, ensuite les feuilles aux mille couleurs de l'automne qui, en tourbillonnant, formaient une valse féerique dans l'air. Elle admira le clair reflet d'Orford dans le miroir de l'eau et sentit le parfum insistant de la terre encore tiède des chaleurs de l'été. Quelques enfants plus loin sur la grève faisaient gaiement des ronds dans l'eau. Les oiseaux, des ronds dans le ciel. Il y eut une brise, puis un long soupir suivi d'une voix harmonieuse, à peine hachurée, une voix aux intonations de coucher de soleil, comme un air d'automne connu.

— Quel... quel est votre prénom? demanda la voix qui parut lointaine, et pourtant familière aux oreilles de la future quinquagénaire.

— Janine.

Quelles ne furent pas la surprise et la consternation de Janine de voir des larmes glisser le long des joues de son interlocutrice! Mal à l'aise, elle en déduisit que ce prénom devait réveiller de bien tristes souvenirs dans l'esprit de la femme âgée. Sur ce, elle fit le geste de se lever pour partir.

— Attendez! Ne partez pas! ordonna l'inconnue

de façon cavalière. Oh! excusez-moi, je vous en prie. Je veux dire... Ne vaudrait-il pas mieux attendre que votre malaise se dissipe avant de repartir, ma petite?

En disant ces mots, l'étrangère avait posé avec douceur sa main flétrie et chaude sur celle de Janine.

— Oui... Peut-être avez-vous raison, ne put qu'acquiescer Janine, plutôt déboussolée.

De façon quasi magique, au contact de la main usée par le temps, le malaise se dissipa en quelques secondes. Ahurie, osant à peine y croire, Janine attendit un peu avant d'avouer:

— Ça alors! Je... je crois que je me sens mieux. Beaucoup mieux! C'est parti aussi vite que c'est venu. Étrange...

— Vous savez, vous paraissez si jeune, Jan... Janine. Puis-je vous demander alors, sans vouloir être indiscrète, si vous n'êtes pas enceinte, quelle est donc la cause de...

— Oh! ça aussi, c'est une longue histoire, madame...?

— Élis... Élis...

— Élise? Quel joli prénom!

— Si vous n'êtes pas pressée, j'ai tout mon temps, vous savez! ajouta Élise d'un timbre chaud, mais saccadé, en pressant la main de Janine. J'aimerais beaucoup connaître... votre histoire.

Alors, à une parfaite étrangère qu'elle avait même jugée lunatique quelques minutes auparavant, Janine Beaulieu ressentit le besoin de se livrer tout entière. Aucun détail ne fut épargné. L'amnésie inexplicable. Les débuts de la nausée. Sa famille. Son enfance. Sa mère. La dernière décennie en recherches infructueuses. Le rêve en détail qui coïncidait avec son arrivée en Estrie. Sa belle-mère. Rémi. Marc Fabre et jusqu'au professeur Giroud...

Quand elle eut terminé, le soleil avait déjà fui

derrière la montagne, à l'ouest. Par conséquent, un petit air frais s'était levé, chassant les derniers promeneurs et balayant quelques feuilles mortes au passage.

— C'est assez surprenant, en effet, se contenta de conclure Élise, un tremblement marqué dans la voix. Votre histoire est plutôt singulière. Oh! mon Dieu! il se fait tard, ajouta-t-elle en regardant sa montre. J'espère qu'il y a encore un autobus à cette heure!

— C'est de ma faute, madame Élise. Je vous ai retardée. Veuillez m'excuser. Je ne sais pas ce qui m'a pris de vous déballer ainsi une grande partie de ma vie.

— Ne vous faites pas de soucis. C'est moi qui ai insisté. J'ai eu... J'aurais aimé faire plus que simplement vous écouter.

— Est-ce que je peux vous accompagner jusqu'au terminus? C'est sur mon chemin...

— Sur mon chemin, répéta Élise d'une voix ténue et absente.

Après quelques secondes, sortant de sa brusque léthargie, elle ajouta :

— Oh oui! bien volontiers.

En marchant côte à côte, longeant les vitrines de la rue Principale, les deux femmes échangèrent de façon courtoise sur des banalités, sans plus. Toutefois, Janine put aisément se rendre compte de l'éloignement d'Élise qui se trouvait à des lieues d'elle, de Magog, des Cantons-de-l'Est, enveloppée dans un voile opaque aux teintes du passé, emportée, malgré elle, par un flot de souvenirs enlevants.

Pourtant, arrivées au terminus, c'est d'un commun accord et de façon tout à fait spontanée qu'elles se donnèrent rendez-vous pour le dimanche suivant, au même endroit, à la même heure, mais pas pour les mêmes raisons!

***

On était aux derniers jours de novembre. Une première neige avait prématurément coloré de blanc terres et végétation des alentours à la fin octobre. Au grand soulagement de tous, la saison automnale avait vite repris ses droits, chassant la manne blanche de son monde éclatant de couleurs! Le temps demeurait maussade, mais la température, légèrement au-dessus de la moyenne.

Janine et Rémi venaient de mettre la touche finale à un contrat qui avait exigé beaucoup de sorties en nature. Les panneaux d'interprétation des sentiers du Marais de la rivière aux Cerises, qu'ils avaient conçus par infographie, pouvaient maintenant passer à la phase de la fabrication. Côte à côte, ils étaient en train de classer les différentes photos animalières pour d'éventuelles utilisations.

— Regarde celle-là, Janine. Tu l'as vraiment bien réussie!

Il s'agissait d'une famille de bernaches du Canada, les parents et leur quatre petits pris sur le vif au marais.

— C'est vrai! Je dois avouer qu'elle est pas mal. Oh! excuse-moi une minute, Rémi. C'est l'heure de téléphoner à Élise.

Depuis la rencontre accidentelle entre Élise et Janine, Rémi Lanctôt allait de surprise en surprise. Il n'aurait jamais cru qu'une relation amicale pouvait se développer aussi rapidement, aussi fortuitement, surtout entre deux personnes présentant un écart d'âge si prononcé et qui, de surcroît, ne s'étaient jamais vues auparavant! Le plus surprenant était l'impact émotif, et surtout positif, que cette nouvelle amitié avait sur Janine. La complicité qui unissait les deux femmes avait de quoi en étonner plus d'un! Élise

69

était devenue une mère, une sœur, une confidente pour Janine, et ce, en quelques semaines à peine. Qui plus est, en présence de la vieille dame, Janine ne ressentait aucun malaise. Que ce soit à leur demeure de Magog ou à la maison d'Élise à Sherbrooke, lorsque le temps ne permettait pas aux deux amies de se promener sur les chemins, le résultat était le même : Janine Beaulieu se portait à merveille.

En voyant sa femme décrocher le combiné avec une ferveur toute juvénile, Rémi sourit de bien-être.

« Décidément, le temps est revenu au beau fixe », se dit-il, plus que satisfait de la tournure des événements.

***

Dans le ciel de Rémi Lanctôt, il y avait bien quelques nimbus aux formes maternelles, mais tout à fait négligeables. Depuis juillet, quand mère et fils désiraient se voir, c'était Rémi qui se déplaçait. Il allait rendre visite à Pierrette dans la luxueuse villa de ses parents au bord du lac. Au début, comme après chaque différend entre les deux femmes, Rémi avait vaguement tenté de jouer au médiateur pour régler le conflit. Peine perdue.

— Jamais, lui avait rétorqué sa mère avec aigreur, je ne remettrai les pieds chez toi! Du moins, tant qu'elle sera là. Si les filles veulent me voir, elles n'auront qu'à venir ici, comme toi. J'espère que c'est clair et je ne veux plus revenir sur ce sujet.

Dès lors, il avait compris – et Pierrette n'en démordrait pas – que Janine Beaulieu, cette fois, avait tellement dépassé les bornes qu'elle avait atteint le point de non-retour. Dans un certain sens, ou, pour être plus exact, dans un sens certain, le refus de Pierrette de revenir sur la rue du Collège et sa décision pure et dure de désavouer Janine Beaulieu arrangeaient bien Rémi Lanctôt. Il avait une envie et un besoin de paix et de libération parentale tels qu'il était prêt à les payer n'importe quel prix, celui de la servilité inclus. Rémi profitait donc largement de la situation, sachant pertinemment qu'il aurait été – et serait toujours – incapable de remettre lui-même Pierrette Lanctôt à sa place, pour quelque raison que ce soit.

Ainsi, lorsque Janine rencontrait Élise, lui, il payait sans broncher le tribut de ses faiblesses et celui de sa lâcheté : il devait écouter sa mère discourir pendant d'interminables heures sur la vie mondaine de Magog, sur les derniers potins des Cantons-de-l'Est, sur leurs récentes acquisitions qui pouvaient aller jusqu'à une description détaillée des nouvelles chaussures de golf assorties du couple Lanctôt... Verbiages inutiles et creux, à faire mourir d'ennui et d'humiliation tous ceux qui devaient les subir, Rémi inclus. Pendant ce temps, il se disait que Janine prenait du mieux et que leur ménage reprenait du poil de la bête.

Rémi Lanctôt avait horreur de régler des problèmes ou des conflits, tant personnels que sociaux. Il ne voulait pas les regarder en face et faisait tout ce qui était en son pouvoir pour les escamoter ou les reléguer à l'arrière-plan. Par conséquent, il ne se formalisait pas de savoir qu'il ne faisait pas partie de la race des « guerriers » de ce don Juan dont sa femme lui rebattait les oreilles depuis des semaines. Il préférait de loin, clamait-il sottement en voulant détendre l'atmosphère encore tendue qui persistait parfois entre eux, faire l'amour... à la guerre.

***

— Madame Élise, c'est moi, Janine. Bonjour! Comment allez-vous aujourd'hui?

Au fur et à mesure de la conversation, Rémi vit Janine changer de physionomie. L'inquiétude et la déception se lisaient sur son visage.

— Vous êtes sûre?... Vous ne voulez vraiment pas que je vienne? Je pourrais au moins vous tenir compagnie. Alors, oui, d'accord, c'est comme vous voulez. J'attendrai votre appel. Soignez-vous bien et faites attention à vous. Au revoir, Élise!

— Que se passe-t-il, Janine? ne put que s'enquérir Rémi devant l'air inquiet et déçu de sa femme.

— Je... je sais pas trop, en fait. Elle... elle n'était pas très claire. Une grippe, enfin, c'est ce que j'ai cru comprendre. De plus, elle a mentionné un petit voyage imprévu, un déplacement urgent...

— Voyons, Janine! Il n'y a rien là qui vaille la peine de s'inquiéter! C'est normal, elle a sa vie et elle doit en connaître du monde, à son âge! réfuta Rémi.

— Non, c'est pas ça, Rémi. On aurait dit qu'elle ne désirait pas me voir. Il y avait, pour la première fois, comme une réaction d'évitement. Et puis, tu sais bien qu'elle n'a plus aucune famille et juste une voisine super désagréable!

— Là, tu exagères! Elle a sûrement des amis. T'éviter! Il n'y a absolument aucune raison pour qu'une telle chose se produise. La dernière fois, il y a deux jours à peine, vous avez passé un après-midi fantastique. Je suis bien placé pour le savoir, je vous ai entendues rire et jacasser pendant des heures. Elle va te rappeler. C'est certain!

— Oui, tu... tu as certainement raison. Qu'est-ce que je vais chercher là? concéda Janine d'une voix hésitante.

Elle se sentait l'âme en peine, envahie de pensées négatives qui tentaient de l'accaparer tout entière. Devant le sourire engageant de Rémi qui s'efforçait de la réconforter, l'incitant à passer outre à ce léger contretemps, elle réussit à lancer :

— Allez! on termine ce rangement et puis on se paie une petite sortie au bistro. Hum! j'ai une faim de louve. C'est toi qui m'accompagneras sur les chemins aujourd'hui. C'est un ordre, monsieur Lanctôt! Je vais suivre ton conseil et attendre sagement qu'elle me rappelle.

— Euh! c'est que... je voudrais bien, Janine, mais j'ai promis à maman vu que tu devais être avec Élise! Tu comprends, hein, ma douce?

— Ne peux-tu pas te décommander? C'est si rare que je te demande de m'accompagner. Tu n'as qu'à l'appeler! Tu la vois trois ou quatre fois par semaine, ma parole! Une de moins, elle ne va pas en mourir quand même.

— Oh non! jamais. Si je lui fais ça, elle va m'en vouloir et me le faire payer longtemps, objecta Rémi d'une voix geignarde. C'est assez que la guerre soit déclarée entre vous deux! Je ne vais pas en rajouter, d'autant plus que, en ce qui a trait à ton... ton ultimatum, elle le respecte, non? Elle est même plutôt supportable et gentille avec moi ces derniers temps. Tu devrais voir! Et puis, tu le sais, Janine, personne ne décommande Pierrette Lanctôt, à moins d'une raison grave. Très grave! Non, non. C'est hors de question.

— Ça va, Rémi, ne te mets pas dans cet état. N'en parlons plus. T'as jamais pensé que tu pourrais peut-être arriver à décommander Pierrette... Simard?

Sans attendre une réponse, qui, elle le savait, ne viendrait pas de toute façon, Janine se retourna brusquement avant que Rémi ne prenne conscience de son état. La nausée venait de l'envahir, accompagnée de sueurs froides et d'un lancinant mal de tête. Cette fois, Janine Beaulieu sut qu'elle ne pouvait l'imputer au passé oublié.

La lâcheté et la faiblesse du fils de Pierrette Lanctôt avaient réussi à lui soulever le cœur, pour la première fois.

Pensif, André Giroud raccrocha le combiné du téléphone posé sur sa table de chevet. Puis, il replaça ses deux oreillers en cherchant une position plus confortable. Le réveille-matin lui indiqua cinq heures trente. Il n'y avait que sa mère pour l'appeler à cette heure si matinale. C'est vrai qu'il était onze heures trente à Toulouse. Plus que vers la conversation avec sa mère, qui venait de lui annoncer sa venue imminente en sol québécois, c'est vers Janine Beaulieu que ses pensées se dirigèrent. Il ne l'avait plus vue, n'avait plus eu de ses nouvelles depuis ce jour de juillet. Il avait bien songé à lui téléphoner le jour de son anniversaire, mais il n'avait pas osé, désirant respecter sa décision. Qu'aurait-il pu lui dire, de toute façon, pour la convaincre de revenir?

Le psychiatre avait bien, des dizaines de fois même, retourné leur dernier entretien dans tous les sens. Aucun nouvel élément n'avait fait son apparition. Toutefois, un point précis continuait à l'intriguer: le troisième rêve de Janine à son sujet. En effet, cette vision nocturne, malgré la fin de la thérapie, persistait à visiter son propre sommeil. À moitié réveillé, c'est à cela même qu'il se mit à réfléchir, alangui dans son lit.

« Elle aura vu juste, une autre fois! Incroyable! Étonnant! Maman arrive dans deux semaines pour passer les fêtes de Noël avec moi. Elle a même dit qu'il était temps, après toutes ces années, de faire le point sur certaines choses. Le plus étonnant, c'est que Janine ne serait même pas intéressée d'apprendre cela. C'est vrai qu'elle en a vu bien d'autres!... »

Il jeta un bref coup d'œil à la fenêtre de sa chambre. Ce geste anodin raviva son souvenir d'elle, lorsqu'elle se tournait abruptement pour chercher la lumière.

« Comment s'en sort-elle? C'est vraiment dommage qu'elle ait mis fin... Ah! et puis, après tout, il faudra bien me faire à l'idée d'oublier cet échec. »

André Giroud se mentait. Le professeur savait qu'André Giroud se leurrait. Seul le psychiatre refusait de voir le mensonge. L'échec professionnel était bien la dernière de ses préoccupations. L'étrange madame Beaulieu était la première, la seule et l'inavouée préoccupation de l'homme épris...

Quand il vit le bas des vitres plein d'une condensation sans équivoque, soudain frileux, André remonta la couverture jusqu'à son nez. Décembre avait froidement fait son apparition. Cinq centimètres de neige recouvraient le sol depuis trois jours, les degrés refusant obstinément de dépasser la barre du zéro. Maussade, taciturne, il se retourna sur le côté et se rendormit aussitôt.

***

Pour la deuxième fois d'affilée, la sonnerie du téléphone tira André Giroud d'un profond sommeil. En décrochant le combiné, il regarda l'heure : huit heures quinze. En répondant un « Oui, allô! » plutôt bourru, il se demanda qui pouvait bien l'appeler à une heure pareille.

— Est-ce que je parle au professeur Giroud? André Giroud?

Pendant que les oreilles cherchaient à reconnaître la petite voix féminine à l'accent léger, les yeux d'André s'ouvrirent et se fermèrent en tentant de s'habituer à la lumière.

— Oui, professeur Giroud à l'appareil, répondit-il d'une voix plus ou moins claire. Mais à qui ai-je l'honneur de m'adresser... de si bonne heure?

— Oh! vous ne me connaissez pas, professeur.

Mon nom ne vous dira rien. Excusez l'heure matinale, mais j'ai absolument besoin de vous rencontrer. C'est même... urgent!

La fébrilité soudaine et le débit rapide de la voix alertèrent le psychiatre.

— Madame... je ne comprends pas. Qui vous a donné mon numéro?

— Un... ami commun.

— Quel ami?

Voyant qu'il n'obtenait pas de réponse, André crut bon de mettre rapidement fin à la conversation :

— Je suis désolé, madame, en raison de votre refus de coopérer, je vais devoir raccrocher.

— Non! juste ciel! ne faites pas cela. Je vous en prie, docteur, implora la voix dont il fut désormais en mesure de détecter une faible et très lointaine trace d'accent du midi. C'est Marc Fabre qui m'a donné votre numéro privé.

— Marc? Vous le connaissez?

— Oui, assez bien, mais il ne s'agit pas de cela. Je dois absolument vous voir. Vous comprenez, j'ai besoin que vous m'aidiez.

— Je suis désolé, madame, mais je ne fais plus de consultations privées depuis fort longtemps. Marc a sûrement dû vous le dire...

— Oui, en effet. Il me l'a dit.

— Alors?

En prononçant ce mot, André Giroud revit, en un éclair, la femme au souvenir dormant et son regard implorant. Ses yeux de lumière. Sa peau dorée. À une vitesse folle, il se vit retourner en arrière, effacer d'un trait la réponse qui avait suivi: « Rien. » Ce mot brutal qui avait éloigné Janine Beaulieu de sa vie à tout jamais. Il refusa d'associer le désarroi qu'il ressentit à la simple évocation de ne plus jamais la revoir.

— Ce... ce n'est pas pour moi, admit la voix, gênée.

Cela concerne une personne proche... enfin, qui était très proche de moi. Il faut que vous me veniez en aide!

— Je crains de ne pouvoir vous aider. Premièrement, je ne vous connais pas. Je ne sais même pas votre nom, madame! Deuxièmement, je ne soigne pas par procuration! Finalement, vous frappez vraiment à la mauvaise porte! s'exclama André, complètement estomaqué par l'insistance de l'inconnue qu'il savait maintenant être plutôt âgée.

— Oh non! vous faites erreur. Croyez-moi! Je suis persuadée, au contraire, de frapper à la bonne porte, professeur Giroud.

— Écoutez bien, madame. Le ton se voulait distant, ferme tout en demeurant courtois. Je vais vous le dire pour une dernière fois. Il n'y a...

Confondu, André s'arrêta net, n'osant continuer. Pour la première fois de sa vie, à son insu, le psychiatre venait de suivre son intuition. Les mots qu'il allait prononcer, « Il n'y a... rien que je puisse faire pour vous », il les garda pour lui, en son for intérieur, à l'abri des erreurs, à l'abri des échecs, à l'abri du vent mauvais. Pantois, décontenancé, peu habitué à ce qu'il aurait volontiers qualifié de faiblesse comportementale, s'il en avait eu le temps, il se contenta de répéter maladroitement:

— Je... je n'arrive pas à croire que Marc Fabre vous ait donné mon numéro. Je ne sais pas comment vous avez réussi...

— Docteur Giroud! Ce n'est pas important pour le moment! Ah! je m'y prends mal. Très mal. C'est que je n'ai pas l'habitude... Pardonnez-moi. Je m'appelle Élisabeth Payot et je vous téléphone au sujet d'une personne que j'ai côtoyée intimement il y a de nombreuses années. Le hasard fait ou veut qu'il s'agisse... d'une ancienne patiente à vous. Je dois prendre une décision la concernant et je n'y arrive pas. Je suis certaine que vous serez intéressé de me rencontrer.

« Il s'agit de... Janine Beaulieu. »

***

Portant un magnétophone dans une main, pendant que l'autre frappait nerveusement à la porte, que l'œil agité vérifiait le numéro civique et que les pieds, frileux, agacés de rester sur place, martelaient vivement la galerie, le psychiatre entendit son cœur palpiter dans sa poitrine. Il se trouvait dans un état d'agitation et d'anxiété tel qu'il le jugea tout à fait inadmissible, mal à propos. C'est pourquoi il prit une grande respiration, retint son souffle, ferma les yeux et tenta de se calmer. Contre toute attente, puisqu'il refoulait toujours la raison principale de ce comportement juvénile, l'inverse se produisit : son état d'affolement empira.

De plus, André Giroud, il faut bien le dire, était très peu préparé à ce genre de situation. En règle générale – et le psychiatre s'aventurait rarement hors des règles établies –, les gens venaient à son bureau pour le consulter. Jamais, de toute sa carrière, il ne s'était déplacé lui-même.

La porte s'ouvrit enfin, mais sur un personnage fort surprenant.

« Ça alors! Une vieille bohémienne! » Telle fut sa première opinion d'Élisabeth Payot. Une femme que l'âge semblait avoir oubliée. Petite, aux yeux bleus, aux longs cheveux de neige. Pieds nus dans des sandales plates. Jupe ample. Châle en laine jeté négligemment sur des épaules frêles. Vision inattendue. Tellement surprenante qu'elle le laissa sans mot.

— Bonjour, docteur Giroud... ou professeur? Comment désirez-vous que je vous appelle?

« La voix chaude et juvénile aux intonations d'un soleil de Provence, constata André, n'a pas suivi l'âge, on dirait! »

— Euh! comme vous voulez, madame... Payot?

— Oui. C'est bien moi. Enchantée! Entrez, entrez vite, professeur. Il fait plutôt froid, n'est-ce pas?

— Oui... Oui, il fait froid...

L'homme paraissait si mal à l'aise, les épaules baissées, le regard fuyant, la voix enrouée, que madame Payot en fut désolée. Interloquée aussi, car elle ne s'attendait pas à ce genre d'attitude embarrassée de la part d'un éminent psychiatre. En prenant le paletot du spécialiste, elle comprit qu'elle devait tenter de rendre la chose plus facile pour lui.

— Vous avez bien trouvé la maison à ce que je vois. Parfois, certains se perdent en venant jusque chez moi! Je ne comprends pas, c'est si facile! Bref. Passons au salon, vous voulez bien? Un petit café, pour nous réchauffer?

— Bien volontiers, madame Payot. Bien volontiers!

Peu après, le psychiatre, qui avait eu droit à une courte accalmie émotionnelle, se retrouva à la case départ, en pleine zone de turbulences. Ce qu'il avait sous les yeux, ajouté à ce qu'il venait d'entendre, avait de quoi en retourner plus d'un. Pendant qu'il regardait Élisabeth Payot siroter son expresso à petites lampées, l'esprit agité du docteur ressassait ses dernières paroles d'introduction.

« Une Française! Une vieille dame du sud de la France. Une compatriote! Elle a travaillé en clinique privée avec la grand-mère de Marc Fabre, Adèle Saint-Clair, puis au CHUS comme infirmière pendant de nombreuses années. Je suis assis devant elle. Je lui fais face dans un petit salon. Nous buvons un café très fort. Et elle va me parler de Janine Beaulieu qu'elle a connue, il y a quarante ans, et retrouvée par hasard!? depuis peu. Mais Janine ne l'a pas reconnue, « pas encore ». Mais dites-moi que je rêve, mon Dieu? »

— Hou! hou!... à quoi songez-vous, professeur?

Sans attendre de réponse, Élisabeth enchaîna :

— Drôle de hasard, je vous l'accorde. Mais nous reviendrons là-dessus, après. Vous savez, docteur, la fiction ou le rêve précède souvent la réalité, que cela nous plaise ou non! Bref. J'ai une longue, très longue histoire à vous raconter, vous savez. Autant s'y mettre. Je vous demanderai donc de préparer votre magnéto-phone. Avez-vous apporté plusieurs cassettes comme je vous l'ai demandé?... Oui! Très bien. Quand j'aurai terminé, professeur Giroud, nous pourrons en discuter. Je répondrai alors à toutes vos questions et je suis sûre que vous saurez me conseiller. Je sais que vous, vous pourrez y arriver...

Le fait que madame Payot utilisât la même expression que Marc pour faire référence à Janine Beaulieu souleva une question, une seule, avant les révélations.

— Pourquoi semblez-vous convaincus, autant Marc que vous, que je peux aider cette femme? Elle ne veut même plus de mon aide! Tout à fait inefficace, il faut bien l'avouer! D'ailleurs, elle a cessé de consulter depuis juillet...

— Je le sais, professeur.

— Alors?

IV

Il faisait un temps exceptionnellement doux en ce mois d'octobre 1959. L'été des Indiens rejetait son trop-plein de chaleur et de lumière comme si le temps faisait une indigestion de soleil. Depuis plusieurs jours déjà, Jeannine Beaulieu dépensait beaucoup d'énergie à étrenner autant ses « neuf » ans que ses souliers vernis et, sans aucun remords, elle faisait durer le plaisir. Il faut bien dire que tous les prétextes étaient bons pour jouer dehors, flâner, rêver, parcourir les bois et les chemins. Ne lui fallait-il pas à la fois découvrir la vie et apprendre à s'arrêter dans l'espace et le temps? Plus que tout, la fillette adorait marcher ou courir dans le vent en fredonnant ces paroles d'un air à la mode:

« Dans le vent, dans le vent, à chacun son temps... »

Tout en se promenant par ce beau lundi automnal, Jeannine se mit à songer aux propos d'Henriette, sa mère, juste avant qu'elle ne quitte la maison:

— Jeannine Beaulieu, tu ne cesseras donc jamais de courir les chemins! Quand t'arrêteras-tu donc?

Pour une rare fois, le discours maternel, bien qu'il ait sous-entendu une certaine résignation, avait été empreint d'une sorte d'attendrissement. Dès lors, la petite n'avait pas ressenti ces paroles comme un reproche. En sortant, Jeannine avait vite jeté ces mots malhabiles, tels des ballons d'espoir dans le ciel bas et bouché d'Henriette Tremblay-Beaulieu:

— Enfin, maman, pourquoi je m'arrêterais? Je me sens si bien dans ma tête et heureuse dans mon cœur quand je cours sur les chemins, la tête dans les nuages pis le vent dans mes cheveux. Je fais pas de mal à personne, tu sais. Préférerais-tu avoir une enfant méchante et malheureuse?

Avant de se perdre en considérations nébuleuses, lesquelles auraient sûrement gâché le limpide ciel d'octobre, la petite Jeannine décida de changer le cours de ses pensées. Elle se remémora, pour une énième fois, le jour de son anniversaire, jour où elle avait été obligée de porter le banal uniforme scolaire:

— Ah! pourquoi a-t-il fallu que ma fête tombe ce jour-là? Je suis vraiment pas chanceuse.

La rivière de ses réflexions ne charriant que déceptions répétées, Jeannine considéra qu'était venue l'heure de fermer les vannes. Elle s'attarda donc juste au moment présent, à la douceur de l'air automnal, au plaisir féminin de la coquetterie, et elle se sentit vite d'humeur meilleure. Le congé de l'Action de grâces, joint à un temps anormalement clément pour cette période de l'année, montrait enfin plus de bienveillance envers Jeannine. Ce matin, elle avait pu enfiler sa robe préférée en coton vert nouée à la taille par une fine ceinture de cuirette et rehaussée d'un col de dentelle blanche qu'elle comparait à un « collier de fleurs joli, joli... »

C'est donc ainsi vêtue que, par ce bel après-midi d'octobre, Jeannine faisait d'incessants allers et retours sur la rue des Sources. Une course urgente à exécuter, un livre oublié qu'il fallait récupérer chez la copine Suzanne, un petit détour pour voir Pierre ou Richard, ses nouveaux amis de quatrième, un essayage de costume pour la fête prochaine de l'Halloween avec Basia, sa voisine polonaise, un brin de causette avec les deux Michel, celui d'à côté et celui d'en face qu'elle aimait en secret, autant l'un que l'autre.

Malgré sa robe légère et à force de courir ainsi sous le soleil depuis des heures sans rien avaler ni prendre le temps de s'arrêter, la petite Jeannine finit par avoir chaud, soif et faim. Un brusque haut-le-cœur l'obligea à s'asseoir quelques minutes à proximité du trottoir situé juste en face de la maison fleurie de celle qu'on nommait à voix basse Ladame. La tête un peu penchée à cause de la nausée envahissante, assise à l'ombre d'un grand chêne un peu tourmenté par les lierres, l'enfant pouvait apercevoir à travers les lattes de bois du portail celle qui faisait jaser le voisinage depuis plusieurs mois.

« Une femme bien étrange. Différente de nous autres, en tout cas! » murmurait-on à l'abri des oreilles enfantines...

***

La cadette des Beaulieu écoutait tout ce qui se disait autour d'elle. Par conséquent, elle parlait peu, ce qui favorisait le silence, l'observation et l'attention. Dans cet univers silencieux, négligée par sa mère et ses huit frères et, par conséquent, trop souvent laissée à elle-même, Jeannine Beaulieu n'avait d'autre choix que de réinventer le monde.

Suivant un ordre formel d'en haut, maternel en l'occurrence, la fillette avait bien hérité de la vieille bicyclette de son frère Serge, mais sa répugnance, son humiliation et son refus catégorique d'utiliser ce bicycle de garçon, d'un gris poubelle en plus, s'avérèrent plus tenaces que son désir et son envie d'en faire. Au sein du clan Beaulieu, nul n'était dupe du comportement ostentatoire de la cadette, lequel – une première! – remettait directement en cause un ordre suprême.

Sans prendre parti ouvertement, les frères et le

père espéraient néanmoins la capitulation d'Henriette à ce propos. Hélas! la reddition tardait à venir. N'osant affronter la marâtre, la gent masculine des Beaulieu était plutôt encline à croire que Jeannine ne verrait probablement jamais la couleur d'un vélo de fille, pas plus que celle d'une robe de poupée d'ailleurs! En effet, l'unique fille de la famille ne jouait pas plus à la poupée qu'elle ne faisait de bicyclette, car elle n'en possédait aucune!

— Inutile de t'acharner, Jeannine Beaulieu, pis je te défends même d'y rêvasser, avait froidement tranché la mère devant la famille, aux toutes premières tentatives de la fillette à ce sujet. J'achèterai juste pas un jouet si cher, pis stupide en plus : une catin! Juste bon à ramasser de la poussière dans le fond des garde-robes. En plus, ça servirait à personne d'autre après! Elle peut très bien s'en passer. J'en ai jamais eu, moi! Elle a juste à regarder la télévision, comme le monde normal! avait ajouté Henriette en s'adressant, cette fois, uniquement aux hommes qui s'étaient contentés d'afficher un air contrit et, il faut bien le dire, à peine réprobateur.

Ah! cette fameuse télévision. Ce tout récent et obnubilant centre d'intérêt, Jeannine le considérait franchement comme un intrus indésirable et vorace. L'appareil étrange et ensorceleur qui, depuis trois ans, trônait en démagogue et en maître incontesté sur une petite estrade dans un coin du salon, la laissait, contrairement à tous les membres de sa famille, indifférente et plutôt méfiante. Jeannine Beaulieu considérait n'avoir pas de temps à perdre à demeurer spectatrice, assise, impuissante, à regarder la vie passer sous ses yeux pour finir par devenir, à son humble avis, « bien plus stupide qu'une catin! »

Dans de telles circonstances, l'enfant s'était vue, et sentie, presque obligée de privilégier les activités et les jeux qui touchaient le monde de l'imaginaire. Ces derniers, n'exigeant que fantaisie et créativité, pouvaient s'exécuter, fort heureusement, en solitaire et sans artifice aucun! Souvent accompagnée de ses personnages et amis inventés, qui sortaient purement et simplement de son esprit, plus rarement des livres empruntés à la bibliothèque municipale, Jeannine vivait de rocambolesques aventures. Elles pouvaient tout aussi bien se dérouler le soir dans son lit, lorsque son visage était ébloui par la lune blanche, ou le jour sur les chemins, le corps irradié par les rayons du soleil jaune. Tel un bagage précieux – on pourrait dire vital dans son cas –, elle les emportait partout: dans le silence de l'église paroissiale ou la classe de son école, dans son bois enchanteur, chez ses voisins polonais et acadiens, partout, partout...

C'est ainsi qu'à force de développer et d'aiguiser son cerveau droit, un manège étrange était venu à occuper une large, très large partie de ses loisirs: découvrir le sens occulte des conversations, des propos, des paroles qui s'échangeaient librement autour d'elle. Petit à petit, elle avait transposé ce manège sur les êtres qui l'entouraient, puis sur les événements qui arrivaient. Soit Jeannine les dépouillait de leurs mensonges ou de leurs ruses, soit elle ajoutait les non-dits ou les sous-entendus, leur rendant ainsi, croyait-elle, leur juste sens, leur véritable identité.

L'impression de pénétrer un monde secret pour y parvenir ne la dérangeait pas outre mesure, bien au contraire! « Je vais dans l'envers des mots, des choses ou des personnes », aurait-elle précisé naïvement. On ne regardait pas ça avec les yeux, on ne l'entendait pas avec les oreilles, mais si on prenait le temps d'explorer le monde en profondeur, soit en voyant avec les yeux du cœur, soit en écoutant avec attention, cette autre dimension surgissait quelque part en dedans de soi.

Par la suite, constatant qu'elle n'avait plus aucun effort à fournir pour faire surgir cette étrange dimension en elle, la petite avait commencé à douter. L'imaginaire avait bon dos! Était-ce bien toujours un jeu? Compte tenu des proportions que ce manège avait prises en elle, et par crainte du ridicule, Jeannine n'osa jamais parler de ça à personne. Malgré ses craintes et ses doutes, la cadette des Beaulieu demeurait convaincue qu'il y avait très souvent une autre signification à la parole, un sens inconnu, et surtout plus significatif dans le temps, aux événements, aux situations, aux rencontres et même aux gens...

***

En observant avec attention celle que tous surnommaient Ladame, la petite Jeannine Beaulieu songea qu'effectivement une différence s'imposait entre elle et les autres. En ce qui concernait l'âge, elle devait avoir atteint le midi de la vie. Contrairement aux autres dans la cinquantaine que Jeannine côtoyait, sa mère ou ses tantes qui exhibaient cheveux courts, maquillage, pantalons ou robes à crinoline et talons aiguilles, l'étrangère retenait ses longs cheveux noirs comme la nuit avec des foulards couleurs du jour, elle s'habillait toujours de longues jupes aux teintes criardes et elle se baladait pieds nus dans des sandales plates. De plus, elle ne portait aucun fard, parlait avec le soleil dans la voix pendant que l'onde miroitait délicatement dans ses yeux colorés d'eau.

Par-dessus tout, colportait-on allègrement un peu partout, l'étrangère des Vieux Pays ne s'exprimait pas à la manière des gens du Nouveau Monde! Assez curieusement, cette remarque ne concernait pas uniquement son accent, de toute évidence autre que saguenéen. À certains égards, la petite ville d'Arvida, coupée du reste du monde, située dans une région plutôt nordique, connaissait pourtant une certaine popularité. Ceci du fait de sa très grande usine d'aluminium pour laquelle avaient immigré maints Européens dans les années trente, principalement des Polonais et des gens d'Europe de l'Est. Par conséquent, les accents étrangers ne correspondaient pas à un phénomène nouveau pour les Arvidiens.

Dans le cas de Ladame, ladite affirmation avait une autre signification. Son langage à saveur philosophique, spirituelle et humanitaire contenait une dimension ésotérique. Son discours, aux notes variant à l'infini, modulait les rythmes de la vie présente avec la même facilité que celle de demain. La femme, pourtant en terre étrangère, se promenait à l'aise dans les chemins intimes de tous, déplaçant les barrières, supprimant les moindres carapaces, enfonçant jusqu'au plus gros barrage intérieur. Elle défaisait les préjugés et les masques plus rapidement qu'on avait mis de temps à les façonner. Ensuite, en toute simplicité et en toute humilité, elle tricotait, aussi bien à l'endroit qu'à l'envers, un vêtement confortable à la mesure de la vie, de l'espace et du temps de chacun.

Il est vrai que, pour certains habitants du Royaume, ses dires demeuraient pures chimères. Néanmoins, pour plusieurs d'entre eux, ils parlaient d'espoir et de vérité. La femme d'eau et de feu devenait miroir de lumière dans lequel tout un chacun pouvait se voir, pour mieux se comprendre. Par sa bouche, les mots se faisaient outils pour l'inlassable quête. Car, de l'eau de sagesse, naissaient spontanément des paroles encourageantes, un discours rafraîchissant et surtout apaisant.

Quand on osait lui demander une définition de cette sagesse si chère à son cœur, qui paraissait être le plus important trésor à acquérir, elle répondait humblement :

— La sagesse, c'est l'intelligence d'aimer.

Cette façon différente de s'exprimer, parce que totalement inconnue du commun des mortels de ce coin de pays, déconcertait plusieurs de ses interlocuteurs. En revanche, cette approche, pour le moins avant-gardiste, s'avérait, même si l'on s'en défendait bien en public, singulièrement attirante en privé! Que ce fût donc par simple curiosité, par nécessité, par plaisir ou par souci de devenir un peu plus sage, l'on venait tout de même consulter l'étrangère, mais « en cachette ». Ce qui, à son tour, déconcertait totalement l'intéressée!

Jeannine se souvint vaguement avoir entendu que Ladame tirait des cartes, qu'elle faisait des lectures à... venir, qu'elle voyait des formes étranges dans une boule, enfin... « des choses comme ça »! Les termes exacts s'embrouillèrent dans l'esprit embué de la fillette. Son cœur se mit à chavirer. La petite ne put retenir plus longtemps la nausée qui lui montait à la gorge.

***

Penchée sur la terre, Élisabeth Mercantour-Payot parlait à ses fleurs. Aux rosiers, elle disait qu'il était temps de se préparer aux durs climats de l'hiver à venir et aux bougainvillées, de faire provision de soleil, puisqu'il serait bientôt temps pour eux de rentrer à la maison. Aux autres, les annuelles, « ses passagères », elle murmurait doucement :

— Vous êtes dans le temps de l'épanouissement, belles à faire tourner les têtes! Ne craignez pas la blessure que je vais vous infliger. Si je vous coupe en bouquets, c'est pour que vous puissiez étendre cette beauté aux lieux où vous séjournerez, aux gens qui vous contempleront.

Ses fleurs, elles, savaient sûrement comment interpréter son langage! Non seulement embellissaient-elles sa maison sans interruption d'avril à novembre – à en faire mourir d'envie tous les habitants de la ville –, mais elles garnissaient aussi, naturelles ou séchées, bien d'autres demeures. À ce moment précis, Élisabeth entendit un bruit insolite qui lui fit relever la tête. Quand elle aperçut cette fillette, seule, malade, qui semblait étrangement déplacée sur le trottoir bétonné, ce ne fut pas vraiment une enfant qu'elle vit, mais plutôt une petite fleur en très mauvais état.

« Une fleur d'ombre qui a pris trop de soleil, qui a chaud, soif et faim. » Voilà les mots qui vinrent occuper son esprit. Elle sut alors comme dans un éclair fulgurant qui sillonne le ciel qu'elle devait lui parler, à elle aussi, et que cette fleur d'ombre particulière saurait comment écouter.

— Alors, ma petite, ça ne va pas? Qu'est-ce qui se passe? Où est ta maman?

Voyant qu'elle ne pourrait obtenir de réponses dans l'immédiat tant les hoquets étouffaient l'enfant, Élisabeth décida de lui prendre la main et de la conduire à l'intérieur de la maison. Puis, elle alla chercher un coffret qui contenait une poudre spéciale préparée avec du lierre terrestre cueilli aux premiers jours de juin et séché à point. Il s'agissait de respirer la fine mouture pendant quelques minutes pour que cessent aussitôt étourdissements et nausées.

— Respire très fort, ma belle, mets ton nez juste au-dessus du coffret et inspire la poudre pendant quelques minutes. Tu te sentiras vite mieux!

C'est ainsi que Jeannine Beaulieu se retrouva chez Ladame, le nez dans le lierre terrestre, sa robe un peu tachée et les yeux encore dans l'eau certes, mais avec au moins le cœur qui retournait gentiment à sa place.

***

— Je commence à me sentir mieux. Merci, madame, assura poliment l'enfant. Vous ne savez pas comment je m'appelle, mais moi, je connais votre nom, lança Jeannine d'un seul souffle, désireuse de créer un effet de surprise chez sa bonne fée. Vous vous appelez Ladame... je sais pas quoi, par exemple!

— Mon nom est Élisabeth.

— Ladame Élisabeth? Ça se peut pas un nom comme ça! s'exclama Jeannine, confuse.

— Si tu veux tout savoir, petite curieuse, mon nom est Élisabeth Mercantour-Payot.

— Mais alors, pourquoi tout le monde vous appelle juste Ladame? Hier encore, ma tante Rose a dit: « Je crois bien que je vais aller voir Ladame. Elle pourra peut-être m'aider, qui sait après tout? » Par exemple, moi, mon nom, c'est Jeannine Beaulieu, souligna la fillette d'un ton formel, profitant ainsi de cette occasion inespérée pour se présenter à son interlocutrice, et je pensais que vous, c'était Ladame... quelque chose!

Élisabeth saisit la méprise de l'enfant et s'efforça de lui expliquer que les gens disaient « la dame » soit parce qu'ils ne connaissaient pas son nom, soit parce qu'ils ne se le rappelaient plus. Néanmoins, elle fit remarquer que la dame s'écrivait non pas en un seul mot, comme semblait le croire Jeannine, mais bien en deux mots. À son grand étonnement, elle comprit que la fillette préférait faire fi de ses explications.

— Est-ce que je peux quand même vous appeler Ladame tout d'un seul mot? questionna candidement Jeannine. Je trouve que c'est plus facile que cet autre nom bizarre que vous avez et que personne pourrait jamais retenir, de toute façon!

— Si tu veux, concéda Élisabeth en souriant. Mais,

voyons, comment pourrais-je t'appeler, toi? Je trouve que Jeannine est un prénom plutôt âgé pour une fillette. Est-ce que tu aimerais, disons... Janou?

— Ah! oui, alors. Personne m'a jamais appelée comme ça. Janou... Ça fait penser à une fleur.

Voilà comment Jeannine Beaulieu était devenue Janou, une fleur d'ombre qui prendrait racines dans l'univers fleuri, harmonieux, fluide et ensoleillé de Ladame tout d'un seul mot, Élisabeth Mercantour-Payot.

***

Pendant qu'Élisabeth s'affairait à la cuisine à préparer un goûter, Jeannine, enfoncée dans les douceurs d'un sofa moelleux comme de la ouate, s'efforçait de ne pas perdre une seconde; elle désirait emmagasiner dans sa petite tête tous les détails de cette pièce étonnante, imprégnée de l'odeur de l'encens.

« Comme à l'église! » remarqua-t-elle, surprise.

Trônait juste à côté d'elle un magnifique piano qui lui paraissait encore plus vieux que sa grand-mère tant les marques du temps l'accablaient de partout. Près du piano somnolait une chaise berçante, laquelle, à force de bercer les gens, semblait elle-même endormie. Le sol était recouvert en partie par un tapis comme elle n'en avait jamais vu, probablement un de ces tapis de Turquie à la mode tel que celui tant convoité par sa mère. Quant aux murs, on ne les voyait même plus tant la collection de toiles et de tableaux était imposante : des paysages de montagnes, de déserts et de vertes campagnes, des photographies et des dessins de tout genre privilégiant les oiseaux et les fleurs sauvages dans leur habitat naturel, des portraits de Ladame, seule ou avec d'autres dont certains, magnifiques, en noir et blanc.

Bien évidemment, des bouquets de fleurs sauvages ou cultivées et des plantes petites et grandes agrémentaient la pièce. Un gigantesque caoutchouc, un dieffenbachia aux longues feuilles souples et charnues, un crassula à la tige robuste comme celle d'un arbre, un clivia au repos, un croton au feuillage panaché et une magnifique chaîne-des-cœurs suspendue en corbeille encombraient le sol, les meubles et même les murs. Au même titre que les dizaines de livres et les microsillons, des arbres miniatures de toute beauté s'épanouissant dans de jolis pots – certains étaient même fleuris! – décoraient les étagères d'une magnifique bibliothèque en pin.

— C'est pourtant des vrais! Ils sont nains comme le petit homme de la rue Lasalle! s'avisa Jeannine interloquée qui se promit d'en parler à Élisabeth.

Au hasard des humeurs, même dans les recoins, reposaient des pierres de toutes tailles, de toutes formes et de toutes couleurs, brutes, taillées, polies: des tourmalines, des cristaux de roche, un magnifique quartz rose, une aventurine taillée en boule, un œil-de-tigre aux reflets chatoyants, des agates aux teintes de l'automne et tant d'autres dont les noms lui étaient totalement inconnus. Car Jeannine se passionnait elle aussi pour les pierres et, jusqu'à ce jour, elle s'était enorgueillie de sa collection. Pourtant, à son grand regret, elle devait bien avouer que, comparée à celle-ci, la sienne se trouvait à un stade bien primaire.

L'enfant, particulièrement sidérée par deux améthystes, se leva pour les admirer. La première, figée éternellement dans une moitié de géode, fort impressionnante par sa dimension et son violet sombre à l'éclat fulgurant, devait faire, sans exagérer, deux pieds de haut! La seconde, d'un violet plutôt lilas et pourtant toute petite, subjuguait les lieux et ses habitants tant elle dégageait un magnétisme extraordinaire.

Pour finir, un objet insolite pour l'endroit, du moins aux yeux de Janou, était posé sur un guéridon juste à côté de la berceuse placée en face de la fenêtre : une paire de jumelles !

Décidément, il régnait dans cette pièce une ambiance inhabituelle. Jeannine se sentait merveilleusement bien dans cet univers feutré. Elle avait l'impression que tout vivait au même rythme qu'elle, que les objets écoutaient ses pensées et savaient qu'elle était là, à les contempler. « Tous les chemins devraient mener à un tel lieu ! Ça alors ! On dirait que l'envers, comme nulle part ailleurs, se sent bien, lui aussi, dans l'endroit de Ladame ! » Telle fut son impression.

Ainsi, les battements du cœur de Janou se marièrent à ceux de l'horloge du temps, installée confortablement, tout comme elle, au centre de ce havre de paix.

***

Élisabeth retrouva Jeannine, silencieuse et attentive, avec des perles de lumière qui brillaient au fond de ses yeux noirs ; affamée aussi, donc en bonne voie de guérison ! Peu après, la bouche remplie de biscuits fourrés au goût d'orange, Janou étonna Ladame. En effet, la petite se laissa aller à d'étranges réflexions comme si elle se parlait à elle-même ou continuait une conversation intérieure.

— C'est ça que je veux dire, des fois. Par exemple, quand je vais avec maman à l'épicerie et que je lui montre les beaux sacs de biscuits comme celui-là, avec des oranges dessinées dessus, et que je lui demande d'en acheter, elle me répond qu'ils ne sont pas bons, même si elle les a jamais goûtés, ou que c'est pas des vrais biscuits ou encore qu'elle a pas le temps. Ça, c'est l'endroit des mots. Mais vous savez quoi, Ladame ? Moi, à ce moment-là, je vois maman.

L'enfant s'arrêta de parler pour croquer un autre biscuit avec avidité. Élisabeth devint plus attentive, le « je vois » lui ayant paru plutôt inhabituel dans les circonstances.

— Et puis, je n'ai qu'à écouter, reprit Janou, essuyant délicatement sa bouche, la mine rassasiée. Croyez-le pas, si vous voulez, mais j'entends d'autres mots qui me disent : « Ils sont bien trop chers et je ne peux pas me permettre de les achcter » ou encore « C'est une vraie honte de mettre des produits pareils sur les tablettes qui tentent les enfants » ou simplement « Pourquoi faut-il qu'elle les voie ? » Et ça, c'est l'envers.

— L'envers... de quoi ? questionna Élisabeth, fort étonnée par un tel langage.

— Les gens disent rarement ce qu'ils pensent en réalité. L'envers, c'est... caché, vous comprenez ? On peut pas l'entendre d'habitude, je sais bien. Mais moi, je... je l'entends des fois ! Je vous le jure ! L'envers, c'est les paroles qu'ils ont dans la tête, mais qu'ils ne prononcent pas. Comme si c'était pas correct de dire la vérité ou que ça leur faisait peur ou honte. Ça me rend triste et même, parfois, ça fait mal à mon cœur. Comment ça se fait ?

La question, tout aussi troublante que la révélation, demeura en suspens. Élisabeth ne connaissait pas assez l'enfant pour tenter de répondre à une telle interrogation.

« Non seulement veut-elle comprendre le phénomène qui lui arrive, mais elle cherche surtout le pourquoi, le comment de certains comportements humains. Que lui importerait dans l'immédiat de savoir qu'elle est probablement télépathe ? » se dit Élisabeth, songeuse.

Sur-le-champ, intuitivement, l'étrangère prit une décision. Elle aiderait cette fleur d'ombre à découvrir la dose idéale d'eau et de soleil nécessaire pour son épanouissement, en lui offrant la source qui favoriserait sa croissance intérieure, en lui procurant la lumière qui assouvirait sa soif de vérité. Pour le moment, Élisabeth choisit plutôt de lui conseiller gentiment:

— Mange plus doucement, Janou, et prends un peu de lait avec les biscuits. Je ne voudrais pas que tu sois encore malade! Tu sais, je sens que nous allons devenir de grandes amies.

À ces mots inattendus et chaleureux venant de la part d'une si grande personne, le cœur de Jeannine se rétablit tout à fait!

« Ça non plus, je pourrai pas en parler à personne. Dommage! » songea l'enfant, attristée. En effet, qui croirait que Ladame, celle que chacun en son for intérieur désirait rencontrer, souhaitait devenir l'amie de la petite et insignifiante fillette qu'était Jeannine Beaulieu de la rue des Sources?

***

Intimidée par tant de chaleur humaine et de gentillesse, cependant ravie de cette offre inespérée d'amitié, Jeannine s'enhardit à poser une première question.

— On dit que vous venez d'un autre pays loin d'ici. Pourquoi vous avez quitté votre chez-vous? Vous n'y étiez pas bien? Est-ce que vous vous ennuyez des fois?

— Je suis partie de la France parce que... j'en avais envie! Quelque chose m'appelait ici ou quelqu'un peut-être? répondit Élisabeth en faisant un clin d'œil complice à Janou. Je peux te dire, puisque tu entends « l'envers des mots », que j'avais besoin de suivre mon chemin de vie.

— Ah! ça, je connais, s'exclama joyeusement Janou. Les chemins, je veux dire. J'ai un chemin de la maison, un de l'école, un chemin des bois, un chemin de l'église, de la bibliothèque, de mon amie Suzanne, mais un... chemin de vie comme vous appelez, moi, j'en ai pas!

— Si, Janou, tu en as un. Ces chemins que tu as mentionnés sont en fait des routes secondaires. C'est bien de les parcourir, comme tu fais, et ne pas craindre au fur et à mesure de ton parcours d'en prendre de nouveaux, car ils te rapprocheront infailliblement de ton but...

Le chemin de vie ressemblait plutôt à une longue, très longue avenue dont on ne voyait pas le bout, d'expliquer la Française, avec son accent chantant. Une fois repérée et empruntée, on y croisait souvent notre destinée, et, parfois, on découvrait non seulement notre engagement, mais aussi des indices sur notre vraie nature, notre caractère, nos peurs et nos forces, nos défauts et nos qualités.

— Notre envers et notre endroit, murmura-t-elle à l'oreille de Janou, empruntant ainsi le langage de l'enfant. Il est vrai que je ne me sentais plus très bien sur ma terre natale, confia alors Élisabeth sans retenue. Je crois que mon esprit s'engourdissait dans l'air froid du tourment, que le feu de la solitude consumait mon âme petit à petit. Et puis, la routine, le connu me faisaient oublier le sens de ma quête. Il me fallait découvrir d'autres facettes de moi-même dans un pays différent avec des gens inconnus...

« Oh! là! là! pardonne-moi, j'avais oublié que je parlais à une petite fille, je ne voulais pas t'importuner. Pour revenir à ta question : non, mademoiselle Beaulieu, je ne m'ennuie pas. J'ai mes fleurs et mes oiseaux, la nature, mes livres et ma musique, mes pierres et, dans mon cœur, demeurent à jamais les personnes que j'aime et qui m'aiment. Je possède une grande richesse en ce moment même : le bonheur d'être ici, maintenant avec toi, petite fleur d'ombre.

— Fleur de quoi? s'étonna Janou, intriguée.

— Oh! il se fait tard et tes parents vont s'inquiéter. Je t'expliquerai une autre fois. Tu devrais rentrer, mais tu peux revenir, et même tous les jours si cela te fait plaisir!

— C'est vrai? Demain, je dois aller à l'école. Est-ce que je peux venir sur l'heure du midi et cueillir un bouquet de fleurs pour ma maîtresse? Elle serait si contente. En même temps, je pourrai vous dire bonjour. J'aime quand vous parlez. Il y a du soleil dans votre voix et elle fait tout chaud quand elle rentre dans le cœur. Même si je suis une petite fille, je comprends assez ce que vous dites. Pas tout, bien sûr, concéda Janou, décidée à être franche. Par contre... ma maman ne dirait pas exactement la même chose sur l'histoire des chemins!

À ces mots, Élisabeth nota qu'un voile de tristesse avait recouvert les yeux couleur d'ombre de la petite qui ajouta aussitôt, en s'éclaircissant la voix :

— Ah! au fait : les jumelles, c'est pour quoi au juste? Mon frère en a une paire, lui aussi. Il les prend avec lui quand il va chasser.

— Elles servent à observer les oiseaux, si tu veux savoir. On reparlera de tout cela un autre jour. Nous n'aurons pas le temps de nous ennuyer à ce qu'il semble! Sois prudente et rentre bien.

— Je ne vais pas loin, vous savez, juste à une dizaine de maisons d'ici. Alors, à demain? s'enquit Jeannine, à la fois incrédule et inquiète.

— À demain! Jeannine Beaulieu, lui confirma Ladame d'un ton moqueur.

***

La fillette marcha plus lentement que d'habitude sur le chemin de la maison. Elle s'étonna de la faible clarté du jour et du temps plus frais. Était-elle restée si longtemps chez Ladame? Le temps lui avait pourtant paru très court! « Ladame, mon amie! » Elle arrivait difficilement à y croire. Ce serait son secret. Un de plus...

Excitée, la petite avait déjà hâte au lendemain, car tant de choses étaient demeurées en suspens : les arbres nains, les livres, les pierres aux noms inconnus, les photos sur le mur, le curieux nom de fleur dont Élisabeth l'avait affublée, quelque chose comme « dondre ». Elle, Jeannine Beaulieu, était une fleur dondre pour Ladame! Il avait aussi été question de cette chose que Ladame possédait. « Mon âme », avait-elle dit. En avait-elle un ou une, elle aussi?

Par-dessus tout, Jeannine demeurait intriguée par la réponse d'Élisabeth au sujet de la question concernant le départ de son pays. « J'en avais envie! » avait répliqué cette dernière tout naturellement et avec le sourire en plus! L'enfant avait fort bien compris la réponse, mais celle-ci lui avait créé un choc, telle une onde de stupéfaction qu'elle avait eu grand mal à contenir. Et pour cause! Peu de temps auparavant, Jeannine avait fait, mot pour mot, cette réplique à sa mère. Une réprimande surprenante, dont elle ne comprenait pas encore le sens, s'en était suivie.

— Mais ce n'est pas une réponse, ça! lui avait objecté Henriette, furieuse. Tu sais ce que ça veut dire : j'en avais envie? Ça veut dire que tu es une ÉGOÏSTE, Jeannine Beaulieu, et rien d'autre!

Un tremblement secoua l'enfant encore marquée par le timbre acide de la voix et le souvenir de sa mère appuyant très fort sur les mots intraitables : égoïste et rien d'autre. Une aiguille enfoncée dans sa tête lui aurait fait moins de mal que ce cri hostile et rageur, à peine contenu.

— Tu ne penses qu'à toi et à personne d'autre. Est-ce que j'ai eu ce que j'ai voulu dans la vie, moi? Non. Est-ce que je fais ce que j'ai envie, moi? Non. Jamais! On fait les choses qu'il y a à faire. Sans dire un mot. On accepte... tout, comme un chemin de croix. Sans se plaindre. Un point, c'est tout.

Henriette Tremblay-Beaulieu terminait généralement ses réprimandes, souvent blessantes, directes et très courtes il est vrai, avec cette simple formule : un point, c'est tout. Elle ne voulait pas discuter, refusant toute argumentation. Elle disait n'avoir pas de temps pour cela; elle répétait aussi que c'était du temps perdu.

Aujourd'hui encore, la honte de sa faiblesse grignotait Janou de l'intérieur. Faiblesse de garder, comme les autres, ses mots, ses vérités dans un coin secret de son cœur pourtant à fleur d'endroit. S'approchant de la maison familiale, Jeannine ressentit le besoin d'expliquer ses raisons à voix haute, souhaitant en son for intérieur que sa mère capte ses mots dans l'envers du monde.

— Si je suis allée au bois ce samedi matin, c'était parce que la lumière était invitante et elle a mis mes sens en éveil. Je désirais juste contempler les feuilles des arbres habillées aux couleurs flamboyantes de l'automne. Plus belles les unes que les autres, elles provoquaient une vraie fête pour les yeux.

« Les framboises tardives, celles que les enfants ont oublié de cueillir, possédaient encore un goût exquis. Il y avait ces odeurs de la terre et celles des fleurs sauvages qui, avant le long sommeil de l'hiver, dégagent leur parfum comme un dernier soupir. Mon grand arbre désirait me donner sa chaleur; et, surtout, les nuages voulaient me parler. »

En ressentant un léger frisson apporté par la fraîcheur nocturne, Jeannine se rendit compte que le temps n'avait pas la même signification pour tout le monde.

— Comment ces choses si belles ne peuvent-elles pas faire envie aux gens de les découvrir, d'apprendre, à leur contact, et de désirer en profiter? se demanda-t-elle, à la fois sceptique et attristée. La nature qui nous entoure n'est-elle pas là comme une offrande, un cadeau du ciel? En ne l'observant pas, se pourrait-il que, pour certains, elle n'existe tout simplement pas?

Cette constatation, tout en lui semblant absurde, lui parut néanmoins empreinte d'une troublante évidence. Dans le silence qui suivit, face à la lune montante et blanchâtre, sous la lueur des lampadaires qui, un à un, se mirent à dispenser un faible éclairage, l'enfant médita. Elle considéra que, malgré leur apparente simplicité, les sensations et les pensées intimes réclamaient non seulement une expression sincère, mais aussi un temps d'écoute de la part de l'autre. Temps que sa maman n'avait pas ou ne désirait pas prendre, surtout pour elle. Sans raison apparente.

— Elle en a toujours pour mes huit frères! maugréa-t-elle, le cœur gros.

Ainsi, en dépit de la meilleure volonté du monde, Janou n'arriva pas à faire le lien entre le mot égoïste et son envie momentanée de profiter de son bois.

— Je vais pas tout le temps dans le bois, tout de même! estima-t-elle après un temps de réflexion, puisque je fais aussi ces autres choses qu'il y a à faire!

Il lui sembla même que la liste était fort longue: aller à l'école, étudier, ranger sa chambre, manger, se laver, dormir, faire la vaisselle, le ménage, les petites courses et même son chemin de croix à l'église de la paroisse! Accélérant le pas, la petite fille décida de continuer, en dépit de ce courant sévère et immobile, à vivre et à perdre son temps à observer des merveilles: le temps des nuages, le temps d'automne, celui des fleurs sauvages, de la cueillette des fruits. Le temps de Ladame. Le temps de ses neuf ans, si cher à son cœur.

« Ainsi, même une grande personne comme Ladame peut avoir envie de certaines choses! Ça alors, elle est une égoïste comme moi! réalisa Janou, embarrassée, mais en même temps fière de cette ressemblance surprenante qui les unissait. Il faudra que je fasse attention à ne pas enfoncer ce mot dans sa tête quand je lui en parlerai. Elle aimerait peut-être pas ça, elle non plus, conclut la fillette, perdue dans le temps des rêveries. »

***

En jetant des regards farouches à l'horloge insignifiante, dont les minutes s'amusaient à prendre tout particulièrement ce mardi un rythme de secondes, Jeannine engouffrait son repas.

— Comment ça se fait qu'il est déjà midi moins dix! maugréa-t-elle en se trémoussant sur sa chaise. Est-ce que l'horloge avance, maman?

— Mais non. Quelle question! Pourquoi voudrais-tu qu'elle avance? Qu'est-ce que tu as à gigoter comme ça? Aurais-tu eu une punition à l'école, toi? Je n'ai pas besoin de ça maintenant, ajouta la mère en accommodant les questions et les réponses à la manière de certaines fricassées : vite fait, bien fait.

— J'ai eu aucune punition et c'est même le contraire, si tu veux savoir, objecta Jeannine en appuyant bien sur ces deux mots. Je veux juste essayer de trouver un beau bouquet de fleurs pour ma maîtresse. Elle aime beaucoup les fleurs, alors ça lui ferait sûrement plaisir, confia Jeannine avec le sentiment d'avoir dit une part de la vérité en ce qui concernait les fleurs.

Il ne lui paraissait pas indispensable pour le moment de mentionner le nom de la donatrice.

Quant au contraire de la punition, il s'agissait de toute la vérité. Pourtant, elle ne sembla pas intéresser sa mère outre mesure – avait-elle seulement entendu? –, puisque Henriette s'indigna :

— Mon doux Seigneur! quand vas-tu arrêter de perdre ton temps à ces bêtises? Des fleurs par-ci, des livres par-là, toujours dans le bois ou à la bibliothèque à courir partout comme une folle. Quand prendras-tu exemple sur tes frères? Ils ne me causent pas de tracas, eux autres! Pis, au lieu de vouloir des fleurs, ta chère maîtresse, elle serait mieux de vous apprendre à travailler et à être sérieuses, s'offensa la mère.

— Mais, maman, les garçons pis les filles, c'est pas pareil! Moi, la chasse pis la mécanique, ça me dit rien! Les bicycles de gars non plus... Euh! ce que j'essaie juste de te dire, c'est que j'ai eu des belles étoiles brillantes dans mon cahier d'écriture. C'est une récompense pour me féliciter de ma composition en français. Madame Lessard nous apprend bien, tu sais, et elle dit toujours qu'on est son meilleur groupe. Elle ajoute même qu'on est... « le plus sérieux »!

— Jeannine Beaulieu, ne fais pas l'insolente et ne réponds pas à ta mère! Mon Dou! on en serait pas là si t'avais été un... Ah! qu'est-ce que j'ai fait au bon Dieu pour avoir une... une enfant pareille! Des étoiles, je vais t'en faire, moi, des étoiles! Pis tu peux mettre une croix dessus, ton bicycle de fille! Le français, ça se compose pas, comme tu dis, ça se parle comme du monde normal! Et ça, tu l'apprends pas beaucoup à l'école à ce que je peux entendre. Ta maîtresse, c'est une pimbêche. Pis toi, une effrontée. Un point, c'est tout.

Encore une fois, la mère venait de clore la discussion avant même qu'elle ait vraiment commencé pour l'enfant.

« Vérité, demi-vérité, fleurs ou étoiles, ça sert à rien. Y a jamais moyen de parler, elle se met tout de suite en colère », songea Jeannine, dépitée, dépassée par l'amertume sans nom qui habitait parfois le cœur d'Henriette. Se sentant brusquement lasse, sans défense, sans plus aucune envie d'aller chercher des fleurs pour madame Lessard, Jeannine s'avoua vaincue. Sa mère avait sûrement raison après tout : elle n'était qu'une effrontée, une égoïste.

« Pourtant, cette fois, c'est pas pour moi, les fleurs, c'est pour quelqu'un d'autre ! Je pense pas juste à moi ! »

Ne désirant surtout pas ramener ce sujet sur le tapis – surtout pas après le point, c'est tout ! – la fillette préféra se taire. Quand elle essayait de discuter avec sa mère, la conversation prenait toujours une tournure anormale : « Ah ! je dois pas être du monde normal. »

Un besoin urgent d'être près de Ladame lui vint comme une montée de fièvre subite. La petite bondit de sa chaise à la manière d'un chat espiègle. En s'éloignant, elle s'écria :

— Je te les montrerai, mes étoiles ; tu verras comme elles sont belles ! Elles brillent pas toutes dans le ciel, tu sais. Salut, maman !

***

Élisabeth observait avec délices une mésange bicolore à la huppe touffue qui se goinfrait à la mangeoire. Elle avait aperçu sa toute première – de façon très sommaire et à son grand regret d'ailleurs – au milieu de l'été. Étant donné la rareté de cet oiseau particulier dans la région, la Française avait retardé l'heure de son repas pour jouir de ce moment privilégié. Elle faisait bien attention à ne faire aucun mouvement brusque afin de ne pas effrayer l'oiseau rare, solitaire et timide, tout de gris vêtu. À travers ses jumelles, au loin, elle reconnut la frimousse de Janou.

« Un autre oiseau rare », songea-t-elle à brûle-pourpoint.

Il était presque midi quarante-cinq lorsque Janou,

haletante, le regard étrangement vide et la « huppe » bien basse, se présenta chez Élisabeth. Celle-ci remarqua le visage de l'enfant qui frôlait dangereusement le rouge écarlate comparativement au vert pomme qui prévalait la veille. Décidément, cette petite lui en faisait voir de toutes les couleurs!

— Mais qu'est-ce qui se passe encore? Tu ne t'es pas vue, tu es toute rouge! se désola Ladame tout en posant un doux baiser sur le front chaud de Janou.

— J'ai couru tout le long du chemin parce que j'étais en retard. Je suis un peu essoufflée et j'ai tellement chaud! Vous savez, j'ai encore mal au cœur, mais pas comme hier, soupira Jeannine avec tristesse. Aujourd'hui, c'est différent et je ne crois pas que ça passerait, même avec votre potion, ajouta-t-elle franchement malheureuse.

À fendre l'âme d'Élisabeth qui s'empressa de réconforter l'enfant:

— Regarde, j'ai préparé le bouquet pour ta... maîtresse. Est-ce que tu penses qu'il lui plaira?

— Oh oui, j'en suis sûre! En tout cas, il me plaît à moi, il est tellement beau, acquiesça Janou en s'accrochant au bouquet telle une naufragée à une bouée. Je peux pas rester plus longtemps. Je dois me dépêcher. L'école commence à une heure. Est-ce que je peux revenir vous voir quand je finis, vers trois heures et demie? Il y a des choses que j'aimerais vous demander.

— Bien sûr, ma petite. Nous parlerons et, qui sait, peut-être que ça te fera du bien. Il me semble que tu as une bien grosse peine... Tu n'auras qu'à entrer, la porte sera ouverte. Si je ne suis pas à l'intérieur, viens au jardin derrière la maison. Alors, à tout à l'heure, Janou!

***

Lorsque Jeannine marcha sur le chemin de Ladame en ce mardi après-midi, elle était encore plus triste qu'à l'heure du repas. Sa nausée persistait malgré les rires et les jeux de la récréation. Elle se sentait très agitée, insignifiante et fragile comme une feuille d'automne par jour de grand vent, s'accrochant tant bien que mal à l'arbre de vie.

Mettre une croix définitive sur son espoir de posséder un jour une bicyclette convenable la peinait, bien sûr. Néanmoins, il y avait plus grave à ses yeux, à son cœur. Le fait de ne pouvoir parler avec sa mère de ce qui la concernait la rendait perplexe et confuse. Henriette écoutait pourtant ses fils avec une admiration sans bornes, quasi religieuse. La proximité de cette mère lointaine demeurait une énigme et un tourment, produisant chez Jeannine d'étranges sensations sans nom. Comme un corps sans âme, une main sans empreinte, un voyage sans destination...

La fillette se sentit soudain coupable de rechercher, de désirer et d'aimer la présence de cette étrangère qu'elle venait à peine de rencontrer. Inexplicablement, elle l'aimait déjà beaucoup! Était-ce même trop? Comment résister à la chaleur humaine qui émanait naturellement de cette femme? Sa douceur aussi, sa lumière, sa force, sa sérénité, sa vérité et quelque chose d'autre qu'elle ne savait pas bien définir. Aucune aigreur en Élisabeth, aucune rancœur. Parfois un peu d'eau dans ses yeux quand elle parlait. Après tout, n'était-ce pas normal puisqu'ils en avaient la couleur! Et si la présence d'Élisabeth Payot arrivait à rassasier cette faim inassouvie qui la poursuivait sur tous ses chemins, tout le temps? Une faim qui, en lui laissant une sensation indescriptible de vide et de trop-plein à la fois, n'en finissait pas.

Assise à même la terre, adossée contre un magnifique saule pleureur, les yeux fermés, un murmure formulé d'une même syllabe répétée jaillissant de ses lèvres : tel était le portrait d'Élisabeth qui s'offrit à l'enfant. Janou, qui n'avait jamais entendu de mantra, associa ce long murmure au son d'une cloche. Tout en venant délicatement de Ladame, il se répercutait avec force vers l'infini.

La petite se permit alors d'observer son amie. Sans aucune retenue, les longs cheveux noirs, épais et soyeux, caressaient intimement le visage et les épaules. Les rides fines dansant autour des yeux d'Élisabeth ressemblaient aux rayons du soleil, et elle compara ces ridules à des marques de lumière. La Française ne portait pas de bagues, pas de collier encombrant ; juste une chaîne en or et un fin bracelet en argent rehaussé d'une améthyste. Ses pieds étaient nus et sa peau reproduisait à merveille la couleur dorée du soleil d'été. Une odeur agréable et rafraîchissante de menthe flottait autour d'elle. Près de Ladame, gisaient, comme assoupies dans une douce mélancolie, les feuilles colorées fraîchement tombées des arbres. À cet instant, Jeannine se demanda comment l'étrangère arrivait à se fondre si bien dans l'endroit du monde, parvenant à être elle-même une feuille couleur d'automne, un rayon du soleil et même un chant d'oiseau...

— Tu es là, Janou ! Je t'attendais. Viens t'asseoir près de moi. Viens sentir la terre et la brise légère, l'odeur de la menthe et la douceur du temps. Viens écouter la vie, lui dit Élisabeth avec une bonté infinie dans la voix. Les yeux fermés, le cœur grand ouvert.

Janou se fit toute petite et vint se blottir près de son amie, dont les paroles ne restaient pas sans écho dans son cœur. Il lui arrivait d'aller s'étendre sur son rocher dans le bois, et, tout en sentant la force invincible de la pierre dure qui la retenait à la terre, elle regardait les nuages dans le ciel lui faire des signes. Elle les « voyait » lui parler de mouvance et de présent, de futur et d'espérance.

— Oui, consentit Jeannine. J'écoute, moi aussi, quand je m'étends sur mon rocher. Et là, je regarde les nuages et j'entends leurs voix qui me parlent. C'est pas vraiment des voix... juste un langage à eux.

— Et que te disent-ils? questionna simplement Élisabeth.

— L'autre fois, il y en a un qui a dessiné une sorte de cercueil avec une croix. Je me souviens que cela m'avait fait frissonner malgré la chaleur. Un peu après, le frère de ma voisine, Lili, s'est noyé et, pour la première fois, j'ai vu quelqu'un dans une tombe. Quand j'ai aperçu le cercueil avec la croix dessus, Ladame, j'ai pensé au message du nuage. Juste avant de vous rencontrer, ajouta-t-elle, fébrile, les nuages avaient dessiné une fleur et un oiseau entrelacés l'un dans l'autre. C'était féerique. J'avais jamais rien vu d'aussi beau dans le ciel. Je savais qu'il m'arriverait quelque chose de spécial et de magique aussi. C'est... c'est la première fois que j'en parle. Des nuages, je veux dire.

— Je garderai ton secret, promis! Tu sais, Janou, moi aussi, je crois que les nuages peuvent nous parler au même titre que les oiseaux ou les fleurs. J'aimerais que tu me confies un autre secret. Pourquoi es-tu encore plus triste que ce midi? Je n'ai même pas besoin de te regarder, je le sens à ta voix.

— C'est... plus difficile à expliquer. Il y a plein de choses. D'abord, je me sens seule. Oh! pas à la maison, puisque j'ai huit frères. C'est... autre chose. Seule en dedans de moi, et vieille aussi.

— Mais tu n'as que neuf ans, ma petite! se désola Élisabeth, consternée, en ouvrant les yeux.

— Oh! je sais bien. Moi-même, je comprends pas. Je parle pas de tout ça à mes amies parce que c'est trop compliqué et qu'elles croiraient que je suis pas normale. Y a assez de maman! Ensuite, j'ai toujours faim.

— Faim? Tu as faim! Voudrais-tu une collation, Janou? s'enquit Élisabeth avec sollicitude.

— Non, non, interrompit l'enfant pour ne pas induire son amie en erreur. C'est pas ça. Si c'était pour de la vraie nourriture au moins, je pourrais manger sans arrêt et ça finirait par passer! soupira-t-elle, le cœur lourd. Ah! je sais pas comment parler de ça, lança-t-elle brusquement, exaspérée autant par son incapacité à exprimer ses pensées que par les faits eux-mêmes.

« En plus, j'arrive pas à dire les choses ou les mots que les autres aiment entendre, ceux qui leur font plaisir en tout cas. Par exemple, je sais pas comment parler avec ma maman. Je peux pas la faire sourire, quoi que je dise! Mes frères, eux, c'est tout le contraire. On dirait qu'elle a pas envie de m'écouter. Elle essaie même pas. D'ailleurs, je lui ai pas encore parlé de vous parce que... parce que...

— Parce que quoi, Janou?

— C'est... dur à dire. Il faut pas vous fâcher, promis? questionna Jeannine, embarrassée. Si jamais maman apprenait que vous êtes une... égoïste comme moi, elle voudrait sûrement pas qu'on se parle, poursuivit-elle d'une voix si frêle que Ladame eut peine à l'entendre.

— D'où tiens-tu une idée pareille? Pourquoi sommes-nous égoïstes toutes les deux? Je t'avoue que je ne comprends pas très bien, fit Élisabeth, surprise.

— Eh bien! parce que, toutes les deux, on fait des choses juste parce qu'on en a envie, parfois. Maman, elle dit que, ça, c'est être une égoïste.

Sur sa lancée, Jeannine fournit moult détails sur ce qui s'était passé après son escapade, ce fameux samedi matin. Elle fit également part à Élisabeth de son étonnement en l'entendant employer les mêmes mots qu'elle: « J'en avais envie.»

— Ladame, s'enquit finalement Jeannine, anxieuse de comprendre, qu'est-ce que ça veut vraiment dire, être égoïste?

***

La situation lui paraissant délicate, compte tenu des confidences de Jeannine, Élisabeth attendit avant de répondre. Ne voulant pas interférer entre la mère et la fille dans une relation qui paraissait déjà tendue, elle prit soin de choisir ses mots en débutant par une sérieuse mise en garde:

— Il faut me promettre, Janou, de seulement réfléchir à ce que je vais te dire maintenant, et c'est aussi valable pour tout ce que je te dirai plus tard. Tu ne devras pas faire de comparaison, ni poser de jugement entre ma parole et celle d'une autre personne, ta maman, par exemple. N'oublie jamais cela, O.K.?

Une fois cette mise au point établie, Élisabeth suggéra à l'enfant de ne pas prendre toutes les paroles pour la vérité absolue, expliquant que les paroles reflétaient ce qu'on pense dans l'impulsion du moment, ce que l'on ressent, sur le coup ou après coup, à partir d'un événement ou de circonstances spécifiques. Par conséquent, elles n'étaient, le plus souvent, qu'un reflet des idées naissantes, de la pensée première.

— C'est pourquoi elles se dévoilent généralement sous forme de « réaction », en tant que début ou encore partie de l'expression totale, voire de la création à venir. Sans plus. Car l'important, Janou, c'est de tenter du mieux possible de vivre la parole. L'essentiel, à mon humble avis, répéta-t-elle, c'est de voir nos paroles devenir un verbe, une action, une implication, un engagement personnel.

— Je... je comprends pas, Ladame. Je m'excuse.

— Euh!... il faudrait un exemple. Ah! tiens, oui. Si une personne exprime et réitère son amour ou sa passion pour les fleurs, les oiseaux ou la nature et qu'elle les respecte, les apprécie et les protège dans leur totalité, en s'impliquant consciencieusement d'une façon ou d'une autre, alors, ses paroles ont un sens de vérité, un sens de continuité, d'engagement aussi. Tu comprends?

Suite au signe de tête affirmatif de Janou, Élisabeth crut l'occasion propice pour lui faire prendre conscience d'un comportement courant de la nature humaine :

— Il arrive que les gens, nos parents ou nos amis, nous connaissent mal, c'est vrai. Ainsi, leurs paroles peuvent parfois nous blesser, nous faire souffrir. Mais je pense que le problème se situe ailleurs. Les gens nous connaissent en partie seulement, et vice versa. Ta maman, par exemple, te connaît en tant que son enfant. Suzanne te connaît en tant qu'amie. Tes frères, en tant que sœur. Pour un autre, plus tard, ce sera en qualité d'épouse ou de collègue de travail, et ainsi de suite. À chacun, nous projetons l'image d'une partie de notre être, rarement le tout! Et il en va pareillement pour ceux qui nous perçoivent. Ainsi vont les relations humaines, Janou.

— Et vous?

— Moi... quoi?

— En tant que quoi me connaissez-vous? demanda sérieusement l'enfant.

« En tant qu'âme » : voilà ce qu'eut envie de répondre la Française, mais elle s'en abstint, préférant éluder la question pour le moment. Sachant la tristesse de Jeannine de ne pouvoir partager ses pensées avec sa mère, Élisabeth l'encouragea en lui faisant entrevoir cette possibilité, plus tard dans le temps, une fois que Janou disposerait de meilleurs outils pour mieux la comprendre et l'accepter comme telle, dans sa totalité, sans désirer qu'elle soit autrement.

— Je t'entends, ma Janou : « Mais avec vous, comment ça se fait que je peux parler si librement ? » N'est-ce pas ?

D'abord saisie par cette remarque à brûle-pourpoint, l'enfant y acquiesça d'un léger signe de tête. Elle devint vite enchantée quand elle réalisa que Ladame avait lu l'envers des pensées, comme elle.

— Eh bien ! enchaîna Élisabeth avec quelques réticences, il est exact qu'entre certains êtres, même si c'est assez rare, il se passe quelque chose de magique.

À ce mot précis, choisi avec grand soin par Élisabeth tant il lui avait semblé important, Janou revit la fleur et l'oiseau entrelacés dans la danse des nuages. Dès lors, elle devint plus attentive aux paroles qui allaient suivre.

— C'est comme si un lien invisible les reliait depuis des temps infinis, depuis plus longtemps que leur mémoire actuelle en permet le souvenir. Quand ils se rencontrent, que ce soit un homme et une femme ou deux personnes du même sexe, ils se reconnaissent instantanément en totalité et sont tout de suite bien ensemble. Grâce à cette complicité immédiate, ils se comprennent sans besoin de se parler. Ils se voient au lieu de simplement se regarder. Ils s'aiment tels qu'ils sont sans rien exiger en retour. Ils sont un en étant deux. C'est ce qu'on appelle des âmes sœurs. Oh là là... que je m'éloigne !

Étourdie par tous ses détours, Élisabeth revint difficilement à la question initiale de Janou. Elle résuma l'égoïsme en termes simples : n'aimer que soi et croire que ce qui nous arrive, en bien comme en mal, n'arrive qu'à nous seul. Être envieux du bonheur des uns, presque soulagé du malheur des autres. Ne jamais tenir compte d'autrui, des besoins de l'âme, ou trop peu, et privilégier uniquement – en se les appropriant à l'excès – les désirs du corps ou les envies matérielles.

— Un peu comme si tu allais toujours au bois simplement parce que tu en as envie et que tu persistes à ne vouloir rien faire d'autre. Ce qui n'est pas le cas, je crois. Est-ce que tu comprends?

En posant cette dernière question, Élisabeth prit conscience de la situation ambiguë. La fillette à qui elle venait de s'adresser avait à peine neuf ans! Avait-elle vu juste le premier jour? Un seul regard lui fournit la réponse: l'âme de Jeannine Beaulieu buvait ses paroles, telle une fleur d'ombre qui se gorge d'eau après une très longue sécheresse...

***

Ce langage, rêvassait Janou, ressemblait à ceux de la terre, des nuages et du vent. Il était certes différent de celui auquel on l'avait habituée. Néanmoins, il demeurait compréhensible puisqu'il avait la teinte et les rythmes des chemins parcourus. Il se développait en elle, mais, pour le moment, elle ne faisait que ressentir sa présence furtive à la manière d'un passager clandestin qui désirait prendre demeure dans son « envers ». Janou saisissait à cœur découvert cette chance de l'écouter, de se laisser bercer par lui.

Elle partagea ses réflexions avec Élisabeth, puis ajouta timidement:

— C'est quoi un âme, Ladame? Vous avez dit, hier, que votre âme se consumait, et là, vous avez parlé des âmes sœurs.

— Une âme, Janou. On dit « une » âme.

Après quelques minutes de réflexion, l'étrangère spécifia qu'il s'agissait là d'une question à laquelle bien des gens essayaient de trouver une réponse. C'est pourquoi elle tenterait d'expliquer, en mots simples, sa compréhension de l'âme. Élisabeth parla d'abord de l'essence, ce qui fait que « l'on est en totalité ». On ne voyait pas l'âme avec les yeux, on ne pouvait que la ressentir. L'âme, n'étant pas reliée aux possessions matérielles, se retrouvait dans ce qui « est » par nature : les arbres, les fleurs, les oiseaux, les éléments, les minéraux, les êtres vivants. Issue de l'essence, l'âme était une sorte d'empreinte originelle de chaque être vivant.

— Pour mieux comprendre, ajouta Élisabeth, tu n'as qu'à penser à certaines pierres qui, même après des milliers d'années, gardent gravées en elles des traces de fossiles, c'est-à-dire des empreintes de plantes ou d'animaux. Comme l'ambre... D'une manière différente, bien sûr, l'être humain a cette capacité, Janou! Parfois, lorsque quelqu'un aime intensément une autre personne ou qu'il éprouve une passion pour quelque chose, un peintre ou un musicien par exemple, il peut reproduire une partie de son âme dans cette autre personne ou encore dans son œuvre, sa peinture ou sa musique, tu vois? Ainsi, il laisse des traces indélébiles d'harmonie, de beauté, de bonheur dans le temps et dans la mémoire des hommes.

Élisabeth en profita pour citer les artistes et les artisans, entre autres, comme un bel exemple de femmes et d'hommes qui « vivent leur parole ».

— Ces esprits créateurs, précisa-t-elle avec emphase, que l'amour et la passion animent, transforment leurs pensées, leurs paroles en pure création, Janou!

Ce phénomène d'empreinte, peaufina ensuite la Française, était aussi valable pour les âmes qui connaissaient de très grandes souffrances sans pouvoir les porter à la lumière de l'amour, de l'acceptation ou du pardon. Quelles qu'en soient les causes, agressivité, violence, deuil ou maladie, cette incommensurable douleur, demeurée dans l'ombre, pouvait même envahir l'âme de plusieurs personnes autour.

— Il peut aussi arriver que des objets tels que des bijoux ou des maisons, par exemple, deviennent imprégnés par des émanations, tant favorables que défavorables, provenant de ceux qui les ont touchés, portés, aimés ou détestés...

En voyant l'air figé de l'enfant, qui retenait son souffle, Élisabeth craignit d'être allée trop loin.

— Oh! pourquoi est-ce que je perds toujours le fil de mes idées avec toi, hein?

Un sourire complice les unit pendant qu'Élisabeth poursuivait :

— Quand on possède et qu'on s'attache à trop de biens matériels, on finit par se perdre dans ces objets sans âme. Le goût ou la passion de participer entièrement à la vie s'évanouit peu à peu. Comme si on devenait un simple spectateur dans une routine absurde et non un acteur engagé dans son rôle de vie. Notre engagement sur terre devient alors la dernière de nos préoccupations, Janou, si tant est qu'il en a été une... Par conséquent, l'âme s'engourdit, comme si elle se retrouvait dans de grands froids, en hiver, sans être vêtue de nous.

En voyant la petite grelotter, Élisabeth s'empressa de couper court à son enseignement et lança gaiement :

— Je crois que nous allons nous-mêmes nous engourdir de froid si nous ne rentrons pas! Le soleil a fini de nous réchauffer pour aujourd'hui. Viens, nous prendrons un léger goûter, si tu en as envie, bien sûr, conclut Ladame en riant.

Le rire cristallin d'Élisabeth, que Janou entendait pour la première fois, la rajeunissait. Un rire naturel. Autant que peut l'être un chant d'oiseau ou une source qui coule. Un rire spontané qui exprimait la joie, l'épanouissement, la passion de vivre. Un rire dans le jeu de la vie! Dans l'esprit d'accompagner allègrement ce chant au bonheur, hymne de l'instant heureux, Jeannine se mit à rire à son tour. Et, en riant franchement, elle prit conscience que sa nausée, celle qui ne guérissait pas avec la potion, s'en allait. En fait, elle éclatait au-dehors, tel un vulgaire ballon.

Elle fit part de sa découverte à Élisabeth, qui s'esclaffa de plus belle en entendant sa petite fleur d'ombre s'exprimer ainsi.

— On peut dire, ma petite, que tu as toi-même découvert une nouvelle potion magique : rire, rire quand tu as mal à ton cœur! s'ébahit Ladame, ravie. Tu peux donc manger un morceau de gâteau maintenant, puisque tu n'as plus la nausée, conclut-elle, le regard espiègle, heureuse de voir Janou souriante avec un cœur allégé de sa tristesse.

***

Les journées automnales se succédaient à un rythme lent, pluvieux, souvent propice aux échanges profonds. Au changement d'heure, la noirceur grignota une large part du jour, laissant l'ombre maîtresse du temps et reine de l'Halloween!

Au lendemain de cette fête magique qui laissait libre cours à l'imagination – la préférée de Jeannine Beaulieu –, après que Janou eut raconté ses exploits et reçu les félicitations de Ladame pour son costume original, et pendant qu'elle dégustait un morceau de tarte à la citrouille, tendre et destinée au plaisir du palais, Élisabeth décida de peaufiner son explication sur l'âme :

— Sais-tu que l'âme a elle aussi besoin de nourriture pour vivre, Janou? L'autre jour, tu as dit : « J'ai toujours faim de quelque chose. » En réalité, c'est ton âme qui a faim.

Ainsi, lorsque Élisabeth précisa que l'âme se nourrissait principalement de l'intention de vérité, elle nota la surprise et l'indécision dans le regard de l'enfant.

— Pourquoi pas... la vérité tout court, Ladame?

— Euh! parce que, pour notre niveau de conscience, la vérité serait pratiquement inaccessible, car trop élevée, trop absolue. L'intention sincère suffit à l'âme, Janou, enfin, c'est ce que je crois.

Élisabeth se fit un devoir de définir cette intention en concepts simples: être soi-même, apprendre à se connaître et accepter toutes les facettes, bonnes comme mauvaises, que l'on risque de découvrir sur soi lors de la quête de cette connaissance. Essayer de dire aux autres personnes ce que l'on pense vraiment, oser une relation sincère avec eux, même au risque de paraître insensé ou même de perdre leur estime pendant un temps.

— Et ce travail n'est pas aussi facile qu'il y paraît, tu peux me croire! prophétisa Élisabeth d'un ton sincère.

Pendant que son amie s'installait confortablement dans sa berceuse, Janou réfléchissait à ses dernières paroles. En plus de lui confirmer que Ladame « voyait », ne résumaient-elles pas sa propre faiblesse d'avoir gardé, dans son envers, les vraies raisons de son escapade? De n'avoir pas osé les dire à Henriette, purement et simplement? Élisabeth avait raison: l'âme n'était pas chose si simple à nourrir! Avec inquiétude, l'enfant se demanda si elle parviendrait un jour à ce temps de l'âme, à ce temps de l'intention de vérité. Que de chemins à parcourir en perspective!

— On nourrit aussi l'âme quand on tente d'entreprendre avec courage et persévérance notre destinée, reprit Élisabeth. Quand on aime et qu'on donne sans attente. Quand on porte le respect en soi et sur le monde. Une fois nourrie, elle vit et croît à l'intérieur de nous. Tu sais, Janou, les êtres dont l'âme est présente en eux de manière intense dégagent quelque chose de particulier, de singulier, comme une lumière inhabituelle...

Élisabeth se tut et observa l'enfant.

« Elle est si petite et pourtant je ressens juste maintenant cette énergie particulière qui irradie autour d'elle comme une enveloppe, un cocon lumineux », nota la Française, absorbée par cette soudaine constatation. Puis, rassurée de voir Janou attentive et disponible, elle enchaîna :

— C'est alors que l'âme devient une force, mais surtout une alliée. Elle nous guide ou nous fait entrevoir notre engagement terrestre. Elle nous parle...

— Elle nous parle pour de vrai? s'étonna Janou, incrédule. Et comment qu'elle s'y prend?

— Oui, oui, je t'assure! Pour nous rejoindre, l'âme utilise des voies particulières qui nous paraissent étranges au départ parce qu'elles sont, disons, élémentaires, voire primitives. Ces voies ne relèvent pas de notre monde habituel et tangible, du monde connu de la raison. Le langage de l'âme est tissé de symboles, de signes que l'on doit apprendre à déchiffrer si l'on désire en comprendre la signification. Cet apprentissage exige de nous le silence, l'attention, l'intuition, le ressenti et aussi une grande part d'humilité.

Élisabeth compara alors ce langage aux partitions de musique, comme celles posées sur le piano.

— Ne s'avèrent-elles pas fort utiles au musicien pour jouer plusieurs airs, même ceux qu'il n'a jamais entendus auparavant? D'une certaine manière, Janou, l'âme utilise également une partition qu'on pourrait appeler... l'inconscient. Elle y compose, la nuit quand nous dormons, des rêves et des songes pour nous remettre sur la voie quand nous nous égarons de notre chemin principal ou pour nous montrer notre vrai visage quand il devient trop maquillé par les mensonges et les illusions. L'âme nous donne le ton juste de notre vie.

Les rêves pouvaient aussi devenir des visions prémonitoires, annonçant l'ultime issue d'une ou de plusieurs destinées, d'ajouter Élisabeth, précisant au passage que l'âme utilisait également des signes de jour pour nous guider comme les oiseaux ou les nuages.

— La nature est un grand maître, Janou. Le seul qui ne trouve pas d'intérêt à mentir. Voir et écouter : voilà ce qu'elle nous enseigne et que tu sembles déjà savoir ! Néanmoins, même en devenant habiles dans l'art de déchiffrer le langage de l'âme, encore faut-il avoir l'honnêteté et l'humilité d'accepter ses messages de vérité qui ne sont pas toujours ceux que notre ego, notre endroit en quelque sorte, désire entendre...

***

Pendant que Janou terminait sa collation, pensive et concentrée, Élisabeth l'observa plus attentivement. L'enfant avait hérité d'un nez fin, d'une jolie frimousse et d'un petit corps bien proportionné. Son teint foncé de façon naturelle lui rappelait celui des jeunes bohémiens.

« Un peu de sang mêlé... indien, peut-être ? » envisagea Élisabeth pendant un instant. Toutefois, Jeannine Beaulieu possédait une particularité saisissante : le noir de ses yeux d'une intensité extraordinaire. Quand le bien-être, la vérité, l'attention et l'amour affleuraient Janou, alors apparaissaient des éclats de lumière d'un violet sombre dans son regard, comme si l'illumination intérieure y resplendissait. Captivée par la profondeur insondable de ces yeux couleur de la terre, la femme se sentait mise à nu chaque fois que la petite la regardait, comme maintenant.

« Et cela doit être ainsi pour tout ce que regarde la fleur d'ombre! »

D'étranges questions vinrent à l'esprit de l'étrangère. Pourquoi avait-elle rencontré cette enfant mystérieuse maintenant? Pourquoi, si subitement, prenait-elle tant de place dans sa vie? Qu'avait-elle donc de si particulier à apprendre, elle, Élisabeth Mercantour-Payot, femme dans la cinquantaine, à la petite Jeannine Beaulieu de neuf ans? Qu'avaient-elles à s'offrir mutuellement?...

Avec une attention soutenue, en effet, sans aucune gêne, depuis quelques instants déjà, Janou examinait son amie. Elle la trouvait particulièrement belle dans ses silences ouverts, libres du temps, et surtout attachante par ses paroles vécues. Car, dans l'esprit de l'enfant, Élisabeth possédait cette passion de vivre dont elle avait parlé. De plus, il ne faisait aucun doute dans son âme enfantine qu'un « fossile » nommé Ladame était déjà en train de s'y former. Sans plus attendre donc, Janou annonça le plus sérieusement du monde :

— Je pense que je sais pourquoi on s'est rencontrées.

Ces derniers mots soulevèrent de nouveau l'hypothèse du don de télépathie de la petite dans l'esprit d'Élisabeth, tout en lui en faisant entrevoir une autre : celle des âmes sœurs.

***

— Avant de vous dire ce que je pense et avant que j'oublie, confia Jeannine d'une voix douce et mélodieuse, je dois vous raconter mon rêve de la nuit dernière. C'est drôle d'ailleurs que vous ayez justement parlé des rêves aujourd'hui, vous ne trouvez pas? ajouta-t-elle, songeuse, le temps d'un soupir entre deux notes.

« Vous savez, Ladame, j'ai jamais fait un rêve comme ça. C'était tellement vrai! Ça se passait en été, dans un bel endroit que j'ai jamais vu avant. Il y avait beaucoup d'eau, mais en même temps c'était comme un miroir géant dans lequel se reflétait une grande montagne. Au bord de l'eau, il y avait un banc et deux oiseaux étranges. Le premier, immobile, portait ses ailes blanches repliées contre lui, lui faisant comme un manteau d'hiver malgré la chaleur du jour. Ses yeux étaient... comment dire?... fixes, arrêtés, comme s'ils n'avaient plus la force ou le temps de tout regarder, mais juste une seule chose en particulier. Il me semble que l'oiseau blanc était malade.

« À côté de lui, se tenait l'autre oiseau. Lui, il était coloré, il regardait partout avec ses yeux curieux qui voyaient tout. Prêt à s'envoler, il battait des ailes, mais il attendait. Je peux pas dire quoi! Les deux oiseaux avaient quelque chose en commun. Au milieu de leur front, une tache de couleur, du violet, il me semble, brillait comme une étoile lumineuse! Subitement, il y a eu un grand coup de vent. Un orage fort est arrivé très vite. Le miroir de l'eau s'est cassé en mille morceaux dans un gros bruit de vagues et de tempête. À sa place, il n'y avait plus qu'une montagne gigantesque qui grondait. Je pouvais même pas voir – dans mon rêve – le sommet tellement il était haut! L'oiseau blanc est tombé par terre à l'endroit exact où une seule ligne bien visible apparaissait. Là, je comprends pas comment, l'oiseau en couleur avait une fleur dans sa patte gauche et il l'a offerte à l'oiseau blanc qui l'a respirée.

« Ensuite, à la place des oiseaux, il ne restait plus qu'un jeu de lumière et d'ombre comme si c'était le jour et la nuit en même temps. La ligne par terre a disparu.

C'est la dernière chose que j'ai vue avant de me réveiller en sursaut. Je pleurais! C'est bizarre, hein? questionna Janou, demeurée perplexe, légèrement essoufflée. Je sais bien que c'est un rêve et pourtant on dirait le déroulement d'une histoire. Vous savez, Ladame, le plus étrange est que je me sentais en dedans et en dehors du rêve. »

Après un court silence et sans attendre de réponse d'Élisabeth qui semblait réfléchir, Janou enchaîna :

— Alors, maintenant, je peux vous dire pourquoi on s'est rencontrées, affirma l'enfant avec une sûreté incontestable. J'aimerais être comme vous quand je serai grande. Je sais pas si un jour je posséderai dans mon âme l'intention de vérité, comme vous avez dit, mais je vais essayer fort en tout cas.

« Je vous ai rencontrée pour apprendre à réfléchir sur les événements et les gens et aussi pour savoir comment grandir tout en avançant sur mon chemin de vie, renchérit Jeannine, surprise par son audace à s'exprimer si ouvertement. S'il y a une autre raison, je la connais pas encore! En ce qui vous concerne, c'est plus compliqué, ajouta-t-elle avec une intonation si empreinte de sensibilité qu'elle émut Élisabeth. Parfois, dans votre façon de parler, j'entends des notes tristes. On dirait un air désaccordé! Euh!... bredouilla Janou en cherchant un exemple, ce serait comme d'essayer de jouer un beau morceau sur le piano, avec un clavier incomplet ou désaccordé. Je me dis, des fois, que peut-être vous cherchez à retrouver à travers moi quelque chose d'essentiel qui vous a échappé un jour? Ou... comme un chemin que vous auriez dû prendre et que vous avez manqué? Ou encore un geste que vous n'avez pas fait, une parole que vous n'avez pas... vécue, une chose importante que vous n'avez pas encore donnée? Vous comprenez? Peut-être que vous arriverez à faire ou à voir ces choses à travers moi. »

Ne connaissant pas les limites du langage, pensant être allée trop loin, Jeannine s'était arrêtée de parler. Une eau étincelante se répandait doucement sur les joues de son amie. Eau qu'elle associa d'instinct à la source à « Lili ».

Cette source cachée dans son bois, laquelle semblait provenir des entrailles de la terre, s'écoulait doucement, sans bruit, sur le rocher. Comme une caresse pour la pierre. Elle revit son amie Liliane glisser et tomber dans l'eau en éclaboussant sa robe fleurie. Sa chute avait déclenché des pleurs abondants et très peu discrets. Pour la consoler, Jeannine avait avancé l'hypothèse suivante : si Lili était tombée, c'était sûrement pour arroser les fleurs de sa robe qui avaient un grand besoin d'eau.

— Ne sois pas triste, Lili. Grâce à l'eau de la source, elles s'épanouiront et seront encore plus belles. Pourquoi on lui prêterait pas ton nom, à cette source-là, hein? avait-elle ajouté, espiègle. En souvenir, on va l'appeler la source à Lili!

Cette heureuse trouvaille avait eu un effet merveilleux et tout à fait bénéfique sur Liliane. Du coup, elle en avait oublié son gros chagrin.

Plutôt habituée à des éclats de larmes entremêlés de cris de peine, de colère ou encore de rancœur, Janou ne trouva rien à dire devant les pleurs silencieux et discrets de Ladame, lesquels l'impressionnèrent au plus haut point. La petite se retrouva donc sans ressource devant ces larmes imprévues, graves et insondables.

« La source à Lili ne se trouve pas juste dans mon bois! Elle est aussi logée dans les entrailles d'Élisabeth! »

— Ah! s'empressa-t-elle d'ajouter, je voulais pas vous faire pleurer. Que je suis donc maladroite!

— Je ne pleure pas parce que j'ai de la peine, ma Janou. Tu m'as émue, c'est tout. Tu as su exprimer très adroitement, au contraire, ce que je ressens. Ce que tu as dit est vrai. Tu as raison, c'est certainement pour cela que nous nous sommes rencontrées et j'en suis très heureuse. Tu es belle, tu sais, particulièrement quand tes yeux brillent comme maintenant.

En se penchant pour embrasser Janou sur le front, Élisabeth signifia ainsi l'heure du départ :

— Tu dois rentrer maintenant, il se fait tard.

— Est-ce que demain, s'il fait beau, on pourra regarder à travers les jumelles? Allez-vous m'apprendre les oiseaux, les fleurs et les petits arbres nains? Pourrez-vous me dire les noms de vos pierres, enfin celles que je n'ai pas dans ma collection? Allez-vous me raconter les photos sur les murs du salon et aussi m'enseigner la musique? Allez-vous pouvoir venir avec moi sur mon rocher, dans mon bois? Allez-vous avoir le temps de me parler de vous, de votre pays et de ceux que vous aimez? Allons-nous avoir assez de temps, Ladame? lança Janou d'un trait.

Aspergée par toutes ces questions disparates qui, à la manière d'un torrent incontrôlable, s'étaient pressées pour sortir d'elle, l'enfant se sentit soudain transie et frissonnante. Une connaissance insaisissable, et pourtant puissante, prenait lentement forme dans l'esprit de Janou. Pour la première fois, aucun nuage ne serait nécessaire pour l'annoncer, aucune concentration particulière, requise. De façon impromptue, une inscription claire sur un fond noir parvint clairement devant ses yeux en se superposant au visage de Ladame : 4 saisons.

L'enfant venait de voir que le temps entre elles était compté et limité.

Peu familière à cette onde souterraine inattendue, Jeannine, pour se rassurer, ressentit le besoin de continuer la conversation. Pendant que les mots s'écoulaient, elle cherchait à définir la source de ce message troublant qui l'avait déstabilisée. À raison! La petite n'était pas cramponnée à son rocher.

— Je connais quelques oiseaux, vous savez, mais pas beaucoup. Ils sont tellement beaux, n'est-ce pas? s'empressa-t-elle de raconter, haletante, cherchant vaguement un port d'attache au milieu de cette mer agitée. Au printemps, quand les hirondelles arrivent et qu'elles cherchent les petites maisons pour faire leurs nids, des fois elles se bataillent avec les moineaux, et c'est pas toujours agréable à voir! À moi, ça me fait de la peine en tout cas. Mais quand les bébés sont nés et qu'ils essaient leurs nouvelles ailes, ah! que c'est un beau spectacle. Je trouve que c'est bien de pouvoir aussi être... spectateur parfois. Pas vous? déclara finalement Janou d'une manière très digne.

Ces paroles démontraient chez Jeannine Beaulieu une grande aptitude à recevoir. Non seulement l'enseignement de Ladame, mais aussi plusieurs autres messages de l'univers, fussent-ils échos ou prières de temps anciens et de lieux inconnus...

V

Délaissant quelque peu ses sentiers habituels depuis octobre, Jeannine Beaulieu prenait de plus en plus plaisir à avancer sur « le chemin de Ladame ».

À son grand regret, la petite découvrit qu'elle n'était pas particulièrement douée pour la musique. Quelques mélodies faciles, apprises par cœur, la contentaient largement; elle préférait de beaucoup entendre jouer Élisabeth. Qu'ils proviennent du piano ou du tourne-disque, tous ces airs aux noms empreints de douce poésie étaient écoutés avec ravissement par Janou: *Clair de lune*, *La Flûte enchantée*, *La Valse des fleurs*, et, son préféré, *Les Quatre Saisons* de Vivaldi. Cette musique, « classique » au dire de Ladame, emplissait son cœur de vibrations calmes et merveilleuses pendant qu'elle furetait dans les rayons de la bibliothèque par les jours de pluie froide, comme seul novembre sait les composer.

Au son du piano, qui rajeunissait entre les mains expertes d'Élisabeth, la petite lisait ou feuilletait simplement quelques pages des livres endormis sur les étagères. Certains volumes racontaient un langage analogue à celui d'Élisabeth, décrivant en détail les philosophies de différents penseurs. Ladame y avait souligné des citations que Janou prenait plaisir à relire. Ne pas les comprendre importait peu à l'enfant curieuse et affamée, satisfaite pour l'heure de se nourrir de leur beauté grave.

« Car l'âme est l'essence et l'acte d'un corps » d'un

dénommé Aristote réveilla habilement en elle les propos de son amie. En revanche, une autre citation, d'un certain Marc Aurèle... – duquel Janou croyait qu'on avait aussi oublié le nom – la plongea carrément dans un dilemme profond. À la lecture de ces mots surprenants : « La philosophie consiste à veiller sur le dieu intérieur », Janou se sentit nager en eau trouble.

Suite aux questions pressantes de l'enfant, Élisabeth avait vaguement expliqué :

— La philosophie est l'art de vivre divinement parmi les hommes, Janou.

Cette courte explication était demeurée trop confuse pour la petite qui avait insisté pour plus de détails. Élisabeth avait alors parlé d'une certaine manière de réfléchir sur soi, sur les êtres et les événements. Elle avait encore précisé que la philosophie se voulait une réflexion attentive sur son propre rôle sur terre, son engagement terrestre en quelque sorte, sa place dans le grand cosmos, son lien intime avec Dieu, et, aussi, sur le sens que l'on désirait donner à sa démarche existentielle.

— Seulement l'attention nous permet de veiller sur la qualité de notre vie et donc, inévitablement, sur le dieu intérieur, avait conclu Élisabeth.

Ce dernier commentaire, quoique un peu plus clair, n'avait pas pour autant résolu le dilemme de Janou, dilemme qui vint resurgir aux premiers jours de décembre. Un de ces jours gris et désolants qui n'appartient plus à l'automne coloré et pas encore à la saison blanche : sans soleil, à la pluie neigeuse – ou était-ce à la neige pluvieuse ? –, d'une grisaille déprimante à allumer frénétiquement toutes les lumières artificielles disponibles.

Janou, qui relisait la citation « préoccupante », s'écria, exaspérée et incrédule :

— Mais, Ladame, c'est impossible ! Dieu est... quelqu'un d'extérieur et c'est Lui qui veille sur nous. Pas nous sur Lui! Il faut que je réfléchisse. Attendez une minute.

Attendrie, Élisabeth constata que Jeannine, sans le savoir, faisait ses tout premiers pas sur le chemin de la philosophie. Conciliante et patiente, elle respecta sa demande et attendit la suite...

***

Élevée dans une famille catholique et très pratiquante pour qui Dieu avait toujours pris figure d'autorité masculine aux pouvoirs absolus, Jeannine Beaulieu ne privilégiait qu'une seule vision divine : le sacrifié cloué sur la croix, celui avec un grand D. Comment « Jésus de Nazareth, Roi des Juifs » pouvait-Il être réduit à porter un nom commun, sans majuscule? Telle était la question.

Force fut d'admettre pour Janou la vision inexplicable et insupportable de déchéance que ces blessures et ce corps ensanglanté exposés impudiquement sur la croix à la vue de tous dans l'église soulevaient chez elle. L'enseignement religieux y voyait pourtant là le symbole vivant de l'infini Amour, l'infini Courage! En fouillant dans ses jeunes souvenirs, Jeannine se rappela le regard intense du Maître mourant au savoir éternel. Il semblait revivre chaque fois que les rayons du soleil traversant le vitrail du temple venaient effleurer son visage défait et son corps en lambeaux.

« La lumière. Il se nourrit de lumière! » avait conclu Jeannine, à la fois incrédule et émerveillée devant un tel mystère.

Dans l'esprit de l'enfant, ce roi immortel et stoïque, quoique abandonné de tous, qui avait connu la tristesse, dépassé la souffrance humaine et pardonné l'ultime trahison, ne pouvait que demeurer « le plus grand ». C'est pourquoi il lui sembla tout à fait improbable, voire inconvenant que, dans l'intérieur de chacun, puisse loger convenablement ce Dieu-là! Définitivement, ce grand Homme parmi les hommes, ce Dieu de lumière, se tenait très haut, très loin, réfugié au cœur de l'église silencieuse. Il veillait. Immobile. Intouchable. Inviolable. Inaccessible. En dehors de tout. En dehors d'elle...

Ce fut donc une fillette au regard vague et à la voix lointaine qui fit part de ses réflexions à Élisabeth, avec, comme constat:

— Vous voyez bien que Dieu n'a rien d'intérieur, Ladame. Il est bien trop loin, bien trop grand, bien trop différent de nous! C'est un être... supérieur!

Et, plus timidement, par la même occasion, Janou confessa son sentiment de culpabilité quand on lui rappelait que ce Dieu sur la croix était mort pour elle aussi.

Afin de soulager les angoisses soulevées par cette simple citation, Élisabeth expliqua que le philosophe désirait peut-être parler du sacré logé dans l'intérieur de tout homme. Le religieux, c'est-à-dire ce qui nous relie à Dieu. Pour la paix de l'enfant, la femme associa l'âme humaine à une parcelle divine de l'essence. Comme une réminiscence de la perfection à atteindre. Comme la mémoire vivante de ce Dieu Amour, ce Dieu Courage, gardée intacte par l'attention, l'état de veille. Ladame réconforta Janou en rappelant que Dieu était partout tel que l'enseignait le catéchisme. Cela ne signifiait-il pas aussi bien en dedans qu'au dehors d'elle? Ensuite, en termes simples, elle tenta de rassurer la fillette:

— Le sentiment de culpabilité exagéré ne fait avancer personne. Souvent à cause des états émotifs et néfastes qu'il engendre, il retarde la progression. L'erreur est humaine. Prendre conscience de ses erreurs, les accepter et se responsabiliser face à celles-ci, c'est faire preuve d'humilité et de sagesse. De... philosophie, en quelque sorte! Par contre, refaire les mêmes erreurs toujours et toujours, voilà la grande faiblesse, sinon la folie de l'homme, ma chère petite. Tant que nous veillons à ne pas oublier l'essentiel, notre espace intérieur s'agrandit en qualité. Dieu, si grand soit-Il, peut alors venir y loger convenablement et, ne crains rien, mon enfant, Il veille, à son tour.

Ces dernières paroles, plus que réconfortantes, éclairèrent le chemin de Jeannine à la manière des rayons du soleil sur la croix du grand Homme. L'eau trouble devint plus claire. Presque blanche. La fleur d'ombre, enrichie par cet enseignement parallèle, prit donc la décision de veiller sur le dieu du dedans, avec ou sans majuscule!

Par contre, elle fut moins certaine de ne pas tomber dans la folie des hommes...

***

D'autres livres, beaucoup trop complexes pour Janou, expliquaient l'ésotérisme et les sciences dites occultes. Quelques bouquins, des romans aussi, ébauchaient les chemins du pays natal d'Élisabeth, en histoire ou en images. Une grande majorité, ceux qu'elle préférait entre tous à cause des magnifiques illustrations qu'ils contenaient, détaillaient savamment les petits arbres nains au joli nom de bonsaïs, la photographie, l'art culinaire, les pierres, les fleurs, les oiseaux...

Ah! ces oiseaux. Le sentier de la gent ailée de Ladame laissait la fillette perplexe et confuse. Jeannine n'acceptait pas volontiers que les jaseurs des cèdres puissent se retrouver aussi dans les pins et les sapins. Les moineaux devenaient, sans raison apparente, des « domestiques »:

— À bien différencier des « friquets », enseignait Élisabeth, pointilleuse.

Aux étourneaux, il fallait ajouter le qualificatif extravagant de « sansonnet » et aux tourterelles, celui de « tristes ». Les rouges-gorges du printemps, si faciles à repérer par le rouge éclatant sur leur poitrine, portaient en réalité le nom pompeux de merles d'Amérique. Car, affirmait Ladame :

— Les rouges-gorges ne se retrouvent qu'en Europe !

Affirmation qui laissait la petite Jeannine Beaulieu très sceptique...

Son « Frédéric » de toujours, habitant de ses bois et compagnon de ses jours d'été, n'était plus qu'un vulgaire pinson à gorge blanche. Cette appellation si peu poétique – on parlait ici de son oiseau préféré tout de même – la rendait nostalgique. Dès lors, Jeannine refusa net de l'affubler de ce nom. Le beau rossignol qui chantait si bien l'arrivée du printemps portait le ravissant titre de pinson chanteur ! Par contre, les magnifiques serins qui nichaient aux abords des jardins et des maisons de la rue des Sources perdaient vraiment au change pour devenir de banales fauvettes jaunes !

Ce que ses frères chasseurs traquaient sans relâche à l'automne, eh bien ce n'était pas des outardes, comme ils le croyaient depuis toujours, mais plutôt des bernaches du Canada ! Janou n'osa jamais en souffler mot dans sa famille de peur de paraître trop savante ou complètement à côté de ses pompes, pour employer l'expression favorite de la Française.

Décidément, on aurait dit que Ladame faisait exprès pour lui compliquer les choses à souhait ! Toutefois, Jeannine comprit que le nom scientifique, dans le cas des oiseaux du moins, n'avait pas une importance capitale.

— Car l'important, disait Ladame, est que leur beauté naturelle relie l'âme de l'être à celle du monde, et leur chant apprend au cœur à aimer et à célébrer la vie.

Là-dessus, Jeannine ne trouva absolument rien à redire et, dès lors, elle se passionna pour l'observation de la gent ailée.

***

Autant Janou observait les oiseaux aux mangeoires chez Ladame les après-midi de pluie ou de neige, autant Élisabeth accompagnait volontiers Jeannine dans son bois les jours de congé scolaire. Lorsque le pinson à gorge blanche emplissait la forêt de son sifflement clair « Je-suis-Frédéric, Frédéric, Frédéric », la femme et l'enfant ne pouvaient s'empêcher d'éclater de rire tout en essayant maladroitement d'imiter son chant.

Un jour de décembre où la première neige avait recouvert le sol d'un mince tapis blanc, avec une émotion contenue, Janou présenta son grand arbre à son amie. Il s'agissait d'un immense sapin qui atteignait bien les vingt mètres de haut!

— Nous ne pouvons pas parler trop fort parce que je sais qu'il n'aime pas le grand bruit vu qu'il vit au royaume du silence, au cœur de la forêt, son domaine. On peut l'entendre respirer, Ladame. Approchez, l'invita Janou dans un murmure. Nous allons placer notre oreille contre lui et, à son tour, il va pouvoir écouter notre cœur et notre âme! Ah! je suis vraiment contente de savoir qu'il possède une âme comme nous, s'extasia la fillette, remplie d'une satisfaction intense.

Pendant de longs instants la femme et l'enfant joignirent leurs mains pour entourer le haut sapin. À l'instar du digne résineux, elles respiraient doucement la vie. Ce geste simple embrassait plus que le grand arbre de Janou. Il s'étendait loin, touchant l'amour, visant le respect, appréciant la beauté, respectant la nature, vivant la parole. Ainsi, au contact répété de l'étrangère, Jeannine ressentait de moins en moins la faim intérieure qui la tourmentait auparavant. Quant à Élisabeth, elle meublait petit à petit les espaces vides de sa demeure intérieure. Peu à peu, la femme réglait les touches désaccordées de sa vie, ne cessant toutefois de se demander qui était le guide. Toutes deux revenaient de leurs promenades au bois, rassasiées, satisfaites et davantage complices...

**

Les fêtes de fin d'année approchaient à grandes chutes d'eau blanche. Élisabeth avait bien essayé de découvrir, par toutes sortes de moyens subtils, ce qui ferait vraiment plaisir à Janou pour Noël, mais sans succès. La petite se disait comblée. Jeannine n'avait besoin de rien sinon de la présence d'Élisabeth, lui confiait-elle le plus sérieusement du monde.

— Tout ce que je désire, c'est que vous veniez à mon école m'entendre chanter à la messe de minuit. Je fais partie de la chorale et on répète depuis des semaines. C'est madame Lessard qui va nous accompagner à l'orgue. Mes parents n'y seront pas. Mon papa travaille des « seize heures » à l'usine et ma maman... elle... elle doit aller à l'église voir mes frères qui servent la messe. Ce serait mon plus beau cadeau de Noël de savoir que vous êtes dans la salle. Vous viendrez, dites? avait questionné Janou avec un brin d'inquiétude dans la voix.

Évidemment, Élisabeth irait entendre chanter la petite Jeannine qu'elle savait défaite et attristée par l'absence annoncée d'Henriette. Persistant à vouloir lui offrir un cadeau personnalisé, y réfléchissant sans cesse, une nuit, la Française se réveilla en sursaut, l'esprit entièrement occupé par une conversation passée. Au pourquoi de leur rencontre, Janou avait, entre autres possibilités, mentionné: «... une parole que vous n'avez pas vécue, ... une chose importante que vous n'avez pas encore donnée. »

Dès lors, Élisabeth Payot sut exactement ce qu'elle devait offrir à « l'enfant du Royaume ».

« Comment ai-je pu ne pas y songer avant? Comme si Jeannine Beaulieu me rappelait cet engagement, lequel, ma foi, avec le temps et les épreuves, j'ai relégué à l'arrière-plan. En fait, ce ne sera pas un cadeau, puisque cet objet semble bien lui revenir, à elle. À elle seule... »

***

Pour cette soirée spéciale, il avait été entendu que Jeannine s'arrête à la maison d'Élisabeth et qu'elles se rendent ensemble, à pied, à l'école de Janou. La neige tombait à gros flocons depuis deux jours. Un vrai paysage de rêve et de douceur ouateuse enveloppait les arbres, les boîtes aux lettres, les maisons, les poteaux et les clôtures en les coiffant d'un ample bonnet blanc. La neige amortissait tous les bruits et seul un silence feutré régnait dans les rues enneigées. Le plafond bas et opaque de blancheur neigeuse, en restreignant considérablement la vision normale, créait une perspective rapprochée, intimiste, à fleur de regard. En marchant lentement, Janou, qui ne distinguait qu'une mince ouverture sur les rues avoisinantes et à peine quelques pieds devant elle, se plut à imaginer avec allégresse que le monde, en cette soirée de Noël, commençait, finissait ou se limitait à la seule rue des Sources...

Emmitouflée dans son manteau d'hiver, ses bottes, ses mitaines et son chapeau trop grand qui lui descendait sur les yeux, elle débarqua chez Élisabeth avec au moins trois heures d'avance.

— Entre vite, Janou. Mais ton chapeau te couvre presque entièrement les yeux! Comment as-tu fait pour voir ton chemin? s'exclama Élisabeth en riant et en secouant la neige scintillante posée sur le chapeau, le front et les longs cils de la petite. On dirait une vraie « bonne femme des neiges »!

— C'est pas grave, je risque pas de me perdre. Je connais votre chemin par cœur de toute façon! Je vais enlever tout ça et fermer la porte, sinon il va neiger dans votre maison, rétorqua l'enfant en plaisantant à son tour. Joyeux Noël, madame Élisabeth! Ah! je peux pas attendre. J'ai trop envie de vous donner mon cadeau tout de suite, déclara Jeannine, excitée par tous ces événements heureux. (La petite ne se rendit pas compte qu'elle avait dit madame Élisabeth pour la première fois.)

En toute hâte, l'enfant sortit de la poche de son manteau une minuscule boîte enveloppée simplement avec du papier brun. Par crainte d'un désaccord éventuel au sujet de l'heure – il était loin d'être minuit –, elle la déposa rapidement dans la main gauche de Ladame, s'éloigna et attendit sans plus un mot.

Élisabeth ouvrit donc son cadeau de Noël bien avant l'heure. Dans la boîte, elle découvrit une simple feuille de papier ligné, repliée plusieurs fois en petite boule. Sur le papier, une fleur et un oiseau blanc dessinés par Janou. Au centre, un texte intitulé « Un trésor sur mon chemin ».

Dans ma rue des Sources, j'ai découvert un trésor. Il était tout à côté de moi. Si je m'étais pas arrêtée, un jour, parce que j'avais mal au cœur, jamais je ne l'aurais découvert. Ce trésor est, comme par hasard, dans le cœur d'une dame qui s'appelle Élisabeth. Dans ce trésor, il y a l'eau et la lumière. Tout ce dont j'ai besoin pour grandir et pour guérir se trouve donc dans son « grand » cœur! Elle, elle a vu dès le premier jour que j'avais soif et faim... Ladame m'apprend aussi l'intention de vérité. Je suis une fleur dondre pour elle. Mais j'ai aussi l'impression d'être la terre et l'air qui lui manquent... Je n'en suis pas certaine. J'espère seulement que oui! Par contre, je suis sûre d'une chose: nous ressemblons beaucoup à des âmes sœurs.

Joyeux Noël, ma dame!

Les yeux dans l'eau, Élisabeth Payot embrassa tendrement Janou sur le front. Ensuite, sans un mot – elle aurait été incapable d'en prononcer un seul dans l'immédiat tant l'émotion était à son comble –, elle alla à sa chambre et revint avec un cadeau pour la fillette.

— C'est pour moi? s'étonna Jeannine, fort surprise. Je vous avais pourtant dit que j'avais pas besoin de rien. Euh! merci beaucoup quand même. Est-ce que je peux l'ouvrir... maintenant?

Pendant que, fébrile et heureuse, Jeannine prenait tout son temps pour déballer soigneusement le bel emballage doré habillé de fils d'argent et sur lequel brillaient de magnifiques petites étoiles comme celles de madame Lessard, Élisabeth relisait le texte de Janou. Un cadeau tout à fait exceptionnel. Un seul mot la laissait perplexe: dondre.

« Il faudra que je lui demande où elle a déniché ce mot étrange », se dit-elle, intriguée, sans faire le rapprochement immédiat avec « d'ombre ».

La complicité de leurs gestes, de leurs pensées et de leurs échanges s'avérait si puissante, comme en cet instant précis, que l'étrangère, pourtant concernée et attentive, en demeura ébahie. Sans l'ombre d'un doute, Janou mettait du baume sur son cœur encore blessé...

***

À la suite d'une épreuve particulièrement douloureuse, la vie avait basculé pour Élisabeth Payot. La mort
avait brusquement fauché son mari, Pierre Mercantour,
et sa fille, Marie, âgée de cinq ans, dans un accident de
la route. D'un instant à l'autre. Sans ménagement. Au fil
des mois, la femme avait puisé en elle force et courage
pour vaincre l'adversité jusqu'au jour où la source fut
tarie, le feu, éteint. Les années qui suivirent ce terrible
événement ne l'aidèrent pas à se réconcilier plus avec le
sens de sa propre vie qu'avec la mort brutale des êtres
aimés. N'étant plus en paix sur sa terre natale,
oppressée par un air contaminé d'amertume et de
chagrin, il lui fallut partir. Non pas pour fuir, ce qui ne
lui ressemblait guère, mais pour chercher les éléments
qui lui faisaient lamentablement défaut, la terre et l'air.

Inévitable, donc, ce départ de la chaude Provence
ensoleillée pour une contrée dont on vantait les espaces
grandioses, l'air pur, les saisons marquées et majorées
d'un spectaculaire été des Indiens. On prétendait aussi
le climat du Québec bien plus froid que celui de la
France, mais largement compensé par l'accueil
chaleureux de ses habitants. La température extérieure
importait peu à Élisabeth, qui recherchait le contact
intime avec la nature et le monde, le pouls de la vie en
tout et partout. Dès lors, elle s'expatria – avec peu de
bagages, mais beaucoup d'espoir – en Amérique!

Cette région du Saguenay, où elle avait finalement
atterri par hasard, se situait à quelque deux cent cinquante kilomètres au nord de la ville de Québec. Nulle
part ailleurs elle n'avait remarqué tant de force de
caractère, tant de détermination, tant de volonté chez
les gens. Les habitants de ce froid pays possédaient la
résistance des érables de leur terre, l'acharnement des
rigueurs de leur climat, la largesse de leur affluent. Les

136

femmes de cette contrée à la froidure facile la fascinaient par leur courage et leur abnégation.

Très souvent pilier d'une grosse famille engendrée à la mesure du Saguenay, la femme acceptait une vie simple de labeurs et d'ingratitude sans broncher, stoïque et inébranlable. Néanmoins, avec une patience et une détermination à toute épreuve, la femme d'ici façonnait les contours de l'homme et de l'enfant qui l'accompagnaient sur sa route, à son image, à leur insu. Copiant en cela la grande Mère nature, elle imitait le fjord, sans aucun remords. Telle une vallée accueillante, chaque jour et chaque nuit, elle vivait intensément présente dans le mouvement et dans l'attente.

Ici, la nature sauvage et indomptée enveloppait passionnément les espaces et les hommes. Les lacs se comptaient par centaines. Les arbres, par milliers. Le Saguenay, ce fjord unique, copiait pourtant à merveille les remous et les marées d'un grand fleuve tumultueux! Telle une femme amoureuse, la rivière se prélassait, sinueuse et ardente, invitante et profonde à travers les escarpements du fjord majestueux. Toute cette eau qui se mariait généreusement avec la terre parla haut et fort à Élisabeth Payot. Le contact répété des noces magiques de cette nature enfiévrée lui fit prendre conscience de la similitude entre les deux éléments. Leur profondeur insondable et leur mouvement incessant, facteurs déterminants de cette ressemblance frappante, en faisaient des sœurs jumelles par excellence. En effet, l'eau et la terre vivaient étroitement liées dans un changement continu.

Sonder les profondeurs de l'âme humaine, franchir les pentes escarpées de l'existence, vivre dans un continuel mouvement, accepter un perpétuel changement : voilà le message qu'Élisabeth entendit. La leçon qu'elle en retint pouvait, dès lors, s'appliquer à sa vie quotidienne : la conscience du bonheur prenait naissance au cœur de l'infiniment grand et de l'infiniment petit, dans le mystère de la vie, là où tout est mobile...

La Française se réconciliait doucement avec sa vie. Avec la mort des autres. La paix intérieure semblait avoir plus de chance que nulle part ailleurs de se cacher dans le secret de cette nature omniprésente. Elle demeurait persuadée d'avoir fait le bon choix, encore plus depuis sa rencontre avec la fleur d'ombre !

À Arvida, au cœur du « Royaume du Saguenay » – avec une fierté non dissimulée, c'est ainsi que les gens surnommaient leur région –, Élisabeth avait rencontré la belle Janou, princesse attachée à son rocher qui conversait tout naturellement avec les nuages, fille de la terre et sœur de l'air. À l'instar de cette contrée sauvage, de l'air de liberté et d'audace qui soufflait sur ses fiers habitants, l'enfant ne se laissait modeler par personne, fût-ce même une mère ! De toute évidence, Janou sculptait elle-même son âme solitaire.

« Elle sculptera des âmes, se surprit à penser Élisabeth. La petite guidera d'autres personnes, un jour ; elle est déjà une marchande d'espoir... Comme des sœurs jumelles, héritières de l'ombre en quelque sorte, nous parlons un langage qui part des abîmes aux profondeurs insondables pour interroger inlassablement les hauteurs d'un idéal lumineux. Chacune à notre manière. La femme d'eau et de feu que je suis et la petite fille de la terre et de l'air suivent les éléments directeurs. Âmes sœurs qui se retrouvent à la croisée des chemins, ici et maintenant. Mais pour combien de temps ? » La question intérieure souleva en Élisabeth un très fort pressentiment : le temps d'une eau blanche en hiver. Il n'y aurait pas d'autre Noël ensemble.

Puis, en reconsidérant les écrits de Janou et sa

propre quête de l'équilibre entre la terre et l'air qu'elle connaissait beaucoup moins que l'eau et la lumière qui l'habitaient, Élisabeth se souvint qu'on lui avait déjà fait cette remarque. Une seule fois. Il y avait quarante ans de cela!

« Le hasard ne trouve donc pas sa place dans cette rencontre privilégiée. Oh! je ne me suis pas trompée. C'est à elle, à elle seule que revient... »

***

Les exclamations ébahies de Janou ne lui laissèrent plus de temps pour se laisser aller à ses impressions et la ramenèrent à la réalité.

— Ah! oh!... mais c'est trop beau, Ladame, ça se peut pas! Vous auriez pas dû, madame Élisabeth, la disputa Jeannine, interloquée. Comment vous avez pu deviner? Comment saviez-vous que celle-là, je l'aimais tant? Je pourrai même la porter sur moi, vous vous rendez compte?

Janou valsait entre l'incrédulité, l'étonnement, la gêne, tout en se complaisant ouvertement dans un ravissement absolu. Fascinée, les mains ouvertes et les yeux élargis par la stupéfaction, elle restait figée là, telle une statue.

Le poème ainsi que l'améthyste ramenèrent Élisabeth loin, très loin en arrière. Elle remercia la providence de l'avoir si bien éclairée dans son choix. Lorsqu'elle se décida enfin à répondre, elle ne put toutefois empêcher le léger tremblement de sa voix.

— Je suis heureuse de voir que mon cadeau te plaît autant! J'ai demandé à l'un de mes bons amis de retravailler un peu la pierre pour que tu puisses la porter sur ce lacet de cuir. Viens, je vais la passer à ton cou. Nous allons nous asseoir un peu, car je dois exiger de toi une promesse. Mais avant, je vais te raconter une histoire: comment j'ai reçu cette pierre. J'avais... neuf ans! ajouta Ladame, certaine que ces mots feraient un effet du tonnerre sur Janou.

Et ce fut le cas.

— Quoi? Qu'est-ce que vous avez dit? Neuf ans? Mais, s'écria Jeannine, incrédule, c'est exactement l'âge que j'ai!

— Je le sais bien, tu me l'as assez répété ces dernières semaines, renchérit malicieusement Élisabeth, désirant taquiner gentiment la petite. Il y a longtemps, j'ai eu, moi aussi, neuf ans. À cette époque, j'habitais dans un village situé dans le sud de la France, en Provence: Lou Castèu. Ma maman allait régulièrement consulter des voyantes...

— Des... quoi? l'interrompit l'enfant, croyant avoir mal entendu.

— Euh! Dans mon coin de pays, on les appelait parfois des marchandes d'espoir, Janou. Dotées de certains pouvoirs surnaturels, ces femmes aident et encouragent des individus dans leur quotidien en cherchant pour eux des éclaircissements dans leur passé ou encore en discernant des solutions ou des temps meilleurs dans l'avenir, qu'elles prédisent par toutes sortes de moyens...

— Ah! vous voulez dire qu'elles voient, comme nous?

— Euh! ouuu...i. Bref, un jour, je ne sais plus pour quelle raison, ma mère a décidé de m'emmener. J'étais très impressionnée, car il s'agissait cette fois de rencontrer une vieille dame tout à fait exceptionnelle, très connue et surtout très considérée par la majorité des Provençaux, même par ceux qui ne croyaient pas en ces choses-là. J'avais moi-même très souvent entendu parler d'elle par ma mère et mes tantes.

« Je me souviens très bien de son nom, car il me faisait penser à une naissance: elle s'appelait Incarnation. Je me rappelle que le jour du rendez-vous, ma mère ne tenait plus en place. Elle ne cessait de me répéter toutes sortes de consignes à respecter et elle m'a même dit d'une façon grave : « Tu sais, Élisabeth, quand on arrive enfin à rencontrer Incarnation, c'est que le temps est venu pour nous de savoir certaines choses vraiment importantes. »

Devant une Janou complètement sous le charme, Élisabeth raconta que la vieille femme possédait très peu de choses; elle habitait une petite maison blanche avec ses chiens. Ils portaient des noms bizarres qui rimaient avec le sien : Apollon, Tonton et Léon, son préféré.

À entendre ces sobriquets pour le moins inhabituels pour des chiens, Janou fut prise d'un fou rire adorable qui résonna comme autant de joyeuses clochettes aux oreilles de Ladame.

— Dès que j'ai franchi le seuil de la demeure d'Incarnation, je m'y suis sentie bien et même très à l'aise, avoua Élisabeth.

— Exactement comme moi pour votre maison! renchérit Janou, impressionnée par l'histoire. Oh! excusez-moi...

— Ce n'est rien... au contraire, je suis bien contente d'apprendre cela! À notre arrivée, malgré la clarté du jour, des bougies allumées éclairaient sobrement la pièce et une odeur d'encens flottait dans l'air. Je ne ressentais aucune crainte envers la vieille dame, d'autant que je n'étais pas concernée. Et la curiosité me tenaillait...

Élisabeth précisa qu'avant même de s'adresser à sa mère, la voyante l'avait fixée, elle, intensément. Regard qu'elle ne pourrait d'ailleurs jamais oublier tant les yeux d'Incarnation étaient traversés d'éclats particuliers d'un violet sombre.

— Sans demander l'autorisation à ma maman,

Incarnation a retourné mes mains, confia Élisabeth avec un sourire complice. Elle les a examinées longuement, sans dire mot. Ensuite, elle s'est levée et est allée chercher cette pierre, l'améthyste que tu portes, entre des dizaines d'autres qui encombraient une petite table ronde. Elle l'a posée délicatement dans ma main gauche. Ensuite, Incarnation a refermé mes doigts en me tenant des propos étranges qui sont restés gravés dans ma mémoire. Et, en cette nuit de Noël, Janou, ces paroles remontent à travers ton magnifique poème, quelque quarante ans plus tard! ajouta Élisabeth, encore sous le choc.

Plus lentement, la Française révéla la suite. La vieille femme lui avait prédit qu'un jour elle pourrait voir, car les lignes dans la main d'Élisabeth parlaient de ce don. Longtemps, elle refuserait l'eau et la lumière qu'elle portait en elle, craignant d'être submergée par la peine et brûlée par la souffrance, la sienne et celle des autres. Élisabeth devrait donc apprendre à la fois à contrôler ces forces et à acquérir les manquantes. Pour son équilibre, un jour très lointain, elle parcourrait une terre nouvelle, blanche comme lune, large comme océan. En raison de la chaîne d'or qui entrelaçait sa ligne de cœur en particulier, Élisabeth y rencontrerait des êtres remarquables et dotés de pouvoir qui sauraient la replacer sur son chemin. Là seulement, elle respirerait l'air qui soulagerait son âme des épreuves brûlantes du temps humain.

Sur ce, Élisabeth ouvrit sa main et fit voir sa ligne de cœur à Janou. La petite, émerveillée, la regarda longuement, tout en l'effleurant du bout des doigts.

— Une chaîne d'or! Que c'est beau! Vous avez de la chance d'en avoir une dans votre main. Mais je me demande bien si beaucoup de gens savent qu'une telle chose existe...

— Tous ceux qui voyagent dans l'envers du monde

ou qui gardent une fenêtre ouverte sur le surnaturel ont une chance d'apprendre son existence un jour ou l'autre, Janou. Ainsi peuvent-ils vivre des expériences extraordinaires, inoubliables, comme moi, ce soir. La chaîne d'or, à laquelle on donne aussi le nom de cordon d'argent, a favorisé notre rencontre : Incarnation avait bien vu !

Puis, Élisabeth conclut :

— Quoi qu'il arrive, n'abandonne jamais ton cœur d'enfant ! m'a conseillé la voyante. Respecte la nature et apprends à déchiffrer ses conseils, car elle est un bon maître. Cherche là où se forment les trésors de l'âme : dans l'eau, principe de vie et de sagesse, dans le feu-lumière de la connaissance et de l'amour, sur la terre, notre lieu de passage et d'existence, dans l'air, symbole de la liberté, de l'envol vers l'Essence.

***

Émue, remuée par ces souvenirs d'un temps lointain, la Française se leva pour aller chercher des boissons rafraîchissantes, rouges et vertes et blanches aux couleurs des fêtes, et quelques gâteries préparées spécialement pour l'occasion. Exubérante, Janou ne cacha pas sa joie et son attirance devant les appétissants biscuits en forme de sapin, de père Noël, de bonhomme de neige, d'étoile.

— Hum ! merci ! Je sais pas comment vous arrivez à faire de si beaux et délicieux biscuits ! Euh ! Ladame... C'est quoi la promesse que je dois vous faire ?

C'est alors qu'Élisabeth paracheva l'histoire. Avant leur départ de la maison, la vieille Incarnation avait exigé d'elle une étrange promesse : léguer l'améthyste, un jour, à une enfant. Élisabeth avait dû formellement s'engager à respecter cette demande. L'âge qu'elle aurait au legs de la pierre importait peu. À son tour, la légataire devrait faire de même, et ainsi de suite jusqu'au retour de l'améthyste à sa propriétaire originelle.

À la question de Jeannine qui voulut connaître la provenance de la pierre, Élisabeth ne put que répéter les explications fournies par la voyante :

— Incarnation m'a dit l'avoir trouvée sur une plage, enfouie dans le sable, lors d'un bref séjour dans le sud de l'Espagne avec ses parents. Elle avait alors une dizaine d'années. Peu après, un songe lui a appris que la pierre avait été perdue, jadis, par une petite fille malade. De plus, ce rêve, qu'elle a refait plusieurs fois dans sa vie, lui avait clairement indiqué que l'améthyste devait absolument revenir, un jour, à sa propriétaire !

Janou leva des yeux ronds et incrédules vers son amie. Sa physionomie enfantine exprima l'ébahissement le plus total.

— Ben voyons, Ladame ! Ça... ça se peut pas, non ? Je sais bien que je suis juste en quatrième année, mais... c'est impossible ! Cette petite fille-là, elle est morte aujourd'hui ou alors elle aurait... Quel âge elle aurait, hein, Ladame ?

— Euh ! c'est compliqué. Voyons un peu... J'ai rencontré Incarnation en 1919. Elle devait elle-même avoir... Ouf ! je sais plus trop. Dans les quatre-vingts, probablement. Elle est donc née vers 1840. Elle a dû trouver l'améthyste en... 1850... à peu près.

— Ben ! c'est en plein ce que je disais. Ça fait déjà... cent neuf ans ! La petite fille qui l'a perdue, c'est avant ça. Et combien de temps avant ? On sait même pas. Pis Incarnation avait peut-être même quatre-vingt-dix ? Et si, moi, je décide de la donner juste dans... cinquante ans, mettons ! Vous voyez bien !

— Ouf ! dans mon temps, mademoiselle Beaulieu, on ne se posait pas tant de questions ! Mais tu as raison. Je... je t'avoue ne pas comprendre plus que toi !

Amusée par les conclusions intelligentes et pertinentes de Janou, la voix d'Élisabeth se fit sérieuse et solennelle pour formuler :

— Quoi qu'il en soit, je te demande, Jeannine Beaulieu, de me promettre ce soir de donner l'améthyste, un jour, à une petite fille.

— Je vous le jure sur mon cœur, madame Élisabeth, déclara Janou avec une très forte intention de vérité dans la voix. Je m'engage à le faire, quoi qu'il puisse arriver.

***

En caressant l'améthyste de sa main gauche, Janou prit soudain conscience de la personnalité excentrique d'Élisabeth Payot. Elle pouvait être mouvementée comme les vagues de la mer ou étrangement paisible, tels des cumulus de beau temps. Jeannine pensa que, si les gens arrivaient à peine à comprendre son langage, comment pourraient-ils la suivre sur des chemins aussi étranges?

— Quelle belle histoire! Vous pouvez pas savoir le bonheur que vous me faites, madame Élisabeth! C'est comme un grand honneur, aussi. Cette pierre, je m'engage à la garder précieusement... jusqu'à ce que je la donne, à mon tour. Mais, en attendant, je peux la porter? Oui! Est-ce qu'elle fait quelque chose de spécial pour nous quand on la possède?

D'un ton plus léger, Élisabeth parla des propriétés de l'améthyste, disant d'elle qu'elle procurait avant tout une grande ouverture spirituelle à l'être qui la chérissait. Puissante des vibrations qui irradiaient continuellement, elle permettait aussi de repérer et de comprendre les signes et les êtres placés sur notre route, en plus de développer notre sixième sens et de favoriser les rêves et les visions qui révélaient le chemin de vie.

— L'améthyste agit incontestablement comme un lien très fort entre la personne qui l'offre et l'autre qui la reçoit, Janou. On lui attribue parfois des guérisons miraculeuses... Mais, ajouta-t-elle, coupant court à sa description et après avoir regardé sa montre, j'ai une question pour toi avant de partir à l'école. Dans ton poème, tu peux m'expliquer ce que le mot « dondre » veut dire? Tu as écrit « une fleur dondre », souligna Élisabeth, curieuse.

— Mais c'est ainsi que vous m'avez appelée le premier jour quand on s'est connues! Vous vous souvenez pas? s'indigna Jeannine, dépitée et conster-née par un tel oubli de la part de son amie.

— C'est vrai? s'étonna Élisabeth, sceptique.

Il ne lui fallut que quelques instants pour com-prendre. Cette façon qu'avait Janou de transformer les mots dont elle ne saisissait pas immédiatement le sens plaisait à Élisabeth et la fit sourire.

— Je t'ai appelée une fleur d'ombre, ma Janou. Tu sais, ces fleurs que l'on plante à l'abri, à l'ombre des arbres ou près des maisons parce qu'elles supportent mal la lumière directe du soleil. La clarté du jour leur suffit. C'est ainsi que je t'ai vue, la première fois, assise sur le trottoir, sous le grand arbre. Bon! c'est pas tout, tu as vu l'heure? Il faut vraiment y aller. Je veux entendre comment ça chante une petite fleur dondre.

En parfaite harmonie, les âmes sœurs éclatèrent d'un rire franchement joyeux qui rimait purement et simplement avec Noël!

VI

Ce début d'année 1960 avait vu l'hiver perdurer. Les tempêtes de janvier et de février avaient apporté plus de neige que la région nordique, pourtant habituée, et ses habitants, pourtant aguerris, pouvaient accueillir. Par conséquent, la rue des Sources avait pris une allure de rue des Montagnes tant la neige s'était accumulée en collines arrondies devant les maisons et en bordure de la chaussée. Ensuite, les giboulées de mars s'étaient avérées telles que le soleil printanier ne trouvait pas d'espace pour percer convenablement.

Jeannine se languissait donc des odeurs de la terre, de son rocher, de son grand arbre et de la douceur de l'air. Néanmoins, le soleil – ou plus exactement une sorte de lumière qui avait à peu près les mêmes effets – brillait toujours à un endroit particulier. C'est donc là qu'elle allait le chercher: dans l'antre de paix de Ladame.

Un après-midi de mars, Janou y retrouva une Élisabeth fébrile en train de préparer plein de pots remplis de terre dans lesquels elle enfouissait avec minutie et patience diverses graines « ridiculement petites » aux yeux de Jeannine.

Lorsque Élisabeth demanda à Janou de l'aider aux semences, la petite se récria:

— Mais vous n'êtes pas sérieuse, madame Élisabeth! Elles sont bien trop minuscules, ces graines. Jamais je ne pourrai en planter une seule à la fois comme vous le faites!

Et, d'un ton à peine perceptible, franchement boudeur et plutôt hautain, Jeannine ajouta :

— C'est même pas sûr que ça va pousser tellement c'est rien! Et qu'est-ce que c'est, de toute façon?

Avec calme et détermination, Élisabeth abandonna ses semences. Elle alla chercher la réponse qui satisferait la petite fille hautaine, tout en la remettant gentiment à sa place, soit la même que celle de la graine...

Sur une étagère déjà encombrée par divers contenants disparates gorgés d'eau qui n'attendaient plus que le soleil et l'air printanier, la Française s'empara du *Grand Livre des annuelles et vivaces* empoussiéré et délaissé par sa propriétaire à cause d'un hiver trop long. Elle l'ouvrit à une page précise, celle des superbes pavots d'Orient. Puis, elle vint placer le livre ouvert directement sous le nez fin de la demoiselle.

— Voilà ce que va devenir cette trop petite graine, mademoiselle Jeannine Beaulieu : un magnifique pavot d'Orient dont la fleur ressemble au papier de soie!

Chaque fois que Ladame désirait redonner sa valeur à une chose ou à un objet que Janou minimisait ou ridiculisait, elle employait le nom complet de la fillette, à dessein : celui d'attirer son attention sur un fait de grande importance. Tout en gardant les yeux baissés, la petite Jeannine, n'ignorant pas ce manège subtil, devenait instantanément plus attentive.

— Tu sais, Janou, entre toi ou moi et cette minuscule graine, il y a très peu de différence, sinon aucune. La graine contient le germe de vie et de mort tout comme nous. Pour favoriser les étapes de sa croissance, elle a besoin de conditions favorables à son épanouissement.

Élisabeth mentionna d'abord la terre, son lieu de germination, son domicile, en quelque sorte. Ensuite, la graine avait besoin d'eau, de lumière et d'air. Le processus ne se faisait pas du jour au lendemain. Le temps et certains soins particuliers permettaient à la graine d'accéder à l'état floral. Ce n'était donc pas parce qu'on ne voyait pas encore la belle fleur qu'elle deviendrait un jour qu'il fallait pour autant abaisser la graine ou affirmer futilement qu'elle n'était rien.

— Dans de très mauvaises conditions, elle risque de pourrir et même de mourir avant son temps, enseigna Élisabeth. De toute évidence, si nous ne lui donnons pas une terre fertile, suffisamment d'eau, de lumière et une aération adéquate, elle a peu de chances d'atteindre sa plénitude. Et quand son cycle est terminé, elle laisse, bien à l'abri dans son cœur, d'autres grains de vie.

Une conclusion s'imposait d'elle-même : respecter une simple fleur dans son principe entier apprenait le respect du « vivant », de tout ce qui avait une âme.

— Le principe de notre croissance intérieure est exactement le même, renchérit Élisabeth. Avant d'atteindre un état spirituel digne de ce nom, il nous faut aussi apprendre à intégrer les forces élémentaires dans l'espace et les saisons qui nous sont alloués. D'ailleurs, j'ai quelque chose d'autre à te montrer qui t'intéressera sûrement...

***

En se levant, Élisabeth alla chercher un autre livre : *Les Chakras*. Janou le reconnut comme faisant partie du lot des trop complexes pour elle. La petite crut qu'il s'agissait d'une fleur au nom étrange. Quelle ne fut pas sa surprise d'entendre Ladame mentionner que chaque personne possédait en elle sept chakras qui ressemblaient à des petites boules de lumière énergétiques. Ces centres, révéla-t-elle, avaient besoin d'être stimulés régulièrement. Sans entrer dans trop de détails, Élisabeth s'attarda en particulier sur le premier, le chakra racine, et le septième, appelé chakra coronal, situé au sommet de la tête.

— Regarde, Janou, dit Élisabeth en lui montrant un dessin. Le chakra racine, symbolisé par le lotus à quatre pétales, est associé à la terre fraîche. Ce centre énergétique, bien stimulé, équilibre notre relation avec la terre et le monde matériel. Le septième, le coronal, représenté par le lotus aux mille pétales, est lié au sommet de la montagne et aussi au silence. Sa couleur est le violet, comme ton améthyste, mais aussi le blanc et l'or.

— La parole est d'argent, mais le silence est d'or! s'écria Janou sans retenue. C'est... c'est mon dicton préféré, Ladame!

— Eh bien! tu en comprendras mieux la véritable signification, désormais. Tu sais, Janou, ta... fleur spirituelle essaie d'atteindre la quintessence dans un processus tout à fait naturel, comme celui de la graine. Pour y parvenir, ton lotus a besoin de tes efforts personnels, de l'intention de vérité, de l'amour, de l'intégration de tes forces et même de tes faiblesses.

Puis, Élisabeth enchaîna avec une question pour l'enfant qui avait relevé la tête.

— Te souviens-tu du message d'Incarnation dont je t'ai parlé à Noël?

— Oh! oui que je m'en rappelle, confirma vivement Janou, heureuse de retrouver les bonnes grâces de son amie. J'ai même beaucoup réfléchi là-dessus. Vous avez dit que la vie et la sagesse coulaient des sources de l'eau. Que l'amour et... la connaissance se trouvaient dans la lumière, le feu du soleil. Quant à la terre, c'est notre lieu de passage pour exister, pour marcher sur tous les sentiers qui nous conduisent au chemin de vie. On peut y créer des liens avec ceux qui nous font réfléchir et grandir. J'aime beaucoup la terre, Ladame, car grâce à elle on a pu se rencontrer! avoua candidement Janou dans sa lancée. Après ce que vous venez de dire, je pense que nous en avons absolument besoin pour planter notre graine de lotus, pour qu'elle y forme ses racines, hein? Il reste l'air...

La définition de cet élément en particulier lui avait, en décembre, causé un vif émoi. Maintenant, il s'agissait pour Jeannine d'expliquer ce qu'elle en avait retenu et aussi ce qu'elle-même en pensait.

— L'air permet l'évasion, le rêve et défait les liens avec la terre. Des fois, on dirait l'envers, comme un monde invisible et magique où les nuages parlent. C'est le chemin des messages, des codes secrets, de l'imaginaire. J'ai pas de petits anneaux sur ma ligne de cœur, comme vous, mais peut-être qu'un jour j'aurai la chance de voir la... la chaîne d'or dans le ciel? Je l'espère de tout mon cœur. Vous savez, Ladame, des fois, quand le vent du sud-est souffle doucement, j'entends comme un écho lointain. Ça, c'est le Vent d'éternité, madame Élisabeth, avec un grand V, parce qu'il contient toutes les prières et tous les espoirs du monde...

« L'air, conclut-elle absorbée et grave, nous pousse là où notre âme doit se rendre. Malheureusement, c'est ce qui manque le plus aux grandes personnes! »

Pour se faire pardonner son ingratitude envers la petite graine, Janou, qui avait vite repris son air complice et irrésistible après ces instants d'intense concentration, ne put s'empêcher d'ajouter :

— Voilà, c'est ce que j'ai réfléchi au sujet du message de la dame à Léon. Écrit en deux mots, par exemple! s'empressa-t-elle de souligner malicieuse-ment à l'intention d'Élisabeth.

L'étrangère demeura silencieuse; qu'aurait-elle pu

ajouter de plus? Elle était stupéfiée par la grande réceptivité, l'âme poétique et l'état spirituel avancé de Jeannine Beaulieu. « La petite voit et elle n'a besoin de personne pour le lui faire comprendre. » Tout à coup, sans raison, Élisabeth se surprit à penser que Janou aurait exactement cinquante ans en l'an 2000! Et elle-même, où serait-elle? Vivrait-elle encore à quatre-vingt-dix ans? Connaîtrait-elle le premier jour du nouveau millénaire?

Soudain, elle fut saisie par une image évanescente de neige. Si abondante qu'elle semblait à elle seule cacher la lumière du jour. Elle se retrouva dans la pénombre en présence d'un couple. Il faisait silence. Il faisait blanc. L'homme avait les yeux de la nature, dans les tons de vert. La femme fredonnait un air indien. Elle, Élisabeth, sans âge, se berçait en tenant quelque chose de précieux dans sa main gauche fermée : un souvenir d'un temps lointain...

Au moment où un goéland attira son regard vers l'extérieur, la vision s'estompa et Élisabeth revint à elle. Une odeur de menthe persista sans raison autour de la petite. En imaginant ce que devait représenter « la dame à Léon » dans l'esprit inventif de Janou, Élisabeth lui sourit et l'attira vers elle. C'est à ce moment-là que Jeannine, tout à fait sérieuse, lui demanda timidement :

— Ladame, est-ce que le pavot d'or... il rit vraiment?

— Un pavot d'Orient. O-R-I-E-N-T, épela lentement Élisabeth qui appréciait de plus en plus ces calembours subtils qui détendaient l'atmosphère d'une manière incroyable. Cela veut dire l'est, là où le soleil se lève, Janou. Là où la lumière prend naissance.

En se levant pour retourner à ses graines, la femme embrassa délicatement le front de la fleur d'ombre aux grands yeux enrichis « d'or riant ». Le printemps annonçait ses odeurs fraîches et exquises jusque dans les cheveux de Janou, effleurés au passage.

***

Le soleil s'était présenté au rendez-vous le premier jour du printemps. D'un coup, le thermomètre avait grimpé à quinze degrés et la rue des Sources était devenue rivière, dégageant vivement les rues et les trottoirs engourdis par un gel interminable. Le début de la saison printanière coïncidait avec un long congé qui s'étirait paresseusement sur trois beaux jours, au grand plaisir de Jeannine.

Ce samedi matin, elle allait d'un bon pas sur le chemin de la bibliothèque municipale, les sentiers de son bois n'étant pas en mesure de l'accueillir parce que rendus trop boueux par le brusque dégel. Janou sautillait plus qu'elle ne marchait. En fait, les yeux rivés par terre, elle s'amusait à son jeu favori qui consistait à passer par-dessus les lignes du trottoir.

Ce manège ludique la passionnait. Quand, par hésitation, négligence ou manque de réflexion, elle marchait sur l'une des lignes, Jeannine s'arrêtait net, se sentant embarrassée et, par le fait même, interrogative. Avait-elle abîmé inutilement un point sensible d'une zone fragile, autant en dedans d'elle qu'au dehors? Y avait-il un problème qu'elle n'avait pas résolu qui exigeait désormais sa solution? Avait-elle délibérément ignoré un être qui avait besoin d'elle? Le jeu exigeait d'elle un arrêt momentané pour réfléchir au message de la ligne avant de poursuivre sa route.

En réalité, il s'agissait plus d'une forme d'apprentissage de la vie que d'un simple jeu pour l'enfant particulière qu'était Jeannine Beaulieu. Dans son esprit, les lignes représentaient autant les obstacles ou les contrariétés de la vie que les choses et les êtres vivants qui peuplaient son monde. C'était à la terre que la petite associait les lignes.

Instinctivement, en jouant, l'enfant reliait les lignes entre elles, ce qui lui permettait momentanément de pénétrer l'invisible toile de fond de l'univers. La représentation de ces lignes enchevêtrées ressemblait à une immense toile d'araignée dans laquelle la réflexion, la prudence, la force de caractère et l'esprit de décision étaient de mise. Jeannine croyait qu'il valait mieux posséder tous ces atouts, lesquels, assemblés, prenaient une forme ailée rendant l'être plus léger pour s'envoler, passer par-dessus – ou à travers – les lignes, et ainsi continuer sa route. Placées sur le chemin de tous, celles-ci devaient être constamment « dépassées » afin de pouvoir se rendre plus loin. Dans l'esprit de la fillette, il ne fallait surtout pas s'arrêter trop longtemps sur l'une d'entre elles, au risque de rester prisonnier de cette dernière pour la vie. L'élément qui permettait donc à Jeannine Beaulieu d'avancer et de s'élancer avait pour nom l'air.

Tout en s'amusant, Jeannine songea à son amie. Elle la considéra apte, voire douée, pour relier les lignes de la destinée entre elles et en brosser un juste portrait. Sans nul doute, Élisabeth possédait-elle le don de découvrir et de voir, chez certaines personnes, ce qui les rendait prisonnières. En revanche, la Française semblait être incapable d'arriver au même résultat pour elle-même!

« Elle a peut-être pas assez joué au jeu des lignes quand elle était petite? » se questionna Jeannine, confuse.

Peu après, le jeu lui ramena en mémoire les aveux de Ladame à la saison blanche.

— Ah! cela a dû commencer avec les lignes dans sa propre main, à neuf ans! Celles-là, on dirait qu'elle a pas été capable de passer par-dessus ou d'accepter qu'elles soient placées là, à cet endroit précis. Elle a eu peur d'avancer seule à neuf ans avec toute cette eau et ce feu en elle! Elle en est prisonnière parce qu'elle connaît pas assez la terre et surtout les pouvoirs de l'air. Mais, depuis le temps, y a sûrement eu autre chose, autre chose de bien plus grave...

Pour retrouver une certaine contenance et chasser ce voile de tristesse, étouffer cette espèce de chant funèbre qui semblait vouloir la recouvrir, la posséder insidieusement, Janou se mit à fredonner son air préféré.

« Dans le vent, dans le vent. À chacun son temps... »

C'est alors qu'un nombre, le 2 plus précisément, et une étrange évidence s'imposèrent à son esprit : il manquait deux notes à Élisabeth Payot pour jouer son morceau. Deux notes qui s'apparentaient à deux lignes brisées, l'empêchant d'avancer librement, de jouer sereinement son « air de vie » dans sa totalité.

— Qu'a-t-elle donc perdu de si important, de si cher à son cœur?

Ces dernières constatations, tout en la rapprochant d'Élisabeth, laissèrent la fleur d'ombre à la fois inquiète et, surtout, très mélancolique. Oserait-elle même en faire part à son amie?

***

La bibliothèque sentait bon le parfum de printemps, car une brise d'une fraîcheur pétillante entrait goulûment par les fenêtres béantes. Elle apportait non seulement un air de jeunesse aux livres vieillis par tous les yeux qui les avaient regardés et lus, mais aussi un brin de vigueur à ceux que tant de mains avaient usés en les touchant ou en les portant. Ce lieu où tous les rêves devenaient possibles, où les plus belles poésies côtoyaient amicalement le langage populaire, tenait une place privilégiée dans le cœur de Jeannine Beaulieu. Elle le comparait à un carrefour magique dans lequel chacun pouvait se retrouver, se rencontrer, se réinventer.

« Je collerais des étoiles à toutes les pages des livres, s'il n'en tenait qu'à moi! » Telle était la pensée de la fillette en pénétrant dans la bibliothèque.

Sur cette note fantaisiste, elle prit quelques bouquins au hasard, s'assit confortablement et passa ainsi une heure à lire ou regarder des pages de l'un ou de l'autre sans parvenir à faire un choix définitif. Elle trouva étonnant que rien de particulier ne l'intéresse, tout en ne s'inquiétant pas outre mesure, et elle décida de se lever. En arpentant les rayons des romans de la section adultes, Jeannine remarqua pourtant, entre tous, un titre qui lui plut d'emblée: *La Terre*, d'un certain monsieur Émile Zola. Voilà ce dont Ladame avait besoin! Convaincue que ce livre ne se trouvait pas dans la collection d'Élisabeth, elle s'empressa de le prendre avec délicatesse et se rendit directement au comptoir des prêts.

— Bonjour, ma petite Jeannine, lui dit madame Sergerie, la bibliothécaire.

Toujours de noir vêtue, la « vieille fille », qui n'avait que ses livres pour famille, arpentait inlassablement les rayons de la bibliothèque tel un sphinx des chemins littéraires. Avec le temps, personne ne contestait plus le fait que ce lieu soit le sien. Madame Sergerie ne faisait qu'un avec sa bibliothèque. À croire qu'elle y dormait toutes ses nuits, qu'elle y vivait tous ses jours, qu'elle y rêvait tous ses rêves...

À plusieurs égards, la bibliothécaire semblait aussi usée que certains de ses chers livres. Son visage froissé faisait penser à une très vieille page d'un livre séculaire. De grosses lunettes noires en forme de loupes contrastaient avec son visage de la blancheur d'une feuille lignée sur lequel, paradoxalement, on ne pouvait décoder aucun message. Ces verres étranges semblaient procurer à sa porteuse des facultés prodigieuses, enfin, c'est ce que croyait Jeannine. En effet, autant la bibliothécaire devenait cerbère identifiant à la seconde quiconque entrait dans « sa » bibliothèque, autant elle se faisait magicienne, déchiffrant jusqu'au moindre langage secret caché dans des ouvrages beaucoup plus anciens qu'elle.

Madame Sergerie marchait avec une canne et se déplaçait très difficilement. De plus, en raison d'une surdité avancée, il fallait hausser le ton pour lui demander une information ou un conseil qu'elle prodiguait, soit dit en passant, sans aucune avarice.

— Ne suis-je pas là pour ça! soutenait-elle, décontenancée, quand on la remerciait poliment pour ses précieux conseils.

Pourtant, on y pensait à deux fois avant de solliciter son aide, car, à tous les coups, les personnes présentes se retournaient avec un air de reproches accablants qui s'adressaient autant à l'informatrice zélée qu'à l'informé mal à l'aise. Heureusement pour Jeannine, ce matin-là, il n'y avait personne aux alentours.

— Bonjour, madame Sergerie. Je sais que ce n'est pas un livre pour enfants, exposa la petite en parlant fort et en montrant le roman à la bibliothécaire, mais je désirerais l'emprunter pour une amie. Est-ce que c'est faisable? interrogea-t-elle en détachant bien ses mots.

Et, bien entendu, ce fut comme si elle n'avait rien dit.

— Je suis désolée, ma petite Jeannine, mais ce livre-là, tu ne peux pas le prendre. Il est réservé aux adultes.

— Je sais très bien, la corrigea Jeannine avec patience. C'est madame Élisabeth Mertouré... quelque chose qui m'a demandé de le lui apporter. Elle ne pouvait pas venir elle-même aujourd'hui. (Son mensonge ne lui parut pas si grave, puisque c'était bien pour Ladame qu'elle se donnait tout ce mal!)

— Pour madame Mercantour-Payot de la rue des Sources? (Jeannine s'empressa de répondre par l'affirmative.) Tu aurais dû le dire tout de suite, ma petite! Ah! quelle femme intrigante... Elle vient ici régulièrement. Elle passe une heure ou deux à survoler plusieurs livres à la fois, mais elle n'en prend absolument aucun quand elle part. En quittant les lieux, elle dit toujours qu'elle n'a pas encore trouvé celui qu'elle cherche. Pourtant, elle n'a jamais mentionné le titre ou l'auteur de ce livre! Pas à moi en tout cas! déclara madame Sergerie d'un ton sévère et prude, signifiant par là que ni elle ni sa bibliothèque ne pouvaient être la cause de cette rareté. Serait-ce celui qu'elle cherche? *La Terre*, de Zola? Il est vrai que l'histoire se déroule dans son pays natal. La France, je crois...

Toute à son bonheur, Jeannine n'écoutait plus les divagations de la bibliothécaire. Elle ne voulait pas se faire d'illusions. Comment aurait-elle pu, en un instant, trouver le livre qu'Élisabeth cherchait depuis longtemps? C'était fort peu probable.

« Quoi qu'il en soit, conclut Janou pour elle-même, je l'ai pris avant tout parce qu'il parle de la terre dont elle a besoin dans sa vie. Tant mieux si l'histoire se déroule là-bas! » Satisfaite de son choix, Jeannine allait enfin pouvoir offrir à Ladame – pour trois semaines au moins – un cadeau dont elle avait bien besoin en cette saison du printemps. Tout comme son lotus spirituel d'ailleurs!

— Excusez-moi, mais je dois me dépêcher, madame. Ma mère m'attend pour aller chez la coiffeuse à onze heures et demie. Je vous remercie pour Ladame... Élisabeth de la rue des Sources. À bientôt! lança Jeannine qui venait de réaliser que l'horloge marquait presque l'heure du traditionnel rendez-vous printanier chez la coiffeuse.

***

Pour la première fois depuis leur rencontre, Élisabeth ne vit pas Jeannine pendant plusieurs jours. En fait, depuis qu'elle avait trouvé dans sa boîte aux lettres le roman d'Émile Zola accompagné d'un petit mot :

J'espère sincèrement qu'il y a dans ce roman des choses pour vous à réfléchir dessus. Je vous souhaite une belle lecture. Même si des fois je peux vous apporter des bouffées d'air nouveau, c'est plus difficile pour la terre... J'ai pensé, en marchant sur le chemin de la bibliothèque, que, peut-être (si vous le désirez), je pourrais vous apprendre un jeu, le jeu des lignes. Enfin, je sais pas encore trop comment m'y prendre ; je dois y penser...

Je vous aime beaucoup.
Janou
P.-S. C'est un cadeau de trois semaines.

Par le passé, Élisabeth avait lu la plupart des œuvres de Zola. Assez curieusement, *La Terre* n'en faisait pas partie. Elle entreprit donc le roman avec beaucoup d'intérêt et d'émotion. Tout au long de sa lecture, le visage de Jeannine se superposa fréquemment aux caractères des mots, créant d'étranges effets visuels. Cela incitait Élisabeth à s'arrêter à tout moment pour... réfléchir ! Il n'en fallut pas plus pour convaincre Élisabeth Payot du fabuleux savoir-faire de Jeannine Beaulieu ! Par conséquent, en raison de ce qui était en train de se passer à la lecture de *La Terre* et aussi à cause d'un rêve récurrent, Élisabeth se promit de demander à Janou en quoi consistait ce fameux jeu des lignes.

Le livre ouvert posé sur les genoux, la Française allongea le cou et regarda par la fenêtre ouverte. En

159

tendant l'oreille, elle s'attarda aux bruits apaisants de la terre printanière : des cris épars d'enfants heureux et insouciants, des glaçons retardataires qui tombent du toit, de l'eau qui s'écoule lentement des gouttières... Puis, au cri grinçant des mainates, *tchak... tchak...*, ces grands oiseaux noirs aux reflets violets sur la tête, son esprit s'évada à la rencontre de la petite fille de l'air. Depuis la nuit de Noël et l'histoire troublante de l'améthyste, Élisabeth avait compris la raison principale de sa rencontre avec Janou : elle avait pu finalement compléter cet engagement pris à l'âge de neuf ans. Pourtant, elle éprouvait le besoin d'approfondir le chemin de la fleur d'ombre, lequel croisait toujours le sien, malgré le legs de la pierre.

Considérant ses visions comme naturelles, Janou ne craignait pas d'interpréter le langage des nuages. Toutefois, elle s'assurait, en les observant, d'avoir le corps solidement rattaché à la terre. La fillette possédait une conscience aiguë de l'équilibre constant à garder entre deux pôles, qu'ils soient terre-air ou eau-feu. Contrairement à l'enfant, Élisabeth arrivait difficilement à trouver une juste et saine attitude en tout. D'ailleurs, son rêve traitait clairement de ce problème.

Une petite fille, qu'elle avait d'instinct associée à Janou et, par ricochet, à l'enfant intérieur, l'accompagnait sur un chemin à la fois route et rivière, et bordé de grands arbres. Légère, sereine et confiante, l'enfant progressait sur le cours d'eau et sur la terre, dans l'ombre bienfaisante. Quant à Élisabeth, elle se sentait angoissée et éprouvait des difficultés en avançant les pieds dans la boue avec un soleil qui lui brûlait les yeux. Par un échange télépathique, l'enfant du rêve l'instruisait sur les techniques de libération des entraves : le courage, l'amour, le pardon et le lâcher-prise, ainsi que sur l'éveil de la conscience qui permettait d'accéder à certaines forces cachées.

— Quiconque a pour maîtres la peur, la rancœur ou la haine, l'égoïsme ou l'indifférence, les dépendances diverses, soulignait-elle, risque de s'éloigner de sa conscience. Ce processus de soumission aux émotions obscures, desquelles nous devenons esclaves, ralentit et alourdit notre progression et nous détourne de notre engagement. Non seulement ce processus nuit-il à l'intégration et à l'équilibre de nos forces vitales, mais il va même jusqu'à annihiler nos pouvoirs personnels...

Compte tenu de sa simplicité, l'interprétation du rêve, évidemment, ne lui avait causé aucune difficulté, lui paraissant même facile comme un jeu d'enfant! En cette heure de printemps, Élisabeth comprit que le ressenti de Jeannine Beaulieu allait bien au-delà de ses propres expérimentations antérieures. « Nul besoin de verbaliser mon rêve! La fleur d'ombre sait déjà : ne souhaite-t-elle pas m'apprendre le jeu des lignes? »

Une onde d'émotions puissantes envahit Élisabeth comme une marée montante et, de façon parallèle, il sembla à la femme de feu qu'elle manquait d'air.

Janou lui manquait.

***

Un jour d'avril ensoleillé ramena sur le chemin de Ladame une Janou transformée. Ses beaux cheveux, malencontreusement offerts aux mains d'une coiffeuse inexpérimentée, ne correspondaient plus à l'idée que quiconque peut se faire d'une coiffure. On aurait dit qu'un bol posé sur la tête de la fillette avait tout bonnement servi de patron à découper! À voir ce résultat catastrophique, Élisabeth songea que la soi-disant coiffeuse n'avait certainement aucun sens artistique, pas de goût et peu de respect pour sa jeune clientèle.

— Je vous en prie, Ladame, ne riez pas de moi! implora Jeannine d'un air franchement désolé. Ah! que je déteste aller chez la coiffeuse. C'est ma mère qui m'y oblige. Quand j'en sors, je pleure chaque fois et, en plus, maman se fâche après moi parce que je pleure. Je sais bien qu'ils vont repousser, mais ça prend tellement de temps!

— Je mentirais si je disais que ta coiffure est réussie! J'aurais pu faire mieux, tu sais, avoua Élisabeth.

En guise de consolation, elle ajouta:

— Dis-toi qu'avec les jours de chaleur qui arrivent, tu te sentiras mieux, plus légère.

Devant la mine déconfite de Janou, accentuée par de grosses larmes qui roulaient sur ses joues, la femme s'empressa de serrer l'enfant en murmurant:

— Je t'aime telle que tu es aujourd'hui avec tes cheveux courts. Ils me font penser aux beaux bourgeons du printemps...

À travers ses larmes, Jeannine réussit à sourire à cette analogie. Quoique farfelue, elle lui fit vraiment plaisir, car elle affectionnait les bourgeons. Le tremble, son feuillu fétiche, parlait printemps le premier, et ses chatons pelucheux annonçaient magnifiquement les beaux jours à venir. La forme de la branche avec ses bourgeons était si belle et invitante, qu'elle incitait Janou à la tailler. À chaque équinoxe de la saison nouvelle, dans une sorte de rituel, elle la disposait dans un vase comme s'il s'agissait réellement du tout premier bouquet de fleurs de l'année. Ah! Ladame savait trouver les mots qui allaient droit au cœur.

C'est alors que, blottie au chaud dans les bras d'Élisabeth, l'enfant entendit un bruit familier et tout aussi réconfortant que les dernières paroles de son âme sœur: le train. Infatigable et ponctuel, il transportait inlassablement la bauxite. À toute heure du jour et de la nuit, dans le vent, sous la pluie, dans la neige, il traversait allègrement son bois situé derrière les habitations de la rue des Sources. Ce train faisait partie du rythme de vie de Jeannine Beaulieu depuis sa naissance. Clair et vibrant, son sifflement l'impressionnait au plus haut point et la comblait d'aise. Elle voyait là un puissant appel qui résonnait dans sa tête comme un merveilleux crescendo tout en la reliant au pouvoir de l'imagination créatrice. Devenue passagère clandestine, la fillette partait loin vers l'inconnu, à la découverte d'horizons nouveaux, à la rencontre d'une Janou aux portes de l'adolescence, de la féminité. Chaque soir, l'âme solitaire, l'esprit vagabond, le corps alangui, Jeannine Beaulieu s'endormait au son du puissant roulement du convoi sur la voie ferrée...

Pour la première fois, sûrement influencée par le train, Jeannine considéra la femme à ses côtés comme un maître des voies parallèles. En écoutant le cœur d'Élisabeth battre au rythme du sien, elle songea que l'étrangère conduisait sa vie de façon bien particulière. « Je me demande où ce voyage va nous mener? Ah! on rencontre le bonheur quand on ne le cherche pas, quand on s'abandonne dans un petit instant d'éternité comme celui-ci », ne put-elle que conclure naïvement.

— Je me suis beaucoup ennuyée de toi, confessa Élisabeth en s'éloignant à regret. Comme tu ne te montrais plus, j'ai retourné mon cadeau à la bibliothèque. Merci, Janou! Je te remercie pour le livre et aussi pour le gentil mot. Si tu veux, puisqu'il est presque midi et qu'il fait tellement beau aujourd'hui, nous pourrions aller pique-niquer au bois sur ton rocher. Qu'en dis-tu? J'aimerais bien que tu m'enseignes ce jeu des lignes dont tu m'as parlé. Pourquoi pas là-haut, sur ta colline?

— Je sais pas si j'y arriverai, mais on peut toujours essayer. Je vais vous aider à préparer le pique-nique. On peut emporter les jumelles, s'il vous plaît?

VII

Autant l'hiver avait été froid et le printemps court, autant l'été s'annonçait long et torride. Les feuilles avaient pris un bon mois d'avance sur leur saison normale, rendant l'observation des oiseaux difficile. Les chaudes pluies de mai, abondantes à souhait, avaient gorgé la terre d'eau. Le soleil ardent qui s'était mis à briller de tous ses feux dès juin avait prématurément livré un manteau vert aux pelouses, un habit fleuri aux rocailles, une robe multicolore aux champs, obligeant chacun à porter très tôt un chapeau d'ombre.

Personne ne songea donc à fêter l'arrivée de l'été en ce 21 juin de l'an 1960. Pourtant, cette journée-là, le thermomètre indiquait déjà vingt-sept degrés à onze heures du matin, battant ainsi des records de chaleur au « Royaume »!

Tout en écoutant de la musique et en riant, Janou et Ladame s'affairaient à préparer un pique-nique gargantuesque en l'honneur de trois événements importants. L'anniversaire d'Élisabeth, coïncidant avec le premier jour de la saison de feu, se trouvait en tête de liste des événements à fêter. Le deuxième correspondait aux vacances scolaires de Jeannine. Le troisième, et non le moindre, marquerait l'initiation d'Élisabeth au jeu des lignes. Et le tout permettrait peut-être de reprendre en beauté le pique-nique d'avril remis à contrecœur en raison du mauvais temps...

En effet, les deux pique-niqueuses ne s'étaient pas

rendues bien loin ce jour-là. À peine étaient-elles sorties de la maison qu'une bourrasque s'était levée, apportant dans son sillon une livrée de nuages noirs. Au moment où les éclairs sillonnaient le ciel, une pluie diluvienne s'était mise à tomber dru, inondant les rues et prenant par surprise ses deux promeneuses. Elles étaient revenues chez Élisabeth en courant, trempées jusqu'aux os, frissonnantes et déçues. Mais aujourd'hui était un autre jour! Un jour chaud, un jour à courir l'ombre.

— Je crois que nous n'avons rien oublié! clama Élisabeth en vérifiant le nécessaire à emporter. Tout y est: couverture, boissons, sandwichs, fruits, gâteaux, fromage... J'ai envie de prendre le parapluie, on ne sait jamais! En plus, il pourra toujours nous protéger des rayons du soleil. As-tu pris un chapeau, Janou?

— Oui, oui, Ladame. Je l'ai pris, assura Janou promptement.

Jeannine ne tenait pas à ce que son amie vienne fouiller dans son sac bien serré contre elle. Pas question qu'Élisabeth y découvre son cadeau d'anniversaire!

— Alors, on peut y aller maintenant? quémanda la petite, plutôt impatiente. Vous vous souvenez qu'il nous faut monter la rue des Sources au complet. On ne peut pas prendre le raccourci derrière chez vous comme d'habitude. Il faut d'abord que vous voyiez les lignes sur le trottoir. Vous me regarderez jouer. Ensuite, sur le rocher, je... je vous expliquerai.

Le ton avait été ferme. Sans réplique possible. Élisabeth sourit; Jeannine devenait de plus en plus sûre d'elle-même.

— Je suis prête. Allons-y!

***

Lorsque la femme vit l'enfant jouer, la première chose qui lui vint à l'esprit fut son rêve, le contenu du songe l'ayant informée qu'elle décèlerait un enseignement dans le jeu de l'enfant. Dès lors, elle intensifia son attention. Quand la petite sautait par-dessus les lignes du trottoir – qui correspondaient, en fait, aux traits de démarcation entre chaque carré de béton –, la femme avait l'impression que l'enfant s'élevait. L'espace d'un instant infinitésimal, Janou flottait. D'une façon extraordinaire, la fillette alliait concentration et attention à légèreté et relâchement. Élisabeth y associa un lâcher-prise intégral, pur, sans artifice.

« Elle s'aligne sur la nature; elle se confond à la trame invisible qui maintient le monde... »

Canalisée à l'intérieur, la volonté permettait à Janou d'accéder à une forme d'énergie pure reliée à l'existence, soit l'intention d'être. Jeannine ne perdait pas d'énergie à chercher le bonheur, à tenter de l'obtenir par tous les moyens; elle laissait plutôt, dans le jeu de la vie, des espaces libres de tout, se donnant ainsi une chance de le rencontrer fortuitement. Le manège ludique s'apparentait à un rituel qui permettait à l'enfant d'accéder sans difficulté au contenu essentiel du message d'Incarnation : ne jamais abandonner son cœur d'enfant. Ainsi, sous les yeux émerveillés de la femme, étaient en train de se former des trésors dans le cœur d'une petite fille...

Le regard soutenu d'Élisabeth ne dérangea pas Janou. Elle savait que cette dernière, absorbée par ses pensées, réfléchissait. En confiance, calme et sereine, Jeannine progressait. Malgré la chaleur accablante et la lumière étincelante, elle réussit à ne toucher aucune des lignes du trottoir.

Toutes deux furent soulagées d'atteindre le sentier ombragé du bois qui menait au rocher. La chaleur oppressante parsemait le visage de Jeannine de fines gouttes de sueur. Elle ne se sentait pas à l'aise sous la chaleur intense des rayons du soleil. D'ailleurs, elle s'aventurait rarement à jouer à ce jeu sous le brûlant soleil d'été. Aveuglants, les rayons rendus à leur luminosité maximale l'empêchaient de bien discerner les lignes. Pour la première fois, elle songea à elle-même comme à une fleur d'ombre.

— Vous savez, Ladame, jusqu'à aujourd'hui je ne comprenais pas trop pourquoi vous insistiez à me voir comme une fleur d'ombre. Maintenant, je sais. Ah! qu'il fait chaud. Trop même. Vous ne trouvez pas?

Apparemment non, Élisabeth ne trouvait pas la chaleur suffocante. Car elle se portait comme un charme, souriant, marchant allègrement, portant les provisions sans effort telle une jeune femme de vingt ans.

— En tout cas, renchérit Janou, désirant complimenter Élisabeth sur sa forme et son endurance, on dirait pas que vous fêtez vos cinquante ans aujourd'hui! Je pense qu'à cette heure-ci, il va faire trop chaud sur mon rocher. J'en connais un autre. On l'appelle, mes amis et moi, « la roche plate ». Vous allez voir, c'est très joli et, comme cet endroit est à l'ombre, on sera bien mieux pour pique-niquer.

— C'est comme tu préfères, Janou. Je te suis, acquiesça évasivement Élisabeth.

De temps à autre, Jeannine interpellait son amie pour lui indiquer différents endroits qu'elle disait souhaiter lui faire connaître plus tard. Les noms de tous ces lieux chéris par la petite, éparpillés aux quatre coins de son bois, enchantaient Élisabeth : la première, la deuxième et la troisième glissade, le balcon du château en roche, le sentier du réservoir, les cavernes défendues, le petit lac vert, le champ de patates, la source à Lili... Partager les trésors de la fleur d'ombre le jour de ses cinquante ans s'avérait le plus beau des cadeaux.

Élisabeth ne sentait pas le poids des années sur elle. Son visage touché légèrement par quelques rides et son corps encore svelte avaient très peu changé, exprimant plus une jeunesse avancée qu'une vieillesse prématurée. Elle aimait cette période de sa vie dans laquelle une douce accalmie et une petite Janou s'étaient confortablement installées.

« Décidément, ce choix d'une année sabbatique a été une sage décision. Mais toute bonne chose a une fin », songea-t-elle, mélancolique. Ainsi, en pensant à la fin toute proche qui s'annonçait pour elle et Janou, Élisabeth frissonna malgré la chaleur suffocante.

***

La veille, Élisabeth avait reçu un coup de fil d'une amie et confidente de longue date, Adèle Saint-Clair. Acupunctrice de renom, Adèle revenait d'un long séjour à Hong Kong où elle était allée se perfectionner. D'après elle, tout était à faire dans ce domaine particulier qui cherchait, tel un oisillon, à prendre son envol en Amérique. Son amie lui avait donc offert un travail intéressant en tant qu'infirmière, emploi qui incluait une forme de partenariat en clinique privée à Sherbrooke dans les Cantons-de-l'Est.

Située à environ cent kilomètres au sud de Montréal, cette région, comparativement au Saguenay, bénéficiait d'une température plus clémente, aux saisons moins capricieuses. Touristique et peuplée, la région des Cantons-de-l'Est, réputée pour ses paysages vallonnés, ses stations de ski, ses parcs, ses forêts accessibles et son sirop d'érable ressemblait, d'après les propos de son amie, à certains paysages de France. Ce travail qui s'avérait un nouveau défi à relever, et auquel Élisabeth se sentait apte et prête, tentait beaucoup la jeune quinquagénaire.

Janou la tira de ses réflexions en l'interpellant :

— Hou, hou! madame Élisabeth! Que se passe-t-il?

Vous semblez bien loin. Je vous parle et vous ne répondez pas. Vous paraissez bien songeuse, un peu triste même. Est-ce à cause de votre âge?

— Non, non, Janou. Loin de là! Une occasion se présente à moi et j'y réfléchissais, c'est tout. Je t'en reparlerai bientôt...

Ne désirant pas s'attarder sur le sujet maintenant, Élisabeth ajouta:

— Au contraire, je me sens bien dans mes cinquante ans tout neufs et c'est beaucoup grâce à toi, tu sais. Elle est encore loin, ta roche plate?

— On y est presque, suivez-moi. On va prendre le raccourci par la deuxième glissade.

Quelques minutes leur suffirent pour atteindre le lieu en question. Élisabeth fut vraiment surprise de trouver en plein milieu de la colline rocheuse, du « cran » comme disait Janou, une surface unie d'une telle dimension. Elle n'avait jamais pensé que le rocher serait réellement plat! On aurait pu croire que la seule destinée de cette plate-forme rectangulaire, cette roche plate tombée du ciel, consistait à recevoir chez elle des enfants en pique-nique.

— Que c'est joli! s'exclama Élisabeth, sincèrement ravie. Et à l'ombre, en plus. Nous y serons merveilleusement bien. Tu veux m'aider à étendre la couverture? J'ai tellement hâte d'enlever mes sandales et de boire quelque chose. Pas toi?

***

Élisabeth observait Janou qui s'était assoupie. L'excitation, le bon pique-nique, la chaleur et les fortes émotions étaient responsables d'une soudaine fatigue qui avait contraint l'enfant à désirer s'étendre « juste quelques minutes ». En guise d'oreiller, la petite avait utilisé son sac et semblait tout aussi à l'aise sur la roche dure et plate que dans son lit moelleux!

Le bois enchanteur, une princesse endormie à ses côtés, ses cinquante ans et un nouveau défi à relever bientôt apportaient à la nouvelle quinquagénaire une paix intérieure bienfaisante : « Quel bel anniversaire! Je m'en souviendrai longtemps de celui-là... »

Au dessert, la fillette avait malicieusement sorti de son sac deux paquets. Elle avait d'abord fièrement exhibé le premier. Il contenait deux bougies qu'elle avait posées avec délicatesse sur la portion de gâteau de Ladame. De son air coquin, Janou avait clamé haut et fort qu'il aurait été impossible d'en mettre cinquante sur un si petit gâteau.

— Quelle idée aussi d'avoir cinquante ans! s'était-elle exclamée en plaisantant.

Ensuite, avec émotion et une joie évidente, l'enfant lui avait offert un cadeau d'anniversaire très original : une étrange amulette. Janou avait précisé être venue dans son bois la semaine précédente pour y chercher les matériaux nécessaires afin de confectionner elle-même ce « porte-bonheur destiné à son âme sœur ». Deux minuscules branches bien droites étaient posées l'une sur l'autre en forme de croix. Au centre, dans les branches entaillées, l'enfant avait placé un morceau de bauxite relié par de fines lamelles d'écorce de bouleau et un peu de colle. Un travail remarquable qui avait sûrement exigé beaucoup de patience, de précision et d'amour. La fillette en avait donné la signification suivante : les deux branches représentaient Élisabeth et Jeannine.

— Car, avait précisé l'enfant, comme les arbres, nous aussi, nous devons grandir et nous élever...

Selon elle, la croix avait l'avantage de mettre deux éléments en valeur. En premier lieu, elle dessinait admirablement leur différence; en effet, Janou se voyait comme un axe vertical alors que la ligne d'horizon relevait plus du chemin de Ladame. Deuxième élément: leur rencontre ne s'inscrivait-elle pas en « point crucial » dans leur vie? Parvenue à la signification de la pierre, l'enfant s'était attristée un moment. Néanmoins, elle s'était armée de courage pour raconter:

— Nous sommes actuellement dans ce que j'appelle « mon bois ». Mais, pour de vrai, il appartient à l'usine d'aluminium. Tous ces morceaux de roche de couleur rougeâtre que vous voyez autour de nous sont des minéraux de bauxite. Quand je suis couchée sur mon rocher, c'est à cette pierre précise que je m'accroche. J'ai pensé que si vous en aviez un morceau, même petit, il vous servirait à vous retenir à la terre, vous aussi, quand vous chercherez à vous élever.

En revanche, l'écorce de bouleau lui avait fait retrouver son enthousiasme puéril pour expliquer:

— Je ne savais pas quoi utiliser pour retenir la pierre au centre des branches. La semaine dernière, je suis allée à la bibliothèque et je suis tombée par hasard sur un livre qui parlait des... symbiales, je crois... Non, voyons... enfin! je me rappelle pas le terme, mais le livre donnait toutes sortes de sens possibles aux mots. D'ailleurs, cela m'a fait penser qu'on y parlait à l'envers! Eh bien! croyez-le ou non, Ladame, c'était écrit – et j'ai bien fait exprès pour le retenir – que « le bouleau est le chemin par lequel l'énergie du ciel descend et l'aspiration humaine remonte vers le haut ». Ouf! je m'en suis rappelée, avait ajouté Janou, fière d'avoir cité le passage d'un trait, sans se tromper. Ce porte-bonheur renferme donc la terre et l'air dont vous avez besoin, madame Élisabeth, avait conclu dignement Jeannine Beaulieu.

Peu après, la petite avait changé aussi rapidement que la température de ce jour d'avril, avant d'avouer:

— Ladame... je sais que c'est notre dernière saison ensemble. Je... je l'ai vu.

Baissant la tête, le regard vissé sur le rocher immuable, la main accrochée à l'améthyste, une pierre sacrée à ses yeux, l'enfant avait balbutié avec peine :

— Ce cadeau d'anniversaire en est aussi un... d'adieu.

Janou désirait ainsi offrir une partie d'elle, de l'endroit où elle était née, lieu de leur rencontre. Comme un souvenir, un rappel de ces quatre inoubliables et extraordinaires saisons passées ensemble.

— Une empreinte de mon âme, Ladame, pour que vous ne m'oubliiez jamais, jamais! avait-elle terminé en pleurant abondamment.

Puis, elle s'était allongée et endormie près de son âme sœur.

***

Tel un hymne à la beauté et à l'harmonie présentes au cœur de la forêt, Élisabeth entendit tout près le chant magistral du « frédéric ». Ce sifflement en trémolo entra en résonance avec son âme, l'émut et la rapprocha de Janou plus que tout. Elle se pencha alors vers l'enfant et caressa ses cheveux; puis, la main chaude d'Élisabeth s'attarda sur le front de Jeannine, sur son troisième œil.

À l'instar de la femme épanouie, la fête de la terre et de l'air atteignait son apogée. Des sapins majestueux, des bouleaux à l'écorce d'une blancheur fascinante, le bruissement particulier des feuilles des trembles que Janou lui avait appris à écouter et à aimer. L'odeur des bleuets en fleurs, du thé du Labrador mêlée à celle des kalmias récemment fleuris. Le gazouillement léger des hirondelles sillonnant un ciel bleu à l'infini qui lui rappela soudain celui d'une certaine Provence, encore si chère à son cœur. La force intense de la colline rocheuse. L'ombre des grands arbres sur elle et l'enfant.

Dans son autre main, le porte-bonheur, souvenir de quatre saisons offert par la fleur d'ombre, son âme sœur. Qui sait si elle ne reviendrait pas vers Jeannine Beaulieu? En attendant ce temps qui appartenait à l'avenir, comment éviter à la belle Janou les souffrances de la séparation imminente? Se sentant impuissante, elle se mit à répéter, tel un mantra au pouvoir spirituel puissant :

— Tu oublieras, ma petite fleur d'ombre au cœur fragile. Tu oublieras mon existence et jusqu'à mon nom. Tu oublieras, tu oublieras, tu oublieras...

Brusquement, Jeannine ouvrit grand les yeux. D'un bond, elle s'assit et regarda autour d'elle d'un air abasourdi. À la surprise d'Élisabeth, la petite se mit à parler de but en blanc :

— Ladame, j'ai rêvé! J'étais dans le rêve, mais, en même temps, j'ai eu l'impression d'être en dehors et de voir comme l'autre fois! C'était l'été; il faisait très chaud. Pendant qu'un écho au loin répétait : « Un été de feu », vous marchiez sur une route, toute seule, une valise dans une main et un pavot d'Orient dans l'autre. À un moment, vous vous êtes retournée pour me dire que vous deviez aller planter la fleur, à un endroit auquel elle appartenait, vers l'est; là où le soleil se lève.

« Je ne pouvais pas vous répondre parce que j'étais couchée sur une sorte de civière et il y avait une autre dame, de votre âge à peu près, qui me faisait des piqûres dans le front avec des petites aiguilles. Le feu était dans ma tête, dans mon cœur. J'entendais « Claire, Claire » et j'essayais de dire à la femme que c'était pas mon nom, que je devais me lever et aller avec vous. Mais je n'arrivais ni à parler ni à bouger.

« Cette femme ne me faisait pas vraiment mal. Les piqûres me laissaient une sensation douce comme des perles d'eau qui arrivaient à éteindre le feu en moi. Mais mon Dieu que ça me donnait mal au cœur! J'ai pensé, dans mon rêve, que la personne brûlait des circuits de ma mémoire. « Pour ton bien », murmurait-elle. Elle savait pas, la pauvre, que ça me donnait si mal au cœur! C'était pas de sa faute, vous comprenez?... »

Essoufflée, des larmes coulant de nouveau sur ses joues, Janou s'arrêta quelques instants pour réfléchir. En portant un regard intense sur son environnement et une oreille attentive au chant du « frédéric », elle constata d'un ton plus calme :

— Vous allez partir bientôt, c'est ça, hein?

Jeannine Beaulieu exprimait une certitude puisqu'elle avait vu. Élisabeth sut que l'enfant n'attendait pas une confirmation, mais simplement une explication. Le songe révélait donc qu'elle irait travailler avec Adèle Saint-Clair dans les Cantons-de-l'Est, là où le soleil se lève. Toutefois, avant d'en venir à la proposition de son amie Adèle, Élisabeth demanda à Janou, comme une faveur, de lui expliquer le jeu des lignes.

— Je veux bien essayer. Ce ne sera peut-être pas toujours clair, mais je ferai mon possible, assura Jeannine d'un air sérieux.

La nature devint alors parole à travers la voix mélodieuse d'une enfant...

***

— Le jeu des lignes, c'est plus qu'un jeu, Ladame. Le trottoir avec ses barres agit comme une... représentation. Ah! oui, je m'en souviens maintenant! Le mot que je cherchais tantôt est « symbole ». C'est un jeu... symbolique! décréta Janou, atteinte et émerveillée par cette brusque révélation.

Pour la suivre dans ses explications, Jeannine suggéra à son amie d'user d'imagination, précisant que son jeu pouvait largement se comparer au chemin de vie d'Élisabeth. Droites, courbes, petites ou grandes, belles ou vilaines, les lignes représentaient des gens, des expériences, des événements placés sur le chemin de chacun. D'un point de vue tant positif que négatif, certaines, d'après Jeannine, s'avéraient plus influentes, plus dominantes que d'autres et, dès lors, possédaient un grand pouvoir. Si on s'endormait dessus ou qu'on n'y réagissait pas, par exemple, elles pouvaient se transformer en maîtres de nos vies, parfois même en bourreaux, en nous gardant prisonniers ou en nous retardant dans notre progression.

— Je ne te suis pas bien, Janou, la questionna Élisabeth, perplexe. Comment une expérience positive, par exemple, et que l'on ressent comme telle, pourrait-elle nous rendre prisonniers?

Janou prit le temps de réfléchir et choisit la première image mentale qui s'imposa à son esprit : celle d'une femme qui sait qu'elle est belle. Elle en fit part à Ladame tout en la commentant :

— Sa vie est influencée par sa beauté. Elle gagne des concours, elle est reconnue, admirée, adulée. Un jour vient où elle vieillit, elle a des rides et sa peau se flétrit, comme tout le monde! Si elle s'est pas du tout préparée à accepter la vieillesse, elle peut donc être bloquée sur la ligne de « l'apparence » et devenir, avec le temps, prisonnière d'une simple ligne d'image, bien inoffensive au départ. Vous comprenez?

— Oh! oui, je comprends! admit Élisabeth fort étonnée, mais, surtout, émerveillée par tant de précocité et de sagesse.

L'enfant précisa qu'on ne devait donc pas avoir peur de réfléchir sur le pourquoi, le comment ou le quand de ces lignes particulières, selon le principe de l'intention de vérité. Plus on apprenait à traverser les lignes, à les « dépasser », plus on devenait léger pour rejoindre la destination finale. Ensuite, plus difficilement, Janou se servit de son exemple personnel pour expliquer l'alignement intérieur avant et pendant le jeu.

— Par exemple, quand ça va tout croche dans mon cœur ou dans ma tête, quand je fais plus attention à rien pis à personne, j'arrête pas de tomber sur les lignes d'influence! Comme si je devenais... à la merci de l'ombre, de l'envers, ou, ce qui est tout aussi dangereux, d'un profiteur qui attend juste ces moments-là. Heureusement qu'il existe des personnes comme vous pour aider les gens à faire leur alignement, quand ils y arrivent pas bien tout seuls ou qu'ils sont aveuglés par quelque chose ou quelqu'un!

« Et puis, il est préférable de ne pas jouer quand il y a trop de lumière, comme aujourd'hui, car on voit rien. On devient vite ébloui, Ladame, alors on se trompe sans le savoir, on piétine une personne ou une chose, sans même en prendre conscience. On croit avoir traversé, mais c'est pas toujours le cas. On peut même croire qu'on est arrivé au but, alors qu'on a à peine avancé!... »

La voix de Janou devint murmure, comme bruissement d'ailes aux oreilles de la femme extrêmement attentive.

— Je peux vous avouer maintenant que vous allez partir loin, que c'est la première fois que j'ai senti deux lignes s'entrecroiser comme les nôtres!

Puis, Janou remercia la nature d'avoir mis Élisabeth sur son chemin. Grâce à son amie, l'enfant savait maintenant que les lignes existaient, mais... « dans l'envers du monde ».

— Quand vous serez plus là, je suis pas certaine de pouvoir réaliser mon alignement intérieur. Il faudra pas que je me décourage, c'est sûr! C'est quand même plus dur quand on est seule! Je vous remercie de tout mon cœur, madame Élisabeth. Vous m'avez crue quand je vous ai parlé du langage des nuages et je sens bien que vous comprenez aussi celui des lignes. Je sais que je pourrai plus reparler de tout ça avec personne pour longtemps, et juste d'y penser, ça me donne mal au cœur...

En regardant l'amulette que Ladame tenait toujours dans sa main, d'un ton imperceptible et soudain déchirant, Janou s'écria, en utilisant le nom d'Élisabeth pour la première et dernière fois de sa jeune vie:

— Je vous en prie, madame Payot! Gardez-le toujours. Vous voulez bien me le promettre? Peut-être qu'il réussira à nous réunir... une autre fois?

Pendant que leurs mains se joignaient, Élisabeth prit conscience qu'il lui fallait traverser pour de bon la ligne qui la retenait prisonnière. La ligne dominante sur laquelle étaient inscrites en lettres de sang la mort de son mari et celle de sa fille. D'une voix émue, bouleversée, l'étrangère promit et remercia l'enfant de la nature qui avait si bien vu en elle.

***

Sous la canicule d'un jour d'été épuisant, Élisabeth terminait ses bagages. « Un été de feu », avait révélé le rêve de Janou sur la colline. Le mois d'août n'avait fait que rendre le temps plus humide, devenant ainsi accablant et insupportable. Les éclairs de chaleur qui sillonnaient le ciel à la tombée de la nuit n'apportaient que féerie lumineuse, et, au désespoir de tous, aucun nuage de pluie.

En raison des dizaines de foyers d'incendie qui sévissaient dans la région, une odeur étouffante de fumée persistait jour et nuit. Sans vergogne, l'atmosphère la rejetait au nez de tous comme un affront de plus. Aucune goutte d'eau n'avait daigné asperger le Royaume depuis la fin du mois de mai. Par conséquent, la grande rivière n'avait jamais eu aussi soif, ses habitants n'avaient jamais subi de si grandes chaleurs. L'ombre elle-même n'avait plus d'attraits tant l'humidité y était dense. Les vêtements collaient à la peau. La seule eau perceptible n'était plus que sueur ruisselant sur les visages et sur les corps épuisés. Tous ne parlaient plus que de la grande sécheresse.

La poitrine en feu, la gorge sèche, la sueur lui couvrant le corps telle une seconde peau, éreintée par les préparatifs de départ, Élisabeth prit conscience qu'elle n'avait pas bien réalisé à quel point la rupture serait douloureuse et difficile. Janou devait arriver d'un instant à l'autre et elle se sentait à mille lieues de leur séparation...

***

Après cette magnifique journée de juin, la relation symbiotique entre elles n'avait fait que les rapprocher. L'essentiel avait été dit le jour de l'anniversaire d'Élisabeth. L'essentiel avait été compris. Après que l'enfant eut terminé son explication sur le jeu des lignes, la Française lui avait fait part de son projet de partir dans les Cantons-de-l'Est travailler avec Adèle Saint-Clair. Ce à quoi la petite avait simplement répliqué :

— Je suis contente pour vous, car vous semblez heureuse rien que d'en parler. Vos yeux brillent.

Puis, Janou avait ajouté, songeuse :

— Je crois bien que mon âme cherche à me parler souvent à travers les rêves, car je vous ai vue sur le chemin de l'Est et j'ai entendu aussi la dame Saint-

Clair. Ne vous inquiétez pas, Ladame! Vous serez bien là-bas avec elle.

Depuis ce 21 juin, toutes deux ne désiraient pas songer au jour des adieux, comme s'il n'avait pas sa place ou qu'il fût inconvenant d'y penser. Janou avait aidé son amie à emballer tous les objets précieux, les disques, les livres, les pierres... Jamais la petite n'avait versé de larmes, du moins pas en présence d'Élisabeth. Elles avaient continué leurs échanges, jouant, riant, appréciant jusqu'au dernier instant. Mais, hier, une fois la maison encombrée par des dizaines de boîtes éparpillées dans les pièces vides, Jeannine s'était ouverte :

— Maintenant je n'ai plus envie de venir chez vous, avait-elle confié dans un soupir. On dirait que vous êtes déjà partie! La maison n'a plus d'âme, madame Élisabeth!

— Viens, Janou. Allons nous asseoir sous le saule derrière la maison. C'est vrai que la maison est sinistre. Moi aussi, je n'ai plus envie d'y être. Ah! il fait si chaud.

Une fois confortablement installées à l'ombre sous le grand arbre, en sirotant leur verre de limonade, Élisabeth et Jeannine étaient demeurées longtemps main dans la main. Puis, l'étrangère avait profité de leur dernier moment d'intimité pour s'épancher sur les grandes transformations de la vie, qui, d'après elle, ne venaient jamais sans peine et sans difficultés. Tant que l'âme vivait dans une enveloppe corporelle, elle devenait sujette aux émotions engendrées par les séparations, les désunions, les bouleversements, la mort. Ces finalités nous semblant absurdes, voire inutiles, nous les combattions, et parfois jusqu'à y laisser nos meilleures énergies. Il fallait, avait philosophé la quinquagénaire, avec le temps réparateur, voir plus loin que cela. Si elles existaient, c'était, au contraire, parce qu'elles avaient un sens, une nécessité et une raison d'être.

— Toutefois, à cause de la souffrance qui accompagne ces états difficiles, on prend rarement conscience du renouveau qui suivra, avait-elle enseigné à l'enfant attentive. Mais il suit, de près ou de loin, Janou. Il suit toujours, crois-moi! Cela fait partie du grand Ordre de la vie. Refuser ce processus transformateur serait... refuser la vie elle-même! Lorsque le temps de la finalité vient, absolument rien ne peut l'empêcher. Chaque chose et chaque être ont et font leur temps.

L'enfant avait écouté avec attention comme toutes les fois que l'étrangère lui avait prodigué un enseignement. Jeannine aurait eu bien des questions à poser et, pourtant, deux seules lui étaient venues à l'esprit.

— Ladame, j'aimerais vous demander deux choses. La première concerne les deux notes de musique qui vous manquent, vous savez celles pour jouer votre morceau au complet. Les avez-vous retrouvées en ma compagnie? Ensuite, j'aimerais savoir si vous croyez sincèrement que nous nous reverrons un jour.

— Ah! mon enfant... comment te dire? Ces deux notes, je les cherchais là où elles ne pouvaient plus être, soit dans le connu de mes jours. Je croyais sincèrement ne plus arriver à bien jouer sans elles. Ce que j'ai compris avec toi, c'est qu'il me faut continuer à jouer avec courage, persévérance et amour. Je dois simplement apprendre d'autres morceaux, d'une tonalité différente, non? Accepter d'apprendre des airs nouveaux sur une terre riche d'espoir et de poésie.

« Quant à savoir si nous nous reverrons, je... je ne peux répondre à cette question de manière certaine, Janou. Bien sûr, comme toi, je le souhaite de tout mon cœur. Seul le livre de la destinée saurait te donner une réponse précise, ma petite princesse! »

***

Quand Janou arriva, Élisabeth vit que la petite avait beaucoup pleuré. Ses yeux gonflés par les larmes criaient une peine incommensurable, un désespoir disproportionné, comme si elle portait un habit d'adulte, un habit de deuil, bien trop grand pour elle. Son visage exprimait une tristesse sans nom. Tout son petit corps parlait de déroute. Vraisemblablement, l'enfant, perdue, sans chemin à suivre, vivait un cauchemar.

Toute parole sembla totalement inutile à Élisabeth. Elle se sentit complètement dépourvue et bouleversée devant cette petite fleur d'ombre qui flétrissait à vue d'œil, à vue d'âme. À voir l'enfant ainsi accablée, et si malheureuse, à s'inquiéter pour elle de ce que serait demain, Élisabeth fut prise de vertige. Tout se mit à valser devant ses yeux: elle allait s'évanouir.

Ce fut Jeannine qui dut la soutenir, l'aider à s'asseoir et la réconforter:

— Madame Élisabeth? Élisabeth? Ladame... répondez! s'écria l'enfant, inquiète. Qu'est-ce que vous avez?

Puis, dans un éclair, elle se souvint de la poudre magique et ajouta:

— Où est-ce que vous avez mis votre poudre? Celle que vous m'avez fait respirer le premier jour. Dites-moi vite, vite, je vais aller la chercher.

— Dans la petite boîte métallique... encore ouverte... Sur le comptoir de la cuisine..., réussit à balbutier Élisabeth qui éprouvait beaucoup de difficultés à retrouver ses sens.

Jeannine courut à la cuisine et ne prit que quelques instants pour retrouver la poudre. Elle avait tout de suite reconnu le contenant alors qu'elle ne l'avait vu qu'une seule fois. Elle revint au salon et conseilla:

— Respirez très fort, madame Élisabeth. Mettez votre nez juste au-dessus du coffret et inspirez la poudre pendant quelques minutes. Vous vous sentirez vite mieux.

C'est ainsi que Jeannine Beaulieu, à son insu, utilisa les paroles réconfortantes de Ladame, celles-là même du premier jour de leur rencontre.

Le nez dans la poudre, certes son malaise encore présent mais avec au moins l'équilibre qui reprenait ses droits, Élisabeth Payot sourit à son âme sœur en lui confiant :

— Je t'aime, mademoiselle Jeannine Beaulieu.

— Je vous aime tant, moi aussi, madame Élisabeth. Euh! je voulais vous dire...

Voyant un certain malaise s'emparer de l'enfant, Élisabeth la rassura et la pria de continuer :

— Vas-y... Je me sens beaucoup mieux, je t'assure. Je t'écoute, ma Janou.

— Je... je crois que le livre de la destinée, dont vous m'avez parlé, s'est ouvert la nuit dernière, dans mon rêve, avoua Jeannine d'un trait, un peu intimidée, la tête baissée. J'ai... j'ai beaucoup pleuré hier soir en pensant à vous, au fait que je ne vous reverrais plus. Dès que je me suis endormie, il s'est passé quelque chose de vraiment étrange. Je volais dans les airs et j'essayais de vous apercevoir, sur la terre de l'Est. Tout à coup, je me suis retrouvée au-dessus d'une mer turquoise et j'ai vu aussi une plage dorée. C'était très beau! Tout de suite après, j'ai aperçu trois formes sombres et immobiles qui flottaient juste au-dessus de l'eau bleue que j'ai sentie très, très profonde. J'ai eu un peu peur, je vous l'avoue, car je sais pas nager et, en plus, je n'arrivais plus à contrôler ni mon corps ni mon esprit qui me dirigeaient droit sur ces formes inquiétantes...

« Ouf! heureusement pour moi, c'était juste trois

vieilles grands-mères qui étaient tout habillées en noir. Je sais pas pourquoi, Ladame, en les voyant, j'ai pensé tout de suite que c'était des marchandes d'espoir! Une seule d'entre elles s'est intéressée à moi. De son regard doux et gentil, elle a fixé mon améthyste et l'a même caressée avec sa main blanche et plissée. Quand elle m'a regardée dans les yeux, j'ai su instantanément qu'elle vous connaissait bien aussi! Puis elle m'a dit juste un mot, enfin peut-être deux. Je sais pas trop... C'est un peu comme pour « la dame », vous comprenez? Et les mots, même s'ils ont été prononcés faiblement, ont résonné longtemps, longtemps, dans ma tête en créant un écho puissant...

— Qu'est-ce qu'elle t'a dit, ma Janou? s'enquit Élisabeth, extrêmement curieuse.

— Je pense pas que c'était du français, Ladame. Et je sais pas trop, j'ai pas compris si elle parlait de l'améthyste, de vous ou de... quelqu'un d'autre.

— Mais dis-moi, dis-moi vite. Ah! tu m'intrigues, Jeannine Beaulieu!

— Je sais pas comment ça s'écrit, par exemple, mais j'ai entendu clairement: Vole... véra. Savez-vous ce que ça veut dire, Ladame?

***

Surprise, encore un peu étourdie, indécise, Élisabeth se dit qu'elle faisait face à un bien étrange dilemme. De toute évidence, la petite ne semblait pas réaliser qu'elle avait prononcé ce mot exactement comme il se devait, en espagnol et avec l'accent andalou, en plus! « C'est insensé! Janou ne connaît même pas cette langue! » Puis, les confidences d'Incarnation au sujet de la découverte de l'améthyste lui revinrent soudain en mémoire et soulevèrent un questionnement à propos de la vision de Jeannine:

« Aurait-elle eu une vision du passé, concernant la pierre, celle qui l'a perdue dans le sable sur cette plage d'Espagne, ou bien de l'avenir qui nous concerne, ou les deux à la fois? Elle en est bien capable! »

Oui, Élisabeth connaissait très bien la signification du mot *volverá*, mais, songea-t-elle, si les Parques de la destinée n'avaient pas cru bon de révéler l'avenir dans la langue de Janou, quel droit avait-elle, elle, Élisabeth Payot, de lui faire une telle révélation et de risquer de briser son cœur si cela ne se produisait pas?...

Au chant du « frédéric », qui vint maladroitement se poser sur le rebord de la fenêtre ouverte, la Française décida de suivre son instinct et de répondre tout en douceur et dans une troublante complicité:

— Je suis désolée, ma petite Janou, cette fois, je ne... je ne vois pas... bien!

— ... Ça m'étonne, ça! Ah! dommage, si vous le dites... Oh! là là, dans tout ça, j'oubliais le principal!

— Le principal? s'étonna Élisabeth, estomaquée. Tu ne trouves pas que ce que tu m'as raconté est déjà assez important?

— Oui, je vous l'accorde, Ladame, répondit poliment l'enfant, mais on est pas plus avancées puisque je ne sais pas ce que ça veut dire!...

En disant ces mots, les yeux d'ombre de Janou avaient fouillé si effrontément ceux d'Élisabeth que celle-ci, se sentant prise en flagrant délit de mensonge, en avait baissé la tête d'embarras à son tour.

— En tout cas, fit Janou, d'un ton indulgent, mais tout de même légèrement triomphant, dans le ciel bleu de mon rêve, à la fin, juste avant que je me réveille en sursaut, j'ai vu... j'ai vu des petits nuages blonds qui dessinaient...

— Qui dessinaient quoi? demanda gentiment Élisabeth, qui, en jouant le jeu, leva son regard d'eau et de feu vers l'enfant de la terre et de l'air.

— Une chaîne d'or!

Alors, simultanément, elles éclatèrent d'un rire chaleureux, mêlé de larmes de joie et de peine. Les âmes sœurs, unies et riches d'une amitié éternelle, s'abandonnèrent au seul instant présent et se confondirent à la chaleur humide de cet été de feu.

Voilà comment Élisabeth Mercantour-Payot s'était, à son tour, transformée en fleur d'ombre. La femme prendrait racines dans l'univers fleuri, ensoleillé et fluide des Cantons-de-l'Est.

Quant à l'enfant, toute petite et jeune marchande d'espoir, certains circuits de sa mémoire ayant été endormis, elle oublierait pendant quarante années...

VIII

— Un café, madame Payot? demanda poliment André Giroud. Si je puis me permettre, ajouta-t-il avec tact, vous avez bien meilleure mine. Et vous m'en voyez fort soulagé!

— Volontiers... noir, s'il vous plaît. Oh! oui, je me sens beaucoup mieux! s'exclama Élisabeth avec entrain.

Pendant qu'il s'affairait à servir les boissons chaudes, tout en jaugeant sa visiteuse d'un air satisfait, le psychiatre se remémora la fin de sa première entrevue avec Élisabeth Payot...

Après les longues confidences, madame Payot était devenue blême et défaillante comme si le fait de retourner dans le temps avait exigé d'elle un effort surhumain. Dans l'incapacité de poursuivre leur entretien, Élisabeth avait insisté pour qu'André reparte avec les cassettes. Il avait obtempéré à sa demande, ne désirant pas aggraver un état qu'il jugeait déjà précaire. Elle le contacterait sous peu, avait-elle simplement ajouté en lui disant faiblement au revoir.

Voilà qu'une semaine plus tard, fraîche et dispose, un long pull indigo à col roulé sur une jupe droite anthracite, les cheveux blancs coiffés en chignon sur la nuque, les joues encore rougies par la fraîcheur du dehors, les yeux miroitants, couleur bleu ciel de décembre, Élisabeth Payot, qui avait délaissé le temps d'un rendez-vous ses allures de gitane, se retrouvait dans son bureau, un sourire malicieux aux lèvres.

— Puis-je vous demander ce qui vous fait sourire ainsi? questionna André, curieux.

— J'ai l'impression d'avoir monté d'un cran dans votre estime. Non! dans vos goûts, devrais-je dire! Avez-vous déjà rencontré de vraies bohémiennes, monsieur Giroud?

Pris en flagrant délit d'observation physionomique, le psychiatre rougit, chancela, faillit à la fois échapper son plateau et s'étouffer, en plus de tarder à répondre. Le considérant, songeant qu'il avait pourtant dû en entendre d'autres avec Janou, la vieille dame, qui s'amusait de cette réaction saugrenue, préféra néanmoins ne pas insister. Elle s'intéressa plutôt au fait de savoir s'il avait eu le temps d'écouter de nouveau les enregistrements.

— Oui, plusieurs fois même! admit André, soulagé de changer de sujet. C'est... c'est une histoire assez peu commune!

— Mais encore?... Quel est votre avis, professeur?

Fort intrigué par la personnalité extravagante et imprévisible de madame Payot, le psychiatre hésita avant de répondre:

— Euh! mon avis?... D'abord, je dois vous avouer que je suis extrêmement soulagé... pour madame Beaulieu, cela va de soi! Car la possibilité d'incidents plus graves, voire dramatiques ou traumatisants, planait comme une ombre malfaisante. Aucun doute qu'elle et son conjoint seront infiniment heureux d'apprendre... Mais...

— Mais quoi, monsieur Giroud?

— Puis-je... être direct, madame Payot?

— Allez-y, docteur! Je vous écoute. Je suis ici pour ça.

Le fait que son interlocutrice passe de professeur à monsieur à docteur lui fit soudain perdre le fil de ses idées, déjà passablement décousues!

— Euh! ma requête va vous paraître anodine, hors

de propos certainement, madame Payot, mais j'apprécierais que vous adoptiez un seul...

— Oh! excusez-moi, se défendit-elle, confuse.

Sur ces mots, telle une jeune femme indécise, la vieille dame fit une moue légère et narquoise, balançant sa tête de gauche à droite. André songea qu'il ne lui manquait que la marguerite à effeuiller pour choisir le nom qu'elle allait finalement adopter.

— Euh! continuez... André!

Il pouvait largement être son fils, elle n'était pas « sa patiente », elle connaissait bien Marc et Janine, et il semblait être incapable de lui résister tant il éprouvait de sympathie pour elle : toutes ces raisons plaidèrent en faveur du choix d'Élisabeth et ne l'offusquèrent pas. « Pourvu seulement qu'elle s'y tienne! »

— Soit! Ce sera André. Bon! Reprenons... Sans pour cela divulguer quoi que ce soit sur madame Beaulieu, je me dois d'être franc. Compte tenu des faits que vous avez rapportés, et que je ne mets aucunement en doute, je pense que ce n'est pas moi qui devrais être assis avec vous en ce moment, mais bien elle! Vous la privez inutilement d'un soulagement, je dirais même d'une délivrance qu'elle attend depuis quarante ans! Pourquoi ne pas lui avoir tout avoué, dès le début? Je ne comprends vraiment pas votre retenue ni pourquoi vous avez tenu à me contacter avant elle! décocha André, une pointe de déception – à peine épicée de reproche – dans la voix, ce qui ne surprit guère Élisabeth.

— Ah! oui, oui... je vois. Il serait préférable que vous ayez l'heure juste, je crois, avant de poursuivre notre entretien. Il est vrai que, la dernière fois, je n'ai pas eu le temps de vous faire part...

***

Sans avertissement, le corps de la vieille dame se raidit. Son visage devint grave et cireux. Le bleu de ses yeux prit une teinte grisâtre. Ses rides, devenues stigmates, s'accentuèrent, creusant sa figure comme si un vieillissement soudain l'avait rattrapée en quelques secondes à peine. À l'instar des éléments, le corps d'Élisabeth Payot annonçait du mauvais temps à venir.

— Résumons ainsi, reprit-elle d'une voix qui parut soudain éteinte aux oreilles d'André. Disons que deux raisons majeures me freinent, m'empêchent d'agir pour le moment.

— Si vous désirez m'en faire part, je vous écoute, madame Payot, déclara le psychiatre avec plus de gentillesse et d'indulgence.

Exprimant son appréciation pour le bon café corsé, Élisabeth déposa sa tasse sur le bureau. Puis, elle tourna son visage vers la fenêtre, y cherchant une sorte d'illumination. Pour la première fois depuis leur rencontre, peut-être en raison de la position de son interlocutrice – elle tenait la place occupée par Janine auparavant –, le psychiatre fut touché par la ressemblance entre les deux femmes. Non pas d'ordre physique, mais bien spirituel : « Leurs âmes sont sœurs, en effet... »

— Je... je vais... Il ne me reste que... quelques saisons à vivre, docteur Giroud, balbutia la vieille dame avec embarras. Mon cœur! Il se fait vieux et fatigué!

— Oh! ne put réprimer André, perturbé par cet aveu troublant.

Tel un précurseur, un silence de mort envahit le bureau. Bouleversé, André l'était en effet, mais aucunement étonné, comme s'il s'attendait à cet aveu, comme s'il savait.

« Comment aurais-je pu savoir? C'est ridicule. Ça ne va pas recommencer! Du calme, mon vieux. » Puis, le souvenir du troisième rêve lui fouetta la mémoire :

« Oh! oui. C'est pourtant vrai! C'est incroyable! Elle était déjà venue me l'annoncer en rêve! »

Sans s'attarder outre mesure à ce détail insolite, André Giroud comprit d'emblée la situation. Il remarqua que le simple fait de se confier avait provoqué chez madame Payot une sérénité qui l'enveloppa soudain, tel un vêtement protecteur. « Il lui sert amplement de réconfort, pour le moment », conclut-il, préférant s'abstenir de commenter.

— Au printemps dernier, expliqua Élisabeth d'une voix posée, après que mon cardiologue eut confirmé son diagnostic, diagnostic auquel j'étais déjà préparée en tant qu'infirmière, indiquant qu'il me restait très peu de temps à vivre, quelques mois tout au plus, j'ai fait un rêve étrange. J'étais assise sur un banc et je contemplais le Memphrémagog. Une petite fille vêtue d'une robe verte, munie de jumelles – tout à fait démesurées dans le rêve – qui pendaient à son cou, un pavot d'Orient dans la main, s'est approchée de moi. Elle ne faisait que répéter : « N'oublie pas le rêve, Ladame. Souviens-toi du rêve... »

— C'est tout? s'étonna le psychiatre, déçu.

— Oui, c'est tout. Cela suffisait, croyez-moi.

Alors, plus ou moins dans l'ordre, Élisabeth relata les événements des dernières semaines pendant lesquelles Janine n'avait démontré aucun signe de souvenance. Puis, elle revint sur sa rencontre avec Janou, sur le bord du lac, en octobre.

— Mais enfin, madame Payot, votre rencontre est due au... au simple fruit du hasard! Extraordinaire, j'en conviens, mais concevable tout de même!

— Oh! non. Pas du tout, André. Vous ne comprenez pas. Pendant des jours, après ce rêve, je me suis questionnée. J'ai tout de suite associé cette enfant à Janou, évidemment. J'étais heureuse de la revoir, car jamais elle ne m'était apparue en songe. C'étaient ses exhortations qui m'intriguaient et ne me laissaient pas un instant de répit. Comment oublier un rêve si clair, si bref? Et pourquoi m'en souvenir à tout prix? Puis, j'ai eu un... flash! Il n'était pas question du rêve actuel, mais bien d'un autre!

— Quel autre? Je ne vous suis plus très bien, questionna André, perplexe.

— Du rêve de Janou, professeur! Du rêve des oiseaux...

***

Mal à l'aise dans son espace familier, égaré dans son antre connu, pris au piège de son cerveau gauche qui avait rarement donné libre cours au droit, le professeur se leva et se posta devant la fenêtre. Le temps boudait toujours le soleil. Par contre, bien qu'on fût en décembre, la température s'attardait paresseusement aux degrés d'automne.

Découvrir ainsi cette étape de l'enfance de Janine Beaulieu, à son insu, avait produit chez lui un effet inattendu et foudroyant. Les révélations secrètes, qu'il avait maintes fois écoutées dans le noir ces derniers jours, lui laissaient une impression désagréable de voyeurisme. Mais il y avait plus, bien plus! Entrevoir « l'envers » de Janine Beaulieu avait contribué à dévoiler impudiquement le sentiment qu'il éprouvait pour elle. Sentiment amoureux qu'il ne pouvait désormais occulter. C'était la raison pour laquelle entendre parler d'elle, femme ou enfant, le mettait au supplice.

« Janou... Janou... Ce doux sobriquet invite à la tendresse, à l'intimité, aux caresses, à la complicité... »

Pour étouffer le bruit sourd des battements de son cœur à la débandade, qui s'accéléraient à la simple évocation de ce nom, du regard couleur de l'ombre de Janine, de sa peau dorée, mais aussi pour cacher une rougeur subite, André se tourna d'emblée vers la radiocassette. Comme en d'autres occasions similaires, l'homme désorienté et amoureux eut recours à la musique pour se calmer. Pendant plusieurs minutes, *Les Quatre Saisons* de Vivaldi l'aidèrent à retrouver un certain équilibre. Peu après, il se racla la gorge, revint s'asseoir en tentant de reprendre une contenance qu'il savait, hélas, bien éphémère.

— Une question avant de poursuivre, si vous permettez. Elle me trotte dans la tête depuis tout à l'heure. Vous avez mentionné que madame Beaulieu n'avait pas réagi en vous voyant en octobre ni par la suite, pas une seule fois... Elle n'a jamais tiqué? Même pas à votre nom?

Prise de court, la vieille dame baissa la tête et ne dit mot.

— Vous n'allez pas me dire que vous lui avez fourni une fausse...

— Juste ciel! Non! Ce n'est pas ce que vous croyez! Ce n'était pas... volontaire! Puisque je l'attendais sur le banc, devant le lac – elle vit André tressaillir à cette allégation qu'il qualifiait probablement de rocambolesque et de déraisonnable –, je l'ai pratiquement tout de suite reconnue, tel que je vous l'ai expliqué. Même mentalement préparée pour ces retrouvailles, je me trouvais dans un état de nervosité extrême. Quand elle m'a demandé mon nom, j'ai bafouillé: Élis... Élis... et elle en a déduit illico que mon prénom était Élise! Presque aussitôt, elle s'est livrée sans aucune retenue, à moi, une étrangère, comme elle l'avait fait auparavant, enfant...

« J'avoue ne pas l'avoir démentie, depuis ce jour. Par contre, elle connaît mon nom de famille, Payot. Et elle n'y a pas réagi. Ce n'est pourtant pas un nom commun par ici! De toute façon, André, pour elle, comme pour plusieurs à cette époque, je n'ai été que... la dame.

— Voyons si je vous suis bien, reprit le psychiatre, décontenancé à nouveau. Il essayait de garder son sang-froid, se raccrochant tant bien que mal à sa « fonction » qui, telle une effrontée, semblait pourtant lui tourner le dos. À la suite de votre rêve du printemps, vous avez déduit que Jani... Janou vivait maintenant en Estrie?

— Cela allait de soi, voyons! s'indigna Élisabeth, étonnée, discernant scepticisme et récusation chez son interlocuteur. Pour moi, cher André, c'était l'évidence même : Janou, en tenant le pavot d'Orient dans sa main, vivait elle aussi sur la terre de l'Est et serait près de moi à l'heure de ma... de ma mort. Son grand rêve d'enfant, celui des oiseaux, du lac, de la montagne, rêve dont elle me pressait de me souvenir, ne l'avait-il pas clairement annoncé?

Élisabeth s'éclaircit la voix avant de poursuivre d'un ton plus léger :

— Au jour de mon anniversaire, j'ai donc décidé de me présenter au rendez-vous. Juillet, août sont passés. Puis, elle est venue!

— Bon! bon! admettons, admettons! se pressa d'acquiescer le psychiatre qui ne parvenait pas – encore – à suivre ce genre de logique intuitive. Après ce que vous venez de me confier, je comprends encore moins votre... réticence! Le temps... le temps entre vous est compté en quelque sorte. Connaître ces révélations la soulagerait d'un poids énorme, sans parler du fait que cela mettrait fin à ses terribles et épuisantes nausées, lesquelles, je le crains, tout comme Marc d'ailleurs, finiront par provoquer un état plus grave!

— Je sais tout cela, admit Élisabeth sans ambages, l'air affligé. Ah! si j'avais pu penser que mon geste sur la colline... sur son front... aurait eu tant de conséquences néfastes pour elle et pendant si longtemps! Enfin, là n'est pas la question. Supposons un instant qu'elle soit mise au courant. Et quoi? Son âme sœur revient pour... pour repartir aussitôt, ou presque! Il y a là matière à prendre son temps, non?

— En effet, en effet, approuva le psychiatre d'emblée, le choc sera brutal.

— Je ne le vous fais pas dire! Ah! s'il n'y avait que ça! se plaignit la vieille femme qui reprit aussitôt:

— D'une mort, d'une séparation, chacun se remet, le temps aidant. Elle comme nous tous. Malheureusement, à mon avis, il y a plus grave, ajouta-t-elle dans un murmure.

Sous le poids d'un fardeau invisible, lourd du temps perdu et de regrets inutiles, les frêles épaules d'Élisabeth Payot s'affaissèrent soudain. Ce réflexe gestuel inconscient, immédiatement décelé par l'œil expérimenté du psychiatre, accentua les appréhensions de ce dernier. Pendant qu'elle reprenait son souffle, il questionna, fort inquiet:

— Plus grave? Que voulez-vous dire?

— Professeur... pardon! André... Vous devez sûrement être au courant du rêve?

— Vous voulez dire le rêve?

— Oui. Le rêve.

***

Étonnée de voir perler des gouttes de sueur sur le front du psychiatre, Élisabeth lui laissa un peu de temps pour se décontracter, car il paraissait tendu et très nerveux. Dans le silence réparateur, le morceau qui jouait en sourdine arriva enfin aux oreilles d'Élisabeth, tel un air d'antan. Elle se mit à examiner plus attentivement le sexagénaire devant elle: « Un compatriote, après tout! » Une épaisse chevelure légèrement ondulée aux reflets noirs et argentés, un front bombé et fonceur, avec juste ce qu'il fallait de rides pour l'adoucir, un regard coulant et perspicace à l'œil fripon, couleur d'émeraude, une bouche aux lèvres charnues faisaient de lui « un bien drôle de psychiatre, mais un bien bel homme tout de même... »

Puis, sans s'y attendre, la vieille dame entra dans une sorte de transe, ce qui ne lui était plus arrivé depuis des années. Pendant que la musique de Vivaldi la nourrissait de passé, une vision d'avenir vint prendre possession d'elle et lui fit simplement entrevoir un homme vêtu d'un sarrau blanc respirant avec délicatesse une fleur. Elle vit aussi un olivier au cœur d'un champ de lavande! Cette représentation exhalait le sentiment amoureux que portait l'homme qui lui faisait face, le docteur, pour une fleur... d'ombre! Sans autre détour, elle lui montrait André Giroud amoureux de Janine Beaulieu!

— Madame Payot... excusez-moi! Vous allez bien? s'enquit André avec sollicitude.

— Ouuu...i, oui. Je... je vais bien. J'ai perdu le fil du temps quelques instants. Je ne suis plus très jeune, vous savez! Ouf! où en étions-nous?... Ah! oui, vous êtes sûrement au courant de l'importance qu'attache Janine Beaulieu à la notion de l'engagement.

— En effet, se contenta de répondre André en toute hâte.

— Vous connaissez aussi l'espoir qu'elle entretenait à ce sujet, en rapport avec cette année oubliée de son enfance. Espoir qu'elle a conservé malgré les sarcasmes et les attaques perfides de sa belle-mère et le... détachement de son mari sur la question.

— Oui, bien sûr. Mais où voulez-vous en venir?

Connaissant par cœur le rêve, André eut alors assez d'indices, car, presque aussitôt, il s'exclama d'une voix courroucée:

— Ah! mon Dieu! je comprends! Elle a perdu l'améthyste! Elle ne pourra donc pas rencontrer son engagement. Hum! effectivement, naîtra alors un profond sentiment de culpabilité, un grave constat d'échec. Et puis, non et non! Qui dit, madame Payot, que nous ne faisons pas fausse route? Peut-être l'a-t-elle seulement oubliée dans un coin ou rangée quelque part et qu'elle va s'en souvenir aussitôt les faits révélés!

Le ton était empreint d'une espérance que ne pouvait, hélas, partager la vieille dame.

— Euh! je ne crois pas, André. Je... je me suis informée, un jour. Voyant qu'elle portait certaines pierres, soit en collier, soit en bagues, je lui ai demandé si elle aimait les améthystes. Si elle en possédait ou en avait déjà possédé...

— Et puis? demanda André avec fébrilité.

— Janine a été catégorique. Elle aime bien cette pierre, sans plus. Elle n'en a jamais possédé. Ni acheté. Ni... même reçu en cadeau!

***

Faisant fi de l'hiver imminent et geôlier qui gardait les gens prisonniers, la saison des couleurs, telle une prévenue en liberté provisoire, semblait insister à vouloir jouir jusqu'à la dernière heure des trois mois qui lui étaient alloués, au grand plaisir de tous. Depuis quelques jours, le soleil aidant, la température se faisait même clémente, obligeant tuques et mitaines, bottes et foulards à somnoler dans les placards et à attendre... blanche neige.

Si les objets d'hiver dormaient, ce n'était pas le cas de Janine Beaulieu qui venait de passer une nuit blanche, plus blanche que neige! Une nuit entière consacrée à écouter, et réécouter sans cesse, une voix de femme raconter quatre saisons de sa vie, de leur vie... Malgré la noirceur et l'heure matinale – le réveil indiquait à peine cinq heures –, les yeux bouffis, les traits tirés, dans l'impossibilité de se reposer, ne fût-ce que quelques heures, Janine décida de se lever. Perturbée, décalée dans le temps, en se levant du lit à demi défait elle prit pleinement conscience de l'absence de Rémi. En effet, elle se retrouvait seule dans la maison et, comme par hasard, cette solitude venait à point. Ce temps libre et silencieux lui permettrait, espéra-t-elle, de renouer avec cette partie d'elle-même que le psychiatre venait, contre toute attente, de lui offrir sur un plateau d'argent.

En enfilant son peignoir, sa première pensée fut pour son conjoint. Sans même lui en parler, il avait accepté un contrat en région éloignée : Chibougamau ! Chapais ! Le bout du monde ! Ce déplacement, tous frais payés, plutôt bienvenu en saison creuse, offrait aussi, d'après Rémi, la possibilité de découvrir le « Moyen Nord », d'y repérer peut-être de nouvelles espèces d'oiseaux et, qui sait, de se retrouver en amoureux. Car il était clair, pour chacun d'eux, qu'un triste constat s'imposait : leur relation allait de mal en pis depuis le jour de l'ultimatum.

Au refus de Janine de l'accompagner, la déception de Rémi s'était transformée en appréhension, puis en sourde rancœur quand sa femme avait exprimé ouvertement son besoin de solitude et de temps pour une prise de conscience. Abhorrant lui-même toute introspection, il avait préféré faire semblant de n'y rien voir d'autre qu'un caprice féminin de plus, une lubie de femme... malade.

— Ma mère a peut-être raison après tout, lui avait-il lâchement jeté. Tu perds vraiment les pédales, ma parole ! Parce que tu ne vois plus ta « madame Élise », tu recommences à avoir la nausée ! Parce que rien n'est venu remplacer le rêve, tu déprimes. Parce que tu insistes pour suivre une voie que tu es la seule à voir, nous faisons fausse route sur toute la ligne ! Peut-être ferais-tu mieux de revoir ton psy, après tout. Ah! et puis, fais-la donc, ta prise... d'inconscience! avait-il terminé, d'un ton railleur et méchant.

Finalement, tel un adolescent boudeur et acrimonieux en quête de reconnaissance, il avait claqué la porte en lâchant un juron.

Le discours de Rémi, tout en faisant sourire Janine parce qu'elle avait effectivement revu son psy et fait réellement une prise d'inconscience, lui prouvait néanmoins que Pierrette Simard gagnait chaque jour un peu plus de terrain. C'est vrai que le terreau de son mari était meuble, propice à y planter bon grain tout autant qu'ivraie. Aurait-elle dû le prévenir que la mauvaise semence de Pierrette commençait à porter ses fruits? Inutile. Obnubilé, Rémi n'aurait pas voulu, ni même pu, admettre une telle possibilité. C'était pourtant le cas. Pour Janine, dont le cœur s'attrista, Rémi s'était donc plus enfui qu'il n'était parti. Cette courte séparation leur ferait peut-être du bien, du moins l'espérait-elle.

Ces pensées moroses lui coupèrent le peu d'appétit qu'elle avait vaguement ressenti au lit. Elle poussa négligemment le pain grillé, hors de sa vue. Toutefois, le café fort lui faisant du bien, elle s'en servit une seconde tasse. Juste avant de prendre place dans son fauteuil préféré au bord de la fenêtre, qui donnait sur de nombreuses mangeoires toutes plus originales les unes que les autres, elle se dirigea vers le salon pour choisir un disque compact parmi l'imposante collection. Elle songea alors avec gratitude à Élise... Élisabeth: « C'est donc elle qui m'a donné ce goût si prononcé pour la musique classique! Voilà un autre mystère résolu... »

Emmitouflée dans sa robe de chambre, Janine suivit le crescendo du *Boléro* de Ravel qui lui parut approprié, vu les circonstances: les instruments, à peine audibles au début, donnant l'impression de lui parvenir de très loin – tout comme ses sentiments et ses souvenirs –, explosaient en fin de course à la manière d'une délivrance inouïe, d'un rêve réalisé. Accompagnée de la musique, l'âme de l'enfant, toujours logée au cœur de Janine Beaulieu, émergea doucement de l'eau qui la tenait captive depuis tant d'années. Les larmes apaisantes s'écoulèrent enfin d'une source aux profondeurs infinies.

Élisabeth Mercantour-Payot, suivant un simple désir exprimé un jour de fin d'été à une petite fille triste, une fleur d'ombre âgée de neuf ans, était revenue!

Pêle-mêle, les souvenirs des dernières quarante-huit heures revinrent éclabousser les rambardes de sa mémoire à fleur d'égarement...

***

Janine se souviendrait toujours de ce jour qui avait débuté de façon banale : un samedi matin brumeux qui s'annonçait plutôt moche après la dispute. Une heure après le départ de Rémi, elle se préparait à quitter la maison pour faire sa marche quand le téléphone avait sonné. Sur le coup, elle n'avait pas reconnu son interlocuteur, un homme. La voix masculine lui ayant semblé familière, elle avait d'abord cru qu'il s'agissait de son beau-père, René Lanctôt. Cela lui arrivait de téléphoner à intervalles très irréguliers juste pour prendre de ses nouvelles, à l'insu de sa Pierrette, évidemment.

Janine s'était sentie plutôt ridicule et surtout très gênée de ne pas l'avoir reconnu. Mais comment aurait-elle pu deviner ?

— C'est moi! André! avait déclaré son interlocuteur, en dernier recours de reconnaissance.

— Mais... André qui? lui avait-elle bêtement demandé.

Une fois l'imbroglio démêlé, elle s'était confondue en excuses plates. Heureusement, le psychiatre avait semblé ne lui en tenir aucune rigueur. Le professeur l'appelait pour lui fixer un rendez-vous! Saisie, interloquée, ne comprenant pas le but de sa démarche, Janine le coupait sans cesse pour l'assaillir de questions. D'une voix hachurée qui ne lui ressemblait pas, il évitait, lui, de répondre, insistant de façon maladive sur l'urgence de se rencontrer. Leur conversation était devenue si décousue qu'à un certain moment, choquée, Janine avait presque cru à une invitation amoureuse...

Quand il s'était finalement décidé à mentionner, entre autres, des révélations concernant son amnésie, des confidences qu'il avait recueillies de la bouche d'une personne faisant partie de son passé, et qu'il serait même préférable que Rémi l'accompagne, elle avait fortement réagi :

— Mais qu'est-ce que vous me chantez là? C'est impossible, professeur! Des révélations... à vous? Personne ne sait que je vous ai consulté à part Rémi et sa mère!

Dans sa courte liste, elle avait oublié Élise... C'était si récent! Comment aurait-elle pu l'y inclure?

Il s'excusait maladroitement de ne pouvoir rien dire de plus au téléphone. Puis, abruptement, il avait fixé le jour et l'heure du rendez-vous : le lendemain, dimanche matin, neuf heures, à son bureau, ajoutant qu'elle devait prévoir une bonne partie de la journée. Finalement, à bout de souffle et d'arguments, il avait raccroché avant qu'elle puisse ajouter quoi que ce soit.

On peut dire, sans se tromper, que toute la journée du samedi Janine avait tué le temps. En soirée, indécise, incertaine, ne tenant plus en place, ayant faim de plus de détails, ne voulant pas y croire, n'osant espérer l'impossible, elle avait rappelé le professeur en utilisant pour la première fois son numéro confidentiel. Point de répondant, juste un répondeur anonyme. Le dimanche matin, après une nuit entrecoupée de brusques réveils, de sueurs froides et de nausées, elle avait longuement hésité. La peur, maintenant, la tenaillait, lui tordant les entrailles. L'imagination débridée avait fait son œuvre nocturne.

Et si elle allait « perdre son âme »?

***

Le centre hospitalier lui avait paru désert. À peine visible, le personnel qui allait et venait à pas feutrés en ce jour dominical se faisait discret, ne s'étonnant même pas de sa présence, pourtant hors des heures de visite. La porte du bureau du docteur Giroud était entrouverte. Quand elle avait pénétré dans le cabinet, non sans hésiter à nouveau, à peine avait-elle pu retenir sa surprise de voir le professeur ainsi vêtu! Habillé d'un col roulé blanc, d'un blazer bleu marine sur un pantalon gris d'un beau velours côtelé, elle le découvrait sous un nouveau jour!

Intimidé par le coup d'œil scrutateur de Janine, André s'était levé d'un pas alerte, venant lui serrer la main chaleureusement tout en lui exprimant son plaisir de la revoir. D'entrée, il avait insisté pour dire qu'il ne la recevait pas en tant que consultante, ou patiente, mais bien en amie. Par conséquent, il s'attendait à se faire appeler André, en s'enquérant poliment s'il pouvait lui rendre la pareille...

Janine se rappela des détails futiles : il avait pris son manteau en vantant les avantages de l'hiver tardif; il l'avait complimentée sur son apparence, prenant de ses nouvelles et questionnant l'absence de Rémi. Après que Janine lui eut répondu et demandé d'emblée de quoi il en retournait exactement, le professeur était devenu mal à l'aise, « comme s'il se retrouvait soudain en terre inconnue », avait songé Janine.

André s'était alors enquis de sa relation possible avec une certaine Élisabeth Payot, tout en la décrivant en détail. Bousculée par les événements, stupéfaite par cette entrée en matière, Janine avait sursauté et corrigé le prénom.

— Je crois que vous voulez parler... d'Élise Payot?

À partir du moment où il avait répondu : « Il s'agit de la même personne », le temps avait basculé. Sans plus tarder, le psychiatre lui avait fait écouter plusieurs cassettes, préparées par cette Élisabeth. Les enregistrements avaient duré de longues heures, pendant lesquelles Janine était passée des larmes aux rires, au silence, à l'émerveillement, à l'euphorie, au soulagement...

Ensuite, pendant qu'un traiteur apportait un repas froid, commandé à l'avance, André avait relaté avec patience, délicatesse et empathie tous les détails fournis par madame Payot : son lien avec Marc Fabre, le petit-fils d'Adèle Saint-Clair, son rêve du printemps, l'imbroglio sur son prénom... Quand il arriva aux raisons du silence de madame Payot, il se contenta d'en dévoiler une, soit sa mort prochaine.

— Vous savez, professeur...

Sous le regard insistant et amical du psychiatre, elle avait rectifié, non sans un certain malaise :

— Pardon... André! Je... j'ai vu son état. Comme elle n'a jamais exprimé le désir d'aborder le sujet avec moi, j'ai cru bon de respecter son silence.

Incapable d'en dire plus, Janine avait éclaté en sanglots. Elle avait pleuré longtemps, sous l'œil attendri et compréhensif d'André qui l'encourageait à exprimer toutes ses émotions. Il avait paru étrange à

Janine de verser des larmes à la fois de joie et de peine. De ce fait, avait-elle confié au psychiatre, elle avait l'impression de se retrouver quarante ans en arrière, comme en ce jour d'un été de feu. Elle lui avait aussi décrit ses sensations: un barrage qui cède sous une très forte pression, des barreaux d'une prison qui disparaissent, des liens étouffants qui se dénouent...

— Je perdrai donc à nouveau mon âme sœur, n'est-ce pas ce que le rêve tentait de me faire voir? avait-elle balbutié à travers ses sanglots.

Puis, sentant que le professeur n'osait pas s'aventurer sur le sentier de l'engagement, c'est elle qui avait abordé le sujet en confiant:

— Vous voyez, André, je comprends pourquoi on n'a jamais pu me renseigner. Absolument personne n'était au courant de cette amitié particulière que j'avais gardée tout à fait secrète. Tout est clair dans mes souvenirs. Cela s'est passé exactement comme Ladame, pardon, madame Payot l'a raconté. Sauf que, pour l'améthyste... Je ne me souviens pas! Qu'est-ce que j'ai pu en faire? Je sais qu'au début je la portais sous mes vêtements, car je ne voulais pas que maman me pose des questions sur la provenance de ce cadeau. Elle ne l'a jamais vue, ni mes frères d'ailleurs. Et je ne me rappelle pas si je l'ai égarée, perdue, et même quand j'ai commencé à oublier Ladame. Probablement très tôt après son départ...

Puis, un nœud dans la gorge qui lui faisait des trémolos dans la voix, des larmes brûlantes dans les yeux qui allumaient d'incandescence son regard d'ombre, l'âme en déroute, l'esprit en cavale, elle avait lancé un appel à l'aide:

— Le rêve ne m'apporte rien, André! Il y fait noir. Je n'ai aucune idée où je me trouve! Sauf devant une porte! Probablement symbolique, en plus! Et, même si ce n'est pas le cas, il existe des milliers de portes dans le monde! Qu'est-ce que je vais faire si je ne retrouve pas l'améthyste? Alors que le temps me donne raison et me rapproche de mon âme sœur, pourquoi m'éloigne-t-il de mon engagement?

Prenant la parole d'un ton ferme mais empreint de mansuétude, André avait coupé court à ses doléances tout en la réconfortant. D'abord, il lui avait fait remarquer que, sans aucun doute, ses nausées cesseraient à partir de ce jour. Puis, il lui avait conseillé de s'occuper, avant toute chose, de vivre pleinement ces saisons qui lui étaient de nouveau offertes.

— Madame Payot aura besoin de vous, Janine. Elle n'a personne d'autre au monde. L'accompagner dans ces heures critiques vous permettra de réaliser une grande partie de votre... engagement. Vous devez le comprendre ainsi et l'accepter comme tel, pour l'instant.

Contre toute attente, le psychiatre avait réussi à lui insuffler son optimisme. Il semblait persuadé que le temps et le contact étroit avec Élisabeth favoriseraient l'éveil des souvenirs concernant l'améthyste. Après que Janine eut accepté de lui promettre de l'appeler, si besoin s'en faisait sentir, ils s'étaient levés sur une note positive. Puis, au moment de partir, d'un ton qu'il voulut badin, mais qui ne leurra point Janine, André avait fait une brève et surprenante allusion à leur neuvième entrevue comme s'étant avérée, après tout, la seule d'importance! Consciente que le psychiatre venait de franchir une ligne jusque-là interdite à son esprit rationnel, elle n'avait pu retenir un soudain élan de sympathie en lui faisant deux bises sur les joues. Un grand embarras s'était alors emparé de lui, sans raison. Heureuse, soulagée, souriante, quoique toujours sous le choc, Janou était repartie avec ses souvenirs, enregistrés sur de simples bandes magnétiques qu'elle tenait aussi précieusement qu'un trésor...

Émergeant avec regrets d'un état d'exaltation peu commun, Janine constata que le jour avait lentement pris ses aises. Elle se leva de son fauteuil, rassérénée, remplie d'une force nouvelle, d'une confiance et d'une endurance à toute épreuve. L'horloge indiquait huit heures. Elle se dirigea d'un bon pas vers le téléphone. Élisabeth Payot attendait sûrement son appel.

— Ah! que j'ai hâte de voir la tête de Rémi. Comme il va être soulagé! Voilà ce qu'il fallait pour ranimer notre couple! Oh! quelle histoire, quelle histoire, mon Dieu! Ouf! Au tour de Ladame, maintenant...

***

Dès son retour de Chibougamau, à peine débarrassé de son manteau, Rémi Lanctôt fut littéralement pris d'assaut. Contre son gré, il dut abandonner valises, dossiers, sacs à dos et matériel photographique dans la voiture, de peur de s'attirer les foudres d'une Janine méconnaissable, emportée par il ne savait quel vent de folie.

« Eh! merde! Que s'est-il passé encore? » se prit-il à spéculer, plus que soupçonneux devant l'air ravi, presque rajeuni, de sa conjointe qui lui ordonnait, à grands frais de gestes emphatiques et de courbettes gracieuses, de s'asseoir sans discuter. Quelle réception! Quel revirement de situation pour Rémi qui s'attendait à une Janine à la mine renfrognée, encore influencée par ce qu'il considérait comme « les effets léthargiques et nocifs d'une oiseuse prise de conscience »!

De but en blanc, excitée, fébrile, exubérante, ne tenant plus en place, faisant les cent pas dans la cuisine qui affichait un désordre inhabituel, Janine le mit au courant des derniers développements. Elle lui raconta d'abord son étrange rendez-vous du samedi. Puis, pendant qu'ils grignotaient au comptoir les restes d'un repas de la veille, malgré une fatigue évidente, Rémi écouta les bandes avec un intérêt soutenu et une patience exemplaire.

Entre-temps, la nuit était tombée, suivie de très près par l'enthousiasme de Janine. En effet, la première réaction spontanée de Rémi, à laquelle elle ne s'attendait vraiment pas, la propulsa sans ménagement dans un monde chtonien. Piquant et vétilleux – on aurait dit Pierrette au masculin –, Rémi fit carrément preuve de suspicion envers la vieille dame. Il avança une hypothèse des plus rocambolesques : suite aux nombreuses confidences de Janine, Élisabeth Payot, qu'il qualifia de « parfaite étrangère, après tout ! », avait peut-être tout inventé pour profiter d'eux, abuser de leur temps, de leur hospitalité dans le but inavoué et égoïste de ne pas se retrouver tout fin seule à l'heure de sa mort.

Devant l'air ahuri, choqué, voire scandalisé de sa conjointe qui n'avait de cesse de lui confirmer que les événements étaient arrivés tels que relatés, il s'aperçut vite de sa bévue. Dès lors, il tenta de se reprendre en disant que, bien sûr, ce n'était qu'une vague supposition, qu'il était épuisé du long voyage, qu'il se sentait étourdi et perdu dans ce dédale de détails passés et présents où sa femme se complaisait depuis des heures. Il n'arrivait plus à juger objectivement la situation, prétendit-il, et ne cherchait, après tout, que le bien de Janine, voulant à tout prix lui éviter des déceptions futures. Finalement, tel un caméléon, il fit volte-face, accrocha un grand sourire à ses lèvres et se montra ravi du dénouement.

Comme toujours, Rémi Lanctôt crut que sa conjointe n'avait pas eu le temps de voir en lui. Et, comme toujours, il faisait fausse route. D'emblée, une évidence s'imposa pour Janine : il y avait bel et bien « Pierrette sous roche » dans le discours de Rémi. En y réfléchissant, elle aurait même pu prévoir sa réaction. Déçue,

mais réaliste, elle dut convenir qu'il avait vraisemblablement perdu tout intérêt dans ce qui était son affaire,
après tout! Sa réaction de jalousie lui parut simplement
immature, sans grande portée :

« Il ne se rend pas compte qu'il est jaloux d'une
femme... mourante! »

Orgueilleux, blessé à vif, Rémi refusait d'admettre
qu'elle avait eu raison sur toute la ligne, pendant tout
ce temps et, comble de l'humiliation, que Pierrette
Simard avait eu tort. Que la voie que Janine avait
persisté à suivre s'avérait en effet la seule, la bonne
pour elle. Le « nous faisons fausse route... » lancé avec
rancœur avant de partir n'avait plus sa place dans le
malaise de leur relation!

« Un vrai livre ouvert! Pas nécessaire de « voir »
dans son cas, savoir lire suffit! Il se sent piteux et embarrassé à cause de sa mère. Que pourra-t-il désormais
lui dire sans perdre la face? En effet, que vaut
désormais une maladie sans malade? Que vaut une
attaque sans cible et un duel sans adversaires? Si notre
couple ne s'améliore pas, quel sera donc le prochain
prétexte de Pierrette pour nous éloigner l'un de
l'autre? » rumina Janine avec inquiétude.

En dépit de ces nouvelles appréhensions, et de sa
déception, l'épouse de Rémi considéra que le temps
n'était pas à l'égoïsme ni au désappointement, encore
moins à la fatuité. Rémi avait besoin de temps pour
s'adapter à cette nouvelle et extraordinaire situation.
Sans plus. « Il faudra le garder avec nous et l'éloigner
de Pierrette. Elle a vraiment trop d'influence néfaste
sur lui! Et puis, au contact suivi d'Élisabeth Payot, il
apprendra sûrement à l'apprécier, peut-être même à
l'aimer. »

Par conséquent, ce fut avec douceur et tendresse,
mettant de côté sa vive déception, qu'elle lui rappela :

— Il ne lui reste plus que quelques saisons à vivre,

Rémi! Oublions un instant tout ce que je viens de te révéler. Madame Payot est une vieille femme, malade, et seule par surcroît! Pourquoi ne mériterait-elle pas d'être accompagnée dignement, quelles que soient les circonstances entourant sa venue dans notre vie?

Plus ou moins confus, plus ou moins d'accord, avec une envie féroce d'aller dormir, Rémi acquiesça tout de même aux dernières paroles de sa femme. Pour le moment, il lui sembla évident que rien ni personne ne puisse venir entacher le bonheur de Janine Beaulieu : son rayonnement lui brûlait les yeux dans la nuit noire.

***

Une semaine s'était écoulée depuis le jour des retrouvailles avec Ladame à Sherbrooke. Depuis ce mardi rempli d'émotions insoutenables, qui avait porté les deux âmes sœurs sur une île connue d'elles seules, la vie jusque-là « en attente » de Janine Beaulieu paraissait ne plus lui appartenir tant elle avait changé de nuances. Son âme devait s'ajuster à une nouvelle palette de couleurs!

Outre l'assurance néfaste de la fin prochaine de son amie, Janine Beaulieu pressentait qu'un événement important allait survenir qui orienterait sa destinée d'une manière totalement imprévisible. Adieu les nausées! seulement les mouvements d'une marée montante qui l'envahissait et la portait parfois loin, très loin de Magog... Sans raison, Janine n'osa faire part de cet étrange pressentiment à Rémi.

La présence d'Élisabeth, l'année de ses neuf ans, avait dissipé sa peur, assouvi sa soif, guéri son cœur, illuminant sa vie naissante, et le phénomène se reproduisait à la lettre aujourd'hui. Les souvenirs, enfouis profondément, paraissaient inépuisables. La joie de retrouver madame Payot rendait chaque heure plus significative; la pensée de la perdre à nouveau devenait, chaque minute, presque insoutenable.

Quelques jours après l'euphorie de sa rencontre avec Élizabeth, donc, Janine se retrouva en état de « choc postrévélatoire », si l'on peut dire. Elle se mit à douter d'elle-même, des faits et de son aptitude à accompagner madame Payot dans ses derniers instants sur terre. Tout essai de concentration, toute forme de raisonnement, toute tentative de contrôle sur soi s'avérèrent vains, d'une inutilité désarmante. Toujours obstiné, renfrogné, voire soupçonneux, son conjoint ne lui était d'aucun secours.

Par un matin de décembre, la situation se compliqua à un tel point que Janine décida d'appeler André Giroud. Peut-être pourrait-il la remettre sur les rails de la lucidité, de l'objectivité, du... raisonnable? « Je n'ai pas de temps à perdre à essayer de démêler mes états d'âme. Et celui d'Élisabeth est si précieux, si court... » se répétait-elle pour une énième fois en composant fébrilement le numéro du psychiatre. Dès sa première tentative, elle réussit à l'avoir au bout du fil. Après les salutations d'usage et les formules de politesse, André se montra patient et laissa tout le temps nécessaire à Janine pour décrire l'état psychologique tendu dans lequel elle se trouvait. À peine mentionna-t-elle la réaction surprenante et décevante de Rémi. Enfin, Janine termina par ce constat:

— Comment vais-je pouvoir aider madame Payot maintenant? Il me semble que je me suis tant éloignée du jeu des lignes, André! Il y a si longtemps, trop longtemps! s'exclama-t-elle remplie d'une insatisfaction profonde envers elle-même, envers tout ce temps passé dans l'oubli de cette année particulière.

— Vous vous êtes peut-être éloignée du jeu des lignes, mais certainement pas de l'intention de vérité! assura André, d'un ton bienveillant et complice. J'ai tenté de vous suivre de mon mieux sur tous vos chemins, Janine Beaulieu, même si je me sentais extrêmement gauche. Gauche et lourd, croyez-moi! Presque handicapé, parfois! admit volontiers le psychiatre. Le chemin d'ouverture et d'éveil, d'écoute et de silence, d'attention, d'intention d'être que vous privilégiez dans la vie courante s'avère, hélas, peu fréquenté. Sinon par quelques personnes sensibles et conscientisées qui, dans les faits, délaissent tout à fait le paraître et ne craignent aucunement le jugement des hommes.

« Quant au chemin... comment dire? d'initiation où l'invisible rencontre le visible, l'irréel frôle le réel, le surnaturel côtoie le naturel, le futur chevauche allègrement autant la vie diurne que nocturne et dans lequel le temps et l'espace paraissent indéfinis, sans plus d'emprise sur les pensées, les gens ou les événements, peu d'êtres s'y aventurent, Janine! De toute façon, ce chemin fait de courbes et d'ombres semble réservé aux initiés. N'est-ce pas votre avis?

— Je... je ne sais pas, honnêtement! C'est la première fois que nous abordons le sujet! C'est si naturel pour moi de m'y retrouver, et pour Élisabeth aussi. Ce n'est peut-être qu'une question de troisième œil ou de sixième sens plus développé chez certains que chez d'autres. Initiée?... oui, peut-être dans le sens d'être instruite par la nature de certains secrets. Mais ce n'est qu'une voie parallèle, André. On s'y retrouve tous, un jour ou l'autre, par hasard ou par nécessité, non?...

En appuyant sciemment sur le « tous », Janine faisait nettement allusion au rêve prémonitoire du professeur concernant Élisabeth. Mais il ne sembla pas – ou ne voulut pas – accepter la perche qu'elle lui tendait.

— Vous pensez vraiment ce que vous dites? Par

hasard?... par nécessité?... Possible!... bref... Madame Payot et vous avez la faculté ou le don d'avancer sur ces voies qu'on dit parallèles, c'est l'évidence même! Vous pénétrez des réseaux aux lignes énigmatiques et invisibles pour la plupart d'entre nous. Ce chemin différent que vous adoptez, beaucoup de gens, dont votre conjoint et particulièrement les rationnels dans mon genre – je n'ai pas honte de vous le dire – ont souvent peur non seulement de l'emprunter, mais simplement d'apprendre qu'il puisse seulement exister! Je vous assure!

« Ce n'est pas le chemin de la conquête facile ou du pouvoir artificiel. Ni celui de la parole vaine ou de l'autorité arbitraire. Surtout pas de l'avoir excessif et du paraître dérisoire. Encore moins celui de la ligne droite, réglée et définie, vous en conviendrez! Et puis, seuls les enfants ou ceux qui gardent leur cœur d'enfant possèdent la faculté de croire l'incroyable, de s'éblouir devant une chose simple, de lire les nuages, d'écouter la voix du vent, de voir dans l'ombre, de croire en leurs rêves. Aujourd'hui, votre âme sœur est revenue. Vous n'avez donc rien à craindre puisqu'elle est de retour! N'ayez pas peur. Je sais que vous saurez comment l'aider. Et... je suis là pour vous supporter, à mon tour, chaque fois que vous en aurez besoin, chère amie. »

Vers la fin de l'entretien, André lui fit remarquer que, tout comme elle, Rémi se trouvait en état de choc.

— Vous savez, Janine, un stress positif inattendu et puissant comme celui que vous venez tous deux de vivre peut avoir autant d'impact sur le système global qu'un long stress négatif.

Puis, il termina en disant qu'on n'effaçait pas toutes ces années d'inquiétude et de questionnement d'un coup de baguette, si magique soit-il! À ces mots, Janine, plutôt embarrassée, lui rappela que cela avait pourtant été le cas pour ses nausées. Le psychiatre se contenta de s'en montrer ravi, ne trouvant rien de plus à ajouter à ce propos. Elle ne devait pas s'inquiéter outre mesure. Le temps ferait son œuvre. Finalement, avec un brin d'humour, comme thérapie rapide, il lui conseilla d'écouter *Les Quatre Saisons* de Vivaldi.

Avec émoi, en le remerciant sincèrement de son aide et de ses encouragements, Janine Beaulieu réalisa alors que leurs rêves, sujet qu'elle avait évité de remettre sur le tapis, tout comme leurs engagements, se chevauchaient d'une manière bien étrange. Sans le savoir, André Giroud venait de lui confirmer un fort pressentiment: les âmes sœurs auraient, à nouveau, quatre saisons à partager.

Pas une de plus.

IX

Il devenait presque assuré, selon les prévisions météorologiques du moins, que le nouveau millénaire avait de fortes chances de ne pas se retrouver englouti sous la neige. Personne ne risquerait donc de l'oublier! À peine le thermomètre avait-il osé descendre juste un peu en dessous de zéro degré pendant les premiers jours de ce mois de décembre 1999, aux allures d'hiver effacé. Le temps ainsi que l'état de santé de madame Payot étaient décidément au beau fixe en cette veille de Noël d'un siècle expirant son tout dernier souffle!

Les âmes sœurs ne se quittaient presque plus. Que de rattrapage à faire! La boîte aux confidences semblait ne jamais devoir se vider, tant elle était remplie à ras bord! Quelques jours avant Noël, alors qu'elles se retrouvaient chez les Lanctôt à décorer l'immense sapin qui rasait le plafond blanc de son faîte audacieux et vert forêt, réveillant subtilement le souvenir du « grand arbre de Janou », Janine, qui avait besoin d'un remontant en la matière, questionna Élisabeth sur sa vie privée, plus particulièrement sur sa vie amoureuse.

La satisfaction de vivre et d'avancer sur le chemin à deux, solides dans les tourmentes, forts dans les grands vents, amants fous dans une douce intimité, bref la complicité amoureuse homme-femme, Élisabeth ne l'avait vécue, hélas, que très brièvement...

La première fois, c'était en 1939. Pendant six

années entrecoupées de longues absences, elle avait aimé Jacques. L'amour au temps de la guerre. Jacques qui, entre deux permissions, avait insisté pour lui faire un enfant. Cela se passait en 1940. Jacques qui, contre toute attente, était finalement revenu intact de cette guerre pourtant meurtrière. Jacques Mercantour, celui des honneurs dus à sa bravoure et dont elle portait encore le nom, était mort sur une route déserte, une route sans combat, sans arme et sans obstacle, avec leur unique enfant à ses côtés, la plus adorable des petites filles : Marie. Juste après leurs brûlantes retrouvailles en 1945.

Ensuite, l'amour s'était présenté à nouveau au début des années soixante. Un peu après l'été de feu, précisa-t-elle. Deux courtes années, vingt-quatre petits mois, dont le souvenir ne pourrait également s'effacer tant il avait marqué l'âme d'Élisabeth. Le deuxième homme qui l'ait aimée avec passion, « le beau Charles » comme le surnommait gentiment Adèle, l'homme avec qui elle entrevoyait un avenir possible à deux l'avait quittée une nuit d'hiver.

Après l'amour. Après la vie. Juste avant la mort.

Les rues et les trottoirs étaient couverts de verglas. Il y avait donc eu, entre les soupirs amoureux, les recommandations de prudence malgré la courte distance pédestre qui séparait leurs demeures respectives. Puis, ce baiser brûlant qui avait presque réveillé leurs corps pourtant rassasiés... Ensuite, le soleil s'était levé comme elle. Adèle était venue frapper à sa porte pour lui annoncer l'atroce, l'insupportable, l'injuste nouvelle. Un chauffard ivre et fou avait fait disparaître Charles du grand monde des vivants, du petit monde d'Élisabeth. Aussi banalement que le vent balaie sans ménagement les dernières feuilles de l'automne attardées aux branches des arbres.

Pour une longue période, le feu s'était à nouveau éteint, la source, tarie. Encore aujourd'hui, après toutes ces années, les souvenirs ouvraient des blessures douloureuses. Pourtant, Élisabeth ne désirait pas que les choses fussent autrement, car ces cicatrices, tel un phare dans le brouillard, lui servaient de rappel.

— Ah! Janou... il faut toujours vivre intensément l'instant présent, plus précieux que tous les trésors de ce monde, philosopha Élisabeth, ébranlée par toutes ces confidences devenues, avec le temps, muettes. Tu avais vu juste, pour les deux notes manquantes! Tu étais alors trop petite pour recevoir de telles confidences. Il est nécessaire d'apprendre à traverser courageusement les lignes – surtout les plus sinueuses, les plus dévastatrices d'entre elles – avec une attention soutenue et une patience accrue.

Par conséquent, Élisabeth avait continué à avancer courageusement sur cette terre de l'Est, là où la lumière du soleil se lève toujours...

En revenant de la cuisine avec deux coupes, émue aux larmes par ces aveux troublants, Janine avoua espérer, en remplissant les verres, que le vin blanc agirait là où les confidences avaient échoué:

— Portons donc un toast à notre éternelle amitié en cette cuvée privilégiée Noël 99! Le bon vin va sûrement nous remonter les amours, chère Élisabeth!

Le rire cristallin de madame Payot résonna alors comme un doux cantique de Noël auquel Janine se hâta de se joindre. Le rire délia à merveille les rubans tristes de leurs deux cœurs. À voir Élisabeth aussi vive et resplendissante, Janine songea avec tendresse et allégement que la vieille dame, contrairement au siècle qui l'avait vue naître, n'en était sûrement pas à son dernier souffle!

***

Il était prévu que les filles de Rémi, Isabelle et Caroline, jeunes femmes célibataires vivant aux quatre coins du pays tels des oiseaux migrateurs, rejoindraient le couple Beaulieu-Lanctôt le 31 décembre, accompagnées de leurs amoureux. C'est pourquoi Janine avait insisté auprès de Rémi pour qu'Élisabeth passe la veillée de Noël avec eux, « en souvenir de l'eau blanche en hiver », avait-elle précisé.

Voyant que sa femme se portait à merveille en compagnie de madame Payot, et n'ayant réservé que la soirée du 25 à sa mère, il ne vit aucune raison valable pour lui refuser cette requête. Sans oser l'avouer, Rémi commençait à apprécier la présence de l'étrangère. À son insu, il tombait sous son charme. Après toutes ces années d'une solitude qui lui avait paru parfois bien lourde, surtout depuis le verdict de son médecin, Élisabeth avait accepté l'invitation de bon cœur.

Pour cette soirée exceptionnelle, la vieille dame paraissait remarquablement jeune. Il était difficile de lui donner un âge tant elle semblait avoir cette facilité à n'en garder aucun en particulier! Dans une des larges poches de sa jupe ample, sa main fripée caressait le porte-bonheur. Afficher ouvertement l'amulette intacte, après toutes ces années, aurait, d'après André, semé la confusion chez Janine, accentuant son sentiment de culpabilité par rapport à la perte de l'améthyste.

« Et ce soir en particulier! » songea Élisabeth qui se félicitait d'avoir suivi à la lettre le judicieux conseil du psychiatre avec qui elle s'entretenait régulièrement par téléphone.

Le repas avait été convivial et l'ambiance, très chaleureuse, Rémi se montrant plus accueillant et plus courtois que d'habitude. La pleine lune bien présente et l'absence de neige créaient une ambiance plutôt insolite en cette nuit du 24 décembre. Quant au cœur d'Élisabeth, il battait au rythme heureux de cette réunion tant attendue. Une fois confortablement installée au salon avec ses hôtes, madame Payot prit le temps de détailler la pièce tout en ressentant l'ambiance feutrée et agréable, remplie d'une énergie de paix. Elle lui rappelait étrangement celle de sa maison de la rue des Sources : tableaux sur les murs, plantes et pierres partout, piano, berceuse, bibliothè-que... Par contre, plusieurs bibelots, masques et effigies de toutes sortes représentaient de différentes manières les autochtones de l'Amérique, principale-ment les femmes indiennes. Elle s'attarda aux yeux de ces Amérindiennes fières et accomplies. La ressem-blance avec Janine était frappante : leurs yeux étaient également faits d'ombre...

***

C'est alors que Rémi posa à Élisabeth une question qui lui tenait à cœur :

— Madame Payot, vous qui avez eu la chance de vivre le XXe siècle dans presque sa totalité, que pensez-vous de celui à venir ? la questionna-t-il, pensif et un peu mélancolique. Quand les gens parlent d'un renouveau, d'un second souffle pour l'humanité, je pense qu'il s'agit là de paroles en l'air, d'une espérance vaine et utopique plus que d'une réalité possible. Comme toujours !

— Vous savez, il y a longtemps que l'on ne m'a pas demandé mon opinion sur quoi que ce soit ! Mais je crois déceler dans vos propos une sorte de blasement, Rémi. La distance volontairement affichée par le mari de Janine envers elle, exception faite de cette veille de Noël, avait poussé Élisabeth au vouvoiement depuis leur toute première rencontre. Admettons que ce soit exact : qu'il s'agisse là plus d'un espoir que d'une réalité, admit-elle. Je pense que cela n'est pas vain, car on vit et on meurt très mal sans espoir, vous savez... Sans indiscrétion, quel âge avez-vous, Rémi?

— J'ai... cinquante-trois ans, lui répondit-il, surpris par cette question à brûle-pourpoint.

— N'avez-vous pas ressenti un second souffle, arrivé à la cinquantaine? Mais, juste avant le changement, n'avez-vous pas vécu l'incertitude, une sorte de remise en question, voire une certaine angoisse?

Sans lui laisser le temps de répondre, elle reprit :

— Je me souviens bien du mien en tout cas. De mon nouveau souffle! renchérit Élisabeth en regardant Janine droit dans les yeux. Votre femme peut en témoigner puisqu'elle me l'a elle-même insufflé!

— N'exagérez pas, madame Payot. Tout de même, je n'étais qu'une enfant! se défendit Janine d'un ton ferme sans être blessant.

À cet instant, Élisabeth fut en mesure de revoir en Janine la petite Janou rebelle et timide, affectueuse et indépendante. Si attachante et malgré cela, à certains moments, inaccessible. Toutefois, à travers cette sincérité bouleversante, Élisabeth décela dans la voix de son amie une inquiétude, une incompréhension, comme un refus.

— Ce que je dis est la stricte vérité! Même si elle te paraît invraisemblable, même irrationnelle, rétorqua Élisabeth d'une voix douce mais d'un ton catégorique. Il faudra bien t'y faire un jour, Janine Beaulieu!

Dans un réflexe soudainement retrouvé, Janine avait baissé la tête, attendant la suite...

***

Contrairement à son épouse, Rémi Lanctôt était en général très peu porté sur l'ambiance ou les énergies d'un lieu particulier ou d'un moment spécifique. Cette fois, il fut forcé de prendre conscience du changement d'atmosphère tant celui-ci avait été brusque et instantané. Un silence étrange et enveloppant avait soudain pris toute la place. Rémi avait l'habitude des silences de sa femme. Il avait rapidement compris qu'elle en avait besoin au même titre que de l'air qu'elle allait prendre sur ses chemins.

Pour la première fois cependant, l'homme expérimentait un silence fécondant d'une intensité palpable, qu'il qualifia mentalement de vivant, porteur d'une doublure.

Alors, sans qu'il puisse empêcher ce soudain besoin d'évasion mentale, il entrevit brièvement l'une des causes majeures de cette vision de la vie, caractéristique d'une grande partie de la gent féminine. Il devait être plus facile pour une femme de ressentir ces états d'intériorité et de mystère, se dit-il, car elle avait la chance de l'expérimenter en tout premier lieu dans son corps dès qu'une vie prenait forme en elle. Une conclusion s'imposa d'elle-même à sa conscience en éveil : il ne restait plus à la femme qu'à transposer et vivre ce phénomène de gestation simple et naturel dans son esprit et dans son âme. Aussi la femme porteuse marchait-elle, attentive, sans peine et sans peur dans le silence des sentiers parallèles, dans le mystère des chemins d'ombre.

« L'enfant ne prend-il pas vie dans un silence intérieur, dans une ombre familière où les échanges constants et télépathiques avec sa porteuse se font dans une parfaite symbiose, sans paroles ? » Surpris par cette observation qui s'appliquait également aux deux femmes devant lui, il en vint à s'interroger : laquelle des deux portait l'autre ? Même en essayant très fort, Rémi Lanctôt ne put répondre à cette question qui le laissa perplexe. En revenant à l'échange qui se déroulait, l'homme fut étonné de ses pensées vagabondes qui lui ressemblaient si peu! À sa grande surprise, il n'en était pas mécontent.

« Divagations! aurait condamné maman. » Quand il songea aux conversations insipides qu'il aurait bientôt avec Pierrette Lanctôt, une moue de déception et de lassitude vint défigurer son visage, juste le temps d'un bémol. Très vite, il chassa l'intruse, qui ne tarderait pas à grands cris à exiger des explications pour son absence prolongée : une semaine sans donner de nouvelles! Et il attendit la suite avec impatience, non sans une évidente curiosité...

***

— Tu la refuses encore, je le sais bien, renchérissait Élisabeth avec patience et compréhension. Je t'assure, Janou. Grâce à toi, à ton souffle régénérateur, j'ai pu repartir sereine et confiante, dotée d'une force renouvelée et d'une jeunesse retrouvée vers ma destinée. J'ai pu apprendre d'autres airs, tu sais... Ma vie a pris un nouvel essor cette année-là, en 1960. Ah! tu as si bien su sculpter mon âme. Ne sommes-nous pas aujourd'hui réunies après quarante ans de séparation, comme ton grand songe d'enfant te l'avait montré? Et le rêve, n'est-il pas venu te visiter dès la première nuit de ton arrivée en terre estrienne, seulement ici, où je me trouvais? N'es-tu pas enfin guérie de tes nausées? Que veux-tu de plus, ma Janou?

« Être en possession de l'améthyste! » Voilà la réponse qui vint aux lèvres de Janine. Mais elle retint les mots, juste à temps. La seule évocation de la pierre reçue quatre décennies auparavant une veille de Noël lui fit monter les larmes aux yeux, fixa un nœud coulant dans sa gorge, accélérant les battements de son cœur en manque d'engagement.

Elle préféra donc se concentrer sur les dernières

222

paroles de Ladame. Telle la sève de l'arbre, elles se mirent à circuler librement en elle. Puis, à la manière des branches du tremble de sa terre natale au printemps, Janine redressa fièrement la tête. La présence chaleureuse de madame Payot – la seule chose qui devait l'occuper pour le moment – la réchauffait, lui redonnait vie. Parce que, à la manière des branches pliées et engourdies sous le poids de la neige et du gel de l'hiver, son âme ankylosée avait eu froid d'absence prolongée.

Janine sourit à son amie qui lui apportait encore une fois la lumière dont elle avait besoin pour éclairer sa route ombragée. Élisabeth Payot lui indiquait à nouveau le chemin à suivre : celui de l'intention de vérité dans le jeu obscur des lignes de la vie terrestre. Exactement comme en 1959, Janine admira l'étrangère capable d'avancer sereinement hors des chemins connus et familiers.

— Au même titre que les grands changements qui marquent chaque étape importante de notre vie, l'enfance, l'adolescence, la maturité, et même la vieillesse, je pense qu'il est plausible de croire qu'il va y en avoir de la même manière à la venue du troisième millénaire, reprit alors Élisabeth en s'adressant surtout à Rémi.

La vieille dame croyait que ces changements ne concerneraient pas les progrès technologiques, préférant plutôt parler d'amélioration, de bonification dans ce domaine. Quant à l'économie, elle tourmentait déjà les économistes, et la politique n'intéressait plus que les politiciens. Les conflits de toutes sortes, qu'ils soient d'ordre familial, national ou mondial, entre les individus et les sociétés, risquaient, par contre, de s'accentuer, car nourris par des écarts dramatiques de niveau de vie des classes sociales, par les familles divisées, par l'accès de plus en plus facile aux drogues, licites et illicites, ou par des moyens toujours plus sophistiqués de communication virtuelle. Au passage, Élisabeth mentionna d'autres causes comme le refus marqué ou encore l'indifférence par rapport à l'engagement individuel, l'irrespect des valeurs sacrées et des lois de la nature, l'absence de tolérance, de philosophie, de spiritualité et d'amour...

— La conquête exagérée et extrême, j'insiste sur ces termes, du monde virtuel est un leurre, qui peut aisément devenir un piège, affirma-t-elle avec fougue, car le virtuel n'est pas la réalité. Cela ne demeurera jamais qu'une simulation.

Avec une batterie d'exemples en règle, Rémi vint rapidement à la défense de la haute technologie sans laquelle, prêcha-t-il ardemment, le monde ne serait pas ce qu'il est actuellement. Il fallait suivre son temps et privilégier le progrès!

— Je suis d'accord avec vous, Rémi, concéda Élisabeth. Il est exact que ces nouvelles technologies de pointe demeurent un outil extraordinaire de communication et d'avancement, facilitant grandement nos tâches quotidiennes. Néanmoins, à mon humble avis, il ne faudrait pas confondre une amélioration des possibilités extraordinaires de l'esprit humain avec ce qui transformera véritablement les consciences...

***

Histoire de profiter de la soirée festive, ils prirent, en ouvrant quelques cadeaux, le temps de siroter un délicieux café cognac accompagné de chocolat fin. Lorsque madame Payot reprit la parole, son visage faiblement éclairé par la lune blanche, Rémi et Janine furent happés autant par la soudaine vision spectrale qui s'offrait à eux que par l'intonation caverneuse de sa voix.

En effet, la vieille dame prédit, beaucoup plus qu'elle ne dit :

— Les seuls changements possibles engendrés par le souffle régénérateur – ce dernier étant déterminant pour l'évolution de la conscience de l'Humanité en ce troisième millénaire – seront proposés à l'Homme par la terre. La terre et les éléments... À propos, Rémi, reprit-elle de sa voix coutumière, vous connaissez sûrement la notion de l'inconscient collectif de Jung?

— Euh! plus ou moins. Janine m'en a vaguement parlé, répondit-il, pris de court.

— Selon le réputé psychologue, il contiendrait la Mémoire intemporelle de l'humanité. Tout y serait consigné, comme précieusement gardé, en quelque sorte. C'est réconfortant, comme représentation. Je me pose parfois la question suivante : pourquoi cet inconscient collectif n'inclurait-il pas aussi l'Âme de la nature? Les grands rêves, entre autres, proviennent de cette « fabuleuse banque de données invisible », vous savez. Peut-être faudrait-il en tenir davantage compte? Utopie, probablement. Bref. Si l'Homme n'apprend pas à lire les signes ou les visions tant diurnes que nocturnes placées sur son chemin, je ne sais pas...

La vieille dame s'arrêta net, étonnée et soudain fatiguée d'avoir tant parlé. Puis, voyant que ses hôtes attendaient la suite, elle se pressa de conclure par de simples mots. Malgré leur apparente banalité, en dépit du ton badin, ils résonnèrent sérieusement, aux oreilles de Rémi en particulier :

— Le renouveau, le second souffle demeurent possibles en ce XXIe siècle. Nous devons continuer à voir et écouter, aimer et pardonner, tolérer, espérer, prier aussi. Et pourquoi ne pas apprendre autre chose que le COBOL ou le PASCAL? Le langage de l'inconscient collectif, le LIC, tiens! hasarda-t-elle en riant pour détendre l'atmosphère, pourrait s'avérer fort précieux. Quoi qu'il en soit, la nature prêtera à l'Homme sa parole, Rémi, comme elle l'a souvent fait dans le passé. Il faut seulement savoir qu'elle a et aura toujours le dernier mot!

La manière d'énoncer cette opinion avait été si catégorique et si sûre que Rémi en resta bouche bée pendant quelques secondes. Confus, il se tourna vers Janine. De toute évidence, sa femme paraissait avancer sur le même chemin parallèle que son âme sœur. En cet instant précis, il ressentit de l'envie, car il ne savait pas bien comment rejoindre les deux femmes.

— Que voulez-vous dire exactement, madame Payot? questionna Rémi, à la fois surpris et hanté par cette dernière réflexion.

La vieille dame garda le silence. Elle n'avait visiblement plus envie de parler. Janine comprit sa fatigue et c'est elle qui répondit à son compagnon:

— Il se fait tard, Rémi. Madame Élisabeth a certainement besoin de se reposer. Venez, Ladame, lui dit-elle avec empressement en lui prenant la main, je vais vous montrer votre chambre.

***

En attendant le retour de Janine, Rémi entreprit de ranger le salon, la salle à manger, la cuisine. Il avait besoin de s'activer! Il se sentait dépassé, franchement désorienté, non seulement par le fond, mais aussi par la forme de tels échanges, auxquels, il devait bien l'admettre, il était si peu habitué. Force lui était d'admettre que madame Payot éclairait les êtres à la fois par la fluidité et par l'intensité de sa seule présence. Elle était effectivement telle que Janine l'avait décrite, une femme d'eau et de feu qui dégageait une énergie peu commune. « Tout le contraire de ma chère mère! » fut-il obligé d'admettre.

À cet instant seulement, il comprit les motifs du grand attachement de Janine pour madame Payot. « Que se passera-t-il quand Ladame mourra? » se demandait-il, inquiet, au moment où sa compagne revenait, épanouie et souriante.

— Oh! quelle drôle de tête tu fais, s'étonna-t-elle, surprise, en voyant son compagnon ainsi perturbé. Que se passe-t-il, Rémi? J'espère que tu n'es pas en colère. Je sais que tu aurais aimé que madame Payot réponde à ta question, mais elle ne désirait plus parler. De plus, il faut ménager son cœur fatigué.

— Je ne suis pas en colère, ni frustré. Loin de moi cette pensée, répondit Rémi avec une honnêteté indiscutable, ce qui ne fut pas pour déplaire à Janine. Je suis un peu déstabilisé par sa présence, par votre complicité et par ces silences troublants. Vous vous ressemblez étrangement. Elle est si particulière, si présente!

Puis, gêné, il ajouta:

— Tu sais, Janine, j'aimerais m'excuser du jugement stupide qui m'a traversé l'esprit à l'annonce de...

Voyant son malaise, Janine prit les devants:

— C'est correct, Rémi. Ne t'en fais pas. Tu ne pouvais pas savoir! Il faut bien dire que cela a été un grand choc que ce retour inattendu, autant pour toi que pour moi. Pour revenir à madame Payot, elle a toujours utilisé un langage symbolique, disons même ésotérique, pour exprimer ses convictions intimes, confia Janine, soulagée de voir son compagnon commencer à apprécier Élisabeth. Déjà, en 1960, elle mettait beaucoup d'emphase sur le fait de reconnaître l'importance énergétique des éléments de la nature comme un moyen – une « parole » selon ses termes actuels – d'orientation de la destinée.

Puis, sur l'insistance de Rémi à comprendre les derniers propos d'Élisabeth, Janine expliqua:

— L'air, relié à l'automne, exprime la couleur bleue, le nord, et symbolise le lotus aux mille pétales, le sommet de la montagne à atteindre puisqu'il se situe en haut du pôle vertical. La base de cet axe vertical est la terre, liée au printemps, au sud et à la couleur noire. C'est là qu'est planté notre lotus spirituel à ses débuts. C'est là que les racines de la conscience humaine prennent leur forme, leur solidité et leur stabilité...

À cet axe vertical de la raison, que Janine qualifia de droit et de « masculin », il fallait joindre une ligne d'horizon, ondulée, intuitive et « féminine » sur laquelle se situait, à gauche, l'eau, sœur de l'hiver, de l'ouest et de la couleur verte, pendant qu'à droite, on retrouvait le feu de l'été, de l'est et du rouge. Joints, ces deux pôles formaient une croix avec un centre vital d'équilibre, un point de repère, en quelque sorte, entre la mobilité et l'immobilité, entre l'homme et la femme, entre l'avoir et l'être, bref entre les principes dualistes. Un centre d'équilibre et de vérité. Un centre d'amour et d'union.

— Je sais que Ladame possède encore ce talisman que j'avais fabriqué et que je lui avais offert pour ses cinquante ans, fit-elle avec un sourire triste, une moue enfantine.

— Tu... l'as vu? questionna Rémi, sceptique.

— Euh! non, pas exactement, mais je le sais.

Janine ne tint pas à extrapoler. Elle n'avait jamais dévoilé le rêve « partagé » entre elle et le psychiatre – rêve qui étalait clairement le souvenir ancien – et ne désira pas le révéler davantage maintenant. Le regret, voire le remords, transpirait par ses mains inertes et vides. Cet état de fait éclaira Rémi sur les sentiments de sa femme par rapport à la perte de l'améthyste. Il tenta bien de la consoler, mais Janine le pria tout de suite de changer de sujet. Il n'osa donc insister.

— Cette amulette exprimait la pensée, alors initiale chez moi, que la transformation et l'évolution de la conscience, que j'appelais alors une sorte d'alignement intérieur, je crois, doivent obligatoirement passer par ce centre régénérateur et unifiant. Élisabeth représente toujours à mes yeux l'eau et le feu et je semble toujours être pour elle la fille de la terre et de l'air! Notre amitié et notre complicité reposent sur ce centre d'équilibre.

Alors, en un éclair, Janine se revit enfant. Elle se laissa aller à raconter à Rémi ce jour de printemps où elle s'était moquée des minuscules graines qu'Élisabeth plantait avec amour et respect. Graines qui, selon Ladame, avaient besoin de tous les éléments de la nature, dans un juste équilibre, pour germer et croître en beauté afin d'atteindre leur plein épanouissement, ajoutant que ce phénomène naturel s'appliquait aussi au lotus spirituel de l'Homme.

— Sa conscience, en fait, précisa Janine. Par conséquent, enseignait Élisabeth, il ne fallait jamais se croire supérieur à la graine puisque nous suivions le même processus de croissance. Aujourd'hui, madame Payot soutient que la terre proposera à l'Homme les changements qu'il doit entreprendre... La terre, la terre, répéta-t-elle doucement. Son lieu naturel de germination. La base, le soutien de sa raison d'être, le terreau de sa conscience.

***

Les douze coups à l'horloge résonnèrent fort dans la nuit silencieuse, les faisant tous deux sursauter. Un sourire complice vint les réunir. Janine n'avait pas senti son mari si attentionné, si intéressé depuis longtemps. Décidément, la magie s'étendait au-delà de ses espérances. Le sujet paraissant inépuisable, probablement en raison de la venue imminente du millénaire, Rémi, passionné de nature, reprit la conversation:

— Madame Payot nous propose d'apprendre à lire les signes que la planète Terre et les éléments nous donnent. N'en a-t-elle pas effectivement donné, même beaucoup, ces dernières années? La terre est mal en point: ce serait faire l'autruche que de nier ce fait! Que ce soit à cause de la pollution, de l'effet de serre, de la déforestation ou d'abus de toutes sortes, l'Homme a fragilisé la terre, qui est aussi porteuse de la nature entière. Il s'est donc affaibli lui-même par ricochet puisqu'il fait partie de cette nature. Quand les éléments se déchaînent et deviennent incontrôlables, vient peut-être le temps pour nous, en effet, de réfléchir sérieusement à leur message...

On pouvait avancer, effectivement, conclut Rémi, que la terre nous prêtait sa parole.

— Comme une personne muette qui s'exprime par signes, elle utilise le seul moyen en sa possession: un langage élémentaire, renchérit Janine avec fougue. C'est-à-dire qu'elle parle et parlera encore par les vents, par l'eau sous toutes ses formes, par le feu et aussi par ses entrailles: comme tout être vivant! C'est ce que Ladame sous-entend quand elle dit que la nature a et aura toujours le dernier mot!

« Néanmoins, peu de gens l'écoutent, constata-t-elle, pragmatique. Peu d'individus portent un intérêt soutenu, une attention accrue à cette forme d'expression originelle, et ce constat peut fort bien s'appliquer à leurs rêves ou bien aux signes diurnes, comme si le langage humain s'avérait le seul à être digne d'intérêt!... Oh! il se fait tard. Viens, Rémi. Allons dormir. La nuit porte rêve et conseil! »

***

Au petit matin du 27 décembre, il se mit à neiger. Toute la journée, de gros flocons tombèrent d'un ciel grisâtre et uniforme. L'accumulation atteignit les quarante centimètres en une douzaine d'heures à peine. La veille, soit le lendemain de Noël, Élisabeth, se sentant fatiguée, n'avait presque rien mangé. Inquiète, Janine lui avait conseillé de ne pas repartir à Sherbrooke et de demeurer chez eux encore un jour ou deux.

— Question de laisser la neige fondre et le temps remettre votre cœur à l'endroit! avait observé Janine, prévenante.

Puis, au souvenir de la poudre magique ravivé par cette dernière remarque, elles avaient ri tout en douceur.

En cette soirée du 27, les chaînes de télévision s'accordaient pour annoncer des chutes de neige abondantes pour les prochaines quarante-huit heures. Deux autres jours passèrent donc à regarder la neige tomber inlassablement comme si l'hiver était vexé qu'on ait pu oublier son existence! Il ne fut plus question de départ pour la vieille dame en de telles circonstances. Pareillement pour Rémi qui avait annulé sa visite chez Pierrette le jour de Noël et l'avait reportée au surlendemain, prétextant habilement un début de grippe...

Abondant n'était plus le terme qui convenait en ce soir du 29 décembre. En Estrie, il était tombé, à ne plus savoir qu'en faire, plus de deux mètres de neige en trois jours, un record de tous les temps. Dans les régions nordiques, la hauteur atteignait parfois jusqu'à trois et quatre mètres! Les météorologues n'avaient pas vu assez loin, ni assez haut surtout. Au grand désarroi de tous, ils avouèrent tristement ne plus savoir très bien, en réalité, quand la neige cesserait de tomber. Ce pronostic nébuleux sonna le glas, pour une population anxieuse et très agitée. Le vaste système dépressionnaire se mit à agir sur toute la population!

La situation devint très délicate et surtout critique en cette veille du millénaire si bien préparée à tout, même à un éventuel bug informatique. Mais, pas un instant on n'avait envisagé une défaillance d'ordre climatique! Tout le Canada et une grande partie du nord des États-Unis se retrouvèrent immobilisés, engloutis sous un immense manteau blanc. Plus au sud, tant en Floride qu'en Californie, les inondations faisaient fi de tous les dispositifs de secours et de protection mis en place. L'Amérique, fière et opulente, puissante de toutes les ressources imaginables, se sentit petite, ridicule et surtout vulnérable devant un phénomène climatique qui paraissait bien plus grand et bien plus imposant qu'elle.

Jamais, de mémoire d'homme, une masse de nuages n'avait été si titanesque. Jamais un Américain n'avait paru si minuscule. L'Amérique, devenue proie facile, découvrait en la nature un prédateur redoutable. On parlait d'évacuation de plusieurs villes et villages déclarés zones sinistrées. On commençait à déplorer des accidents, des pertes de vie. On admettait difficilement l'ampleur d'un désastre imminent et surtout incontrôlable. Bref, l'affolement se généralisait. Avec raison, car, jusqu'à ce jour, encore personne n'avait découvert le moyen d'empêcher la neige ou la pluie de tomber et les vents de souffler!

Peinée, madame Payot disait de ces prévisions, que tous écoutaient presque religieusement, qu'elles se limitaient malheureusement à celles de machines.

— De nos jours, on fait plus facilement confiance à une machine qu'à un homme, ajouta-t-elle sincèrement désolée par un tel marasme.

Quant à Janine et Rémi, cette situation les attrista, car il devenait évident que, si la neige ne s'arrêtait pas de tomber, les filles ne pourraient pas venir les rejoindre le lendemain, comme prévu.

***

Non seulement Isabelle et Caroline ne purent venir, mais il en fut ainsi de tous les enfants de tous les parents d'Amérique ou d'ailleurs, et inversement. Absolument tout s'arrêta. La sécurité civile décida de fermer les aéroports, les routes, les aérogares à toute circulation. En effet, quiconque avait prévu de se déplacer entre le 29 et le 31 décembre de cette dernière année du XXe siècle dut annuler son déplacement. Et l'on décomptait ces personnes par millions à travers l'Amérique du Nord.

Dans la petite rue du Collège, de la fenêtre de leur maison couverte de neige, Janine, Rémi et Élisabeth ne virent plus que quelques passants téméraires essayant tant bien que mal de se frayer un chemin dans la neige épaisse et lourde. S'ils n'étaient pas munis de raquettes ou de skis de fond, ils devaient rebrousser chemin rapidement, dépités, le cœur aussi lourd que la neige qui leur arrivait, arrogante, jusqu'à la taille. Seuls les véhicules de secours étaient autorisés à sillonner les rues, apportant réconfort et provisions à ceux qui se trouvaient dans le besoin. Le spectacle, d'une blancheur indescriptible, devenait consternant. Le silence, impassible, aspirait à une royauté incontestée.

Tant en Europe qu'en Amérique, la pression du public pour la réouverture des routes terrestres et aériennes devint très forte. Et, particulièrement le 30 et le 31, elle s'intensifia d'heure en heure. Compte tenu de l'importance des préparatifs déployés par les gouvernements, les commerçants, les restaurateurs et les hôteliers pour la « Grande Fête de l'an 2000 » et vu l'ampleur des réservations faites par les citoyens du monde pour la venue de ce millénaire tant attendu, l'enjeu, tant économique que sentimental, s'avérait de taille. Il s'agissait de millions de personnes seules, désemparées et frustrées ainsi que de millions de dollars fondus non plus « comme neige au soleil », mais bien parce que « neige, sans soleil »! Le monde était à l'envers. Pourtant, rien n'y fit. La seule pression qui eut raison du cours des événements fut celle de cette neige qui apporta dans sa démesure une tranquillité troublante, un silence blanc. Sans que jamais le vent daigne se lever pour venir chasser cette gigantesque accumulation nébuleuse, il neigea ainsi jusqu'au soir du 1er janvier de l'an 2000.

***

Le couple et la vieille dame se retrouvèrent donc à nouveau réunis pour souhaiter la bienvenue au troisième millénaire. Élisabeth fit une sieste l'après-midi du 31 décembre afin d'être en mesure de veiller plus tard qu'à son habitude. Elle désirait accueillir sereinement le millénaire avec ses hôtes. Pendant ce temps, Janine et Rémi, rapprochés par la présence d'Élisabeth et, il faut bien l'admettre, par l'absence momentanée de Pierrette, s'affairèrent aux préparatifs. Amants de la nature, ils ne pouvaient en vouloir à leur capricieuse maîtresse de ce brusque changement d'humeur et ils firent contre mauvaise fortune, bon cœur. Ils se considéraient chanceux et heureux de savoir les filles en sécurité, ainsi qu'eux-mêmes. Les provisions, sans oublier le champagne, ne faisaient pas défaut dans les placards. La présence anticipée de jeunes adultes réunis à leur table avait obligé le couple à se préparer longtemps d'avance.

— Aucune pénurie d'électricité en vue, annonçait fièrement le réseau public.

Il y aurait donc la lumière et surtout la chaleur à volonté, en particulier pour Élisabeth.

Dans la petite maison blanche de la rue du

Collège, minuit arriva dans un silence plus large qu'un océan. Personne n'avait songé un instant à mettre le téléviseur en marche. Cela eût paru un affront, leur avait-il semblé à tous. Janine avait allumé des bougies qui reflétaient une douce lumière, donnant à la pièce une intimité presque féminine. L'encens brûlait et exhalait une odeur mentholée. La musique était indienne. La maison, accueillante. Le bonheur, présent. Curieusement, les trois compagnons de fortune ne se souhaitèrent pas une « bonne année » comme la coutume, certainement plus que centenaire, les y avait habitués. Il faisait simplement bon d'être au chaud et unis dans la paix.

Après ces minutes d'un silence solennel, Janine se mit à fredonner doucement au son de la musique indienne. Tout en scandant un rythme mouvant, les flûtes, les tambours et jusqu'aux murmures de ces Indiens d'Amérique glorifiaient un chemin de liberté et d'errance dans l'espace et le temps. Parallèlement à cela, les autochtones chantaient magnifiquement leur attachement à la grande Terre Mère. La vraie signification de la spiritualité se retrouvait au cœur d'un respect sacré envers la nature ainsi qu'envers les Hommes, leurs frères. En cet instant, *La Danse des nuages*, telle une prière, mêlée à la voix de Janine, emplissait l'air d'une énergie mystique, aérienne, inviolable.

Madame Payot comprit alors la préférence marquée de Janine pour la musique indienne qui résonnait comme une poésie d'amour, un hymne dans le jeu des lignes de la vie. « Là se retrouve l'une des plus belles richesses de sa terre », constata Élisabeth.

Janou, l'enfant blottie au centre de la femme près d'elle, vibrait à la mesure de cette musique universelle dont la grandeur n'avait d'égale que sa vérité, sa simplicité.

***

Élisabeth toussa légèrement, comme pour s'excuser de désirer prendre la parole. Elle s'adressa au couple, tout en observant discrètement Janine.

— Cela s'est passé un jour de printemps. C'était en 1959, si ma mémoire est bonne. Te souviens-tu, Janou, de cet épisode du « pavot d'or riant »? murmura Élisabeth doucement.

Rémi nota que la voix de Ladame, rajeunie, se mariait à la nuit, s'accordant à merveille au rythme lent de ces instants inoubliables : les premières minutes du troisième millénaire! Le sourire complice de ses deux compagnes recelait, à cet instant, l'âge de leur souvenir. L'homme, étonné, n'en finissait plus de se réjouir de leur présence, de cette féminité intensément mystérieuse et si attirante. Le XXIe siècle, se dit-il, s'annonçait prometteur.

— Alors que je m'étais mise à imaginer où nous serions toutes les deux, en l'an 2000, enchaîna la vieille Élisabeth, j'ai eu une vision soudaine de neige abondante, de silence, d'un homme aux yeux verts, d'une femme qui fredonnait un air indien. J'étais là, avec ce couple, mais je n'arrivais pas bien à voir mon visage. En me berçant, je sentais que je tenais quelque chose serré... dans ma main gauche. Puis la vision s'est estompée aussi rapidement qu'elle m'était venue. Je me rappelle qu'une odeur de menthe flottait comme par enchantement autour de toi, ma petite.

Lorsque Ladame ouvrit sa main gauche avec lenteur, Rémi demeura estomaqué. Elle tenait, emprisonné dans sa paume, le porte-bonheur, le souvenir des quatre saisons.

— N'est-ce pas là une magnifique représentation du jeu des lignes, Janou?... Alors, Rémi, qu'en pensez-vous?

Le mari de Janine demeura coi et interdit quelques secondes. Puis, il se permit une réponse honnête :

— Ça... ça me fait un peu peur, beaucoup même, avoua-t-il sans ambages. En plus, on pourrait croire que vos « prévisions » de Noël se réalisent! La nature fait plus que parler, on dirait qu'elle pleure!

— Oh! loin de moi l'idée de vous faire peur, mon ami. Ce n'est qu'une simple coïncidence, sans plus!

En la voyant sourire malicieusement, les yeux rieurs, Rémi songea que son air espiègle démentait ses paroles. Élisabeth poursuivit d'un ton enjoué :

— Et si nous jouions pendant quelques instants à essayer de comprendre le message de l'eau blanche?

— Allez-y, Ladame, nous sommes tout ouïe, n'est-ce pas, Rémi? proclama Janine joyeusement.

— Cette neige nous impose l'arrêt, l'attention, le silence. En nous éloignant de la surconsommation, du commercial, du paraître, elle nous oblige à ressentir les êtres, à réfléchir et à contempler la beauté avec les yeux du cœur, n'est-ce pas? L'eau de la femme s'identifie, en fait, à la terre de l'Homme.

« L'eau blanche nous parle ici du grand principe de fécondation sans lequel aucune vie n'est possible, mes amis. Ce principe sous-entend non seulement une réconciliation des dualités, mais évidemment une union intime de ces dernières. N'est-ce pas l'union homme-femme qui permet, toute circonstance défavorable exclue, la naissance de l'enfant? »

La voix d'Élisabeth apaisait les cœurs de ses interlocuteurs attentifs et nourrissait leur esprit. En tant qu'humains, allégua-t-elle, nous avions planté le germe de vie. Qu'il ait pour nom la parole, la pensée, le savoir, la raison, la lumière, l'expiration techno-logique ou l'avoir, le germe demeurait, et demeurerait toujours, divisé si on ne lui procurait pas sa partie complémentaire, soit une matrice saine et réceptive dans laquelle il pouvait prendre racines et débuter sa croissance pour entamer le processus de l'éveil de la conscience. Sinon, défendit-elle avec vigueur, notre démarche ne demeurerait que science, sans conscience.

Pendant que Janine et Rémi approuvaient de la tête, elle enchaîna :

— Notre participation à ce processus naturel est primordiale. Le silence, l'écoute, le sentir, le sentiment, l'intuition, l'ombre, l'être, l'inspiration créatrice, voire l'imagination, font partie de cette complémentarité essentielle en tant qu'éléments issus de la matrice. Unis avec ceux du principe germinatif, ils forment alors un mariage de la raison et de l'intuition, qui seul peut conduire à une appréciation juste et éclairée, à une réelle communication par l'expression vivante et créatrice. Cette union favorise la compréhension véritable, l'intelligence dynamique et évolutive, la manifestation révélatrice.

Élisabeth peaufina ses explications en précisant que la fusion des forces masculines et féminines, présentes en chacun de nous et qui tendent naturellement vers l'androgynie, donnait naissance à la vie dans sa trinité, son entièreté. C'était pourquoi cette énergie trinitaire totalisait le véritable pouvoir, c'est-à-dire le souffle régénérateur qui donnait vie aux niveaux de conscience individuelle, relationnelle, universelle. Le XXIe siècle pouvait dès lors devenir celui de la grande mise au monde de la conscience, la science étant fille du XXe siècle.

— Tu avais raison, Janou, de croire qu'une diversité de lignes innombrables et différentes tisse la toile des êtres et celle de la société, se remémora-t-elle. Tu voyais juste quand tu disais qu'il fallait procéder à une sorte d'alignement, d'abord de soi puis du monde, pour arriver à avancer et à évoluer.

Alors, Janine, presque hypnotisée par les propos de son amie, hasarda une hypothèse :

— Il nous faudrait donc unifier le champ de notre vie et fertiliser celui de la terre par... l'intelligence d'aimer pour tenter d'engendrer un monde meilleur ou pour le moins plus équilibré?

***

Après le court silence qui avait résulté de cette profonde constatation, Rémi se décida à s'investir totalement dans la conversation qu'il jugeait des plus intéressantes:

— Madame Payot, si je comprends bien vos propos, vous parlez de l'aspect féminin de l'individu qui devra retrouver au plus tôt ses lettres de noblesse. Néanmoins, la matrice étant l'apanage de la femme, est-ce à dire qu'elle saura mieux guider l'humanité, ouvrir la voie vers le processus de l'éveil de la conscience en ce début de millénaire?

— Peut-être est-elle bien placée, en effet, mais sans plus! La grande Terre Mère, ne l'oublions pas, joue également un rôle de matrice pour l'Humanité.

Désorienté, Rémi s'interrogea à haute voix. Un flot de questions l'avait soudain assailli. Comment les femmes pouvaient-elles concevoir de telles idées? Qui plus est, comment osaient-elles les exprimer si naturellement, si librement? Pourquoi s'intéressaient-elles tant à l'aspect collectif et spirituel de l'humanité? N'en avait-on pas assez de nos propres problèmes à régler? Pourquoi toutes ces tournures symboliques? Qu'est-ce qui favorisait les visions, les intuitions, la télépathie ou encore les rêves prémonitoires?

Janine reprit en exemples la vision d'Élisabeth et son grand rêve d'enfant qui avaient eu lieu quarante ans auparavant. Puis, elle rappela le songe de la vieille dame concernant le pavot d'Orient dans la main d'une fillette, des décennies plus tard, et ensuite elle termina avec le rêve. Tous ces songes faisaient, selon toute vraisemblance et tel qu'avancé par Élisabeth, partie d'un état matriciel, fort probablement alimenté par l'inconscient collectif, mais, surtout, accessible à tous, les hommes inclus!

— Toutefois, admit-elle avec humilité, il est vrai qu'il semble plus... naturel pour une femme de concevoir ce genre d'argumentation qui paraît, pour une majorité d'hommes, extravagances et pures chimères. Jeux de femme en quelque sorte!

La connaissance innée du principe dualiste par l'être féminin s'expliquait ainsi: fluide comme l'onde et vive comme la flamme, la femme connaissait bien ce principe, étant elle-même « double ». N'était-elle pas en mesure de porter la parole en elle et de la mettre au monde? soutint-elle comme argument.

— Quand une femme donne vie, ne serait-ce qu'une seule fois, elle devient apte à enfanter le Monde, c'est exact, renchérit alors Élisabeth. Elle suit à la lettre le Grand Ordre de l'univers qui s'avère pareil au dehors et en dedans d'elle. Mère porteuse de par sa constitution, elle ne peut donc s'empêcher de comprendre la Terre et de vouloir l'assister dans son rôle. C'est un réflexe inné, il faut croire! conclut la vieille dame d'un air futé, en fixant Rémi. Il semble bien que la femme et la terre, telles deux sœurs jumelles liées par de saisissantes affinités, parleront à l'Homme du XXIe siècle et du troisième millénaire.

— En fait, admit alors Rémi, intimidé, c'est exactement ce qui m'est venu à l'esprit l'autre jour. Votre grande réceptivité, votre ouverture naturelle et votre contact étroit avec les éléments vous permettent non seulement d'emprunter, mais aussi d'avancer sur les sentiers parallèles. L'homme, s'il le souhaite, n'a qu'à développer davantage l'aspect occulte de sa nature féminine pour y arriver, un peu à la manière de l'anthropologue... Castaneda avec l'Indien Yaqui, c'est ça, Janine? Hum! cela exige de notre part un peu plus d'efforts que vous, mais c'est possible...

Puis, Élisabeth acheva rapidement en disant que la Terre n'attendait plus de l'Homme, son compagnon, qu'une parole fertile.

Une ébauche de réponse, comme une première esquisse de l'œuvre à réaliser, vint à l'esprit du seul homme présent. Plutôt fier de lui, Rémi fit part de son idée à ses compagnes:

— La vérité, tel un souffle régénérateur! La parole fertile a pour nom la vérité ou... l'intention de vérité, n'est-ce pas, madame Payot?

— Vous voyez juste, mon ami! C'est ce que je crois, en effet. Vous savez, ajouta la vieille dame, concernée, le tumulte et les actions gigantesques d'une mondialisation persistante et pénétrante, qui n'est en réalité qu'une extension de l'avoir au détriment de l'être, peuvent, pendant un temps, finir par imposer leur loi. Celle d'une parole stérile. Pendant un temps, oui, peut-être, mais pas indéfiniment! Je ne pourrais dire toutefois si, ou quand, l'Homme saura ou pourra même écouter les messages de la nature tant le bruit autour de lui le rend déjà de plus en plus sourd! Nous ne pouvons qu'espérer qu'il y parvienne, n'est-ce pas, chers compagnons?

Sur ces mots, Élisabeth se leva gracieusement et demanda poliment à se retirer. Au bras de Janine, alors que Rémi ne voyait plus son visage, elle prophétisa:

— L'être humain devra se déshabiller de tous ses mensonges avant de revêtir quelque parure que ce soit, pour ses retrouvailles avec son épousée, la terre.

X

Confortablement installée dans sa berceuse placée devant la fenêtre, Élisabeth réfléchissait en écoutant le *Boléro* de Ravel. À Noël, Janine lui avait offert une magnifique version de cette pièce musicale, magistralement interprétée par l'orchestre symphonique de Montréal. Les mouvements de son fauteuil berçant lui permettaient de suivre non seulement le rythme soutenu de la musique grandiose, mais aussi le mouvement de son cœur, ultime balancier de sa vie.

Élisabeth avait particulièrement apprécié le mot de Janine joint au cadeau. Sur une très jolie carte en parchemin, elle avait peint un oiseau blanc en vol et une fleur jaune, une balsamine. Le nom de cette fleur, avait noté Janine, venait du latin *balsamum* qui voulait dire « baume ». La balsamine avait la particularité d'être une plante des bois montagneux et de s'ouvrir au moindre contact en projetant ses graines. On l'appelait aussi « impatiente ».

« Les impatientes ne sont-elles pas des fleurs d'ombre, Ladame? » avait-elle malicieusement souligné.

Le texte se terminait sur ces mots touchants :

J'espère de toute mon âme que cette fleur d'ombre qui prend naissance dans les bois montagneux saura mettre du baume sur votre cœur malade. Je souhaite également que la musique de Ravel vous permette d'atteindre le détachement et l'élévation que vous n'avez jamais cessé de rechercher.

Je vous aime tant, mon amie.
Tendrement. Janou.
P.-S. C'est un cadeau pour... l'éternité!

Depuis quelques semaines, presque toutes les nuits, de grands rêves venaient visiter l'âme d'Élisabeth Payot. Ils lui révélaient de magnifiques couchers de soleil sur une mer calme ou encore le sommet d'une montagne, largement éclairé par un double arc-en-ciel. Elle y découvrait souvent des embellies après une courte tempête. Quelquefois, elle se retrouvait dans un jardin d'Éden à boire l'eau pure d'une fontaine dans laquelle quatre animaux paisibles se désaltéraient aussi tout en la regardant. Tous ces rêves, elle le savait, lui parlaient de sa mort prochaine. Par contre, justement la nuit dernière, elle en avait fait un qui avait une tout autre signification. Il concernait l'améthyste. Elle en ferait part à Janine, au moment voulu.

La vieille dame ne craignait pas la mort. Se sentant très fatiguée, de plus en plus faible, elle aspirait au repos. Le moindre effort lui était devenu très pénible. Elle n'arrivait plus à se pencher sur la terre pour y semer ses graines. Ses yeux affaiblis distinguaient mal autant les oiseaux de petite taille que les fins caractères des livres. Heureusement, elle arrivait encore à remplir ses mangeoires et elle entendait toujours aussi clairement les sons et les voix. Le chant des oiseaux et la musique feraient donc partie de sa vie, jusqu'à la fin. Là se trouvait son plus grand réconfort. Élisabeth sentait qu'elle arrivait au bout du chemin qui lui avait été destiné. Il n'avait pas toujours été facile. Non pas à cause des multiples événements jalonnant le parcours, qui, somme toute, font partie du lot de chacun, mais bien parce qu'elle avait dû y marcher seule, la plupart du temps. Malgré tout, elle y avait rencontré des êtres d'exception dont deux femmes, Adèle et Janine, et deux hommes, Jacques et Charles.

En cet instant, elle admit sans peine que ce n'était pas la quantité des êtres qui croisaient notre route qui importait, mais bien la qualité de ceux-ci.

***

La saison froide avait fini par abandonner ses rigueurs seulement aux premiers jours de mars. Lui ressemblant comme une goutte d'eau à une autre, un printemps gris et pluvieux avait repris la suite de l'hiver blanc et neigeux. Succombant aux effets de la basse pression atmosphérique qui persistait en cette triste journée de fin mars, Élisabeth se sentait somnolente, sans grande envie de bouger. Pour le plaisir, elle se remémora sa rencontre de la veille avec André Giroud...

Le psychiatre avait téléphoné quelques jours auparavant, désirant simplement prendre de ses nouvelles. Mettant sa gêne de côté, voulant faire plaisir à la vieille dame, il avait finalement accepté l'invitation à venir prendre un café. Comme le professeur était aussi mélomane, ils avaient longuement échangé sur la musique et leurs goûts respectifs. Ils étaient vite tombés d'accord: les émotions, les sentiments, les états d'âme, les rêves, l'amour, le bonheur s'exprimaient magistralement à travers la musique! Ils convinrent qu'elle s'apparentait à un langage universel, lequel, venant des profondeurs de l'âme du compositeur, s'inscrivait dans l'âme de celui qui l'écoutait pour constituer un état vibratoire harmonieux. La musique réussissait là où la parole, bien souvent, échouait.

Puis, avec humour et dans une verve inhabituelle, André avait relaté la visite de sa mère qui avait foulé le sol québécois pour la première fois de sa vie à l'âge vénérable de quatre-vingt-quatre ans!

— Même si je lui répétais que les chutes de neige de la fin de décembre étaient tout à fait exceptionnelles, voire hors norme, elle n'en a pas cru un mot. En paraphrasant notre Vigneault national, elle s'amusait à m'asticoter en fredonnant :

— Ton Québec, ce n'est pas un pays, mon fils, c'est l'hiver!

Si le temps et la santé lui permettaient de revenir, ce serait en été, avait-elle juré, pas autrement! Finalement, d'une façon maladroite, et qui avait tranché avec son éloquence jusque-là aisée, le psychiatre avait pris des nouvelles de madame Beaulieu. Discrète, faisant mine de ne pas connaître les sentiments qui habitaient André, Élisabeth avait raconté en détail les fêtes de fin d'année, son séjour obligé chez les Lanctôt, les longs échanges, la douce intimité, omettant sciemment l'état actuel du couple qui s'en allait à la dérive la plus totale. En voyant l'homme cloué à ses lèvres, qui l'écoutait avec une ferveur presque religieuse, l'esprit occupé à habiller chacune de ses confidences d'un culte évident, Élisabeth Payot avait réalisé que son amour pour « la fleur » ne faisait que croître dans l'ombre. Elle comprenait si bien qu'il puisse autant l'aimer!

« Ah! comme Janou me manque à moi aussi! » se prit-elle à constater, arrêtant d'un geste brusque du pied le bercement de la chaise. Pour rien au monde la vieille Élisabeth n'aurait imposé sa présence, attendu qu'elle était au courant de la situation critique et désastreuse qui prévalait au logis de la rue du Collège.

Cet air de Ravel, immatériel et harmonieux, doux et puissant à la fois, l'aidait à se préparer à traverser dignement la « dernière ligne ». Le *boléro* réfléchissait l'image d'une marche inexorable, vivante, de plus en plus intense et vibrante, culminant vers un point crucial, un point final. Le *boléro* de sa vie jouait au même moment dans son âme, parvenue presque au bout de son périple terrestre. Confiante, elle savait qu'une fleur d'ombre parée de ses plus belles couleurs l'accompagnerait pour l'envol. Ainsi, comme l'avait souhaité Janou, Ladame apprenait à se détacher doucement de la terre, et de tous ses biens, et de tous ses liens...

***

L'Amérique avait mis plusieurs semaines à se remettre de ce début de millénaire pour le moins étrange et silencieux. La plupart des gens préféraient éviter le sujet de « la tempête du siècle ». La crainte farouche de revivre un tel événement ou quoi que ce soit de semblable demeurait omniprésente. L'Américain moyen, en particulier, s'était senti profondément humilié, comme jamais il ne l'avait été par personne! C'est pourquoi le gouvernement américain avait décidé – on avait même voté sur la proposition! – de remettre les fêtes du millénaire au 31 décembre de l'an 2000.

En revanche, Pierrette Lanctôt, aussi humiliée, mais pas pour les mêmes raisons, n'avait pas attendu si longtemps pour « en remettre »! Dès la mi-janvier, portée plus que jamais par une intelligence diabolique, un machiavélisme pervers, un désir maladif de s'approprier son fils, une haine féroce, nourrie par une peur irraisonnée de voir certains secrets dévoilés au grand jour, et un besoin de vengeance inouï envers sa bru, elle était revenue à la charge. Au grand désespoir de Janine Beaulieu, Pierrette avait repris le contrôle total sur Rémi en quelques jours à peine. En effet, presque du jour au lendemain, tel un pantin, le fils exécutait les volontés, se courbait devant les moindres exigences et adhérait à tous les jugements de celle qui était devenue la plus habile et rusée des marionnettistes.

Plus rien n'arrêtait la harpie, décidée à mettre Janine Beaulieu hors d'état de nuire! Son nouveau cheval de bataille allait même jusqu'à porter une robe indécente: celle d'une femme mourante. Élisabeth Payot prenait trop de place dans la vie de son fils: sa présence était inadmissible et son influence, néfaste, avait-elle jugé, sans appel. Qui plus est, Pierrette avait réussi à convaincre Rémi, et aussi René qui avait pourtant, jusqu'à ce jour, franchement refusé de souscrire à cette démarche, d'accepter de travailler à l'entreprise familiale. Le salaire annuel du fils équivaudrait à quatre fois ce qu'il gagnait actuellement avec son « insignifiante PME ».

Lorsque Rémi avait présenté le projet d'une voix atone, un soir de la fin de février, mettant Janine devant le fait accompli, elle était demeurée sans voix à cette annonce. Il n'en avait jamais discuté avec elle auparavant, s'étant évertué, au contraire, à n'en rien dévoiler. De plus, avait-il annoncé avec une arrogance nouvelle et un orgueil gonflé à bloc, il devrait, début avril, partir trois mois aux États-Unis. Ce déplacement, une idée géniale de Pierrette, selon lui, servirait à perfectionner son anglais et à faire ses armes avec un grand directeur d'hôtel de la Floride, un ami intime de René, avant de prendre les rênes de l'auberge familiale de Magog.

— Imagine un peu, Janine! avait-il soutenu avec vanité, plus besoin de se casser la tête. On pourra enfin se payer tout ce dont on rêve!

— Mais tu ne vois pas où cela peut nous entraîner, Rémi? avait objecté Janine, dans un élan de lucidité. Tu... tu n'as jamais fait ce métier! Et, c'est loin, la Floride! Tu ne pourras pas revenir souvent! Et moi, moi qui travaille à tes côtés depuis de nombreuses années à faire fructifier notre entreprise? Qu'est-ce que je deviens dans tout ça?

Plus qu'entraîné aux manœuvres de détournement, Rémi avait adroitement évité le fond de la question, qui faisait, de toute évidence, référence à leur vie de couple.

— Où ça va nous mener? T'es aveugle ou tu fais semblant de ne pas voir? lui avait-il décoché d'une manière fourbe, projetant inconsciemment sur elle ses propres travers, se délestant ainsi, tel un voleur, de leur encombrante présence. Mais vers un niveau de vie bien supérieur à celui qu'on a toujours connu, Janine Beaulieu! J'en ai marre de croupir dans la médiocrité et de ne pas profiter de la manne familiale. Et puis, trois mois, c'est pas la fin du monde. T'auras qu'à venir me voir là-bas! Ça te fera découvrir le coin.

« Après toutes ces années, mon père s'est enfin décidé à me faire confiance! C'était le temps. Heureusement que maman est parvenue à lui ouvrir les yeux à mon sujet. On dirait bien qu'elle est la seule, ici, à voir mes capacités! Quant à toi, c'est l'évidence même...

— Qu'est-ce qui est si évident, dis-moi!

— Plus besoin de travailler, voyons! T'auras plus à lever le petit doigt, ma très chère madame Lanctôt!

— Ne m'appelle plus jamais madame Lanctôt, Rémi! avait tonné Janine, hors d'elle.

Cette dernière réplique avait eu l'effet d'une douche glacée, mettant subitement fin à leur bouillante altercation. Ainsi, pour éviter toute querelle devant Élisabeth, ne voulant pas l'accabler avec ses problèmes personnels, ne désirant pas lui faire subir les mauvaises énergies de la maison, Janine avait préféré restreindre ses rencontres avec son amie. Le temps de retrouver ses esprits. Toutefois, les deux femmes se donnaient régulièrement des coups de fil, très brefs, car la vieille dame appréciait peu ce moyen de communication. Respectant son choix, Janine s'appliquait donc à ne dire que l'essentiel.

***

Aux premiers jours d'avril, c'est une mère vaniteuse comme un paon qui vint chercher Rémi pour l'accompagner à l'aéroport, Janine ayant refusé net de participer au jeu morbide de sa belle-mère. Pierrette n'osa pas venir à la porte et attendit son fils dehors, sur le trottoir, ce qui accentua sa rage et sa honte devant les voisins.

« T'en as pas fini avec moi, la Beaulieu. C'est toi qui vas déguerpir un jour, va, comme cette incapable de Doris... »

La veille, le ton avait monté d'un cran quand Janine avait fait une dernière tentative pour empêcher Rémi de tomber dans le piège de Pierrette. Elle avait essayé de lui prouver qu'il courait après des chimères, qu'il perdrait le peu d'indépendance qu'il avait acquise par rapport à sa mère et, finalement, que leur couple en souffrirait. Puis, elle avait insisté pour entendre de la bouche de Rémi les motifs de son soudain revirement envers madame Payot, lui rappelant ses propres aveux d'appréciation et d'atta- chement envers Élisabeth aux fêtes de fin d'année. N'était-ce qu'hypocrisie de sa part? N'étaient-ce que mensonges? À quoi jouait-il donc? N'était-il que... parole stérile?

— Parole stérile: les grands mots! s'était-il moqué, caustique, incapable de soutenir le regard de sa femme sous le coup de cette critique inopinée qui l'avait frappé de plein fouet. Ça apporte pas à manger, tu sais, les grands discours philosophiques. C'est prati- que quand on a rien d'autre à dire! Pis, j'avais comme pas le choix d'en prendre mon parti puisqu'on était coincés avec elle! s'était-il défendu à court d'arguments. Et, j'ai... j'ai réfléchi depuis. Qui dit qu'elle n'en a pas pour quelques années encore? Ce n'est pas normal d'avoir comme amie une vieille... et malade en plus! Elle n'est pas de notre âge, c'est tout!

Janine avait perdu le fil de la conversation, n'ayant aucune envie de suivre des paroles ou des opinions tracées par une autre. Une idée avait alors germé dans sa tête pendant que Rémi s'enfonçait dans ses explications, additionnait fadaise sur fadaise. Elle avait froidement coupé court à cette montagne de bêtises en déclarant:

— Pars! Va-t'en! Mais je tiens à t'avertir que je ne resterai pas seule.

— Que... que veux-tu dire? avait-il demandé, franchement surpris.

— Madame Payot va venir habiter avec moi.

— T'as vraiment la tête dure! Soit! si tel est ton désir. Mais quand je reviendrai, fin juin, elle a intérêt à être partie, crois-moi!

— Sois sans crainte, Rémi Lanctôt, elle sera partie..., avait-elle murmuré dans un sanglot.

Comme des somnambules après une nuit grise d'errance solitaire, en ce matin d'avril, le couple se tenait coi et muet devant la porte d'entrée qui prenait des allures de sortie de secours pour Rémi en particulier. Janine, avec encore tout à dire, et lui, avec toujours rien à partager. Elle commençait à peine à parler que les coups de klaxon impatients de Pierrette eurent raison de sa dernière tentative de rapprochement:

— Ben... faut que j'y aille! se justifia Rémi, comme happé par un oiseau de malheur. Je vais finir par manquer mon avion! On... on reparlera de tout ça quand je reviendrai. Promis. Tu verras, ce sera pas long. T'en fais pas. L'été sera vite là! Je te téléphonerai souvent... Bye!

Et il s'enfuit sans un baiser, sans un dernier regard pour sa femme, en faisant de grands signes empressés à sa mère.

***

Rémi envolé, Janine se retrouva seule dans la maison. Mille pensées lui traversèrent l'esprit pendant que deux larmes glissaient lentement sur ses joues, puis sur ses lèvres froides, en deuil de tendresse et de complicité amoureuse. Elle ne pouvait être dupe : très bientôt, elle aurait sûrement de graves décisions à prendre. Toutefois, l'image persistante d'Élisabeth finit par l'absorber tout entière et chassa le sombre tableau qui insistait pour prendre forme dans sa tête.

Cette trêve dans leurs rencontres lui rappela le printemps de 1960, quand elle avait déposé le roman *La Terre* dans la boîte aux lettres de madame Payot. Là aussi, elles ne s'étaient pas vues pendant un certain temps. Janine réalisa alors qu'il se passait à peu près la même chose sauf que, maintenant, le cadeau avait été le *Boléro* de Ravel, un « air » de musique. Cette coïncidence – ou plutôt cette trame dans le jeu des lignes – la troubla beaucoup, allant jusqu'à l'oppresser.

L'expérience qu'elle vivait avec Élisabeth Payot ne venait qu'affermir une conviction déjà solide : toute pensée, toute parole, toute décision, tout geste produit son effet dans l'espace et dans le temps, aussi bien sur l'environnement que sur les multiples lignes qui composent le dessin de la toile de fond de tous les êtres vivants.

— Que vient faire Pierrette Simard dans la mienne, Seigneur? ne put-elle s'empêcher de se questionner tout haut.

Très vite, elle décida de mettre de côté toute introspection à ce sujet et replongea dans le printemps de ses neuf ans... Fillette, elle avait offert, en quelque sorte, la terre à son amie qui, à ce moment précis de sa vie, n'avait eu besoin de rien d'autre. Une terre pour se stabiliser, pour prendre racines. Une terre de chemins à parcourir. Une terre de cantons aux formes rondes et belles, à l'est, et sur laquelle, pendant presque un demi-siècle, Élisabeth Payot avait vécu. Une terre où elle-même, Janine Beaulieu, était venue rejoindre son âme sœur dans le dessein incroyable d'accomplir son grand rêve d'enfant! Les retrouvailles avaient donc eu lieu. Pour l'an 2000, Janine avait donné le *Boléro*: l'air. Un air de liberté, un air d'espérance, un air du temps.

— L'air, c'est ce qui manque le plus aux grandes personnes... Ce sont les mots que j'avais employés dans ce temps-là! Ils me reviennent, juste maintenant! se souvint Janine avec émotion.

Les racines avaient été solidement ancrées. Les chemins avaient été parcourus. Les airs, presque tous joués, et l'envol s'avérait imminent.

Au moment exact où le soleil décida enfin d'arrêter de bouder et de montrer le bout de ses rayons, Janine mit de côté Rémi, sa belle-mère et tous ses soucis et elle devint fort « impatiente » de retrouver Élisabeth. En tant que fleur d'ombre, après des semaines de sécheresse et de noirceur, elle se sentait flétrie et sans éclat: l'eau et la lumière lui faisaient grandement défaut.

Élisabeth Payot lui manquait.

***

Sur-le-champ, Janine décida de se rendre directement chez son amie, sans prévenir. Alors qu'elle stationnait sa voiture un peu en contrebas de la maison de madame Payot, elle aperçut une femme à l'aspect lugubre qui, de sa maison, lui faisait signe. Puisqu'elle ne pouvait l'éviter, Janine, sans grande envie, alla à sa rencontre. D'un peu plus près, elle se rendit compte qu'il devait, sans aucun doute, s'agir de cette madame Létourneau dont lui avait parlé Élisabeth. Légèrement moqueuse, la vieille dame lui avait confié que cette femme, pourtant d'apparence aimable et serviable, avait la fâcheuse manie de piailler et de fouiner dans la vie de ses voisins comme les étourneaux sansonnets dans les graines de tournesol!

— Bonjour, madame. Excusez-moi de vous interpeller, mais vous êtes bien... Janine Beaulieu, n'est-ce pas? s'égosilla la voisine d'une voix grinçante.

— En effet. Que puis-je pour vous, madame...?

— Fernande. Fernande Létourneau. À votre service. Ah! ce n'est pas pour moi, vous savez. C'est la dame Élisabeth, l'étrangère... Elle m'inquiète beaucoup. Elle ne sort pratiquement plus de chez elle et, presque tous les jours, elle repasse le même morceau de musique. Ne croyez pas que je l'espionne, mais je le sais parce que sa fenêtre est souvent ouverte et j'entends cet air étrange. À la fin, cela devient plutôt désagréable et très lassant, croyez-moi. Je ne sais pas ce qu'elle peut lui trouver, soit dit en passant. Peut-être est-elle en train de perdre la raison?

« Ah! je crois que c'est bien fini pour elle, le temps des fleurs. Et celui des oiseaux viendra, croyez-moi! Encore la semaine dernière, elle les nourrissait. J'ai eu beau lui dire d'arrêter – à cause des pigeons, vous comprenez, ils font tellement de dégâts –, mais elle n'en fait qu'à sa tête! Enfin, si c'est tout ce qui lui reste, la pauvre.

« Elle ne verra pas la fin de l'été, c'est moi qui vous le dis! Cela ne doit pas être drôle tous les jours d'être si loin de son pays natal en un moment pareil! N'avoir plus personne, pas de famille. À son âge! Tout de même! Il est vrai qu'une infirmière du CLSC vient tous les jours la visiter vers quatre heures pour repartir vers les cinq heures. Et il y a eu un homme, un assez bel homme! Il est revenu il y a quelques jours en fait! Pour une deuxième fois. Il me semble pourtant l'avoir déjà vu quelque part... C'est peut-être un notaire de Sherbrooke? Qu'en pensez-vous? On peut se demander, n'est-ce pas, qui va hériter en de telles circonstances? Enfin, il y a moi, sa plus proche voisine et vous évidemment, mais tellement plus jeune!... »

Sidérée par la ressemblance frappante avec l'étourneau sansonnet, Janine ne l'écoutait plus. Quand Fernande parlait, sa bouche prenait la forme d'un bec pointu dont il ressortait plus de bruit que de paroles sensées. Ses yeux sombres, sans couleur précise, mais néanmoins très perçants, ne dégageaient aucune chaleur humaine. Ses cheveux très courts, frêles et désordonnés – un mélange incertain de noir, de gris et de blanc – faisaient penser au plumage émincé de l'oiseau. Des vêtements sévères et noirs complétaient cet aspect grégaire de l'espèce. Janine se dit que Ladame avait vu juste.

Un silence se fit qui la ramena à madame Létourneau. Que pouvait-elle bien répondre à cette mégère qui ne dégageait vraisemblablement qu'une curiosité malsaine?

— Je peux vous assurer que madame Payot n'est pas en train de perdre la raison. Son cœur est malade. Pas sa tête! Il est toutefois exact que sa seule famille, c'est moi. Je suis sa... fille spirituelle! ajouta fièrement Janine en insistant sur ce terme nouveau qu'elle utilisait pour la toute première fois et qui lui plut d'emblée.

Sans tenir compte de l'incompréhension évidente de son interlocutrice frustrée, elle eut envie de terminer brusquement cet entretien :

— On ne peut quand même pas reprocher à quelqu'un de survivre à ceux qu'il a aimés, n'est-ce pas? Quoi qu'il en soit, il semble que ce ne soit pas sur vous qu'elle puisse compter! Dieu merci! Et, en passant... je ne compterais pas sur un héritage, si j'étais vous! Juste retour des choses, on dirait!

Sur ces mots, laissant bouche bée l'oiseau de médisance, Janine continua son chemin sans un au revoir.

***

Pâle et frêle, Élisabeth l'attendait, la porte d'entrée grande ouverte. Le sourire qui éclairait son visage en disait long sur sa joie de revoir Janine qu'elle embrassa sur le front en lui murmurant gentiment :

— Il semble que tu aies eu une prise de bec avec notre chère madame Létourneau! Quel regard elle t'a jeté quand tu lui as tourné le dos! Elle cherche toujours à tout savoir pour mieux déformer les faits à sa guise. Ne t'en fais pas, ma petite Janou. Ce n'est pas la première fois qu'elle se fait remettre à sa place, crois-moi!

— Ne vous inquiétez pas pour moi, Ladame. Vous aviez raison, on dirait vraiment un étourneau sansonnet! renchérit Janine, encore tremblante.

Sous le choc de cette rencontre fortuite, Janine entendait encore, comme une résonance désagréable, un air franchement lugubre qui faisait écho à son plus récent pressentiment, la voix cassante de la femme en noir : « Elle ne verra pas la fin de l'été. »

— Laissons plutôt cette femme à ses maigres pâtures. Ah! Élisabeth! je suis désolée de vous avoir laissée seule tout ce temps. Je voulais vraiment venir vous voir avant, vous savez, mais la situation...

— Pas de ça entre nous, Janine! la disculpa Élisabeth d'un ton rempli de mansuétude. D'aucune manière nous ne sommes obligées l'une envers l'autre.

Tu es ici maintenant et c'est cela qui importe. Ne gâchons pas notre temps et notre énergie en explications ou en regrets inutiles. Viens, ma petite. Entre.

En suivant Élisabeth, Janine remarqua sa démarche hésitante et elle entendit son souffle court chercher l'air. La vieille dame alla droit vers sa berceuse, non sans quelques difficultés, et s'y installa confortablement. Pendant que madame Payot s'excusait de devoir fermer les yeux un moment, Janine réalisa avec tristesse que le temps était en train de faire son œuvre. La maladie, tout en avançant à pas de géant, laissait curieusement son amie toute petite et très fragile. À la voir ainsi, les yeux fermés, Janine se rappela le jour du grand saule. Elle avait découvert Ladame adossée contre l'arbre en train de fredonner un mantra, doux et puissant à la fois. Si présente. Si vibrante. Si belle qu'elle aurait aimé la peindre à ce moment-là. Le souvenir lui noua la gorge et des larmes perlèrent dans ses yeux. Elle avait mal. Hier et aujourd'hui se confondaient si amèrement dans l'instant présent que Janine ressentit une douleur poignante la diviser brutalement.

Les yeux toujours fermés, le cœur battant la chamade, Élisabeth réussit à murmurer :

— Ne pleure pas, Janou. Ne sois pas triste. Le jour du grand saule en ce bel automne de 1959 demeure un magnifique souvenir. Notre rencontre fut et est un cadeau inestimable de la vie. Quel échange extraordinaire nous avions eu, assises par terre, serrées l'une contre l'autre, appuyées au grand saule, n'est-ce pas? Ma fleur d'ombre qui avait si mal à son petit cœur et qui a encore mal, aujourd'hui, de la même manière... non?

Il n'en fallut pas plus pour faire éclater Janine en sanglots.

Comprenant son immense peine, son grand désarroi et sa légendaire retenue, Élisabeth dut obliger son amie à se confier. N'en pouvant plus de garder et de refouler ses états d'âme, Janine déversa son trop-plein d'émotions et se laissa aller aux confidences. Elle raconta dans les moindres détails les événements depuis janvier jusqu'au départ de Rémi, le matin même.

— Oh! je n'étais pas venue pour vous embêter avec mes problèmes, plaida Janine, le cœur lourd. Mais... puis-je vous demander si...

— Si quoi? insista Élisabeth qui voyait bien que Janine avait encore une question importante à soulever, sans pourtant oser le faire.

— Si vous voyez quelque chose pour moi, après... Et, si... si je vais retrouver l'améthyste. Je ne suis jamais arrivée, personnellement, à voir l'avenir en ce qui me concerne.

La vision concernant André vint frapper Élisabeth de plein fouet. Elle ne pouvait pourtant la divulguer maintenant et peut-être même jamais. C'était un secret qui appartenait au psychiatre, à lui seul. C'est alors que son rêve lui revint en mémoire.

— Je serais heureuse de pouvoir à mon tour t'aider dans ce passage difficile. Vois-tu, ma petite, c'est très délicat. Il y a certaines révélations que je peux te faire, sans plus. Tu le sais aussi bien que moi: l'intimité et l'émotivité ne favorisent pas des prédictions objectives. Avant d'y venir, j'aimerais simplement te rappeler que tout n'est que question de perceptions. Seul le temps te démontrera que les personnages, acteurs ou figurants de « ta représentation », ont chacun un rôle spécifique à jouer, un engagement à remplir, si inutile, si ingrat qu'il puisse te paraître aujourd'hui, incluant celui joué par la mère de Rémi! C'est une ligne d'influence, certes, mais bien plus pour ton conjoint que pour toi. Tu te sortiras très bien de cette impasse, car les êtres de vérité réussissent toujours à triompher des illusionnistes.

Après cette brève mise au point, Élisabeth fit à Janine Beaulieu une seule et étrange prédiction :

— En ce qui concerne l'améthyste, voici ce que je peux te dire. À ton cinquantième anniversaire, le 21 septembre, tu devras te rendre sur la roche plate, sur la colline de ton enfance. Tu t'étendras sur le rocher et tu poseras l'amulette sur ton front. Là, tu auras la réponse. Soit tu découvriras où elle est cachée et tu la retrouveras pour compléter ton engagement, soit tu comprendras pourquoi tu l'as perdue et alors tu ne la chercheras plus et tu en seras libérée.

— Serez-vous... avec moi, Ladame ?

À cette question, dont la tonalité implorante ne dupa personne, Élisabeth se devait d'être franche :

— Non, à ce moment-là, je ne serai plus, Janine Beaulieu.

***

Peu après, pour réveiller, cette fois, des souvenirs heureux et pour ramener le sourire sur le visage défait de son âme sœur, Élisabeth suggéra de façon enjouée :

— Je suis sûre que tu as faim ! Si nous prenions un léger goûter, ma belle !

— Je m'en occupe, rétorqua Janine en séchant ses larmes et en souriant à son amie. Restez assise. C'est un ordre ! ajouta-t-elle d'un air complice. Un thé vous ferait-il plaisir, Ladame ?

— Je ne veux pas te faire de peine, ma Janou, mais tu ne trouveras pas de thé dans mes armoires ! N'oublie pas mes origines. Honnêtement, je préfère un bon café.

— Vous n'êtes pas sérieuse, Élisabeth, la réprimanda Janine d'un ton à peine réprobateur. On dit que le café n'est pas très bon pour le cœur, vous savez. Enfin... va pour... deux cafés ?

Avec un plaisir évident, Élisabeth savourait autant ce moment de complicité avec Janine que le délicieux café que celle-ci avait préparé avec soin.

— Dans la vie, tout n'est qu'exploration, ma petite, philosopha la vieille dame. On ne cesse d'aller à la découverte de soi et des autres. Il n'existe aucune certitude, celle de notre naissance et de notre mort mises à part. Ne restent plus que l'intention et l'attention de l'instant à être et à vivre.

Et, pour atténuer la peine de Janine concernant la perte de l'améthyste, elle ajouta :

— Parfois, il arrive qu'on ne puisse réaliser notre engagement, du moins de la manière et au moment souhaités. Une autre chance nous sera présentée! Il y a plus dramatique, crois-moi, Janine! Que dire des individus qui n'en sont pas conscients, qui ne le découvrent pas ou, pire, qui n'y portent sciemment aucun intérêt, par simple paresse ou pur égoïsme! Combien d'engagements personnels stagnent ainsi dans le non-visible, Janine? Combien? répéta Élisabeth, affligée et concernée. Sans but pour les stimuler, sans objectif à atteindre et, dès lors, sans étoile pour les guider – à la manière de Rémi –, ces êtres demeurent victimes ou prisonniers d'eux-mêmes, des autres et des circonstances, comme un insecte dans la toile de l'araignée... Dans certains cas, seuls des événements très perturbateurs qui provoquent l'inconscient peuvent dénouer les liens ou les affects qui entravent dangereusement leur trame personnelle.

Après un court silence, l'ambiance changea du tout au tout. Janine s'attendait aux paroles qui allaient suivre.

— Tu sais, ma fille, je suis soulagée d'avoir bientôt terminé mon périple terrestre. Je te demande de ne pas trop souffrir quand je partirai. Ce qui va arriver est sain et normal. Il ne faut donc pas le refuser, ni le combattre, ni te rendre malheureuse. Dans ta pensée, je survivrai, dans ta trame personnelle, je voyagerai! Grâce à ton affection sincère, à ta présence, mon âme trouvera le repos.

Janine demeura songeuse pendant quelques instants. C'était la première fois depuis le jour de leur rencontre que madame Payot amenait le sujet de sa mort prochaine dans la conversation. Cela devait arriver un jour ou l'autre. « Ma fille. » Ces mots ramenèrent Janine à ses propos avec la dame en noir.

— Tout à l'heure, j'ai utilisé un terme particulier avec cette madame Létourneau pour décrire ma relation avec vous. Je lui ai dit être votre fille spirituelle. En fait, n'est-ce pas la vérité, Ladame? C'est du moins ce que je ressens profondément. Malgré le peu de temps à notre disposition et le fait que nous connaissions si peu nos réalités quotidiennes, je ne peux penser à un meilleur terme pour décrire ma relation avec vous.

Après un court silence, Janine enchaîna:

— Connaissez-vous réellement l'impact de votre présence dans ma vie? Malgré l'amnésie consécutive à votre absence, je peux avancer, sans me tromper, je crois, qu'un... fossile nommé Ladame a eu le temps de se former dans mon âme enfantine, comme je l'avais bel et bien ressenti à l'automne 59! L'intensité de votre personnalité, dont j'ai été fortement imprégnée, a stimulé ce besoin d'être, ce désir d'avancer avec, comme principal outil, l'intention de vérité. Ah! je vous promets de ne pas refuser votre départ. Mais je vais sûrement pleurer et avoir mal à mon cœur! Bref, depuis nos retrouvailles, je sens que ma vie prend une nouvelle orientation. Ou suis-je simplement en train de reprendre mon chemin principal? Je ne sais pas. La situation demeure encore si confuse...

« Une chose est claire, cependant! Je comprends que la destination est sans importance. C'est le chemin à parcourir qui demeure l'essentiel. Ne pas s'arrêter en cours de route, continuer à avancer malgré les intempéries, les longs détours et la solitude! Essayer d'intégrer au mieux les forces disponibles dans l'univers. Aimer et cultiver l'amour. Accepter les êtres placés sur notre route sans désirer qu'ils soient autrement. S'en éloigner, s'ils nous sont trop néfastes... »

Puis, d'un même élan, Janine évoqua la condition qui lui semblait la plus difficile à conquérir : savoir devenir adulte, indépendant, en maîtrise de sa vie, seul responsable de ses actes. L'individuation n'était-elle pas la clef qui ouvrait la porte de la maîtrise de soi et donc de l'harmonie? L'intelligence d'aimer d'Élisabeth : n'était-ce pas le plus beau trésor à acquérir, la plus magnifique conquête à entreprendre?

— Ah! s'exclama-t-elle, émue par ce long discours, il semble que ce ne soit pas un hasard si je suis venue spécialement aujourd'hui, sans vous prévenir, pour vous demander une faveur.

— De quoi s'agit-il, ma Janou? demanda la vieille dame intriguée.

— Euh! voilà. Rémi est donc parti jusqu'à la fin de juin. J'ai pensé que vous pourriez venir habiter avec moi quelque temps? Je m'inquiète beaucoup de vous savoir seule. L'été sera bientôt là. Il fera encore trop chaud. Je le sens! se lamenta-t-elle soudain d'un air désemparé avec une sorte d'impuissance dans la voix.

Élisabeth sut que Janine faisait à la fois référence au feu du dehors et à celui du dedans. Elle attendit la suite.

— Vous savez que notre maison est grande. Et puis, je viendrais régulièrement surveiller votre demeure. J'aimerais tant profiter de votre présence jusqu'à... enfin... vous savez quoi, balbutia Janine, troublée. S'il vous plaît, Ladame, ne privez pas la fleur d'ombre de l'eau et de la lumière dont elle a besoin pour, à son tour, mettre du baume sur votre cœur malade!

XI

En ce dernier jour de mai, le chant du « frédéric » réveilla Élisabeth en sursaut. Comme tous les matins depuis six semaines, dès qu'elle ouvrait les yeux, il lui fallait quelques instants pour se retrouver, pour réaliser qu'elle ne vivait plus à Sherbrooke. La vieille dame avait accepté l'offre de Janine et s'était installée dans la chambre d'amis. « La chambrette aux oiseaux », tel que son nom l'indiquait sur la porte. Elle s'y sentait bien et confortable.

Comme si elle avait tout le temps du monde devant elle, Élisabeth ne se levait jamais immédiatement. Pendant une bonne heure, elle se prélassait au chaud, la tête enfoncée au creux de l'oreiller douillet en attendant que les premiers rayons du soleil fassent leur apparition. De belles photos d'oiseaux prises par Janine et Rémi agrémentaient les murs aux couleurs pastel. Les meubles antiques, décapés et polis avec une patience infinie et un goût certain, réchauffaient l'atmosphère. Étrangement, ils apportaient à la pièce un temps sans âge, créant un espace sans contrainte. Janine racontait avec un plaisir évident de quelle manière ils avaient déniché ces antiquités dans divers villages estriens, par les jours de printemps, au hasard des « ventes de garage » si populaires dans ce coin de pays.

En admirant les belles impatientes posées sur le rebord de la fenêtre, Élisabeth sourit. Émue et fière, Janine avait porté, la veille, ce magnifique pot en terre cuite contenant les premières impatientes d'un été qui s'annonçait précoce. Avec une joie évidente, Janine l'avait délicatement posé sur le rebord extérieur de la fenêtre de la chambre d'Élisabeth, les fleurs orientées à l'est, en disant :

— C'est l'endroit idéal pour ces fleurs, car elles se retrouvent à l'ombre dès midi ! J'ai toujours obtenu de magnifiques résultats avec elles. Je me demande bien pourquoi ? avait terminé Janine en clignant de l'œil à Élisabeth.

Les premiers rayons du soleil, en pénétrant doucement dans la chambre, illuminaient avant toute chose un encadrement sur le mur, juste en face du lit. Il s'agissait d'une magnifique photographie en couleur qui représentait les oies des neiges en vol au-dessus du fleuve Saint-Laurent, dans la région de Montmagny. Les milliers d'oiseaux blancs, lors de leur passage migratoire automnal, formaient un V gigantesque, juste au-dessus de l'eau, ne dérogeant pas de leur itinéraire malgré les vents forts et dominants. Prise dans un début de jour inoubliable, cette image impressionnait par son réalisme, sa beauté et sa très grande simplicité. Les rayons du soleil matinal lui donnaient une touche singulière, un peu irréelle, extrêmement vivante. Madame Payot se remémora ainsi, pendant de longs instants, ses sorties aux oiseaux avec sa compagne, Adèle Saint-Clair. Tout en réalisant que le spectacle des grandes oies des neiges dans l'estuaire du Saint-Laurent s'avérait, en effet, l'un des plus beaux qu'il lui avait été permis de contempler, la vieille Élisabeth se prit au jeu en cherchant à entendre leurs cris perçants dans l'aube du jour nouveau...

Juste à côté, un harfang des neiges, seul, blanc et parfaitement immobile, guettant sa proie dans un champ découvert, se confondait à la neige à perte de vue. Détaillant les deux prises de vue, Élisabeth savourait, encore ce matin, le contraste frappant : la multitude et la solitude, le mouvement et l'arrêt, la parole et le silence. L'eau bleue du fleuve, presque noire, l'eau blanche de la neige. Contraires et pourtant complémentaires. Différents et pourtant indissociables... Fier, patient et solitaire, le rapace blanc tacheté de points et de rayures brun foncé se tenait droit sur ses pattes, bien placé juste devant quelques herbes oubliées par l'automne et séchées par l'hiver. Légèrement foncées, elles pointaient, éparses et égarées, aidant ainsi ce grand hibou de l'Arctique à se confondre subtilement au paysage hivernal.

Que de péripéties, racontait l'ornithologue chevronnée qu'était Janine, pour prendre cette photographie de l'oiseau emblème de la Belle Province au cours de l'une de ses irrégulières invasions hivernales dans le sud du Québec! En effet, Janine avait dû ramper longtemps sur la neige dure et froide. S'arrêtant régulièrement, évitant le moindre geste brusque, elle avait mentalement parlé au harfang pour l'enjoindre de ne pas bouger et d'accepter sa présence. Et, curieusement, les yeux de l'oiseau étaient demeurés fixés sur l'appareil et sur sa photographe!

Sur la droite d'Élisabeth, posées sur le secrétaire antique, flânaient, telles des jeunes filles en quête d'un regard amoureux, d'autres photographies encadrées toutes aussi belles les unes que les autres. Après avoir passé un mois dans cette chambre, Élisabeth, interdite et ébahie, réalisa que toutes avaient pour sujet... un oiseau blanc!

Ici, le magnifique grand héron dans sa forme blanche propre au sud de la Floride régnait de toute sa blancheur sur les marécages sombres des vastes étendues protégées des Everglades. Là, un couple d'aigrettes neigeuses, plus délicates mais non moins fières, se faisaient une cour assidue, jouant dans les marais toutes aigrettes retroussées dehors! Plus loin, des mouettes, des goélands et aussi des sternes d'un blanc immaculé au bec orange et à la calotte noire paressaient sur le sable blanc, les uns contre les autres, semblant attendre un peu de fraîcheur.

Était-ce le fruit du hasard? Janine avait-elle déjà remarqué cette troublante coïncidence? Ces photos, de toute évidence, ne dataient pas d'hier. Encore moins de l'automne dernier. Élisabeth, l'oiseau blanc du rêve de l'enfant fleur d'ombre, se retrouvait finalement parmi les siens.

Madame Payot sut à cet instant que l'envol était imminent.

***

Un bruissement tira Élisabeth de ses rêveries. Janine venait discrètement « aux nouvelles », pour employer son expression! Elle ne frappait pas carrément à la porte. Délicate et respectueuse, elle ne faisait que l'effleurer du bout des doigts. Jamais elle n'avait tiré la vieille dame de son sommeil, l'intuition lui faisant pressentir le moment opportun. Chaque matin, Élisabeth la priait d'entrer par ces simples mots:

— Tu peux venir, Janou! Je suis réveillée.

Alors, dans une sorte de doux rituel, les deux femmes se souriaient et puis s'embrassaient comme après une longue séparation, s'enquérant de la qualité de leur sommeil respectif. Le soleil de l'Est, en les réunissant de nouveau, les éloignait pour un temps de leurs craintes nocturnes. Toutes deux savaient, chaque matin, le grand soulagement qui les animait. Pour la même raison. N'était-ce pas ensemble qu'elles devaient être pour l'envol final?

Le sujet de la mort d'Élisabeth ne fut plus jamais

évoqué. Ce n'était pas une question de peur, d'angoisse ou de gêne. Pour ces deux âmes sœurs, la mort n'avançait pas sur un chemin de mots, mais bien sur un chemin de vie. C'est pourquoi il leur paraissait inutile de revenir sur ce sujet. Tout en ne cherchant pas à l'éviter, chacune se préparait mentalement à y faire face de la meilleure manière possible. À les voir si complices, espiègles et curieuses, le sourire suspendu aux lèvres, un air de jeunesse accroché au fond du regard, personne n'aurait pu se douter que l'une d'entre elles serait bientôt loin, dans un autre monde. Sans tristesse, Élisabeth répétait souvent une citation qu'elle semblait beaucoup apprécier : « Il n'y a qu'une heure pour mourir, Janou. Toutes les autres doivent servir à vivre. » Par conséquent, elles vivaient!

L'état de santé de madame Payot ne leur permettait plus de courir les chemins comme avant. Après le petit déjeuner, les deux femmes s'installaient régulièrement à la véranda et observaient la gent ailée aux mangeoires et au bain d'oiseaux en écoutant de la musique. Elles échangeaient beaucoup et sur tous les sujets imaginables. La vieille dame avait jeté à la volée des bribes de sa destinée, telles des semences de vie que Janine avait croquées avec avidité. Attentive, celle-ci avait de nouveau écouté les amours tragiques de son amie, pleuré la petite Marie, le mari et l'amant disparus. À travers la Française d'origine, la Québécoise avait découvert un pays en guerre. Elle avait appris à aimer la « Grande Bleue », le soleil et la chaude Provence. Les mots étaient si vivants et colorés que Janine avait eu la nette impression de respirer l'odeur bienfaisante de la lavande, d'entendre le chant lancinant des cigales, de jouir de la beauté et de l'extravagance des marchés aux fleurs, aux mille épices... Puis, elle avait suivi attentivement la migration de l'oiseau blanc jusqu'aux terres accueillantes de la Belle Province. À la demande de Janou, madame Payot avait retracé les lignes des sentiers parallèles empruntés, celles des voies occultes suivies.

— Inutile de chercher désespérément à découvrir leur provenance ou de s'intéresser outre mesure à leur forme, avait souligné Élisabeth. Ces voies existent au même titre que d'autres. Seulement, elles ne font pas partie de la chaîne des chemins connus. Ce sont plutôt des canaux subtils qui captent les eaux de la trame de fond.

« Si on les suit avec attention, dans la mesure où on a, au préalable, développé et donné la place qui revient à notre sixième sens, on peut arriver, avec comme seuls outils l'intention de vérité et l'humilité, à intercepter des informations privilégiées et, mieux encore, certains enseignements ésotériques, autant pour soi que pour les autres. N'oublie jamais toutefois que, quelle que soit la révélation, elle doit toujours comporter une part d'espérance pour qui la reçoit : voilà la raison d'être des marchandes d'espoir, mon enfant. Il m'est arrivé souvent de prendre ces canaux subtils, c'est vrai. Mais quiconque peut les suivre, s'il accepte de se laisser dériver sur ces ondes profondes », avait-elle finalement déclaré.

À la suite de ces confidences, Janine avait appris à mieux dessiner les contours de cette femme d'eau et de feu. Alliée de la solitude. Fière. Simple. Sage. Sereine devant la mort.

***

— Avez-vous entendu le bruant à gorge blanche, Élisabeth? s'enquit Janine en aidant madame Payot à se lever pour faire sa toilette matinale.

Ladame acquiesça par un sourire qui en disait long, et Janine poursuivit :

— Le mois de mai a été exceptionnel cette année.

En fait, chaque année, ou presque, on dit que le mois de mai est exceptionnel tant l'hiver nous a paru long! Ce n'est pas très original! Enfin, peut-être aurons-nous la chance de voir la mésange bicolore en juin? J'ai envie de croissants et de café au lait ce matin. Psst!... Ladame! est-ce que vous vous sentez bien? Vous paraissez bien lointaine aujourd'hui!

— Oh!... oui, je vais bien. Excuse mon air absent. Je me sens à l'aise ici avec toi. Je ne te le dirai jamais assez. J'ai... j'ai constaté quelque chose ce matin et, en fait, j'y songeais encore. J'aimerais savoir si toi-même, tu l'as remarqué.

Jugeant en avoir assez dit, Élisabeth se tut. Elle s'assit au bord du lit en attendant la suite. Janine sut immédiatement de quoi il était question, s'étonnant seulement que la vieille dame ne lui en ait pas glissé un mot plus tôt.

— Ladame! Ne me dites pas que vous n'aviez pas encore remarqué les oiseaux blancs? interrogea Janine, perplexe, prise au dépourvu.

— Euh!... n... on! Je t'avoue sincèrement que je n'y avais jamais fait attention. Enfin, je veux dire attention au fait qu'ils soient tous blancs! J'imagine que ces cadres étaient là bien avant moi. Pourquoi ce thème plus qu'un autre, Janou?

En premier lieu, Janine désira préciser un point. Parmi leur imposante collection de photographies aviaires aux couleurs flamboyantes, pour cette chambre réservée aux amis, elle avait personnellement opté pour les oiseaux blancs.

— C'est donc mon initiative, confirma-t-elle. Je dois maintenant vous faire une confidence. J'ai hésité plusieurs jours avant de retenir cette chambre pour vous, confessa Janine tout de go. Quand je suis revenue de ma visite chez vous en avril, je pensais bien qu'il y avait de bonnes chances que vous acceptiez mon offre... Je sais, je sais, vous ne m'aviez pas donné votre réponse ce jour-là, s'empressa-t-elle d'ajouter suite au regard pénétrant d'Élisabeth, mais il m'avait bien semblé que vous diriez oui, finit-elle par avouer.

« Alors, je me suis demandé quelle chambre je devais vous réserver. Pas question pour vous de monter à l'étage, comme à Noël! Et, au rez-de-chaussée, comme vous le savez, il n'y a que deux chambres, la mienne et celle-ci. Quand j'y suis venue pour vérifier si elle était assez spacieuse et aérée, c'est là que j'ai remarqué les oiseaux blancs! Je suis restée bouche bée! Je ne savais plus que faire, quoi décider! J'étais extrêmement perturbée par cette coïncidence. »

Puis, admit-elle avec réserve, une voix, la voix d'Élisabeth, s'était mise à répéter dans sa tête : « N'est-ce pas une magnifique représentation du jeu des lignes, Janou? » Par conséquent, une évidence s'était imposée d'elle-même : tout son chemin de vie se cristallisait ici, dans cette chambrette où l'oiseau blanc était omniprésent. Ligne par ligne, au fil des jours, leur histoire, dont le dénouement avait été révélé dans le rêve d'enfant, s'était écrite, à leur insu. Elle s'insérait dans les pages du grand livre sans que, jamais, Janine en fût consciente.

Il est vrai, précisa-t-elle, que l'oiseau blanc l'avait guidée depuis l'enfance. La première fois, dans les nuages. Puis, dans son grand rêve. À plusieurs autres occasions par la suite, il s'était manifesté dans les visions ou la vie courante. Malgré l'oubli des quatre premières saisons, Janine avoua avoir toujours pressenti qu'elle devait lui faire confiance.

— Il m'ouvrait la voie en quelque sorte. C'était ma façon de lui rendre hommage. Vous savez, Élisabeth, philosopha Janine d'un ton rêveur, contrairement à Rémi, j'ai toujours cru que tout ce que nous faisons a un sens précis, une raison d'être, et votre présence en cet endroit en est une illustration saisissante, à mon avis. Ne témoigne-t-elle pas en faveur de ma conviction? L'importance, voire la passion, accordée à l'oiseau blanc dans ma vie faisait partie intégrante de mon engagement, en fait, et cela, à mon insu.

Ravie de laisser libre cours à ses états d'âme, Janine s'épancha davantage.

Lorsque l'on vivait un ou plusieurs événements, dit-elle, on se trouvait sous le coup des émotions engendrées par ces derniers; il était donc normal de ne pas voir ni comprendre ce qui se passait ou ce vers quoi ces expériences tendaient. D'après elle, le recul s'avérait primordial pour une appréciation juste et objective de l'ensemble. Et c'est là que l'intention de vérité prenait toute sa signification. Janine peaufina son discours en parlant de l'attention, si chère à son cœur. Celle de chaque instant. Et l'autre pour les êtres placés sur notre route. L'observation constante de soi et du monde vivant...

— J'ajouterais, Ladame, une attention de l'observation comme si la qualité de l'observation décide de soi, de l'autre, de la chose ou de l'événement observé. Les signes peuvent nous guider, parfois. Les révélations, de temps en temps. L'espérance et l'amour, toujours! Ah! je parle, je parle et nous n'avons pas encore pris le petit déjeuner! Excusez-moi, Élisabeth. Venez, allons prendre ce café au lait!

***

Après qu'elles se soient restaurées, Janine demanda à son amie si elle désirait l'accompagner pour aller jeter un œil sur sa maison de Sherbrooke. Madame Payot refusa poliment l'invitation, avouant se sentir paresseuse avec l'envie de se reposer et le goût de lire.

Arrivée sur place, quelle ne fut pas la surprise de

Janine de voir un inconnu frapper avec insistance à la porte de la maison d'Élisabeth. Au même instant, elle aperçut madame Létourneau qui observait la scène en soulevant le coin du rideau de sa fenêtre. Janine descendit de voiture pour aller à la rencontre du visiteur. Entre-temps, elle ne put s'empêcher de porter son attention sur la voisine : « Brr!... quelle pie bavarde! Quel oiseau de malheur! » Aussi, lorsque l'homme se retourna à l'improviste vers elle, Janine fut prise au dépourvu :

— André! Vous, ici! Mais... que... que faites-vous ici?

— Euh! bon... bonjour, Janine, bredouilla le psychiatre embarrassé, comme pris en flagrant délit. Depuis quelques semaines, je tente de rejoindre madame Payot pour prendre de ses nouvelles, comme je le fais régulièrement, et je n'obtiens pas de réponse. On m'a dit à la compagnie de téléphone que l'abonné n'avait fait aucun changement et que, pour eux, il résidait toujours à cette adresse. Je m'inquiète beaucoup, Janine! Ce... ce n'est pas normal, à mon avis.

— Oh! la cachottière...

— Quoi? Je ne vous suis pas.

— Élisabeth ne m'a jamais mentionné qu'elle avait gardé contact avec vous! Oh! mais... ne vous inquiétez plus, André! Elle vit chez moi.

— Chez vous? À Magog?

— Oui! à Magog! Qu'y a-t-il de si extraordinaire à cela?

— Euh! rien, rien... Mais que s'est-il passé? Comment votre conjoint...

— Rémi est parti pour trois mois en Floride. Il revient à la fin de juin. Enfin, c'est une longue histoire et... houp! on nous observe!

La mine coquine de son interlocutrice amusa le psychiatre au plus haut point.

— Quoi? Qui nous...

Subitement, Janine s'approcha plus près et lui parla dans le creux de l'oreille. Alors, jouant le jeu et acquiesçant à la demande farfelue, André tourna abruptement la tête pour observer sans détour « l'étourneau » et lui faire une sorte de révérence vaudevillesque. Le rideau tomba sur le coup, ce qui les combla d'aise. André avait été content de se retourner, car la proximité de Janine l'avait bouleversé plus qu'il n'aurait voulu. Il ne tenait pas à ce qu'elle se rende compte du trouble qui s'était emparé de lui. Une fois remis, il lui demanda à brûle-pourpoint :

— Auriez-vous une minute pour... pour venir prendre un café? Nous pourrions bavarder loin des oreilles indiscrètes et des yeux inquisiteurs! J'aimerais beaucoup avoir des nouvelles de madame Payot.

— Eh bien! une minute, pas vraiment. Mais... une heure, peut-être bien! rétorqua Janine, moqueuse. Avec grand plaisir, André. Je ne suis pratiquement pas sortie de chez moi depuis six semaines et cela me fera du bien, je l'avoue. Mais... en amis, promis?

Les deux heures qui suivirent passèrent agréablement. André se dit soulagé de savoir madame Payot en si bonnes mains. Puis, il écouta Janine lui confier avec une grande facilité, sans s'apitoyer sur son sort, ses déboires familiaux :

— Si ça continue, Pierrette va arriver à nous éloigner l'un de l'autre, comme elle l'a fait avec Doris, et impossible pour moi d'en faire prendre conscience à Rémi. J'aurai tout essayé! Il est aveuglé par tout ce que lui fait miroiter sa mère. C'est d'une désolation! Bon! laissons cela et changeons de sujet. J'ai une invitation à vous faire, cher ami!

— Une... invitation?

Devant l'air ahuri du psychiatre, Janine ne put s'empêcher de sourire. Il semblait si mal à l'aise par-

273

fois, surtout devant tout élan spontané. C'était la première fois qu'ils se voyaient hors de son antre! Elle se sentait assez familière avec lui, peut-être en raison de l'ambiance ordinaire, de la banquette normale, de la serveuse qui les regardait d'un drôle d'air, comme avec un air d'envie.

— On ne vous a jamais invité auparavant ou quoi?

— Non! ce n'est pas cela. C'est juste que...

— Oh! ne vous méprenez pas, monsieur le professeur. Ce n'est rien d'exceptionnel. Je veux souligner l'anniversaire de madame Payot. Elle fêtera ses quatre-vingt-dix ans le 21 juin. Trois fois rien! Un léger repas, un gâteau, porter un toast. Comme je suis désormais au courant de vos « rapports » avec la dame, ajouta-t-elle, espiègle, pourquoi ne pas lui faire la surprise de venir, André? Elle en serait enchantée, j'en suis sûre.

Le professeur laissa de côté sa gêne et se montra ravi de l'invitation; il se fit un réel plaisir d'accepter et promit d'être là à onze heures, le 21 juin. Janine ne voulant pas laisser son amie seule plus longtemps, ils se quittèrent sur une chaleureuse poignée de main.

***

Il faisait un temps superbe. Un temps de premier jour d'été. Un temps de fête. Comme tous les matins, Janine vint réveiller Élisabeth. Ses premiers mots furent pour lui souhaiter un joyeux anniversaire. Assises au bord du lit, complices, les deux amies se remémorèrent avec plaisir le 21 juin 1960, les cinquante ans d'Élisabeth. L'été de feu. Le jeu des lignes. Le pique-nique. La roche plate. Le talisman et même la dame Saint-Clair. La vieille Élisabeth, qui ne comptait plus les années depuis belle lurette, se sentait satisfaite. Reconnaissante. Un bonheur inconnu était venu l'habiter depuis son arrivée à la maison de la rue du Collège. Un bonheur calme qui, elle le savait, ne la quitterait plus. Ce bonheur avait pour nom acceptation et provenait d'un abandon total. Elle en était émue, troublée, mais non inquiète. Un sourire presque enfantin flottait bizarrement sur ses lèvres. Un regard un peu flou voguait dans ses yeux couleur de l'eau.

Janine soupira. Avec un grand désarroi, elle ne pouvait que constater l'éloignement d'Élisabeth. Malgré la joie paisible de son amie et son sourire puéril qui ne lui était pas particulièrement destiné, une larme coula de la source de son cœur. À travers la fenêtre entrouverte, Janine aperçut un étourneau sansonnet perché sur la branche du saule pleureur. Noir. Étrangement solitaire. Un frisson la saisit malgré la chaleur naissante. L'oiseau noir lança un cri rauque dans les vapeurs chaudes et matinales de ce premier jour estival. L'image de madame Létourneau traversa l'esprit agité de Janine.

Sans crier gare, elle sentit une présence occulte occuper la chambrette. Dans la pénombre, elle vit un rideau s'ouvrir sur le dernier acte. Une tristesse sans nom l'envahit qui, elle le savait, ne la quitterait plus. Une ombre, plus grande que tout ce qu'elle avait jamais appréhendé, les guettait.

Aucune des deux ne parla de ces choses.

***

D'une voix faible, à peine perceptible, Élisabeth exprima un souhait. Celui d'aller s'asseoir quelques instants sur le banc en face du lac Memphrémagog. Écouter Janine lire quelques pages de ce si beau livre : *Jonathan Livingston, le goéland.* Le banc où elles s'étaient retrouvées, s'empressa-t-elle de préciser. Comme si Janine pouvait se méprendre! Sinon, ce n'était pas la peine de se déranger, mais ce serait vraiment le plus beau des cadeaux d'anniversaire, d'ajouter la vieille dame timidement.

Son amie ayant montré des signes évidents de ralentissement dans les derniers jours, Janine se demanda si cela était bien raisonnable. Madame Payot mangeait très peu. Elle restait de plus en plus au lit à se reposer, à écouter de la musique ou la voix de Janou. En effet, Élisabeth parlait de moins en moins. Le feu s'éteignait doucement. La « fille spirituelle » reprenait le flambeau sans en prendre conscience. Elle faisait la lecture et Ladame écoutait. Ravie. Lointaine. De plus en plus absente, souvent ailleurs, là où Janou ne pouvait aller. Le courant emportait doucement la vieille dame...

Juste après, Janine se questionna à savoir si la raison avait sa place un jour pareil. Un jour d'anniversaire! Elle proposa donc d'y aller en voiture malgré la courte distance, à peine un kilomètre. Elles optèrent pour la fin de l'après-midi, période où la chaleur devenait plus supportable. Élisabeth remercia par un baiser sur le front brûlant de la fleur d'ombre. En cachant ses larmes, Janine répondit quelque chose de banal comme « pas de ça entre nous... » en recalant doucement l'oreiller. Gestes répétitifs. Mots anodins qui rassurèrent l'une et l'autre. Janine insista toutefois pour qu'Élisabeth garde le lit et se repose pendant qu'elle-même irait faire quelques courses.

La porte de la chambrette aux oiseaux était toujours grande ouverte désormais, car l'envol paraissait imminent. Toutes deux le savaient. Les signes avant-coureurs ne trompaient personne. Pour la première fois, Janine observait une grande migration de l'âme. Une âme peu ordinaire. Son âme sœur! Pour la première fois, avec les yeux du cœur.

***

À onze heures pile, détendu, André se présenta à la maison de la rue du Collège. Janine fut heureuse et ne cacha pas sa joie de le revoir, et de si belle humeur en plus. Sans qu'elle songe un instant à en connaître la raison, la présence du psychiatre la soulagea instantanément d'un poids énorme, éclairant son chemin d'ombre. Sommairement, à voix basse, elle lui fit part de l'état fragile et très précaire de madame Payot, admettant la possibilité de devoir annuler la fête. Ils convinrent mutuellement d'attendre, de ne pas la déranger et de la laisser se reposer pour le moment.

À midi, la température devint insupportable. Plus de trente degrés à l'ombre. Aucun nuage ne se promenait dans le ciel et, malgré cela, le temps n'était pas clair. Un fin brouillard, tel un voile de chaleur intense, recouvrait le monde. Installée à l'ombre sur la galerie en compagnie d'André, Janine entendait le ronronnement du ventilateur installé dans la chambre d'amis dont le *Boléro* de Ravel couvrait légèrement le bruit lassant et répétitif. Madame Payot s'était finalement endormie.

La nature respirait doucement. Les merles et les bruants s'ébrouaient gaiement au bain d'oiseaux, à l'ombre du grand pin. La vie continuait. Confortablement installé dans le hamac, non loin de Janine, André feuilletait quelques revues.

Songeant aux bougies qu'elle avait achetées le matin, Janine se sentit nostalgique au souvenir des quatre saisons, les premières. Quarante ans plus tard, deux autres bougies décoraient cette fois un immense gâteau d'anniversaire préparé la veille avec soin et amour. La courte fête, qu'elle désirait belle et chaleureuse, était prévue pour treize ou quatorze heures. Janine regretta soudain de n'avoir rien acheté d'autre et surtout de n'avoir rien fabriqué de ses mains pour offrir à son amie. Comment avait-elle pu simplement accepter de lui faire la lecture sur le banc au bord du lac? Elle lui faisait déjà la lecture depuis des jours. Ce ne serait pas un cadeau très original. Elle se questionna encore, mais, cette fois, à haute voix. Qu'en pensait André? À son avis, avait-elle accepté trop vite la proposition de Ladame? Était-ce une bonne idée d'emmener madame Payot en promenade, elle qui ne bougeait presque plus? Son état était très inquiétant. Aujourd'hui plus qu'hier, constatait tristement Janine.

André la rassura. Tout se passerait bien quand elles iraient au lac. Il conduirait lui-même la voiture et les attendrait un peu plus loin, à l'écart. Il avait d'ailleurs envie d'aller se promener sur les bords du Memphré pour admirer les voiliers. Demain matin, le docteur Simard ne devait-il pas venir rendre visite à Élisabeth? Janine apprécia ces paroles de réconfort et se sentit tranquillisée. André se révélait toujours de bon conseil. Pas un instant, elle ne songea à s'étonner de sa présence qu'elle trouvait, à la limite, normale.

« Même que celle de Rémi aurait paru franchement déplacée à un moment pareil! » se surprit-elle à penser.

***

Entre deux lignes, le professeur observait Janine Beaulieu. Plus que le magazine sous ses yeux, c'était elle que son regard cherchait à lire. Il la sentait sur le bord d'un précipice que lui ne voyait pas. Il sentait qu'elle naviguait sur des eaux invisibles. Plus particulièrement aujourd'hui, en ce jour de fête, il avait l'impression qu'elle canalisait toutes les couleurs de la vie, les éléments de la nature. L'eau. Le feu. Elle semblait se préparer mentalement.

« À quoi? » songea-t-il, inquiet.

Parfois, elle tressaillait comme si elle se préparait à

sauter! La ligne était-elle devenue une corde raide tirée au-dessus d'un feu brûlant, d'une mer houleuse, ces éléments qui lui avaient toujours fait peur? Alors, une idée germa dans l'esprit de l'homme aimant, qui le fit se questionner: « Janine Beaulieu se prépare à être prête. Est-ce là une chose possible? »

La femme de l'air et de la terre errait ailleurs, là où il lui était impossible de la rejoindre. Il ne pouvait que l'attendre et espérer que son chemin croise le sien, un jour. Il réalisa à quel point il en devenait de plus en plus amoureux.

— Le vœu le plus cher de Ladame sera donc exaucé! consentit Janine d'une voix à peine audible. Ce sera *Jonathan Livingston, le goéland,* l'histoire d'un oiseau blanc!

Puis, sans rien ajouter de plus, elle reprit un petit livre posé juste à côté d'elle: *Sagesse des Indiens d'Amérique.* Pour chasser l'anxiété qui la privait d'air, elle se mit à lire à voix haute, au hasard des pages: « Le corps meurt. Le corps est seulement ce que l'âme possède, elle est son enveloppe. L'âme poursuit sa vie. »

Les yeux plongés dans le regard d'André, elle compara l'âme à une membrane qui vibre à l'infini, à une substance qui perdure en dedans comme au dehors. Une essence d'immortalité. L'âme de Ladame, une fois détachée de son corps terrestre, survivrait. Elle en était convaincue. Janine respirerait son essence partout. Surtout dans le vent d'éternité... Était-ce cela, l'ambroisie: le parfum subtil d'une âme accomplie? Étrange, avoua-t-elle, qu'elle aborde ce sujet aujourd'hui même avec lui. Élisabeth, son âme sœur, avait été la première à lui parler de l'âme. Elle reprit sa lecture. Quelques lignes plus loin, elle y retrouva, surprise et soulagée à la fois, l'essentiel du message d'Élisabeth Payot.

« Toute chose qui donne la vie est femelle. Quand les hommes commenceront à comprendre les liens de l'univers, ce que les femmes ont toujours su, le monde changera pour le meilleur. »

Touchée, elle en fit la lecture à son compagnon du jour. Janine et André échangèrent calmement dans la langueur de ce premier après-midi estival. Cela réconforta l'un et l'autre de réaliser que l'intention de vérité faisait partie de la trame de fond du monde. Si seulement chacun en était plus conscient. Ah! l'espoir était permis et n'était pas vain. Les valeurs nobles, constatèrent-ils d'un commun accord, pouvaient devenir armoiries de l'évolution des consciences.

L'ombre, telle une compagne de toujours, devint bienveillante et calma Janine. André Giroud constata avec soulagement qu'elle respirait plus librement.

***

Tout en se sentant bien et très sereine dans la voiture confortable, la vieille Élisabeth posa un regard intense sur la maison blanche. Comme s'il s'agissait de la dernière fois. En bougeant délicatement sous la brise légère, les impatientes d'un beau rouge orangé sur le bord de la fenêtre de sa chambre semblaient lui dire adieu. Elle répondit par un léger signe de la tête aux fleurs couleur de feu.

Madame Payot apprécia la façon de conduire du professeur. Aucun geste brusque. Il était prévoyant, alerte, consciencieux. Elle se sentit en sécurité avec lui. Janou avait eu une si bonne idée dc l'inviter. Quelle belle fête intime! Elle avait trouvé la présence d'André tout à fait de circonstance et de bon augure pour l'avenir de sa protégée. En les voyant réunis pour la première fois, une autre brève vision l'avait effleurée, qui les concernait. Mais l'image était déjà loin, hors d'atteinte de sa mémoire à bout d'usure. Élisabeth se laissa aller. Tout doucement.

Assise derrière, Janine se sentait fébrile, anxieuse, désespérément prête. Elle avait l'impression que le livre de l'oiseau blanc lui brûlait les mains. Elle avait peur de le regarder. Voyant Ladame dodeliner de la tête, elle crut qu'elle allait s'endormir. Heureusement, le chemin pour aller au lac fut court. Le site était désert. Les touristes n'arrivaient toujours qu'une fois l'année scolaire terminée. C'était l'heure où l'on commençait à préparer le souper. André arriva à stationner tout près du banc. Avec tact, il les laissa seules, exprimant le souhait d'aller plus loin observer de près les voiliers amarrés au quai fédéral. N'ayant que quelques pas à faire, les deux femmes marchèrent lentement, au même rythme, dans la douceur de cette fin de journée. Janine remarqua un système nuageux à l'horizon et, malgré son éloignement, il lui sembla menaçant. Tout était si lourd. Son cœur encore plus que tout.

Depuis quelques minutes, Élisabeth et Janine étaient assises confortablement. Sans dire un mot, les deux femmes contemplaient le lac majestueux d'un calme absolu. Rien ne venait troubler sa quiétude, même pas un souffle d'air. Il semblait endormi. Le silence et la détermination d'Élisabeth impressionnèrent Janine qui lisait maintenant avec difficulté. Sa voix s'embrouillait, car des sanglots restaient coincés dans sa gorge. Elle eut soudain envie de pleurer. Pour mille raisons. Pour quatre saisons. Pour l'absence de l'améthyste...

Inquiète, nerveuse, elle demanda à prendre le pouls de son amie. La main d'Élisabeth brûlait dans la sienne toute froide. Ladame devait sûrement faire de la fièvre. Il fallait rentrer. Relevant la tête, Janine se rendit compte que les nuages noirs s'étaient dangereusement approchés. Elle en fit la remarque à Élisabeth qui insista pour rester encore un peu. Un éclair aveuglant zébra le ciel et un air du temps de ses neuf ans, telle une ligne sinueuse, traversa l'esprit de Janine au même instant : À chacun son temps...

« Non... non... Oh! non... pas aujourd'hui... Non!... »

Brusquement, sans préambule, la tempête se leva. Au loin, Janine vit André revenir vers elles. D'un ton plus ferme, presque suppliant, elle enjoignit à Élisabeth de partir. Aidée de son amie, la vieille femme se leva péniblement. Le vent se mit à souffler fort, toujours plus fort. Une puissante bourrasque la fit trébucher dans les bras de Janine qui tomba à son tour. Elles se retrouvèrent par terre toutes les deux. Enlacées. De grosses gouttes d'une pluie chaude inondèrent leurs visages et leurs corps. Au même instant, Janine remarqua une légère fissure dans l'asphalte noir. Comme une ligne tracée maladroitement sur le bitume. Une ligne brisée, juste aux pieds d'Élisabeth. Janine voyait, mais refusait la réalité qui s'imposait de force, à grand déploiement de tourmente. Elle se mit à crier à l'aide et à supplier le ciel de ne pas l'abandonner. Elle n'allait pas savoir!

Faisant fi de ses craintes, et de son refus, le rêve de l'enfant déchira les abîmes du temps.

Janine tourna la tête dans tous les sens : personne à proximité. Freiné par les assauts répétés du vent violent, André était encore trop loin. Sur le banc, elle vit le livre de Jonathan, l'histoire de l'oiseau blanc. Le vent avait tourné les pages à la folie. Jusqu'à la dernière, celle où Janine avait posé d'une façon coutumière, ce matin même, une petite impatiente tombée sur le rebord de la fenêtre de la chambre à l'est. Janou prit délicatement dans sa main gauche la fleur d'ombre presque déjà séchée et la montra à Ladame. *L'oiseau en couleur avait une fleur dans sa patte gauche et il l'a offerte à l'oiseau blanc qui l'a portée à sa bouche...* Cette fleur, symbole de l'intemporel, devenait planche de salut, bouée de courage. Un phare qui illumina leurs regards. L'impatiente représentait l'âme de Janine Beaulieu. Dans un ultime effort, Élisabeth Payot prit la fleur d'ombre pour la porter à ses lèvres. Elle en respira le baume. L'essence.

Malgré la pluie torrentielle qui s'abattait sur elles, le silence était troublant. Un vent violent faisait rage et générait un déferlement de vagues sur le lac. *Le miroir de l'eau se casse...* Les coups de tonnerre répétitifs faisaient frémir la montagne, ce mont Orford qui sembla à Janine démesurément haut. *Seulement une montagne gigantesque qui grondait...* En raison de leur noirceur, les nuages apportaient une nuit prématurée, recouvrant le jour d'un voile de deuil. Ce n'était plus tout à fait le jour ni encore la nuit. *Seulement un jeu de lumière et d'ombre...*

Sans un regret, dans un abandon absolu, un lâcher-prise intégral, Élisabeth Payot commença son envol, sa main dans celle de Janine Beaulieu. Aérienne, légère, elle était en train de traverser sa dernière ligne. En grâce. Avec courage et amour, comme le lui avait autrefois enseigné Janou. Dans un ultime effort, elle réussit à dire quelques mots. Troublants. Inattendus :

— Janou, ma petite... je t'aime tant! N'oublie pas... Si tu... retrouves l'améthyste... Elle va à... Marie... Ah!... C'est si facile, Janine Beaulieu! Je ne vois plus... qu'un point. C'est tout.

Enfin libéré, son cœur s'arrêta de battre. Simplement la vie. La mort simplement. Tel un oiseau blanc, l'âme de Ladame s'envola enfin, en quittant la terre chaude et mouillée sur laquelle son corps était étendu. Tous les éléments enfin réunis dans une symbiose parfaite formaient une mandorle magnifique dans laquelle un être sans âge, sans corps, sans limite, se sentit flotter. Élisabeth quitta son âme sœur et le monde dans une paix totale. Elle partait enfin à la rencontre du cinquième élément. Sa dernière vision fut celle d'une petite fille de neuf ans assise à l'ombre d'un grand arbre. Recouverte d'une aura aux couleurs indescriptibles, l'enfant lui racontait un rêve...

***

Lorsque André arriva, il comprit de suite que la mort était passée avant lui. L'image de ces deux femmes entrelacées lui transperça le cœur. Il songea à la vision de l'oiseau et de la fleur dans les nuages d'une petite fille de neuf ans. Il n'avait jamais rien vécu de si bouleversant. Alors, ses larmes se mêlèrent à l'eau de pluie, laquelle, dans une sorte de respect timide, tombait plus doucement. Les pleurs abondants entrecoupés de sanglots suffisaient désormais à nourrir la tourmente qui sévissait dans le cœur de ces êtres en deuil.

Le psychiatre n'osa intervenir, car il lui semblait entendre la voix de Janine. Une voix différente, comme le murmure d'une enfant. Il s'approcha doucement et il écouta, presque religieusement. En effet, Janine parlait. Sans pouvoir s'arrêter. Même au moment de fermer à tout jamais les yeux de son amie.

— Je sais que tu m'entends, Élisabeth Payot. Ladame, ma sœur, mon amie. J'accepte et je comprends que tu doives partir. Alors, que plus rien ni personne ne te retiennent. Saute, Élisabeth! N'aie pas peur. Élance-toi! Puisque c'est ta dernière ligne, tu ne tomberas plus.

« Car pour un temps, celui d'Élisabeth Payot, il n'y a plus de terre pour toi après cette ligne finale. Il n'y a que l'espace infini, l'essence véritable, le néant d'où tout renaît. L'air dans toute sa splendeur. Là où réside le Grand Esprit. Peut-être y séjourneras-tu en tant qu'âme accomplie? Ou peut-être reviendras-tu sur terre, sous un nom différent, avec un autre engagement, pour ta propre évolution ou celle d'autres personnes? Il n'y a de connu que le chemin parcouru. L'inconnu, désormais, t'appartient.

« Ce n'est pas la destination finale qui est importante, mais bien le chemin que l'on parcourt. Surtout la manière dont on le parcourt. Avec l'intention de vérité, m'as-tu enseigné avec sagesse. Je remercie le ciel d'avoir placé sur ma route une âme comme la tienne. Car, dans ton silence, j'ai trouvé la parole de vie. En ce moment, il paraît difficile de croire que la chaleur qui se dégage de ta main et de ton corps s'éteint. Qu'elle ne me réchauffera plus. Mais je sais que ton esprit, tel un feu éternel, brûlera toujours en moi. Vivant. Nos âmes étaient liées bien avant notre rencontre inscrite dans les nuages. Déjà à cette époque, mon cœur avait mal. Il manquait de lumière et d'eau. Tu te rappelles? Peut-être le tien a-t-il trop souffert de l'esprit du feu intense qui t'animait? Ou encore de l'absence des êtres que tu as tant aimés? Ou seulement de l'usure du temps sagement accompli?

« Un jour, tu avais fait une remarque qui avait grandement soulagé mon tourment. Tu m'avais enseigné de veiller à ne pas oublier l'essentiel, car ainsi, disais-tu, notre espace intérieur s'agrandit. Tes paroles m'ont alors tant réconfortée : « Dieu, si grand soit-Il, peut alors venir y loger convenablement et, ne crains rien, mon enfant, Il veille, à son tour. »

« Ah! mon amie, tu parlais si bien le langage des éléments. Tu écoutais le sens de leurs messages. Tu savais comment les interpréter. Tu as su faire de la mort ton alliée. Elle ne s'est pas retournée contre toi. Vois comme cette eau dans laquelle nous baignons éteint doucement la flamme qui animait la vie de ton corps. Tu as insisté pour venir ici, aujourd'hui même, devant le lac, près de la montagne. Comment aurais-je pu refuser de te conduire à ton dernier rendez-vous? Nous savions. L'une et l'autre. Et ce livre de l'oiseau blanc... Et cette fleur... Et tout le reste! Ces événements qui avaient été prédits dans le songe d'une enfant faisaient partie de la trame invisible de nos vies, des choses à vivre et des choses à mourir.

« Sache que tes dernières paroles ont été... libératrices. Alors qu'elles m'ont tant heurtée, petite, lorsque ma mère les utilisait pour me signifier ainsi qu'il n'y avait plus rien à dire, elles ont provoqué aujourd'hui une sorte d'éveil. D'ouverture. Peut-être même de pardon. Quand il ne reste plus rien à dire, c'est que tout reste à faire. Quand il ne reste plus rien à mourir, c'est que tout reste à vivre. Pour la première fois, j'ai réussi à exprimer mes plus profondes émotions après le « un point, c'est tout ». Et c'est grâce à toi, Ladame, qui a toujours su éclairer ma route.

« Je t'aime, Élisabeth Payot, car tu m'as appris à vivre. Je crois, sans vouloir être prétentieuse, t'avoir accompagnée comme tu le souhaitais.

« Bon voyage, mon amie, mon âme sœur.

« Adieu, Ladame! »

XII

Promeneur parmi tant d'autres, les mains derrière le dos, André Giroud cheminait lentement sur la piste piétonne qui longeait le Memphrémagog. En ce 21 juillet, pendant que les fleurs, les arbres, le lac et la nature entière chantaient la saison estivale, il avait tenu, lui, à rendre un hommage particulier à madame Payot en refaisant, tel un pèlerinage, le circuit du jour de son départ. S'il avait facilement succombé à ce désir, c'est qu'il était certain de ne pas y rencontrer Janine. Autrement, il s'en serait abstenu, trouvant de plus en plus difficiles à gérer leurs fréquentes rencontres.

Arrivé « au banc d'Élisabeth », qu'il n'avait pas revu depuis un mois, son cœur frappa fort dans sa poitrine, comme pour forcer sans vergogne l'accès à un souvenir triste, en fait, l'un des plus pathétiques de sa vie. Comme par hasard, personne n'occupait le banc en question. Satisfait, soulagé aussi de n'avoir à partager avec quiconque ce geste privé de commémoration, il vint donc s'y asseoir. Pendant que ses yeux, protégés par d'épaisses lunettes noires, fouillaient le lac et ses multiples plaisanciers, sa main caressa distraitement les planches de bois usées. Alors, il sentit avec fracas la porte des évocations s'ouvrir en grand...

Les deux semaines qui avaient suivi le décès de madame Payot, André avait supporté Janine, se rendant disponible à toute heure du jour. Vinrent en premier lieu les formalités administratives. Il fallait connaître les volontés de la défunte concernant ses funérailles. À ce propos, Élisabeth avait pris la peine de laisser bien en vue dans la chambrette aux oiseaux une copie de ses dernières volontés ainsi que les coordonnées de son notaire à Sherbrooke.

La Française ne désirant aucune exposition du corps, l'incinération se fit dès le lendemain. Ses obsèques se passèrent le 23 juin, à l'aurore, dans une petite chapelle sise au pied d'une colline à Eastman, non loin du lac d'Argent. Ils étaient quatre à être venus rendre un dernier hommage à la disparue : madame Létourneau, régie par l'intérêt et la curiosité, Marc Fabre, en tant qu'émissaire de sa grand-mère décédée Adèle Saint-Clair, la meilleure amie d'Élisabeth, Janine Beaulieu et lui-même. Après la courte cérémonie ponctuée d'extraits émouvants des *Quatre Saisons* de Vivaldi, sans oraison funèbre puisque Janine avait déjà fait ses adieux à Élisabeth, eurent lieu la mise en terre, quelques brefs échanges entre les participants et le triste retour à la rue du Collège.

Ne pouvant se faire à l'idée de laisser Janine seule en de pareilles circonstances, le psychiatre était revenu avec elle, malgré le fait qu'aucun chaperon ne les surveillât! C'est que le compagnon de vie de Janine, Rémi Lanctôt, celui qui devait se trouver à ses côtés « pour le meilleur et pour le pire », n'avait fait aucun effort pour revenir plus tôt afin d'accompagner son épouse dans ces moments difficiles. Au contraire! Le soir du 21, tel que relaté par Janine, une fois seulement la dépouille mortelle prise en charge par l'hôpital La Providence de Magog, dès son retour à la maison, elle s'était littéralement jetée sur le téléphone pour appeler son mari...

Malgré la chaleur suffocante, André grelotta légèrement, signe qu'il ressentait encore beaucoup d'irritation au souvenir des confidences de Janine à ce sujet précis.

D'une voix brisée, entrecoupée de sanglots, elle avait annoncé à Rémi le décès d'Élisabeth en le priant de revenir sur-le-champ, ressentant plus que jamais le besoin de sa présence. Ce qui aurait dû s'avérer une conversation normale avait viré au cauchemar pour elle. Loin d'offrir ses condoléances et de tenter d'apaiser la peine de son épouse en deuil, à mille lieues de comprendre sa solitude et son désarroi, Rémi s'était montré plus qu'indifférent aux souffrances de sa femme, allant jusqu'à teinter ses propos d'un soupçon d'arrogance.

Ses premières paroles avaient été pour déclarer sottement que tout le monde mourait et qu'il ne fallait pas « en faire un plat ». Après tout, elle avait eu bien de la chance, cette étrangère, de s'être rendue à un âge aussi avancé, sans trop souffrir, et surtout « d'avoir vécu ses derniers instants pouponnée comme pas une ». Dieu merci! c'était maintenant de l'histoire ancienne et Janine, tout autant que lui, allait enfin pouvoir passer à une autre étape de leur vie! « Plus enrichissante à tous points de vue », avait-il pris la peine de spécifier.

Nonobstant le mobile de l'appel de sa femme, Rémi avait complètement disjoncté en lui annonçant :

— Ton coup de fil tombe bien, en fait! Je voulais justement te faire part d'un récent changement au programme concernant mon séjour en terre américaine...

En effet, sans même mettre des gants, faisant preuve d'une insensibilité inouïe, il avait froidement avisé Janine de son projet de passer quelques semaines supplémentaires avec ses parents en Louisiane avant de revenir et de se mettre sérieusement au boulot.

— Je t'assure que ça tombe bien! avait-il réitéré devant les hauts cris que poussait son épouse. Oui, oui, crois-moi, ma douce! Ce sursis te permettra amplement de te remettre de tes émotions avant que je n'arrive, et moi... moi... euh!... j'en profiterai pour faire une sorte de prise de conscience sur notre couple!

Devant l'insistance de Janine à le faire revenir, il allégua se trouver dans l'impossibilité de refuser l'offre de Pierrette qui, ressentant d'indéfinissables mais persistants malaises cardiaques ces derniers temps, tenait expressément à l'avoir près de lui. Il avait mis fin à la conversation en disant que Janine lui devait bien ça, après tout : ne venait-elle pas de passer ces trois derniers mois en compagnie d'une personne chère et malade?

Les poings serrés, la gorge sèche, André se répétait encore aujourd'hui qu'il eût mieux valu pour tous que ce « fils de P... ierrette » n'eût jamais croisé son chemin. Comment pouvait-on être si odieux, si ignorant, si faible, si insignifiant, si profiteur, et si habile manipulateur?

« Il rejette sur Janine sa frustration et son impuissance envers sa mère, c'est évident! Et moi, qui suis-je pour juger un être que je n'ai même jamais rencontré? Un envieux... probablement! »

***

C'est alors que le doux visage de Janine se super-posa à celui dont les traits demeuraient, fort heureusement, flous et anonymes. À l'évocation de celle qui peuplait, à elle seule, ses vastes déserts intérieurs, le corps d'André se détendit et sa colère se dissipa dans les brumes de chaleur diurne.

Les premières nuits, n'arrivant pas à fermer l'œil, Janine avait accepté de prendre un calmant juste avant le coucher pour faciliter son sommeil. Il fallait que cessent ces cauchemars atroces : elle s'était trompée, tout le monde s'était trompé en présumant Élisabeth morte! Elle était encore vivante et croupissait dans son cercueil de bois, privée d'air, sous la terre qui l'étouffait... Le deuil et les jours difficiles le précédant avaient aminci la silhouette de Janine et, paradoxalement, élargi son regard. André la trouvait plus belle et plus attirante que jamais. Le retour des quatre saisons avait non seulement embelli son âme, mais il avait aussi permis l'éclosion de sa féminité. La tristesse, la solitude et le désarroi la rendant vulnérable, André s'était montré encore plus réservé dans ses gestes et dans ses paroles. Il se comportait en parfait gentleman. Pas question pour le psychiatre de profiter d'un moment d'abandon et encore moins de l'absence de « l'autre ». Ce n'était qu'une simple précaution, car, de toute évidence, Janine ne voyait rien d'autre en lui qu'un ami.

« Si elle doit m'aimer un jour – ce dont il doutait de plus en plus tant elle le considérait comme un frère et un confident –, cela doit arriver dans des circonstances normales ou moins perturbatrices. Quoique les circonstances entourant une rencontre amoureuse, se mit à philosopher André, hypnotisé par le bleu cobalt du Memphré, un sourire béat aux lèvres en humant la fleur d'ombre, s'avèrent, la plupart du temps, teintées de magie, truffées de hasards troublants, de coïncidences inouïes. Tout ce qui participe à « la » rencontre est guidé par de grandes envolées intuitives et marqué d'élans autonomes, provocateurs et supérieurs, tout à fait hors du contrôle raisonnable des élus! »

En peu de temps donc, André Giroud était devenu l'inséparable compagnon des chemins de Janine Beaulieu, comme elle se plaisait à le surnommer. C'est à ce titre d'ailleurs qu'elle lui avait demandé de l'accompagner chez le notaire Boisvert de Sherbrooke. Ce dernier avait convoqué Janine Beaulieu le 26, dans la matinée, pour la lecture du testament de dame Mercantour-Payot. En apprenant qu'elle était la principale légataire des biens d'Élisabeth, Janine Beaulieu était restée silencieuse.

— Comment aurait-il pu en être autrement? Elle n'avait que vous, Janine! lui avait fait remarquer André entre deux échanges.

Tout en faisant un vague geste d'assentiment, Janine n'avait cessé d'insister auprès du notaire : il devait sûrement y avoir erreur.

Légèrement excédé, maître Boisvert avait répété « pour une dernière fois » que, à part une certaine amulette, les bijoux, les pierres, les livres, les disques, quelques cadres et photos qui lui revenaient à elle, les meubles meublants et autres effets personnels de madame Payot allaient à la fondation du CHUS. Tout le reste, c'est-à-dire le terrain, la bâtisse vidée de son contenu, ainsi que toutes les liquidités et économies de dame Élisabeth Payot revenaient à dame Janine Beaulieu en totalité, ce qui représentait un héritage de cent cinquante à deux cent mille dollars!

En sortant de chez le notaire, époustouflée, incrédule, étrangement désolée, comme honteuse de ce qui lui arrivait, Janine avait simplement demandé à André de garder le plus grand silence sur cette affaire.

***

Ce qui arriva par la suite n'avait pas étonné le psychiatre. Au contraire, il s'y attendait. Juste après ce rendez-vous, Janine s'était mise à fabuler sur l'améthyste. Ce sujet particulier, davantage que le départ d'Élisabeth auquel elle était plus que moins bien préparée, la hantait tout autant que lui. Ne lui avait-il pas fait miroiter de vaines espérances? Qu'au contact répété d'Élisabeth, la mémoire lui reviendrait? Que pouvait-il dire maintenant pour l'encourager puisque madame Payot n'était plus?

Dans une sorte d'état second qui ne plaisait pas du tout au psychiatre, Janine répétait d'une voix mécanique que, somme toute, elle méritait bien ce qui lui arrivait, qu'elle faisait bien la paire avec Rémi. Devant la désapprobation indignée d'André en entendant de tels propos, Janine répliquait que tout cet argent qu'elle avait reçu sans le vouloir et qui lui faisait honte n'était que la preuve de sa grossière négligence envers l'améthyste.

— Un engagement personnel n'a rien à voir avec l'argent, André Giroud! avait-elle vivement opposé à l'hypothèse que le psychiatre avait avancée pour l'encourager.

En effet, André n'avait pu qu'emprunter des expressions que Janine elle-même, en temps normal, aurait utilisées. Il avait tenté ainsi de la ramener sur « ses chemins habituels » desquels, à son avis, elle ne devait pas s'éloigner! Janine ne devait pas être naïve à ce point: l'argent pouvait s'avérer fort utile dans certains cas. Ne fallait-il pas considérer ce legs comme faisant partie intégrante du « jeu des lignes »? Ne devait-elle pas laisser passer du temps, prendre du recul pour mieux en saisir toute la portée?

— Dans l'immédiat, c'est un fait, je ne peux rien faire d'autre que de patienter! avait-elle finalement admis, fuyant le regard sagace de son interlocuteur. Je serai fixée le 21 septembre et je prendrai les décisions qui s'imposent, à ce moment-là.

À la question d'André quant au pourquoi de cette date précise, Janine s'était butée, ne voulant fournir aucune explication supplémentaire. Soucieux, craignant une bêtise de sa part, André réfléchissait, encore aujourd'hui, au moyen de lui venir en aide sans toutefois s'immiscer outre mesure dans sa vie privée:

« Elle vient de perdre son âme sœur à tout jamais. Elle se retrouve sans améthyste, donc dans l'impossibilité de rencontrer son engagement. Sans compter qu'elle vit une union maritale chancelante, qu'elle fait face à une belle-mère qui veut sa peau à tout prix. Mais... j'y pense! Elle fêtera son cinquantième anniversaire le 21 septembre! Ce jour-là, Janine aura exactement l'âge d'Élisabeth quand elle a reçu le talisman! C'est, ma foi, vrai. Et Janine n'a jamais caché ses sentiments à ce propos. »

Impuissant, André se rappelait encore les paroles de Janine qui soutenait, en se dépréciant ouvertement :

— Elle au moins, contrairement à moi, a été capable de conserver l'amulette toute sa vie, contre vents et marées!

« Ah! qu'a-t-elle donc en tête? Qui peut savoir, avec Janine Beaulieu! » se questionna André, inquiet, sans voir venir l'ombre d'une réponse...

***

Incapable de résoudre cette énigme dans l'immédiat, André sauta de plusieurs jours dans le temps pour atterrir à l'avant-veille. Janine avait reçu un coup de téléphone de sa belle-sœur, Claudette, la femme de son frère Serge. Neuf ans séparaient le plus jeune garçon et la cadette de la famille Beaulieu. En dépit de leur différence d'âge, c'était avec Serge que Janine disait avoir le plus d'affinités.

Fébrile, presque surexcitée, Janine avait appelé André pour lui annoncer qu'elle se rendait sur-le-champ au Saguenay, sans toutefois lui dévoiler le but de sa visite éclair. Néanmoins, la voix teintée d'espoir, elle avait confié que le ciel semblait ne pas l'abandonner. En effet, peut-être une chance inespérée de sauver son mariage se présentait-elle inopinément et elle comptait bien s'en saisir. Elle serait de retour à Magog pour l'arrivée de Rémi, prévue le 24 juillet...

En observant les magnifiques voiliers qui naviguaient sur le Memphré, comme s'ils le frôlaient d'une caresse, en les admirant voiles offertes au vent léger se mariant avec la brise de l'ouest telles de jeunes nymphes, André Giroud réalisa à quel point la présence physique de l'étrange madame Beaulieu avait, en quelques jours à peine, pris possession de sa chair, de tout son être. Devenue « son » air préféré, « sa » terre privilégiée, Janine, la femme de Rémi, lui manquait atrocement. Ainsi, sans qu'il puisse et désire même l'empêcher, André s'imagina en compagnie de Janou sur l'un de ces voiliers.

La soudaine vision de leurs corps nus, chauds, dorés et mouillés, soudés l'un à l'autre, de leurs bouches scellées l'une contre l'autre jusqu'à l'ivresse, jusqu'à l'euphorie, le chavira à tel point qu'il sentit vaciller dangereusement le grand mât de son esprit cartésien. Pris dans un tourbillon de désir fou, incontrôlable, le psychiatre perdit tout sens de direction et de volonté. C'est alors que, pendant de longues minutes, l'amant virtuel se laissa enfin porter par un fantasme d'amour... Jusqu'à cette minute, André Giroud avait réussi à refouler son désir d'elle jusque dans les moindres vaisseaux de son corps, pourtant chaste. L'absence soudaine et inattendue de celle qui occupait tout l'espace des pensées du professeur venait de rompre, le temps d'une folle escapade, les digues patiemment érigées de sa réserve, de son attente. Le vent frais du large, qui arrivait maintenant jusqu'à lui et qu'il sentait vivement sur sa peau en sueur ne fit qu'accélérer la course exaltée de son voyage intime alors que de fines gouttes d'eau, provenant des vagues qui heurtaient la coque du voilier imaginaire, venaient asperger et rafraîchir le corps brûlant de passion amoureuse des amants, exténués et comblés, complices et heureux après cet orgasme foudroyant...

Au même moment, un spasme parcourut le corps tendu du rêveur solitaire qui sursauta et retomba bêtement dans la réalité. Sans ménagement, un frisson d'évidence, glacial comme un matin d'hiver, sombre comme un linceul, vint à la fois réveiller son esprit enfiévré et mettre un terme final à son rêve d'elle. André Giroud, le psychiatre, se dit alors qu'il devenait essentiel, voire vital, pour Janine Beaulieu de ne pas tout perdre en même temps.

« C'est assez de son âme sœur et de l'améthyste. Elle ne pourrait supporter un autre échec dans l'immédiat, et elle en est tout à fait consciente. Je dois l'être également et m'éloigner. »

Par conséquent, il se sentit soudain tout bête d'avoir, pendant ces derniers jours, cru découvrir « son » engagement : mener Janine Beaulieu vers le bonheur et même, avait-il imaginé tel un adolescent, l'aider à retrouver la pierre! Qui plus est, quelques paroles lancées à la légère par Élisabeth en ce goûter de fête du 21 juin l'avaient naïvement conforté dans cette idée. En effet, quand il avait embrassé madame Payot pour lui souhaiter un heureux anniversaire, elle lui avait murmuré au creux de l'oreille :

— Je vous confie la fleur d'ombre, André Giroud. Prenez-en bien soin pendant mon absence. Vous l'aiderez à... Vous seul y arriverez!

La vieille dame avait dû couper court à ses confidences, Janine s'étant rapprochée d'elle. Mais, comme avait voulu s'en convaincre André jusqu'ici, Élisabeth avait-elle même eu l'intention d'ajouter autre chose?

« Comment ai-je pu croire un instant que madame Payot voyait à long terme? Que j'aiderais Janine à retrouver la pierre, à compléter son engagement ou

Dieu sait quoi encore? Qu'est-ce qu'on peut perdre les pédales quand on est amoureux! Et voir juste ce que l'on veut voir, entendre juste ce que l'on veut entendre! »

Au lieu d'un engagement, le professeur se retrouvait avec une phrase incomplète à laquelle il devait se décider à mettre un point final. Une phrase qui ne comprenait, hélas, qu'un simple sujet, en l'occurrence lui-même, et un verbe, un verbe d'amour. Le complément tant désiré, en la personne de l'étrange madame Beaulieu, ne viendrait sûrement jamais en parfaire le sens...

$$***$$

Une fillette chaussée de ses patins à roulettes tout neufs vint s'asseoir à côté du professeur. Essoufflée, les cheveux collés sur le front, en sueur, elle tentait de reprendre sa respiration. En exhibant d'un air fier « ses nouveaux rollers », elle interpella spontanément André:

— Hello! je viens juste de les recevoir. Je les étrenne! C'est ma fête aujourd'hui, monsieur! J'ai neuf ans! J'ai pas encore tombé, vous savez! Y a rien qui peut nous arriver de mal un jour pareil, c'est moi qui vous le dis!

Ému, émerveillé aussi, comme soudain touché par un instant de grâce mystérieux, André lui sourit et répondit d'un ton léger:

— Oui, je pense que tu as raison. C'est bien trop une belle journée que celle de notre anniversaire pour qu'il nous arrive des malheurs! Bonne fête, belle mademoiselle!

Et, tout à fait rasséréné par ces simples paroles qui tombaient à point, comme une échappée de soleil à travers les brouillards d'un jour encore à venir, un jour d'équinoxe d'automne, il se leva. L'homme s'éloigna dans la foule anonyme avec l'intention de ne pas abandonner totalement l'espoir de compléter, un jour, sa phrase en suspens...

***

Sous un soleil de plomb, au Royaume du Saguenay, une femme d'âge mûr, jadis princesse sur son rocher, s'amusait à passer par-dessus les lignes du trottoir de son enfance sans se soucier du regard circonspect des passants. Contre toute attente, en ce beau jour de juillet, Janine Beaulieu se retrouvait à Arvida, dans sa ville natale, sur la rue des Sources. Sans l'avoir prémédité une seconde, elle se voyait propulsée quarante ans en arrière à parcourir le chemin de Ladame.

Janine venait tout juste de quitter monsieur Alphonse Thériault. Suite au décès d'Henriette, il y avait de cela une quinzaine d'années, c'est lui qui avait acheté, de concert avec sa compagne, la maison familiale des Beaulieu. À l'époque, Janine aurait bien voulu en devenir acquéreur, mais ses maigres finances l'avaient alors empêchée de réaliser ce rêve. Quant à ses frères, aucun n'avait désiré prendre possession de la maisonnette qu'ils considéraient déjà comme « une vieille bicoque sans valeur ».

Le hasard voulut que Serge apprenne de la bouche même de monsieur Thériault son désir de se départir de sa demeure, vu qu'il se retrouvait maintenant « tout fin seul sans son Émilienne ».

— J'ai jamais trop mis de frais dessus, avait-il avoué. Ça valait pas ben la peine à notre âge, vous savez. Comme de raison, je vais pas la revendre trop cher!

Connaissant l'attachement sentimental de Janine pour la résidence familiale, Serge avait demandé au vieil homme s'il pouvait retarder son projet de quelques jours avant de céder la maison à un agent d'immeubles, comme il le projetait. Monsieur Thériault, qui n'avait pas l'intention de bouger vu l'absence de place au foyer d'hébergement avant l'automne, avait accepté de bon cœur d'attendre la venue de « la p'tite dernière des Beaulieu ».

En passant devant le parc de la rue Couture, Janine remarqua que les balançoires de son enfance tentaient toujours d'affirmer leur indispensable présence en cette aire de jeux pourtant désertée. Rouillées, un peu de guingois, grinçantes à souhait, mais toujours au poste, elles semblaient encore remplir leur rôle! Janine vint s'y asseoir avec plaisir. En se balançant, elle n'en revenait pas de sa bonne fortune : cette fois, elle disposait des fonds nécessaires pour conclure une entente de principe pour l'achat de sa maison d'enfance au prix ridicule de cinquante mille dollars!

« Tout ça, grâce à Élisabeth. C'est André qui va en faire une tête! Il avait encore une fois raison! »

Sur une poignée de main chaleureuse, en réitérant son intérêt indéniable – il s'agissait simplement pour elle d'en faire part à son conjoint qui revenait de Floride le 24 juillet –, en faisant promettre à monsieur Thériault de l'appeler à la moindre complication, en insistant sur son sérieux de vouloir régler le tout d'ici septembre, elle avait remercié le vieil homme de lui avoir permis de visiter la maison de fond en comble.

Un flot d'émotions et de sensations bienfaitrices avait submergé Janine tout au long de la visite. Certes, en tant qu'adulte, ne possédant plus l'œil et la taille d'une fillette, les pièces lui étaient apparues extrêmement petites. Mis à part le recouvrement des sols et des murs et la décoration en général, le couple Thériault n'avait pratiquement rien modifié aux dispositions et dimensions des pièces d'antan. L'atmosphère d'avant, au grand soulagement de Janine, y était donc toujours palpable. En revanche, le boisé derrière la demeure semblait être devenu une véritable jungle. Intriguée, elle en avait fait la remarque au propriétaire. Avec humour, monsieur Thériault avait mentionné que les jeunes d'aujourd'hui n'avaient plus de temps à perdre à jouer dans le bois et à ramasser des noisettes pour se faire de l'argent de poche :

— I ont ben d'autres chats à fouetter, ma p'tite madame! Pis, l'argent, i tombe direct du porte-monnaie des parents dans leurs poches, de nos jours! Le bois est déserté depuis belle lurette. Pus grand monde y va, vous savez. Des fois, y a quelques grands jeunes qui vont fumer...

Par conséquent, avec une frénésie peu commune, herbes, plantes sauvages et arbrisseaux de toutes sortes avaient pris le contrôle total des pistes et des sentiers d'autrefois! Pendant une seconde, Janine avait eu l'intention d'y aller se promener. Très vite, elle avait rejeté cette option; elle garderait ce moment précieux pour le jour de son anniversaire.

« Bon! il faut bien que je me décide à passer devant la maison d'Élisabeth. »

Sur cette pensée, elle se leva et parcourut la courte distance qui la séparait du lieu le plus marquant de son enfance. À peine reconnut-elle la maison qui avait vu, avec les années, un étage s'ajouter et un jardin de fleurs disparaître au profit d'une large cour asphaltée.

« C'est normal après quarante ans! J'aurais eu plus mal si elle était demeurée intacte. C'est aussi bien! »

En revanche, elle remarqua avec plaisir que l'arbre devant la maison avait résisté au bouleversement de façon magistrale et faisait fièrement office de sentinelle du temps. Il avait grandi, bien sûr, mais surtout pris de l'âge, tout comme elle! L'ombre bienfaisante générée par le haut chêne l'invita à venir se reposer sur l'herbe fraîche, contre le tronc de l'arbre. Elle ne se fit pas prier pour s'abandonner à cet appel de la nature.

***

En force, avec une rapidité vertigineuse, les émotions qui avaient suivi le décès d'Élisabeth vinrent reprendre possession de son cœur. Ah! cette tristesse qui l'avait envahie de partout, et ces larmes qui coulaient à tout moment du jour et de la nuit comme si elles avaient perdu toute retenue. Il est vrai que Janou n'avait pas promis de ne pas pleurer. L'étrangère à la potion magique, Ladame de la rue des Sources, la grande Dame qui enflammait son cœur, qui éclairait sa route ombragée, l'avait quittée définitivement. Elle n'était plus. Envolée. Cette fois, à tout jamais.

En vain, Janine avait cherché la lumière dans l'obscurité envahissante. Elle avait eu si froid les premières nuits. Tant et tant qu'elle avait désespéré de jamais retrouver un feu sacré comme celui que possédait Élisabeth. Du jour au lendemain, la faim et la soif intérieure de son enfance l'avaient rattrapée en un tour de main. Devenue l'ombre d'elle-même dans sa maison désertée, la femme de la terre et de l'air avait erré à la recherche d'une présence. « Pourquoi celle d'André plus qu'une autre? » s'était-elle maintes fois demandé. Elle avait surpris certains des regards du psychiatre. Tous empreints de compassion, d'empathie, d'amitié à n'en pas douter. Mais que venait faire parfois cette étincelle d'attente dans les yeux couleur d'émeraude de l'homme attentif et discret à ses côtés?

En cette période de deuil, bien que tout ait gardé l'apparence d'hier, Janine avait perdu ses repères. Comment se pouvait-il que sa terre lui fût devenue si inhospitalière? Qu'elle s'asphyxiât petit à petit au contact de l'air? Aucun signe pour lui venir en aide et

301

personne, cette fois, pour endormir son souvenir d'elle, pour assouvir son besoin d'ailes blanches afin d'échapper au vent mauvais. Le chemin du lac était demeuré le seul qui trouvait encore grâce à ses yeux. Aussi, Janine se dirigeait-elle invariablement vers le banc, devenu son seul lien avec Élisabeth. Parfois, elle s'y étendait lorsque les circonstances le permettaient, quand le site était déserté par les badauds et les promeneurs. Surtout au petit matin, au soleil de l'Est. Pour Janine, qui perdait la notion du temps adossée contre l'arbre de ses neuf ans, le cœur battant la chamade, le passé se confondit longtemps avec le présent...

Transportée par une grande quiétude intérieure, inspirée par un souffle naissant, sans aucun malaise cette fois, Janine Beaulieu voyagea dans le temps des automnes : celui de la rencontre en 1959, ici même, au pied du « chêne tourmenté par les lierres », et celui des retrouvailles en 1999. Dans sa tête, son âme, son corps, elle revécut les dernières semaines. Les beaux instants. Les plus difficiles aussi. Le scénario dont elle connaissait pourtant la fin lui parut toujours aussi invraisemblable. Insolite :

— À la hauteur de ma rencontre avec l'étrangère ! Ladame a quitté le monde un 21 juin ! Un jour de naissance. Et puis de mort. Un jour de feu. Et puis un jour d'eau. Son départ a été admirable, à la hauteur de son espérance, à l'image de sa vie ! ne put-elle que conclure, en se parlant toute seule.

Ce fut seulement quand un passant l'accosta pour lui demander si elle avait besoin d'aide que Janine prit pleinement conscience de son attitude inusitée. D'un sourire radieux, elle le remercia, lui assurant que tout allait bien, « dans le meilleur des mondes ».

Un coup d'œil à sa montre lui révéla que plusieurs heures étaient passées ! Quand elle se leva, elle se sentit légère, et sa pensée se dirigea vers Rémi. L'absence de son conjoint au décès d'Élisabeth ne la révoltait plus comme aux premiers jours. En réalité, elle mobilisait et ses forces et sa volonté à ne plus lui en vouloir, surtout maintenant! En la maison familiale de la rue des Sources, Janine détenait un élément qui plaiderait en faveur d'une consolidation ou d'une renaissance de leur couple. Sans parler qu'il écarterait Pierrette de Rémi, du moins sur une base plus fréquente. Compliqué d'entretenir une domination à cinq cents kilomètres! croyait Janine.

Car, chance inouïe, Rémi Lanctôt adorait cette région nordique aux forêts encore vierges, aux grands lacs sauvages et aux rivières nombreuses. Chasseur et pêcheur invétéré, amant de la nature, il n'avait jamais cessé de répéter à qui voulait l'entendre, et à Serge en particulier, qu'il viendrait, un jour, y « installer ses pénates ». Quand le couple résidait à Québec, ils y venaient presque tous les mois et logeaient chez le plus jeune des Beaulieu. Les deux beaux-frères s'entendaient très bien! À leur retour d'excursion, tout panache dehors, exhibant fièrement poissons ou gibier, ils étaient, sans contredit, les plus heureux du monde...

Janine Beaulieu n'était pas femme à abandonner si facilement. Vingt ans auparavant, elle avait pris l'engagement de traverser le temps avec Rémi Lanctôt, pour le meilleur et pour le pire : « Je ferai tout pour le respecter! Celui-là, je ne le laisserai pas m'échapper. »

Du moment présent à leur retraite, Janine se voyait donc revenir avec son mari au Royaume quand bon leur semblerait : les longs congés, les fêtes, les vacances...

— Ah! Rémi ne demandera pas mieux! se dit-elle, ravie de la tournure des événements.

L'esprit allégé, le cœur apaisé, Janine marcha d'un pas allègre vers cet automne à venir, un automne qu'elle pressentit exceptionnel. Alors, un air d'antan, tel un écho magique, monta naturellement à ses lèvres :

— Dans le vent, dans le vent, à chacun son temps...

**

D'ordinaire, Pierrette Lanctôt aurait aperçu de son œil méticuleux la branche cassée qui gisait, disgracieuse, sur la verte et tendre pelouse, et elle serait aussitôt allée la ramasser. Rien ne devait venir gâter le décor paysager et parfaitement entretenu de leur opulente propriété.

D'ordinaire, Pierrette aurait entendu de son oreille avertie la voix cassée du curieux qui émergeait, grossière, de l'onde bleue et calme et elle serait aussitôt allée le houspiller. Cette polissonne chez qui la vulgarité ne demandait qu'à revenir au galop « en d'obligées circonstances » lui aurait, avec délectation, fait un doigt d'honneur. Comme tant d'autres en période touristique, le gêneur explorait les abords du Memphré en bateau de croisière. L'embarcation, tel un voyeur d'eau douce, sillonnait le lac de l'aurore au crépuscule en fouillant sans vergogne l'intimité des villas cossues, rasant outrageusement leurs plages dorées et privées.

— Plus bourgeois que ça, tu meurs! Écœurant! pestait haut et fort ce malotru au torse nu et velu comme un singe, en pointant d'un geste appuyé la villa des Lanctôt.

Mais, en ce lendemain de la fête du Travail, l'esprit de Pierrette était occupé à de sombres pensées qui l'empêchaient de voir et d'entendre quoi que ce soit. La branche morte et le malotru velu s'en tirèrent à bon compte. Assise sur la véranda entièrement vitrée, qui offrait une vue splendide sur le lac, entourée de plantes plus exotiques et plus chères les unes que les autres, Pierrette fulminait, un verre de cognac à la main. Elle n'avait pas l'habitude de boire si tôt, mais son état d'anxiété était tel qu'il méritait bien cette digression momentanée.

Madame Lanctôt venait juste de raccrocher le téléphone après un entretien avec son mari. Elle lui avait demandé – ordonné serait un terme plus adéquat – de lui envoyer Rémi dès qu'il se présenterait à l'auberge. Son époux avait bien tenté de lui expliquer qu'il avait besoin de son fils au travail, peine perdue. Devant les mille prétextes plus farfelus les uns que les autres d'une épouse qu'il savait sur les dents, René avait vite abdiqué.

Depuis leur retour de Louisiane, rien ne fonctionnait comme prévu. Que se passait-il donc? Alors que le couple Janine-Rémi devait marcher vers une mort certaine, aussi sûre et définitive que celle de cette « envahissante madame Payot », son fils s'était subitement rapproché de sa femme. Qui plus est, Rémi la fuyait, elle, sa mère, et trouvait mille excuses pour ne pas venir la voir. Et, quand il venait, il évitait et son regard et ses questions, s'empressant de discuter affaires avec son père. Rémi lui cachait quelque chose! Et il fallait qu'elle découvre son secret avant qu'il ne soit trop tard...

— Maman? Maman! Tu es là?

Emportée par un flot de suppositions toutes issues d'une imagination débridée, elle n'avait pas entendu la voiture arriver.

— Oui! Je suis devant, à la véranda.

Pierrette eut tout juste le temps de se composer un visage à la fois courroucé et complaisant.

— Oh! Tu es bien pâle, maman! Tu ne te sens pas bien? Tu... voulais me voir?

— Oui, mon grand. Assieds-toi près de moi, nous avons à parler. Tu sais, Rémi, c'est beaucoup à cause de toi si je ne me sens pas bien, se plaignit-elle d'une voix geignarde.

— Comment ça? Papa... n'est pas satisfait de mes performances à l'auberge?

— Ça n'a rien à voir et tu le sais très bien! Nous sommes tout à fait satisfaits de ton travail, mon chéri. Papa n'a que des éloges à ton endroit. Je... je m'inquiète pour autre chose. Je n'irai pas par quatre chemins. Tu me fuis depuis notre retour de vacances. Je sens que tu me caches quelque chose, petit coquin! susurra-t-elle d'un air complice. Quelque chose d'important et que je suis « en droit » de savoir.

D'un bond, le fils se retrouva debout. Nerveux, il demanda:

— Euh! je peux t'accompagner?... pour un verre?

— Vas-y, sers-toi! mais ne change pas de sujet cette fois!

Pierrette sut d'entrée de jeu que la tâche ne serait pas facile et opta pour la précaution et la minauderie. « Il ne faut pas que je me mette en colère », décida-t-elle.

— Alors, dis-moi, où êtes-vous allés en amoureux en ce beau congé? J'espère que vous en avez bien profité, il a fait si beau, n'est-ce pas?

— Comment sais-tu que nous sommes partis?

Et vlan! il était tombé dans le panneau. Elle n'avait fait que lancer une perche et il avait de suite mordu à l'hameçon. Parfois, la naïveté excessive de son fils l'agaçait franchement. Elle aurait aimé, comme ce matin, allez donc savoir pourquoi, qu'il l'envoie carrément promener, qu'il prenne la place qui lui revenait, qu'il fasse un homme de lui... De telles prises de conscience s'avéraient – par bonheur d'après elle – rares et fugaces. Par conséquent, Pierrette, ne s'y attardant d'aucune manière, n'avait aucune chance de changer d'attitude. En réalité, cette femme au caractère d'acier, encore très belle et outrageusement féminine, dont la coquetterie démesurée confirmait un désir insatiable de séduire, qui avait fait de son âge un château fort – on croyait ferme à sa cinquantaine avancée alors qu'elle avait soixante et onze ans sonnés –, ne possédait aucun réel pouvoir. Sans cesse, tout autant que ses rides qu'elle camouflait sous une épaisse couche de fard, elle cachait ses nombreuses faiblesses – honte de ses origines, peurs de toutes sortes, phobies, sentiment d'insécurité, non-confiance en soi, etc. – sous une solide, voire indestructible carapace.

À l'instar des « êtres d'illusion », Pierrette Lanctôt, telle une habile prestidigitatrice, par moult trucages, artifices et manipulations, puisait habilement sa force dans la faiblesse des autres, et de son fils en particulier, créant ainsi de toutes pièces un pouvoir illusoire. De plus, suivant le principe de la mante religieuse, elle s'en nourrissait en quelque sorte. Et quand, par un détestable hasard, elle croisait une personne faisant partie du monde de l'autre pouvoir, soit celui des « êtres d'authenticité » comme sa belle-fille, sa carapace disparaissait comme par magie, devenant d'une inutilité désarmante! Elle devait donc s'éloigner de ces êtres, les faire fuir ou les écraser absolument. « Question de survie », aurait-elle argué.

***

— C'est normal qu'un couple ait besoin d'évasion de temps à autre! Surtout après votre longue séparation, le décès de l'amie de Janine, tes nouvelles fonctions. Cela fait beaucoup de choses en même temps, reprit Pierrette, dont les paroles paraissaient guidées par une empathie sincère. Et si je te confiais, mon petit, que je songe sérieusement à faire la paix avec ta femme. Oui, oui, crois-moi! C'est vrai, j'y pense vraiment. Je vieillis et ne veux pas me retrouver seule avec mes bibelots muets, mes bijoux en or et mes plantes, si exotiques soient-elles. Alors, où êtes-vous donc allés?

Rémi n'en croyait pas ses oreilles. Il s'attendait à une inquisition en règle, pas à toutes ces touchantes attentions! L'âge adoucissait le tempérament de sa mère: voilà ce qu'il répétait sans cesse à Janine en lui demandant de lever cet ultimatum stupide et enfantin. Pour la première fois, sa conjointe avait affirmé y réfléchir sérieusement. Et voilà que sa mère en avait aussi l'intention! Des temps meilleurs s'annonçaient à l'horizon et ce n'était pas lui qui allait brouiller les cartes favorables du ciel à cause d'une banale promesse, presque arrachée de force...

— En fait, normalement, je ne peux pas te le dire, mais...

— Oh! le coquin! Il n'y a jamais eu de secrets entre nous deux! Et je sais tenir ma langue. Si c'est une belle auberge romantique, au pied des Laurentides, j'aimerais bien le savoir! Peut-être m'y rendrais-je, moi aussi, avec ton père. On s'est un peu éloignés l'un de l'autre ces dernières années et notre intimité me manque beaucoup. Ah! les affaires l'ont toujours tellement accaparé, le pauvre homme, mais comme il faisait ça pour nous, toi et moi, impossible de lui en tenir rigueur, tu comprends? Maintenant que tu es là, les choses vont changer.

La larme qu'elle essuya du bout du doigt, si imaginaire qu'elle pût être, eut pourtant un réel effet sur son fils:

— Euh! les Laurentides... dans un certains sens, oui. Ah! et puis, je peux bien te le dire, ma belle maman qui va sécher ses larmes sans délai, c'est pas grave, après tout! On les a traversées, en fait!

— Oh! traversées!... Seriez-vous allés... au Saguenay?

— Eh oui!

— Je... je ne comprends pas? Ce n'est pas encore le temps de la chasse, il me semble?

La mère eut beaucoup de mal à cacher son

inquiétude et son irritation grandissante. Le Royaume était le terrain de jeu de sa bru, pas le sien, et Rémi adorait s'y retrouver. Qu'étaient-ils donc allés y faire un début de septembre? Depuis des années que son fils répétait stupidement vouloir y finir ses vieux jours. Plus que jamais, elle devait en avoir le cœur net.

— C'est vrai que c'est une région magnifique! Je vous comprends si bien de l'aimer! Et je vous envie même un peu, ajouta-t-elle, en minaudant et en y mettant toute la fougue théâtrale dont elle était passée maître.

— Maman, écoute bien ça! On... non... c'est plutôt Janine toute seule, en réalité. Ma femme va acheter sa maison d'enfance! Eh oui! elle est à vendre! Nous pourrons y aller régulièrement, pour la pêche et la chasse avec Serge, mais juste pour le plaisir aussi. Tu sais combien je suis fou de ce coin! Alors, ça me fera patienter jusqu'à la retraite. Mais, se rattrapa-t-il d'une voix soudain affolée, jure-moi, jure-moi de n'en rien dire! Elle m'avait fait promettre, tu comprends? Elle disait vouloir te faire une surprise et que tu l'apprennes seulement une fois les papiers officiellement signés, ce qui ne devrait plus tarder de toute façon puisque c'est prévu pour la fin du mois...

Le choc brutal de la nouvelle inattendue vint prendre la mère de Rémi par surprise et sa pensée prit vite le dessus sur les propos enthousiastes de son fils qui continuait à pérorer. « Ça alors! Ça alors! Un coup en bas de la ceinture, on dirait, madame Beaulieu! Mais tu n'as encore rien vu! Tu ne m'enlèveras pas Rémi. Oh! non. Jamais tu ne l'emmèneras avec toi dans ton royaume! Jamais! »

Même effarée, traumatisée par une telle annonce, Pierrette Lanctôt n'était pas femme à s'apitoyer sur elle-même, encore moins à se croire vaincue. Elle avait plusieurs cordes à son arc. Devant son fils, elle devait cacher sa fureur, coûte que coûte, et préparer rapidement son attaque. Même qu'un plan pervers aux flèches empoisonnées se dessinait déjà dans son carquois secret aux relents de fiel et de vengeance.

— Eh bien! en voilà une... bonne nouvelle. Mais permets-moi de te demander, Rémi : avec quel argent?

— Elle a... Janine a hérité.

En tournant la tête d'un côté puis de l'autre, comme s'il craignait soudain l'œil perçant et scrutateur de sa conjointe sur lui, Rémi avait baissé la voix pour répondre. Visiblement, il n'irait pas plus loin dans les confidences, sentant que, peut-être, il en avait déjà trop dit.

— Ah! je vois, je vois... Tant mieux, tant mieux, Rémi! Que de mystères pour si peu, Dieu du ciel! Et moi qui me faisais tant de soucis pour vous deux! Mon petit, il vaudrait mieux ne pas dire à Janine que tu m'en as parlé. Ce n'est pas nécessaire. On n'est pas malheureux de ce qu'on ne connaît pas, dit le proverbe! Euh!... Ce qui ne s'applique pas à ta maman, évidemment. Comme ça, elle ne t'en voudra pas d'avoir ébréché ta promesse de garder le secret. Tu l'as dit toi-même, et tu as raison, mon chéri, tu n'as fait que devancer la révélation de quelques jours. Et moi... moi, je ferai celle qui ne sait rien, tu peux compter sur ma discrétion. Oh!... onze heures! Déjà! Tu vas devoir m'excuser, mon Rémi, j'ai un rendez-vous avec mon... cardiologue. Eh oui! le cœur se fait vieux, lui aussi. On se téléphone bientôt et plus de cachotteries, hein, promis, mon poussin? Là, ça va, je ne t'en tiens pas rigueur, mais dans mon état, qui peut savoir, dans l'avenir, ce que tout autre secret non dévoilé pourrait avoir comme impact? Je suis certaine que ce n'était pas malintentionné de ta part et que tu vas y songer dorénavant. Allez! file, ton père t'attend!

XIII

Le cinquantième anniversaire de Janine Beaulieu arrivait à grands pas, et, paradoxalement, il s'éloignait de ses préoccupations en ce matin du 19 septembre. Ce qui occupait son esprit de si bonne heure n'était guère réjouissant et portait matière à réflexion tout autant que préjudice à sa confiance en l'avenir...

Tout allait rondement depuis le 24 juillet! Comme elle l'avait anticipé, Rémi, loin de s'objecter à l'achat de la maison au Saguenay, avait démontré un enthousiasme juvénile qui frôlait l'euphorie. Il avait bien insisté pour acheter la propriété à deux, mais Janine avait tenu tête : la maison des Beaulieu resterait entre les mains des Beaulieu, « un point, c'est tout! » C'était à prendre ainsi – elle seule posséderait les titres – ou à laisser à des étrangers. Non sans argumenter de longues heures et parfois même avec véhémence, Rémi avait finalement capitulé. Ensuite, son conjoint avait répugné à promettre un silence absolu sur la transaction immobilière et sur l'héritage. Elle lui avait pratiquement arraché cette promesse de force! Afin d'être en mesure de la respecter, avait rabâché Rémi, il devrait éviter sa mère plusieurs semaines et cette perspective ne l'enchantait guère. Mis à part ce détail sur lequel il revenait sans cesse depuis quelques jours, insinuant que Pierrette, qui se doutait de quelque chose, le bombardait sans cesse de questions, leur couple avait pris du mieux, mais pas dans tous les domaines.

Leur sexualité laissait « à désirer », c'était le moins qu'on puisse dire. En dépit de la bonne volonté de Janine de passer l'éponge sur le comportement de Rémi en juin, elle avait soudain perdu tout intérêt à la chose. Peut-être était-ce dû simplement à son absence prolongée? Janine avait l'impression que son corps refusait de suivre les directives de son esprit! Qui plus est, et elle en était la première déconcertée, depuis le retour de son mari, il lui arrivait de faire semblant. Pour le moment, Janine refusait d'y voir autre chose qu'un signe avant-coureur d'une ménopause imminente, sans plus.

Elle n'allait quand même pas s'ouvrir de ce sujet délicat à André! Alors qu'elle lui téléphonait sur une base régulière, lui ne l'avait plus appelée depuis le 23 juillet, la veille du retour de Rémi. Leurs rencontres, qu'il préférait espacer maintenant que son conjoint était de retour pour la supporter, manquaient beaucoup à Janine! Sans trop savoir pourquoi, depuis le solstice d'été, elle avait tendance à associer dans son cœur la présence d'André, voire la relation qui les unissait, à celle d'Élisabeth.

« Probablement à cause de l'expérience bouleversante du deuil que nous avons partagée ensemble! » croyait-elle sincèrement. L'idée qu'elle puisse retrouver une autre âme sœur dans un être de sexe masculin ne lui avait jamais effleuré l'esprit...

Sur l'invitation répétée de Janine à faire la connaissance de Rémi, le professeur s'excusait et remettait toujours à plus tard, en prétextant avoir pris passablement de retard dans ses activités. En revanche, il insistait chaque fois pour qu'elle garde le contact encore et toujours.

***

En ce matin de la mi-septembre, c'était un appel d'un tout autre ordre qui préoccupait Janine Beaulieu, l'inquiétant au plus haut point. Visiblement mal à l'aise, son frère Serge venait de lui téléphoner.

— Salut, sœurette! Euh! je sais pas trop comment t'annoncer ça...

— M'annoncer quoi? avait-elle subitement répondu, alarmée par le ton de la voix.

— Monsieur Thériault est venu me voir à huit heures ce matin!

— Qu'est-ce qu'il y a? Il a changé d'idée! Il ne vend plus! Ah! Non! Ah! non! Pas ça, s'il vous plaît, mon Dieu!

— Arrête un peu! Pas de panique, O.K.? Laisse-moi finir, sœurette! C'est pas ça, pas ça du tout.

— C'est quoi alors? avait demandé Janine, déconcertée.

— Il a reçu une... autre offre, Janine.

— Comment ça, une autre offre? C'est pas possible, Serge! Il m'avait juré de ne l'offrir à personne d'autre et même de ne pas en parler du tout! Jamais je croirai que tu as échappé le pot aux roses?

— Bien sûr que non...

C'est alors que Serge lui avait fait part d'un fait assez surprenant. La veille, soit le 18 septembre, Alphonse Thériault avait reçu par téléphone une offre de soixante-quinze mille dollars pour sa maison de la rue des Sources, payable comptant et ce, le 22 septembre, à dix heures tapantes.

— Mais de qui, grand Dieu? Un proche à lui? Un ami de la famille? Un voisin? Qui? avait questionné Janine, interloquée.

— Un pur étranger, Janine. Enfin, c'est ce qu'affirme monsieur Thériault. Un certain Bob Bélanger ou Boulanger, je sais plus trop! Alphonse pourra lui-même te confirmer son nom. Paraîtrait qu'il a de la famille dans le coin ici et ce serait par eux qu'il aurait été mis au courant, et comme il rêve de revenir au Saguenay depuis plusieurs années...

« Ah! oui. Le type a juste dit, en vantant la nature grandiose du Royaume, qu'il possédait lui-même une villa secondaire au bord d'un lac, le lac Massa... quelque chose, Massawi, je crois, sans plus. Il n'a pas dit où il résidait principalement. Ah! autre chose : il a demandé à monsieur Thériault de garder le secret, vu qu'il veut faire la surprise à sa famille. La sincérité du vieil homme ne fait aucun doute, crois-moi, et il tenait expressément à te mettre au courant, toi, promesse de secret ou pas. Il n'y comprend plus rien, le pauvre!

— C'est où ça, le lac Massawi? bougonna Janine, d'un ton boudeur. Pourquoi payer comptant? Pourquoi le 22 septembre? Qu'est-ce que ça signifie si monsieur Thériault n'a rien dit à personne? A-t-il précisé à cet inconnu qu'il avait déjà fait une promesse verbale de vente avec moi? Est-ce qu'il connaît des Bélanger ou Boulanger dans le coin, au moins?

— Il affirme que non. Mais tu sais comme moi qu'il est plus très jeune, il a pu s'échapper et ne plus s'en souvenir. Ah! et puis, Janine, j'en sais rien! Écoute, si tu veux mon avis, tu devrais venir toi-même régler cette affaire, si, évidemment, tu veux toujours acheter la viei... excuse, la maison des parents. Aujourd'hui même! Monsieur Thériault m'a toujours répété que sa demeure représentait l'argent de ses vieux jours en maison de pension. Il est pas riche, tu sais, et vingt-cinq mille dollars de plus, ça se refuse pas comme ça, conviens-en. Même pour tes beaux yeux, sœurette! Il m'a dit qu'il t'aurait bien appelée lui-même, mais que « c'est des affaires qui se discutent pas vraiment par téléphone ». Il a raison, à mon avis. Alors?

— O.K., je viens! avait décidé Janine, sans ressentir

le besoin de réfléchir plus longtemps. Rémi arrive pour dîner dans quinze minutes. Je le mets au courant et nous prenons la route. En fait, comme tu le sais, on devait partir ensemble pour le Saguenay demain soir. Mais bon! on ne peut pas se permettre d'attendre jusque-là, c'est trop sérieux. Nous devrions arriver chez vous vers six ou sept heures ce soir même et dis bien à monsieur Thériault que j'arrive, d'accord? Merci pour tout, Serge, je te revaudrai ça, un jour!

***

Lorsque Rémi se pointa sur la rue du Collège, ce midi du 19 septembre, il se sentait franchement tracassé. Ah! qu'il avait hâte que les papiers soient signés et qu'on ne parle plus de cette histoire. Demain, le 20, en fin d'après-midi, ils partaient, Janine et lui, pour peaufiner les derniers détails de la transaction. Le contrat devait être signé à la fin du mois. Non seulement n'avait-il pas mis sa mère au courant de ces derniers développements, comme elle l'avait exigé, mais il avait même trafiqué un peu la vérité pour obtenir son vendredi de congé. Il avait prétexté devoir organiser, en catimini, le cinquantième anniversaire de son épouse avec la famille Beaulieu qui insistait pour fêter la cadette chez eux, au Saguenay.

« Ouf! si maman savait que c'est Janine qui m'a pressé pour passer ses cinquante ans à Arvida et pas eux... Enfin, heureusement qu'il y a eu ce prétexte! Maman n'y a vu que du feu. Bientôt, plus de secrets, plus de comptes à rendre, à personne! Ah! si Janine ne faisait pas tout un plat de cette affaire, comme si Pierrette Lanctôt avait le temps de s'intéresser à une bagatelle pareille. Ma chère épouse possède vraiment le don de compliquer la vie de tout le monde. Et si j'arrivais à lui faire comprendre d'une quelconque manière que sa « terrible » belle-mère est même heureuse pour nous? Tous mes problèmes seraient réglés! »

Préoccupé à chercher une solution, Rémi se heurta les jambes dans les valises qui encombraient le pas de la porte. Sous le coup de la douleur vive, il maugréa un juron. Sans trop savoir pourquoi, cette soudaine douleur au mollet et cet encombrement inusité eurent un drôle d'effet sur lui. En un clin d'œil, comme si le destin s'amusait à lui faire un croche-pied, son entretien du début de septembre avec Pierrette prit la forme d'un bagage encombrant dans lequel il s'empêtrait de plus en plus, lui procurant d'abominables migraines qu'il cachait à Janine depuis ce jour. En réponse à cette image désagréable, Rémi perdit son sang-froid et interpella sèchement sa femme:

— Aïe! aïe! maudit! Mais qu'est-ce ce qui se passe ici, bordel? On part juste demain soir, il me semble? Pas nécessaire de prendre les nerfs quand même...

— Eh bien oui, justement! C'est nécessaire de prendre et les nerfs et le large, monsieur Lanctôt! s'écria Janine qui, alertée par le bruit et les jurons inhabituels, était accourue à la porte. On doit partir tout de suite!

Sans plus attendre, sans même lui laisser le temps d'avancer, Janine raconta en détail le coup de fil de Serge.

— Allez! Rémi, appelle vite ton père et dis-lui que nous sommes dans l'obligation de devancer notre départ d'une journée...

— Mais, Janine, tu... tu n'es pas sérieuse? objecta Rémi, d'entrée. C'est impossible, voyons. On a un gros repas demain midi, un congrès important, des Américains, et mon père compte sur moi. Non. C'est hors de question, je lui ai juré d'être là. Et puis, t'as juste à l'appeler, ce monsieur Thériault et t'arranger par téléphone, après tout. C'est quand même pas un jour de plus qui va faire la différence...

— Rémi, c'est très sérieux, comprends-tu? Invente un prétexte pour une fois, je sais pas, moi, dis que Serge a eu un accident...

— Quoi? Tu veux que je mente? Et quoi encore? J'ai assez de devoir cacher la vérité à ma pauvre mère malade...

En disant ces paroles, un violent mal de tête le prit d'assaut, comme si son imposture, tel un boomerang, revenait le frapper d'aplomb. Irritable, nerveux, rancunier, il baissa la tête en poussant agressivement une valise du pied.

— Mais laisse ces valises, à la fin! C'est toi qui es « sur les nerfs », on dirait. Encore heureux que tu n'aies rien dévoilé. Regarde ce qui arrive parce que quelqu'un, quelque part, a parlé. Es-tu bien conscient que nous risquons de perdre la maison? Le vieil homme a reçu une offre de soixante-quinze mille dollars... CASH, Rémi! C'est pas rien. Il serait fou de la refuser! La refuserais-tu, toi?

— Ma foi! non... Mais, Janine, qui peut être assez... fou pour offrir un tel montant pour une maisonnette évaluée à quarante-cinq mille dollars? C'est bizarre, non? Il vient d'où encore, ce type?

— Du lac Massawi... je crois. Bizarre, tu dis! Alarmant, plutôt. Ça paraît invraisemblable qu'il ait de la famille dans le coin, d'autant plus que Bélanger, même Boulanger, c'est pas un nom de chez nous. J'y comprends rien et c'est ça qui me chicote. Il faut qu'on y aille et tout de suite. On a peut-être encore une chance de sauver les meubles...

Déboussolé, le fils de Pierrette n'écoutait plus Janine. Car, tel un serpent à sonnette, un doute, un doute affreux était venu s'enrouler autour de son esprit, lui étouffant les méninges à lui donner le tournis. Un doute qui lui enserra la gorge jusqu'à rendre muettes ses cordes vocales. « Non, c'est impossible! Les nerfs, Rémi Lanctôt! Bélanger ou Boulanger, ça me dit rien. Y a pas de Bob, ni de près ni de loin dans le cercle d'amis de la famille. Massawi... Y a pas de lac de ce nom-là en Estrie non plus! Ouf!... »

En dépit de ce bref constat qui le soulagea quelque peu, la sueur l'inonda d'un coup. Étourdi, nauséeux, il chancela et son malaise devint si évident que Janine s'inquiéta.

— Qu'est-ce qu'il y a? Rémi, tu es blanc comme un linge!

— Euh! je crois que je couve une mauvaise grippe. Je ne me sens pas bien depuis ce matin, tu sais.

Rémi se prit à hoqueter et à tousser sans pouvoir se contrôler. Des spasmes le secouaient qui le faisaient ressembler à une marionnette démantibulée, sans fils pour la mouvoir.

— Écoute, avança-t-il péniblement entre deux toux, j'ai... j'ai une idée. Vas-y, toi! Pars maintenant et je te rejoindrai dès que je le pourrai, qu'en dis-tu?

— Hum! t'as vraiment pas l'air dans ton assiette. Ça m'inquiète de partir comme ça. Sûr? Bon! oui... oui, il faut y aller. Prends soin de toi, hein? Tu seras près de moi le 21, pour mes cinquante ans, tu me le promets? C'est important.

— Bien sûr, ma douce, je serai près de toi. Allez, vas-y maintenant et ne t'inquiète pas. Je vais m'arranger ici et retomber sur mes pieds en un rien de temps, tu verras. Et téléphone-moi ce soir, O.K.? Assez tôt, hein? car je vais me mettre au lit de bonne heure.

Rémi n'eut même pas le temps de regarder Janine s'éloigner. Il courut à la salle de bains pour tenter d'extirper, non pas un virus ou une quelconque nourriture mal digérée, mais – et il ne pouvait désormais l'occulter – les vieux restes d'une lâcheté viscérale.

***

En vue de rejoindre la 55 Nord, Janine roulait à la vitesse permise sur l'autoroute 10. Se sentant nerveuse et préoccupée, elle préférait rouler modérément. Un panneau indiqua sa direction, Drummondville, tout droit, et puis, à cinq cents mètres, une bretelle : la 410 qui menait vers Sherbrooke. Arrivée à cette hauteur, sans transition, sans prendre le temps de mettre son clignotant, elle bifurqua vers la droite et gara son véhicule sur le bas-côté.

— Y a quelque chose qui tourne pas rond... Y a quelque chose de pas correct! Il faut que je parle à André Giroud!

Sans ambages, décidant de suivre son intuition fulgurante, elle extirpa son cellulaire de son sac. Un, deux, trois coups... « Réponds, réponds... Décroche... »

— Allô? André Giroud à l'appareil.

— Ah! merci, mon Dieu! André, c'est Janine!

— Bonjour! Mais... quelle voix! Que se passe-t-il?

Sans détour, puisqu'elle avait déjà mis André au courant de ses projets immobiliers au cours de leurs entretiens téléphoniques précédents, Janine lui fit un court résumé de la situation.

— J'ai besoin de te voir, André. Tout de suite avant de prendre la route pour Arvida. Est-ce qu'on pourrait se rencontrer au petit café, celui de la dernière fois? C'est vraiment important. Tout m'échappe, André! Je sais plus trop!

— Oui, oui, évidemment. Je me libère et je pourrai y être dans... quinze minutes. Ça te va? Alors, à tout de suite! Sois prudente.

***

Sirotant un café au goût d'eau de vaisselle, jouant nerveusement avec sa cuillère, Janine attendait le professeur en regardant par la fenêtre ouverte qui laissait passer les effluves d'un été moribond. Même si les arbres ne montraient aucun signe de l'automne imminent, la luminosité, de par la position du soleil, éclairait la nature d'un angle différent, lui procurant comme un soupçon de tendresse, laissant un peu partout ses marques de lumière. Les rocailles de fleurs regorgeaient de couleurs éclatantes, faisant simplement les belles. Plus près d'elle, juste à fleur de regard, une imposante jardinière ployait sous le plus extravagant assemblage d'annuelles multicolores qu'elle ait jamais vu! Comme pour faire honneur à cette œuvre d'art, un colibri à gorge rubis, en battant des ailes, vint aspirer le nectar de toutes les fleurs couleur de feu.

« Pour certains peuples, l'âme d'un défunt est symbolisée par le papillon, mais aussi par le colibri », se rappela Janine. En songeant à Élisabeth, elle voulut voir dans l'oiseau-mouche un présage favorable. Puis, elle s'étonna de voir les rues étrangement désertées.

« C'est vrai que l'école a repris et on est un jeudi, en pleine heure de dîner. Ah! voilà André! »

Maintenant qu'il se trouvait à portée de voix, à portée de regard, Janine prit conscience du décor qui l'entourait et de sa situation, qu'elle jugea pour le moins cocasse. Elle se questionna sérieusement sur son comportement : « Mais qu'est-ce que je fais ici? Je devrais être sur la route. Qu'est-ce qui m'a pris tout d'un coup? »

Elle n'eut pas le loisir de tergiverser plus long-temps. La porte du restaurant s'ouvrit en grand, poussée par le professeur qui semblait dans une forme resplendissante. Le voir ainsi insuffla un optimisme soudain à Janine Beaulieu.

En entrant, André réalisa qu'elle avait choisi la même table qu'en juin. Consciemment ou non, là était la question! La revoir à cet endroit précis, presque à portée de cœur, fit valser mille émotions dans son être en attente et réveilla en lui l'une de ses chansons préférées.

« S'appartenir, devenir partenaires et danser... »

Ah! qu'il aimait cet air et ces mots que le compositeur et poète Corcoran chantait si bien. Pouvait-il espérer, un jour, danser avec l'étrange madame Beaulieu? S'empressant de ne rien laisser transparaître de ses sentiments – une tâche de plus en plus ardue – André rangea vite ses espoirs et ses fantasmes d'amour dans un tiroir secret de son cœur solitaire. Il se rendit compte qu'il valait mieux, effectivement, qu'il ne la voie plus du tout. Par conséquent, c'est en ami qu'il serra ses mains qu'il garda à peine plus longtemps que le permettaient les convenances.

— Chère Janine, bonjour! Quel plaisir de te revoir! Oh là là, les mains glacées que tu as! Alors, tu vas tout me raconter en détail, lentement, sans rien omettre. J'avoue que je suis perplexe, moi qui croyais que la transaction était pratiquement finalisée et que tout allait sur des roulettes!

Pendant plus d'une heure, Janine rapporta à la lettre les derniers événements. Puis, elle répondit à toutes les questions en suspens que le professeur lui posa. À la fin seulement, elle confessa :

— André, j'ai un... un très mauvais pressentiment. Tu sais ce qui me traverse l'esprit? Rémi.

— Rémi? Mais, Janine, tu m'as dit toi-même qu'il était aux anges, qu'il veut cette maison autant que toi, sinon plus, et...

— Non! c'est pas ça, excuse-moi. Ce que je veux dire c'est qu'il... Peut-être n'aura-t-il pas pu s'empêcher de tout dévoiler à sa mère? Serait-ce Pierrette qui active les ficelles? Oh! mon Dieu! Les ficelles...

— Janine... Janine! Qu'est-ce qu'il y a? Ne me perds pas, veux-tu? De quelles ficelles parles-tu?

Saisie par le souvenir de Rémi secoué de spasmes,

qui ressemblait à une marionnette sans fil, et ce, tout de suite après avoir affirmé qu'il en avait « assez de devoir cacher la vérité à sa mère », Janine ressentit un profond et inexplicable malaise. Un tiraillement entre son cœur et sa tête, entre son intuition et sa raison, la déchira plus sûrement qu'une lame acérée. Très vite, elle se ressaisit. Ce n'était pas le temps d'extrapoler et de perdre le nord. Rémi couvait une grippe, sans plus. Pour retomber de plain-pied dans la réalité, Janine eut cependant de gros efforts à fournir.

— Oh! rien, rien... Je fabulais, c'est sûrement mon imagination qui fait des siennes. Monsieur Thériault a, sans le vouloir, trop parlé et il ne s'en souvient pas, c'est tout! Il ne faut pas voir du mal où y en a pas, hein? Rémi me dirait que je m'attarde trop sur des détails sans importance, que je vois trop loin et que « j'ai tout faux » aussi. C'est son expression favorite... Bon! reprit Janine, encore indécise sur la marche à suivre et embarrassée par l'air distrait d'André, je dois y aller si je veux poursuivre ma route et arriver avant la noirceur, comme prévu. Excuse-moi de t'avoir dérangé pour si peu, cher André, mais ça m'a fait du bien de te parler et... et de te revoir aussi! C'est dommage qu'on ne se voie plus aussi régulièrement. Hé! ho!... monsieur le professeur, tu m'écoutes?

Malheureusement pour lui, le psychiatre ne l'écoutait plus. Comme il aurait aimé entendre la toute dernière remarque de Janine Beaulieu.

— Oui... euh!... non, j'ai manqué la fin, je crois. Je... C'est peut-être juste un hasard, non, ce serait trop...

— Mais qu'est-ce qui se passe, André? Tu as un drôle d'air! On dirait que tu regardes un fantôme!

— ...ah oui! c'est ça! C'est bien lui! s'exclama-t-il, soudain illuminé par une évidence connue de lui seul. Je savais bien que ce nom me disait quelque chose!

— Quel nom?

— Ton Bob Bélanger, tiens!

Sidérée, Janine le dévisagea un instant sans y croire. Pauvre homme, elle finirait par le rendre fou avec toutes ses histoires sans queue ni tête: « Un psy est un homme comme un autre, après tout, et n'importe qui y perdrait son latin. Il veut tellement m'aider! Des Bob Bélanger, il doit pas y en avoir juste un... »

— Janine, je suis sérieux! Ne prends pas cet air navré et condescendant, je ne suis pas fou, ma parole! D'après toi, chère madame Beaulieu, est-ce qu'il y en a beaucoup des Bob Bélanger qui possèdent une propriété sur le bord du lac Massawipi, à North Hatley en Estrie, et qui, de surcroît, connaissent les... Lanctôt?

***

L'élégant calendrier, en parfaite concordance avec l'antichambre cossue, affichait fièrement une neuvième œuvre impressionniste, un Monet fort probablement. En le détaillant, Janine se dit qu'elle lui associerait toujours ce 19 septembre de l'an 2000! Alors qu'à cette heure, elle devait normalement rouler sur la 20 et se trouver aux abords de Québec, voilà qu'elle se retrouvait à Sherbrooke, rue King Est, à l'intérieur d'un luxueux édifice à bureaux, dans l'étude de maître Robert Bélanger, avocat notable et futur député pressenti! Janine ne savait pas bien encore ce qu'elle ferait « après ». Sa décision découlerait de l'issue de l'entretien.

Obtenir une consultation sans avoir pris rendez-vous s'était avéré un jeu d'enfant pour Janine Beaulieu, décidée à aller au fond de cette histoire. Il est vrai que, parfois, rien ne semble empêcher la roue du destin d'avancer! Refusant catégoriquement de déranger son patron, « un avocat fort occupé par les temps qui courent et qui reçoit uniquement sur rendez-vous! », la secrétaire avait poliment mais froidement pressé l'étrange visiteuse de suivre la procédure normale, laquelle consistait à prendre un rendez-vous à l'avance, quand on désirait s'entretenir avec maître Bélanger. En feuilletant son agenda d'un regard en coin, elle avait précisé qu'en raison de la notoriété de son patron, « madame » devrait sûrement attendre un bon mois, même plus.

D'un geste décidé, Janine avait saisi un stylo qui traînait sur le bureau encombré et, devant l'air pantois de la secrétaire, elle avait rédigé à la hâte quelques mots sur un bout de papier qu'elle avait soigneusement plié ensuite. Alliant l'arrogance à la gentillesse, utilisant charisme et candeur, Janine avait alors sommé la secrétaire de le porter immédiatement à maître Bélanger, en précisant qu'il s'agissait là d'une question très personnelle, et, plutôt urgente. Quant à la secrétaire, prise de court, peu préparée à ce genre de riposte, elle avait mentalement échafaudé le pire des scénarios : l'affaire s'avérait être de la plus haute importance et elle, en raison de son inexpérience ou d'une retenue stupide, n'avait pas su prendre la décision qui s'imposait en pareil cas. Elle avait vite imaginé mille reproches; pire, elle s'était vue perdre son emploi! C'est pourquoi elle avait acquiescé rapidement et d'une manière ondoyante à la requête de l'extravagante cliente.

Lorsque Janine vit revenir la jeune femme, après avoir refermé la porte capitonnée du bureau avec un soin exagéré, l'étonnement et le soulagement se lisaient sur son visage. Même encore juchée sur ses talons, elle avait perdu toute sa hauteur du début :

— Maître Bélanger va vous recevoir dans une quinzaine de minutes, chère madame.

Un bref instant, Janine décela en elle, à l'improviste,

une Rémi aux manières féminines. Elle dut refréner un rire nerveux et le remplacer par un léger signe de tête approbateur, accompagné de son plus charmant sourire. En attendant de rencontrer l'homme à « soixante-quinze mille dollars », madame Beaulieu prit ce temps libre pour essayer de faire le point, de retrouver son calme, en dépit des circonstances extraordinaires et, surtout, pour focaliser son pouvoir.

***

Dès l'entrée, le visage du psychiatre s'imposa presque de force à l'esprit en ébullition de Janine. À la simple évocation des traits du professeur et de son nom, un sourire de tendresse et de complicité affectueuse vint embellir et adoucir sa physionomie, de sorte que quiconque, en la regardant, aurait pu la croire amoureuse. Sans miroir, difficile pour Janine de voir la figure resplendissante qu'elle affichait, comparable à celle d'une femme après l'amour. Son rayonnement était tel, à cet instant précis, qu'il fit pencher la secrétaire pour l'hypothèse suivante : madame avait une liaison avec monsieur son patron. L'urgence s'expliquait donc d'elle-même.

Inconsciente des réactions que son faciès expressif pouvait provoquer, Janine se félicitait d'avoir suivi son intuition. Décidément, André Giroud jouait un grand rôle dans sa vie en général et dans ce dénouement inattendu en particulier. Non sans humour et avec un brin de comédie – ceci afin de soulager la tension chez son interlocutrice, avait-il précisé –, André avait copié le style d'un détective chevronné qui fait part de ses découvertes à sa cliente. Fier comme un paon, en souriant de toutes ses dents, l'œil aux aguets, la voix grave et la tête penchée en avant, il lui avait confié d'un air complice qu'il avait rencontré un certain

Robert Bélanger, « Bob » pour les intimes, le mois dernier lors d'un souper-bénéfice au profit du CHUS.

Un homme intelligent et très érudit, certes. Mais un fieffé bateleur, imbu de lui-même, matérialiste, arriviste, un beau parleur qui n'écoutait que lui, d'après André. Au cours du dîner, le psychiatre avait appris, de la bouche même de l'avocat vantard, que ce dernier possédait une immense propriété gardée sur les bords du lac Massawipi, à North Hatley.

— Si vous passez dans le coin, n'hésitez pas, avait lancé familièrement Bob au cercle des médecins à sa table. Vous êtes les bienvenus. Les psy ne me font pas peur! J'arriverais à confondre n'importe lequel d'entre vous!

On murmurait qu'en tant que dauphin du député actuel, lequel ne comptait pas se représenter aux prochaines élections fédérales, Bob assistait à toutes les cérémonies, il soutenait toutes les causes, il était de toutes les mondanités dans le but de se faire du capital politique. Et, en cercle plus restreint, on soutenait que sa grande passion pour les femmes « des autres » finirait par lui jouer de très mauvais tours.

Marc Fabre assistait également au souper-bénéfice. Il avait désigné les Lanctôt à André, particulièrement Pierrette, histoire de mettre un visage sur « une représentation archétypale, celle de la mère dévorante en l'occurrence », de badiner son collègue. Et puis, juste en prenant son manteau au vestiaire, le psychiatre avait surpris l'avocat qui parlait à madame Lanctôt à l'écart, en privé.

— Je ne sais pas pourquoi, Janine, mais ils m'ont donné l'impression de très bien se connaître, avait affirmé André. Pourtant, je ne me rappelle pas les avoir vus ensemble de la soirée ni avoir aperçu l'hôtelier avec l'avocat!

Au moment où cette simple phrase mettait un

point final aux derniers scrupules de Janine, elle lui ramena clairement en mémoire toutes les cartes d'un certain tirage de Tarot, concernant la cinquième Maison de Pierrette Lanctôt, celle de ses amours : la Papesse, au centre, entourée par la Maison-Dieu, la Lune, l'Amoureux, la Justice et le Diable : toutes inversées!

Un voyant rouge, couleur de flammes éternelles, apparut sur l'appareil de la secrétaire, suivi d'un léger bip. Puis une voix lointaine, inquiète et indécise sur la marche à suivre.

« Celle d'un conducteur de Char qui n'en mène pas large, on dirait », spécula Janine, sous l'emprise de ses éloquentes figures de divination.

— Mademoiselle Dupré, veuillez introduire madame Beaulieu, je vous prie.

XIV

Chaque coup de sonnette à la porte d'entrée heurtait Janine de plein fouet, faisant chaque fois résonner en elle autant de sirènes d'alarme. Par chance, les coups commençaient à s'espacer. Le réveil sur sa table de chevet marquait dix-neuf heures et le tintamarre de la rue continuerait jusqu'à vingt et une heures au moins. Peut-être s'arrêterait-il un peu plus tôt, vu qu'aucun ornement ne décorait la demeure des Lanctôt cette année.

Dépassée par les événements qui s'étaient accélérés pour atteindre une vitesse folle dans les dernières semaines, Janine Beaulieu, étendue sur son lit, scrutait à la loupe le désastre qui l'entourait, comme pour mieux s'en convaincre. C'est ainsi qu'elle considérait toutes les caisses et les valises qui jonchaient le sol, les trous sur les murs, jadis cachés par les cadres maintenant disparus, avalés par les boîtes, les cintres qui pendaient de guingois dans la garde-robe vidée de ses vêtements, les commodes et la table de nuit de Rémi débarrassées de leurs effets, les fenêtres nues, sans toile ni tenture... La toute jeune quinquagénaire tentait désespérément de trouver un sens à ce foudroyant cataclysme, lequel, sans prévenir, lui remémora soudain une citation de Paul Éluard : « Prendre sens dans l'insensé. »

Oh! bien sûr, les boîtes remplies à ras bord paraissaient entières, mais, à bien y penser, chacune contenait une moitié d'effets seulement.

— Ah! comment trouver un sens à ce qui est divisé? soupira-t-elle, lamentable. La moitié de nos livres, des disques, des photos, de la vaisselle, du mobilier, et bientôt, de la maison. Tout un échec! Quel gâchis, quelle aberration!

Fidèle au poste, dernier bastion de communication, l'appareil téléphonique capta son attention : pourquoi restait-il désespérément muet? Comme elle aurait désiré se confier à André. Par un mauvais concours de circonstances, celui-ci était absent depuis les derniers jours de septembre. Un congrès, puis un stage sur le thème de l'hypnose le gardaient loin de Sherbrooke. Elle ne se rappelait plus quand il devait revenir.

Pour cette femme entière qui avait toujours rêvé de réaliser quelque chose d'important un jour, enviant en cela les peintres, les musiciens, les écrivains, les créateurs en quelque sorte, ceux dont Élisabeth disait qu'ils « vivaient leur parole », disséquer ces moitiés d'histoire intime correspondait à une sorte de suicide mental. Sans compter que, traîner sur ce lit défait, assommée par un calmant, un soir d'Halloween, le rimmel barbouillant ses joues tel un clown triste lui renvoyait un portrait d'elle à demi achevé : celui d'une femme à la moitié de sa vie qui se séparait de son conjoint après vingt ans de vie commune, et sans autre engagement à remplir.

Ding : automne 59. Dong : automne 99. Le destin lui avait permis de retrouver Élisabeth Payot. Oui. Le temps de quatre saisons seulement pour finir par perdre la moitié de son âme et par n'avoir droit qu'à une moitié d'engagement! Un autre coup de sonnette : certes, après moult péripéties, le destin, comme par magie, lui avait permis d'acquérir sa maison d'enfance. Mais à quoi lui servait-elle en ce soir d'illusions quand son couple était devenu fantôme?

Demain, le 1er novembre, elle quittait les terres de l'est pour celles du nord, n'ayant pas d'autre endroit où aller pour le moment. Faire le chemin inverse de son âme sœur, et à la même période de sa vie en plus, lui parut soudain de très mauvais goût et la rendit encore plus amère.

— Le jour des Morts! Toute une date! Moi qui pressentais un automne exceptionnel, railla-t-elle, d'une voix acerbe, je suis servie!

Une moitié de couple partait donc au Royaume du Saguenay, l'autre moitié ayant catégoriquement refusé d'accompagner une princesse de rocher...

**

Janine se mit à pleurer, non seulement sur l'échec de son mariage, mais aussi sur sa condition actuelle et sur « l'insensé » du poète. Très vite, elle dut se contraindre au réalisme et à l'objectivité. À l'image d'un séisme une fois lancé le mouvement inéluctable de la faille, ce chaos n'était que la suite logique d'un passé instable : « Aujourd'hui n'est qu'un hier propulsé dans le temps et demain, demain... » Perplexe, elle n'osa extrapoler davantage sur l'avenir. Elle devait se rendre à l'évidence : l'amour ne passait plus entre Rémi et elle depuis leur arrivée en Estrie, depuis la présence tenace et nuisible de Pierrette Simard, depuis le rêve. Le retour d'Élisabeth et son décès, l'imposture et la lâcheté de Rémi lors de cette période critique, l'affaire Bob Bélanger avaient laissé des cicatrices inguérissables. Son cinquantième anniversaire sans Rémi, son retour manqué, sa dernière tentative avortée avaient enclenché la secousse finale...

En cette soirée d'Halloween, alors que Janine espérait un dernier au revoir, voire une ultime tentative de réconciliation, Rémi Lanctôt avait sottement enfilé son costume de tous les jours : celui de l'homme invisible. Prétextant une surcharge de travail, il dormait à l'auberge depuis quinze jours. De toute façon, en avait-il décidé pour le bien de chacun, autant dormir ailleurs puisqu'ils n'avaient plus rien à s'aimer ! Ils se croisaient à peine quelques minutes par jour, et il arrivait même que ce fût trop !

— Comment avons-nous pu en venir là si vite ?

Un peu sous l'influence du médicament, beaucoup sous l'effet d'une âme meurtrie, Janine se leva péniblement et scruta la rue. Sous les lampadaires, au milieu du brouhaha et de l'effervescence propre aux fêtes de l'enfance, la rue fourmillait de reines et de gitanes, de clowns et de sorciers, d'infirmières et de bandits, de Zorro et de Batman. En voyant tous ces enfants rire et crier, chanter, s'interpeller à tue-tête, « se bourrer la face » de bonbons et de délices, elle s'apitoya :

« Pauvres petits, tous si bien costumés, qui se cognent le nez à ma maison aux fenêtres closes, toutes lumières éteintes, sans aucune décoration ni friandises pour eux ! »

Puis, tel un long métrage à la fin tragique, les événements qui l'avaient menée à ce 31 octobre, à cette soirée animée des seuls fantômes du passé, se mirent à colorer d'orange et de noir son esprit pâle de solitude et son cœur livide d'échec.

***

L'entretien avec monsieur Robert Bélanger s'était avéré bref, mais probant. L'homme était tel que Janine se l'était imaginé : à peine bedonnant, légèrement grisonnant, tout à fait inconsistant. Moustache, sourcils, cheveux tout aussi nets et impeccables que le complet à fines rayures, que les lunettes à fines montures.

L'apparence plus que tout, avant tout. La bourgeoisie et l'illusion au-dessus de tout. La forme, hautement privilégiée, le fond, bassement délaissé. Certainement plus jeune, mais tout aussi snob et prétentieux que sa richissime maîtresse.

D'entrée de jeu, l'avocat avait tenté de faire « celui qui ne comprend pas le but de cette visite impromptue ». Très vite, Janine avait mis cartes sur table.

— Je ne vous dérangerai pas longtemps, monsieur. Je sais que votre temps est très précieux. Si je suis ici, c'est pour vous demander de faire sur-le-champ un appel téléphonique de la plus haute importance...

Pendant un instant, Bob avait paru extrêmement soulagé, croyant qu'elle allait simplement lui demander d'intercéder en sa faveur pour un quelconque emploi ou autre banalité du genre. Mais son soulagement fut de courte durée. La note de madame, toujours bien en vue sur le bureau, s'avérait, hélas, sans équivoque :

Monsieur Bélanger, si vous ne voulez pas que votre carrière politique coule à pic avant même de l'avoir mise à l'eau, et vous retrouver à la retraite en région nordique sur une banale rue « des Sources », vous auriez grand intérêt à me recevoir.

Janine Beaulieu-LANCTÔT.

— On ne peut être plus clair, n'est-ce pas? avait décrété Janine, lorsqu'il avait éloigné de lui ce papier maudit qui semblait lui contaminer les mains aux ongles parfaitement manucurés.

C'est ainsi qu'elle avait obtenu, sans avoir à faire de l'esclandre, l'appel exigé. D'une voix sourde et hachurée, le pauvre avocat, pris en flagrant délit, avait téléphoné à monsieur Thériault afin de retirer immédiatement l'offre faite pour sa maison. Mal à l'aise devant les questions pressantes du vieil homme, il avait baragouiné qu'il s'était bêtement fourvoyé quant à l'emplacement civique de ladite propriété. Bla-bla-bla... Cela étant fait, Janine s'était levée lentement et avait posé ses conditions d'une voix sûre, et cette assurance avait incontestablement ébranlé l'homme d'illusions:

— Vous direz à votre petite amie, Pierrette Simard, de ne plus jamais s'ingérer dans mes affaires. Dites-lui bien aussi que si jamais elle recommence ses manigances, ou que je la retrouve sur mon chemin d'une quelconque manière, je n'hésiterai pas, cette fois, à dévoiler tout ce que je sais à un plus large public avide de ce genre de potins. Sur ce...

— Madame! excusez-moi, mais... comment avez-vous su? n'avait-il pu s'empêcher de demander d'une voix caverneuse, les yeux rivés sur ses élégants souliers griffés.

— Pour la maison ou pour votre liaison? avait décoché Janine d'un air frondeur, sachant pertinemment qu'il faisait référence aux deux. Il appert, cher maître, avait-elle ajouté d'un ton sciemment frivole, qu'en plus d'être en mesure de lire certaines « cartes du ciel », comme peut vous le confirmer madame Simard, j'entretiens, tout autant que vous, des relations fort intéressantes avec certains membres de hauts conseils d'administration...

« Mais, si je puis ajouter, la vantardise dont vous faites preuve concernant votre propriété à North Hatley vous aura, cette fois, joué un très vilain tour! »

***

Debout devant la fenêtre dévêtue, Janine, tout aussi dépouillée, se dit que son euphorie avait été de bien courte durée. Dans l'incapacité de voir Rémi, même en peinture, dans les heures suivantes, elle avait pris la route pour le Saguenay. Monsieur Thériault l'attendait avec une impatience et une gêne évidente.

— Ah! ma pauvre petite madame. Vous vous êtes déplacée pour rien! avait confessé le vieil homme, les yeux rivés au sol.

Avec moult détails, il avait relaté à Janine l'annulation pure et simple de l'offre de ce Bob de la ville.

— Il a téléphoné vers les deux heures, et puis Serge m'a dit que vous étiez déjà sur la route. C'était pas clair, cette affaire-là. Pourtant, j'ai pas rien inventé, je vous jure! Il m'avait bel et bien offert soixante-quinze mille dollars, vous savez. C'est sûr que c'est juste ma parole...

Janine avait préféré ne rien dévoiler des dessous réels de l'affaire Bélanger-Lanctôt. Au grand soulagement du vieillard, la cadette des Beaulieu, se disant prête à demeurer quelques jours de plus, avait fait une offre définitive pour soixante mille dollars, avec obligation de finaliser le contrat dans les soixante-douze heures.

Puis, le matin du 21 était arrivé, apportant à Janine Beaulieu une embellie dans cette période fort agitée et un cadeau à la mesure de son anniversaire : l'espoir! Elle irait sur son rocher pour recevoir les révélations concernant l'améthyste. Plus que tout autre, ce souvenir arracha un sanglot à la femme désemparée aux mains inertes, au cœur vide.

— Comment se fait-il qu'Élisabeth se soit trompée à ce point? Ah! je n'ai pas le droit de lui en vouloir. Personne n'est infaillible, surtout dans ce domaine.

Comme son âme sœur le lui avait conseillé, Janine s'était rendue à la « roche plate ». Elle avait presque craint, à un moment donné, ne plus reconnaître l'endroit précis tant le boisé avait revêtu des habits d'une autre taille! Une fois étendue, l'amulette sur son front, le chant du « frédéric » accompagnant sa concentration, elle avait fermé les yeux et s'était immédiatement assoupie. Une vision d'une brièveté insignifiante, sans aucun lien avec ses attentes, s'était vite emparée de son esprit. Elle avait vu le psychiatre étendu sur un lit. Il tenait sa main contre son oreille. Elle copiait la position d'André, mais se trouvait dans une autre couche, plus loin, ailleurs. Entre eux, une sorte de câble aux reflets violets et phosphorescents qui les reliait.

Rien d'autre!

Au réveil, elle avait bien tenté de rester là, de comprendre l'incompréhensible, de décortiquer ce rêve dans tous les sens imaginables, de faire parler l'oiseau qui gardait un silence inquiétant, d'apercevoir un nuage blanc, un seul, même minuscule, dans ce ciel désespérément vaste et bleu uniforme, de s'endormir à nouveau, mais peine perdue. Elle avait finalement abandonné tout espoir et était rentrée bredouille et défaite chez son frère.

« Je venais de revoir André. J'avais sûrement vécu trop d'émotions juste avant. Ah! et puis, c'est fini. Inutile de revenir là-dessus. »

Pendant sa courte absence au bois, Rémi avait téléphoné et laissé le message suivant à Claudette : son état ayant empiré, il dormirait encore ce soir chez Pierrette, qui tenait à le dorloter; il ne pouvait venir et rappellerait le lendemain.

— Il n'a rien dit concernant mon anniversaire. Quel con! Quel menteur! Pauvre type, n'avait pu s'empêcher de maugréer Janine dans sa colère toute légitime.

Ces invectives, au lieu d'apaiser son ressentiment, n'avaient fait que l'alimenter. Car, peu après, Rémi Lanctôt avait été seul illusionniste en scène. Aucune manœuvre d'intimidation ne pouvait être imputée à la mère dévoreuse et c'était bien là le pire des scénarios auquel Janine Beaulieu aurait cru pouvoir s'attendre.

***

Pour réfléchir et apaiser sa colère, sa rancœur et son découragement, pour ne pas agir sous le coup de violentes émotions, Janine Beaulieu avait pris le temps nécessaire, suivant en cela les conseils d'André. Non sans peine, son âme avait mis un point final à l'engagement concernant la pierre, mais son cœur était incapable de se résoudre à mettre fin à vingt années de vie commune. Avec une dernière proposition en tête, Janine avait donc repris la route pour Magog, le 27 septembre.

Elle demanderait à Rémi de quitter l'Estrie et de venir s'installer au Saguenay avec elle pour recommencer une nouvelle vie. Leur entreprise n'étant pas encore officiellement dissoute, ils n'auraient qu'à se refaire une clientèle. La région, de par ses nombreuses « associations nature », leur offrirait grandement de quoi subvenir à leurs besoins, sans compter qu'il restait encore une large part de l'héritage d'Élisabeth, en plus de l'argent de la vente de leur propriété, rue du Collège.

C'est là que le nom même de la rue « des Sources » avait pris un sens précis à ses yeux:

— Quoi de plus significatif que de remonter aux sources quand l'eau de vie et de sagesse s'épuise? Voilà certainement pourquoi, après toutes ces péripéties, j'ai pu faire l'acquisition de cette demeure, s'était-elle dit. En fait, les manigances de Pierrette Simard n'auront fait que provoquer les événements en ma faveur.

Janine ne ferait nulle mention de sa rencontre avec maître Bélanger, l'amant de madame Lanctôt. D'avoir utilisé une révélation à ses propres fins la mettait plutôt mal à l'aise, bien qu'elle fût directement concernée, et elle n'irait pas plus loin sur ce sujet. Elle n'en avait jamais eu l'intention, d'ailleurs.

Quand la jeune quinquagénaire avait aperçu la maison blanche ainsi que Rémi, bronzé et décontracté, qui portait négligemment un jeans usé jusqu'à la corde, les manches de chemise repliées jusqu'au coude comme aux premiers jours de leur rencontre, son cœur avait bondi. À le voir remplir avec soin les mangeoires d'oiseaux, elle avait sincèrement cru que l'espoir était permis. Sa proposition, qu'elle jugeait sensée, serait bien accueillie. La douceur de cette soirée de septembre promettait d'être belle, à la hauteur de ses attentes, à la hauteur de leurs retrouvailles. Janine Beaulieu, qui ne rêvait que d'authenticité, désirant suivre les traces d'Élisabeth et marcher dans les pas de l'intention de vérité, ne voulait plus, pour rien au monde, avoir à faire semblant, en quelque domaine que ce soit.

***

En ce soir d'Halloween, Janine se demanda si elle n'avait pas simplement fait un cauchemar. Elle retourna s'étendre sur son lit, non pas pour dormir, mais pour tenter encore et encore de comprendre...

Sans qu'elle ait eu le temps de prononcer un mot, à peine sortie de la voiture, Rémi l'avait invectivée de reproches :

— Voilà que madame se décide enfin à rentrer! Pas trop tôt.

— Qu'est-ce qui te prend de m'accueillir comme ça? Qu'est-ce qui t'arrive? Tu sais bien que je suis restée pour finaliser l'achat de la maison, Rémi Lanctôt! Enfin, c'est chose faite et...

— Tu peux le dire : enfin! Te rends-tu compte que tu as fait tout un plat d'une simple bagatelle? Un peu plus, si je t'avais écoutée et si j'avais embarqué dans ton délire, j'aurais non seulement perdu l'estime et la confiance de mon père, si chèrement acquise, mais j'aurais aussi manqué un important congrès...

— Écoute, Rémi, avait objecté Janine dans l'espoir de calmer le jeu, d'abord, ce n'était pas une bagatelle...

— Arrête, veux-tu! Tu vois pas que c'était de la pure invention de la part du bonhomme Thériault pour faire monter les enchères? T'es tellement naïve et gourde parfois, ma pauvre Janine. Et pas douée pour les transactions immobilières : le vieux a plus de tours dans son sac que toi, on dirait. Soixante mille dollars pour une bicoque!

« Et puis, pourquoi pas t'avouer autre chose, tiens, maintenant que ton affaire est réglée? avait-il ajouté d'un ton empreint d'une sourde amertume. Madame voit tout, hein? Eh bien! madame a jamais vu que j'avais mis ma mère au courant. Ah! ah! Tu te laisses aller, on dirait. Je... laissons faire les détails, c'est pas important. De toute façon, Pierrette se doutait de quelque chose. Tu sais quoi? Ta belle-mère était heureuse pour nous. Oh! t'as beau prendre l'air de celle qui n'en croit pas un mot, comme d'habitude, mais moi, je peux te dire que tu te trompes. La preuve, il est rien arrivé à « ta précieuse maison » à cause d'elle, que je sache! Dire qu'en plus, elle voulait faire la paix.

— Quand ça?

— C'est ce qu'elle m'avait avoué au début du mois, et sa sincérité ne faisait aucun doute. Comme elle se montrait dans de bonnes dispositions envers toi, j'avais décidé d'y mettre du mien en lui divulguant « notre » secret. Je ne l'ai donc pas fait gratuitement et bêtement, comme tu dois certainement le penser! Mais là, c'est tout gâché et par ta faute, avait-il marmonné d'une voix enfantine entre ses dents serrées.

— Explique-toi, Rémi, avait riposté Janine d'une voix posée. Qu'est-ce qui l'aurait fait changer d'idée, d'après toi?

— Figure-toi donc que j'en sais rien! Et c'est ça le

pire, avait-il maugréé d'une voix qui frisait le burlesque. Quand tu es partie, alors que j'étais malade comme un chien, je te ferai remarquer, je lui ai avoué le lendemain qu'étant donné que tu étais sur place, tu en profiterais pour finaliser la transaction...

— Et?

— À cause de son cœur fatigué, elle m'a dit préférer, dans l'avenir, éviter tout sujet de discussion qui pourrait la perturber. Elle était épuisée de devoir toujours prendre ma défense et il était temps que je gère ma vie personnelle comme je l'entendais. « Tu dois faire tes choix toi-même, tu es assez grand, ma parole! » s'est-elle soudain indignée, presque en colère contre moi.

« Quand je lui ai demandé si elle allait faire la paix avec toi, comme elle en avait montré l'intention, elle a renvoyé ça aux calendes grecques. Je suis sûr qu'il s'est passé quelque chose et qu'elle ne veut pas m'en parler. Je ne la reconnais plus. Elle doit avoir eu des révélations terribles, la pauvre. Son cœur...

— Quoi? De quel cœur parles-tu, l'organique ou l'émotionnel, si tant est qu'elle en ait un? n'avait pu s'empêcher de décocher Janine, suite aux conclusions invraisemblables que Rémi avait tirées à l'aveuglette.

— J'ai pas envie de rire, t'es pas drôle, Janine Beaulieu! Ton humour noir est indigne d'elle! Son cœur physique, voyons!

La jeune quinquagénaire ne se rappelait plus les termes exacts de la conversation qui s'était poursuivie jusqu'à tard...

« Au moins, madame Simard a bien reçu mon message, via son avocat d'amant et elle l'a fort bien compris! » spécula Janine dans une sorte de réconfort doux-amer.

Puis, elle revit Rémi qui s'était abruptement replié sur lui-même, s'évadant dans un mutisme éloquent.

Devenu taciturne et avare d'amour, il n'avait montré aucun désir d'elle, se fermant à toute tentative de rapprochement. Sans lui poser une seule question concernant le déroulement de son anniversaire, ou tout autre sujet, il avait jeté son dévolu sur une bouteille de cognac et sur le sofa du salon. Admettant volontiers que son conjoint devait se retrouver perdu sans Pierrette pour stimuler sa pensée, pour activer ses gestes ou pour faire ses choix – Rémi expérimentait en cela ses premiers vrais instants de libre arbitre –, Janine avait décidé de laisser passer deux ou trois jours avant de lui faire son ultime proposition.

***

Rien de ce qu'elle avait espéré n'était arrivé. En fait, l'inverse s'était produit.

Devant le projet de Janine, qu'elle avait exposé d'un ton calme et pondéré, dans les termes les plus positifs, faisant preuve de la meilleure volonté du monde et sans jamais mettre quiconque en cause, Rémi s'était bien gardé d'afficher quelque réaction ou émotion que ce soit. Impassible et distant, il avait simplement réclamé quelques heures de solitude pour faire le point. Le dénouement était vite apparu aux yeux de Janine : il était trop tard ! Comme le soleil qui déteint les tissus, l'âme de son mari avait déteint au contact répété de Pierrette Simard.

— Avant de te faire part de ma décision, je tiens à te dire que je n'ai subi aucune influence. Je l'ai prise, seul. J'insiste pour que ce soit tout à fait clair dans ton esprit si prompt à sauter aux conclusions, l'avait-il avertie d'un ton cassant et désagréable, lequel, à lui seul, présageait de la suite, aussi sûrement qu'un vent d'est apporte une tempête de neige en hiver.

« Rémi aurait même pu passer outre cette mise au

point. Pour une fois, une première fois, je n'avais aucune raison de douter de ses paroles », songea Janine avec stupeur et regrets.

S'attendant à cette proposition, son conjoint avait déjà pris la semaine pour y réfléchir et sa réponse n'avait donc pas tardé. Il avait non seulement refusé, mais il avait revendiqué la séparation! Quelles raisons avait-il données au juste? Oui, qu'elle n'était qu'une égoïste, qu'elle n'était pas « du monde normal ».

« C'est à dessein qu'il a repris les termes exacts de ma mère. Quelle lâcheté! Quelle bassesse! »

Supporter les nausées de Janine de si longues années avait exigé de sa part un tour de force hors du commun et, finalement, l'avait vidé et épuisé. Il avait fait remarquer au passage que peu d'hommes auraient été capables si longtemps d'une telle abnégation. Quand elle avait commencé à faire le rêve à leur arrivée en Estrie et que leur vie était devenue franchement invivable, ne lui avait-il pas proposé de repartir vivre à Québec? N'avait-elle pas refusé, alléguant simplement que ce stupide rêve avait une raison d'être et devait la conduire vers l'éveil d'une espèce de « mission »? Oui, il ne pouvait nier qu'elle avait été investie d'une sorte d'engagement – malgré que ce fût beaucoup dire, à son avis, et surtout très prétentieux –, mais elle n'avait même pas été foutue de la garder, cette satanée pierre.

Maintenant qu'il n'avait plus à supporter jour et nuit ces nausées absurdes, que l'amnésie était chose du passé, que la vieille Française reposait au pays des cieux, que Janine pouvait désormais s'occuper de lui seul – comme il était en droit de s'y attendre vu l'engagement qu'ils avaient pris ensemble –, qu'il avait une situation enviable, qu'il pouvait se payer tout ce qu'il désirait et obtenir tous les congés et privilèges imaginables vu son statut de fils du PDG, c'était elle, madame Beaulieu, qui avait décidé que le temps était venu de partir?

— Eh bien non! Non... et non! Trop facile, ma chère madame Lanctôt! avait-il vociféré d'un drôle d'air. Un air jouissif. Un air franchement malsain.

C'est alors que Janine avait réalisé à quel point Rémi prenait un plaisir anormal à rendre au centuple et au hasard tous les coups qu'il avait reçus, les injures, les chantages, les manigances dont il avait été victime jusqu'à ce jour. Et ce comportement névrotique, exhibé au grand jour, avait poussé Janine à taire la vérité et l'avait aussi décidée à partir sans plus rien tenter pour récupérer Rémi Lanctôt.

« Il prenait son pied comme jamais il ne l'a pris! » constata Janine, encore estomaquée.

Quoi d'autre?... Ah! oui. Rémi demeurait persuadé que les fantasmes de madame étaient loin d'être terminés. Elle recommencerait bien, un jour ou l'autre, à fabuler sur l'améthyste ou autre stupidité du genre et à devoir consulter psys et charlatans. C'est pourquoi il avait donc décidé de refuser d'emblée et d'avance une « rechute prévisible », aussi hypothétique puisse-t-elle paraître dans l'immédiat. Il en avait marre de ces salades, de ces ultimatums à la con, de ces mensonges et dissimulations qu'il se voyait constamment « obligé » de commettre, soit pour plaire à l'une, soit pour ne pas rendre l'autre malade.

— C'est toujours à moi de m'occuper des autres! Personne ne voit tout le mal que je me donne constamment pour protéger l'harmonie familiale. Et si notre couple a duré si longtemps, c'est bien parce que moi, je l'ai voulu! avait-il déclaré en faisant des simagrées ridicules.

Finalement, avait-il conclu, il n'oublierait pas Pierrette Lanctôt, même si celle-ci, en toute humilité, insistait pour se tenir résolument en dehors de tout ça. Cette femme au cœur malade qui lui avait avoué au début de septembre vouloir se rapprocher de son mari, tellement accaparé par le travail toutes ces dernières années. Maintenant que Pierrette pouvait compter sur son fils unique, il l'abandonnerait, comme ça, juste pour une lubie d'épouse gâtée, de femme-enfant incapable d'attendre quelques années de plus pour une retraite dorée? Non! il ne voulait ni ne pouvait s'y résoudre.

— Le fait, justement, que maman me laisse libre de choisir, sans m'influencer d'aucune manière, va jouer en sa faveur pour une simple et bonne raison: elle le mérite! Ma mère n'a jamais été et n'est pas telle que tu as toujours persisté à la voir. C'est une honnête femme qui non seulement aime son mari et son fils unique, mais qui leur dédie toute sa vie. Elle, au moins, fait partie du monde normal. Et c'est à ce monde-là que je veux appartenir, moi!

« C'est elle qui a toujours vu juste en ce qui te concerne. Maintenant, c'est à mon tour de « voir clair » tout seul, on dirait. Il faut croire que le vent a tourné, Janine, et il m'éloigne de toi. Vas-y croupir dans ta bicoque et te lamenter sur tes rêves d'enfance perdus, sur tes chimères spirituelles, sur tes bizarreries d'engagement à la con. Va te cacher dans ton Royaume. Car c'est de ça qu'il est question, non? Tu pensais sincèrement que j'allais me mettre à dos mes parents et courir le risque de passer à côté d'un héritage faramineux? Juste pour tes beaux yeux? Alors, c'est que tu me connaissais très mal. C'est fini entre nous. Un point, c'est tout! »

Sur ces sombres pensées, Janine Beaulieu, épuisée, vaincue, désorientée, finit par s'endormir.

***

Une alternance de cauchemars, de brusques réveils et de rêves vint meubler sa dernière nuit dans la petite

344

maison de la rue du Collège. Ici, la figure de Rémi se confondait avec celle d'Henriette Tremblay, sa mère. Là, leurs deux visages se retrouvaient serrés dans une citrouille aux formes hallucinantes qui copiaient celles de sa belle-mère. Plus loin, leurs bouches, réunies de façon grotesque, se moquaient d'elle en hurlant à tue-tête qu'elle n'était qu'une égoïste et rien d'autre. Toujours, en arrière-plan, le rire dément de Pierrette Lanctôt fusait et pétaradait tel un feu d'artifice raté.

Presque au lever du jour, juste avant le soleil de l'est, le doux visage d'Élisabeth, éclairé par une onde lumineuse, apparut enfin, chassant toute cette laideur nocturne et cauchemardesque. Contre toute attente, ce fut la voix réconfortante du psychiatre qui sortit de sa bouche en reprenant les paroles d'accompagnement de Janine lors de l'envol de son âme sœur :

« Quand il ne reste plus rien à dire, c'est que tout reste à faire. Quand il ne reste plus rien à mourir, c'est que tout reste à vivre. »

Là-dessus, Janine se réveilla en sursaut. « Mais quand vont-ils arrêter de sonner pour des bonbons ? » Telle fut sa première réaction. Assommée, elle ne réalisait pas que c'était la sonnerie du téléphone qui l'avait tirée de son sommeil. Totalement dans les brumes, elle tourna lentement la tête pour chercher à connaître l'heure : six heures.

— Voyons donc ! Ça se peut pas ? Six heures du matin ? Oh ! mince, c'est pas la sonnette d'entrée, c'est le téléphone.

Elle se rua sur le combiné, mais trop tard. On venait de raccrocher au moment même où elle allait décrocher.

— Qui peut bien avoir appelé à une heure pareille ? Pas Rémi en tout cas ! À moins que ce ne soit pour les filles ? Bah ! si c'est urgent, ça va sonner de nouveau dans pas longtemps. Probablement une erreur de numéro. Aïe ! ma tête !

Étrangement, en dépit d'une migraine atroce et d'une nuit mouvementée, elle se sentait calme et assez reposée. Elle allait se lever quand le téléphone sonna de nouveau. Cette fois, figée, elle le regarda avec appréhension en songeant à ses propres réflexions d'inquiétude un peu plus tôt. Elle finit par décrocher le combiné et répondre d'une voix ténue et anxieuse:

— Ou... i? Ici, Janine Beaulieu... J'écoute?

— Ouf! fit d'abord l'interlocuteur, visiblement soulagé. Bonjour, Janine. André à l'appareil.

— ... André... Giroud?

— Giroud, oui, c'est toujours mon nom à ce que je sache, répondit-il, enjoué. Aurais-tu trouvé le temps de connaître un autre André depuis mon départ? Euh! je ne voudrais surtout pas « vous » déranger, reprit-il d'un ton plus sérieux. Je peux rappeler plus tard, si tu préfères...

— Je suis seule, André. Rémi... n'est pas là. Alors, tu es revenu depuis longtemps?

— Euh! je suis rentré chez moi, il devait être dans les environs... de minuit, je crois bien, avoua-t-il, gêné.

— Tu veux dire... que tu es revenu des États-Unis la nuit dernière? Et tu m'appelles à six heures ce matin? Ça pouvait pas attendre? Oh! c'est pas grave, tu sais, reprit-elle pour atténuer ses propos teintés de reproches, et ça me fait vraiment plaisir d'entendre ta voix, mais tu me surprends. Quelque chose ne va pas, André?

Un silence se fit. Automatiquement, Janine l'associa aux intervalles silencieux qui prenaient naturellement leur place sur la portée des saisons entre Élisabeth et elle. Sans raison, elle sut qu'elle devait lui dire, tout de suite, pour Rémi. Alors, elle lui fit un bref résumé des dernières semaines, de sa situation actuelle, terminant par l'annonce de son départ prévu pour le Saguenay, dans la matinée.

Comme il ne répondait pas, elle finit par demander :

— André? Tu es toujours là? Mais qu'est-ce qui se passe, ma parole? Tu ne m'as certainement pas appelée à cette heure matinale juste pour m'annoncer ton retour et puis garder un silence de mort à l'autre bout du fil? questionna-t-elle, déconcertée.

— Non, bien sûr. Excuse-moi! Je suis désolé pour toi; je sais combien cet... engagement te tenait à cœur. Je t'appelais pour...

— Mais pourquoi? Pour me raconter un rêve peut-être? décocha-t-elle à la rigolade. Monsieur le psychiatre aurait-il besoin d'aide pour en comprendre le sens?

— Oui! Tout à fait, Janine, répliqua-t-il sérieuse-ment. Tu tombes pile. Car j'ai rêvé de toi.

— Ben voyons! T'es pas sérieux, là. Tu me fais marcher? Je disais ça à la blague.

— Non! non... Écoute, écoute-moi bien. C'était pas un rêve... normal. Enfin, bref. J'ai vu une fillette...

— Qui prouve que c'était moi? le coupa-t-elle d'entrée, craintive, mal à l'aise, comme sous l'influ-ence d'un pouvoir qui allait bien au-delà de la réalité du moment.

Devant l'impossibilité de contrôler l'état second qui s'emparait d'elle, Janine Beaulieu décida de s'aban-donner à l'instant. Elle se mit à ressentir vaguement une situation de déjà vu sans arriver encore à y mettre un nom, un lieu, un temps.

— Mais laisse-moi finir! objecta André, d'une voix complice mais ferme. C'était toi, je te dis, puisque la chevelure de l'enfant... enfin, ses cheveux avaient la forme des bourgeons du tremble. Une source coulait devant une maisonnette en forme de citrouille! Si ces détails ne te paraissent pas assez révélateurs... Bref, tu y es entrée et tu as emprunté un escalier qui menait à la cave. Une fois là, tu as ouvert des boîtes ou des coffres remplis de vieux vêtements. Tu en as choisi, mais avant de les passer, tu as enlevé ceux que tu portais. Janine... Janine...

— Mais quoi? Tu me fais peur à la fin!

— Tu... tu portais l'améthyste à ton cou.

D'un coup, Janine se sentit étrangement « réveillée ». Pendant qu'elle émergeait d'un sommeil vieux de quarante annécs, elle se revit sur la colline au Saguenay, et sa vision du 21 septembre lui revint dans les moindres détails.

— Et? s'enquit-elle alors d'un ton plus affable.

— Et tu as enfilé des vêtements féminins, trop grands pour toi, et tu portais des talons hauts aussi, comme dans LE rêve, tu vois? Tu admirais ton déguisement et tu paraissais heureuse et enjouée. L'améthyste à ton cou brillait de mille reflets et produisait autour de toi un halo violet, créant une aura de mystère. La vision était d'une rare beauté, avoua finalement le psychiatre de façon candide. Puis, j'ai entendu des pas et une voix de femme exaspérée qui t'appelait. Tu as brusquement enlevé la pierre d'un geste fébrile et... et... c'est devenu le noir total. Ah! je suis désolé, désolé, c'est ainsi que le rêve a pris fin.

— Et... Et je l'ai cachée!

— Co... comment le sais-tu? s'écria André, incrédule.

— André! André! André! se mit à répéter Janine comme si ce nom à lui seul contenait tout l'espace, tout le temps, toute la beauté, toute la mémoire et tout l'espoir du monde.

À l'autre bout du « câble aux reflets violets », André Giroud, étendu sur sa couche, venait de redonner couleur au dernier souvenir effacé de cette matinée du 31 octobre 1960, quand la petite Jeannine Beaulieu âgée de dix ans se préparait pour l'Halloween. En entendant sa mère arriver, apeurée, craintive, ne voulant pas dévoiler son secret si jalousement bien gardé jusque-là, Janine avait immédiatement enlevé le collier de son cou et l'avait dissimulé au fond d'une des tablettes du haut placard de la cave de sa maison d'enfance.

— Je n'y ai plus jamais songé, André. Je pense qu'en me départant de l'améthyste, mon dernier lien avec Ladame, j'ai ainsi contribué à l'effacer de ma mémoire. C'est à partir de là que son mantra sur la colline a sûrement commencé à faire effet, à partir de ce même instant. Mais...

— Quoi? Pourquoi cette voix inquiète soudain? N'est-ce pas... extraordinaire? Fabuleux, magique? Inespéré? Ouf! N'es-tu pas... heureuse? questionna le psychiatre, encore lui-même sous le choc d'avoir été le déclencheur de ce phénomène mystérieux, peut-être inexplicable, mais si rassurant et bienvenu après les sombres révélations de Janine en début de conversation.

— Rien ne prouve qu'elle soit encore là, André Giroud! corrigea soudain Janine d'une voix sévère. Dire qu'en juin, je suis descendue à la cave. Le placard y est toujours, ça, c'est sûr! Dois-je te rappeler que quarante années ont passé et que bien des choses ont pu arriver depuis ce jour? Les Thériault ont probablement viré la maison de bord quand ils en ont pris possession...

— Chère, chère madame Beaulieu! murmura André d'une voix empreinte de magnanimité et de patience, faisant fi des dernières appréhensions de son interlocutrice et de leur connotation négative. C'est évident qu'elle y est encore!

Un court instant, Janine se laissa porter par l'incommensurable tendresse et la conviction qui avaient percé dans la voix et les mots du psychiatre. Toutefois, la détresse des heures précédentes, encore tangible, au potentiel hautement nocif, vint faire obstacle à toute accalmie, éloignant ainsi l'espérance. Janine sentit un remous colossal, d'une puissance féroce, prêt à l'aspirer à nouveau dans les profondeurs du désespoir. D'un ton amer et accablé, elle reprocha tout de go à André son optimisme exagéré et, de façon à peine voilée, elle s'étonna de cet « égarement déraisonnable qui ne lui ressemblait guère ». Pourquoi se faire des illusions? Ah! elle abhorrait les mensonges, les êtres d'illusion, le monde soi-disant normal. Sa mère d'abord et Rémi, ensuite, devaient sûrement avoir raison, va : elle n'était qu'une égoïste. Ah! et puis, elle n'en pouvait plus de se tromper, de se faire tromper, de faire semblant. Elle se reprochait d'exister à moitié, de vivre à cheval entre le rêve et la réalité, d'avoir choisi un engagement avare d'essentiel au profit d'une matérialité soudain prodigue...

— Janine! Janine! arrête, tu te fais du mal, lui conseilla André d'un ton indulgent.

Il laissa passer quelques instants avant de reprendre :

— Après tout, il est très tôt et peut-être madame n'est-elle pas complètement réveillée? suggéra-t-il alors d'une voix conciliante, légèrement espiègle. Dans ce constat sévère et pas très objectif, je crois sincèrement que tu oublies une révélation fondamentale, une révélation qui t'a abondamment prodigué l'essentiel et ce, pendant très longtemps, cinq longues années, en fait. Janine Beaulieu!

Dans un geste retrouvé, lequel, plus que toute parole, apaisa Janine, elle baissa la tête et attendit la suite. Elle comprit qu'à l'instar d'Élisabeth, André Giroud éclairait maintenant son chemin d'ombre.

— Tu oublies le rêve, Janou! La vieille porte, les reflets violets. Tu oublies la lumière du rêve...

XV

Installée à l'ombre du grand platane, un livre à ses côtés, indécise sur la stratégie à adopter, Janine Beaulieu observait les quelques nuages veules qui parsemaient le ciel. Elle savourait ce moment rare qui ne se produisait que lorsque les vents arrivaient du sud. Car le mistral et la tramontane, ces courants du nord aux souffles tenaces et aux rafales violentes, en écartant tout sur leur passage, colorent le ciel de Provence d'une couleur unique : le bleu, le bleu à perte de nuages !

« Ah ! quand reverrai-je mon pays ? » C'était la première interrogation de la Québécoise en ce début d'après-midi de septembre 2002. Après deux années d'exil, Janine ressentait un besoin presque physique – comme si, vraiment, elle se trouvait en manque – de retourner sur sa terre natale, de marcher sur ses chemins familiers.

« Et si ça devait prendre des années avant de rencontrer cette enfant ? se demanda-t-elle, dubitative. Il faut quand même que je garde des sous en prévision de l'avenir ! Et, au rythme où j'ai vécu ces derniers mois, le pécule laissé par Élisabeth fond plus vite que prévu ! » réalisa-t-elle, soudain perplexe... Il y avait bien eu cette vision fugitive d'une enfant plus pâle qu'une lune blanche, plus chétive qu'une tige de roseau, le jour où Janine installait ses pénates dans la grande bastide rose. Mais n'ayant jamais aperçu la fillette de nouveau depuis, Janine se demandait si elle l'avait réellement vue ce jour-là ou simplement imaginée. Que penser de ce mas provençal au cœur du village de Châteauneuf où Janine avait enfin trouvé refuge à son goût, en mars 2002? Heureuse coïncidence, jeu des lignes ou synchronicité? Quoi qu'il en fût, croyait Janine, il ne pouvait mieux convenir vu sa situation extraordinaire : rue Émile-Zola, l'auteur de *La Terre*, cet élément dont avait tant eu besoin Élisabeth Payot, son âme sœur, au lointain printemps de ses neuf ans. À l'affût du moindre signe, Janine Beaulieu ne pouvait s'empêcher d'espérer que la terre sur laquelle elle se trouvait présentement s'avérerait la bonne. De plus, ne devait-elle pas tenir compte de cette gitane camarguaise et de son étrange prédiction peu après son arrivée dans l'Hexagone?

En dépit de tous ces éléments annonciateurs, les jours et les mois s'écoulaient sans que la rencontre eût lieu et, dès lors, la Québécoise commençait non seulement à douter du bien-fondé de sa migration, mais à se languir de la Belle Province.

De loin, elle aperçut le facteur qui la saluait de la main, en passant tout droit.

« Encore pas de lettre d'André? Peut-être, si j'étais restée... peut-être se serait-il passé quelque chose entre nous? Qui peut savoir? Comment ne pas voir son désarroi quand je lui ai annoncé mon départ? Quoi qu'il en fût, j'étais loin d'être prête à entrer dans une nouvelle relation. Et il l'a compris comme moi. Ça fait sûrement trois mois que je n'ai pas reçu de ses nouvelles! Déjà. Cette année, tiens, il a oublié mon anniversaire. Ah! cela devait arriver un jour ou l'autre. Je suis partie si loin et pour un temps indéterminé, en plus! »

De son panier, l'odeur de la lavande séchée s'évadait pour embaumer l'air. De son esprit, les souvenirs s'évadèrent un à un pour vider sa mémoire...

***

La décision de partir pour la France avait été prise sur un coup de cœur aux derniers jours d'un novembre gris et pluvieux de l'an 2000. Tel qu'André Giroud l'avait anticipé, le rêve n'avait pas menti et, contrairement à ce que Janine avait avancé, l'engagement n'avait pas été avare d'essentiel. Dans un coin gauche du haut placard, coincée entre une tablette basse et le mur, à l'abri de tout regard et de tout contact, endormie et indemne, encore plus belle que dans son souvenir, l'améthyste attendait résolument et patiemment le retour de son héritière. La joie de Janine avait été indescriptible, et presque insoutenables toutes les émotions qui avaient suivi sa découverte, tant leur débordement faisait preuve d'une puissance occulte inouïe. En premier lieu, elle avait longuement admiré la pierre pour ensuite la caresser avec respect et amour. Puis, avec délicatesse et solennité, elle avait, en tremblant, porté le lacet de cuir à son cou, recréant du même souffle le contact privilégié avec son âme sœur. Finalement, assise à même le béton humide de la vieille cave, encore conforme à ses souvenirs d'enfance, Janine avait appelé celui grâce auquel ce moment de grâce avait été rendu possible.

Tels des adolescents, André Giroud et elle avaient partagé un enthousiasme juvénile, et, une autre fois, ils avaient vécu, ensemble, un moment inoubliable.

« Petit à petit, à notre insu, posions-nous les balises d'un chemin encore invisible au regard de notre cœur? Du mien, en tout cas, puisque je ne puis répondre pour lui. Ai-je eu raison de partir? Il me semblait pourtant que l'améthyste était l'unique intention de notre rencontre. »

D'une main fébrile, par habitude, par besoin de certitude, de sécurité, de réconfort, en passant ses doigts sur sa poitrine, Janine chercha la pierre.

— Arriverai-je à me faire à son absence un jour, si je devais la donner? spécula-t-elle, en la caressant...

* * *

Dès la première nuit dans la maison de la rue des Sources, Janine Beaulieu s'était mise à rêver de Provence. Celle de Pagnol et de ses personnages légendaires, celle des santons, des oliveraies à perte de vue, des cigales aux prouesses chantantes. La chaude. La belle. Celle de ses romans d'adolescente. Celle, avant tout, d'Élisabeth Payot. Des profondeurs, l'améthyste que Janine portait jour et nuit semblait non seulement faire remonter un jaillissement de liens puissants entre les âmes sœurs, mais elle favorisait aussi la résurgence de grands rêves.

À la manière d'un retour aux sources de son âme sœur, la jeune quinquagénaire se voyait marcher dans des champs de lavande aux couleurs d'améthyste, sous un ciel bleu d'infini, admirant des mas ancestraux aux volets clos et aux tonnelles ombragées sous les glycines odorantes, se ravissant du crescendo flûté des rossignols, *tiou-tiou-tiou*, ou s'émerveillant devant le petit rouge-gorge familier et solitaire au cri sec et pur, *tictictictic*...

Au réveil, Janine avait la très nette impression que l'oiseau d'Élisabeth, « celui à ne pas confondre avec le merle d'Amérique et qui ne se retrouve qu'en Europe », frappait à la porte de son cœur, provoquait son âme en l'invitant explicitement chez lui. Ce paysage nocturne récurrent eut vite un effet foudroyant et ensorceleur. Une sorte d'échappée belle, qui prenait forme d'Hexagone, subjuguait de plus en plus la femme désengagée, libre comme l'air. Surtout quand elle se réveillait avec la lumière du soleil de l'est pour constater qu'elle n'avait pas encore déballé de boîtes ni fait aucun geste conséquent pour s'installer. Non qu'elle se sentît découragée, négative ou craintive devant l'inconnu qui l'attendait, simplement parce qu'elle avait juste envie de se laisser porter par l'intention du moment et par l'améthyste.

En pleine mutation de sentiments, aux portes d'une imminente transition sociale, bientôt soumise à une indispensable métamorphose de sa personnalité, la jeune quinquagénaire ressentait un profond désir de courant préparatoire et migratoire. Ne devait-elle pas être mieux préparée à assumer ces transformations inexorables causées par la récente séparation, le brusque déménagement, l'inapprivoisée solitude? Dans une sorte de no man's land, Janine se sentait tel l'oiseau en couleur de son rêve d'enfant, prêt à s'envoler, à migrer vers le sud, avant de nicher dans sa région nordique. Aux derniers jours de novembre 2000, Janine avait pris sa décision. Elle partirait à l'aventure, sans limite dans le temps, à la découverte du pays de son âme sœur, à la recherche de l'enfant à qui revenait l'améthyste, et qui, selon toute vraisemblance, « ne se retrouverait qu'en Europe ».

Contre toute attente, plus que l'homme, c'est le psychiatre en André Giroud qui avait résolument approuvé sa décision. Les mots qu'il avait employés avaient profondément remué la femme de la terre et de l'air. Elle devait tout tenter, d'après lui, pour « vivre cette parole » qui lui tenait tant à cœur.

Pour accomplir l'engagement donc – priorité des priorités – il avait semblé tout à fait normal à la fille spirituelle d'Élisabeth Payot de suivre la voie indiquée par ses rêves et de présumer que l'acte final se passerait outre-mer. Les événements s'étaient enchaînés si naturellement, et si vite, que le chemin nouveau ne pouvait qu'être de bon augure! Aucune embûche sur la route du départ ou si peu. Janine s'était bien gardée de dévoiler à Rémi Lanctôt les derniers développements de « son » affaire. Elle gardait ce secret pour elle, comme au temps de Ladame. Après avoir bien laissé poireauter Janine, Rémi avait finalement accepté de s'occuper seul de la vente de la maison de la rue du Collège, qu'il ne désirait garder pour aucune considération. À l'annonce du départ de son ex, qui avait prétexté l'envie soudaine et le besoin impératif d'une année sabbatique, Rémi s'était complu à se rengorger de ce qu'il appelait « son excellent flair ».

— Le naturel revient au galop! Et vite, à part ça! Ah! ma pauvre, pauvre Janine, l'avait-il plainte, condescendant. T'es même pas encore installée que tu pars! Tu devrais investir ton héritage au lieu d'aller le dépenser pour satisfaire des « envies » et des caprices de petite fille gâtée. Cette fois, tu dépasses sûrement et définitivement les bornes du monde normal. Tu vois, si c'était à refaire, eh bien! je me séparerais de nouveau, sans aucune hésitation! avait-il décoché, hautain et méprisant. C'est réconfortant comme idée. Ça prouve que je sais prendre d'excellentes décisions par moi-même, non?

Et la riposte de Janine lui avait cloué le bec :

— Moi aussi, Rémi, si c'était à refaire, je répéterais exactement la même chose, vois-tu, car c'est ce qui me permet aujourd'hui d'être arrivée où je suis, d'être qui je suis et de pouvoir... Bref, je te souhaite quand même une chose, Rémi Lanctôt, une seule. Juste de te réveiller, un jour, pour voir clair. Un dernier conseil : pas la peine de t'évertuer à chercher une autre compagne tant que Pierrette Simard, dans l'ombre, supervisera et tes amours et ta vie. Doris, Janine... Jamais deux sans trois, cher monsieur Lanctôt! C'est pas ton proverbe préféré, au fait?

Un mois à peine après cet entretien, Rémi avait vendu la maison et déposé la part qui revenait à Janine dans son compte bancaire. Peu après, par l'entremise de son frère, Janine avait reçu, en France, les papiers officiels du divorce, les avait signés, les avait retournés. La seule nouvelle des Lanctôt qu'elle avait reçue était venue d'André. Vraisemblablement en état de jubilation avancée, le psychiatre avait écrit que ce cher Bob, au grand dam du député sortant, s'était désisté de la politique à quelques jours seulement de l'élection fédérale sans fournir aucune explication. Puis, sans avertir sa nombreuse – et parfois « louche » – clientèle, il avait fermé son cabinet d'avocat en pleine nuit, abandonnant ainsi tous les dossiers en cours, mais non les sommes monétaires en suspens qui y étaient rattachées. Finalement, le fieffé bateleur, en déguerpissant quelque part en Amérique du Sud, avait pris grand soin d'emporter dans ses bagages une certaine et très connue « madame Saint-Cyr », en l'occurrence la meilleure amie de madame Lanctôt, mais bien plus jeune, bien plus au goût du jour. En plus d'être activement recherché par les représentants des deux côtés de la justice en même temps, Bob avait longuement et largement fait les manchettes des potins mondains du quotidien local d'une manière très peu enviable.

« En perdant d'un coup sa meilleure amie et son amant, la chère maman de Rémi aura certes, désormais, tout le temps du monde à consacrer à ses amours, non? » avait noté le psychiatre avec humour, ajoutant que tout cela n'était que juste retour des choses.

De bon gré, Serge avait accepté de veiller sur la maison de la rue des Sources jusqu'à son retour. Et André... « Mieux vaut l'oublier maintenant, conclut Janine, fort attristée à cette seule pensée. Nous sommes certainement trop différents! Un brillant psychiatre, tout ce qu'il y a de plus rationnel, de plus averti, de plus normal et une... une parfaite insensée qui ne fait peut-être pas partie, après tout, du monde normal! Une marchande d'espoir, comme disait Élisabeth... Ah! ça suffit, les regrets, Janine Beaulieu! André Giroud s'est trouvé sur ton chemin seulement le temps de la quête. »

***

Au cours des deux dernières années, Janine Beaulieu avait séjourné à plusieurs endroits, mettant une sorte d'acharnement à avancer, à marcher sur tous les chemins, fussent-ils rébarbatifs ou tortueux. Ne devait-elle pas trouver l'enfant coûte que coûte? Le monde était vaste, à n'en pas douter, mais depuis son arrivée en sol français, Janine avait plus que jamais le pressentiment que l'enfant se trouvait bien ici. Nulle part ailleurs. Pressentiment qui lui avait été rapidement confirmé par la suite.

Pour un temps, il y eut la Camargue et ses chevaux sauvages galopant librement dans les vastes étendues marécageuses, les dunes et les lagunes balayées par le mistral. Les espaces y étaient grands et lumineux. Cette vie intense et vibrante avait plu à la femme de la terre et de l'air. Combien de fois avait-elle marché sur les terres cailouteuses du puech rouge et visité les villes blanches. Que de contrastes troublants! La ville de lumière aux allures espagnoles des Saintes-Maries-de-la-Mer, claire et assoupie au bord de la Méditerranée, exhibait fièrement Sara, sa vierge noire et païenne, dans une crypte sombre de l'église chrétienne séculaire. La chaleur étouffante qui y régnait ne provenait pourtant que des centaines de bougies allumées par les fidèles. La ferveur surréelle, quasi mystique des assistants, qui transpirait par-delà les murs de l'étrange catacombe, avait beaucoup impressionné la Québécoise.

Dehors, aux portes de l'église défraîchie, usée par des siècles d'histoire, tant paysanne que royale, les jeunes gitanes attirantes aux cheveux couleur d'ébène et à la peau de velours harponnaient les touristes avec leurs yeux d'ambre. Fières de leur différence, sûres de leur pouvoir, audacieuses et familières, elles lisaient les lignes de la main, d'un simple coup d'œil. En un instant, elles en faisaient l'histoire d'une vie.

L'une d'entre elles, sans détour, avait déclaré à Janine :

— Non loin d'ici, mais également près de l'eau et d'une vierge noire, tu trouveras celle qui te cherche...

Interloquée, saisie, Janine était d'abord restée silencieuse. La gitane voulait sûrement dire « celle que tu cherches ». C'est pourquoi, un peu gênée, elle avait rectifié :

— Qui me cherche? Je ne voudrais pas vous offenser, mademoiselle, mais...

— Les lignes de ta main parlent, pas moi! avait rétorqué la jeune gitane en riant de ses belles dents blanches qui brillaient comme des perles sous le soleil. Et, parce que les yeux d'ombre de Janine lui avaient confirmé qu'elle appartenait pareillement aux jeux des lignes, la chiromancienne avait ajouté :

— Crois-moi, belle étrangère, elle te cherche aussi. Vous vous trouverez. *Va con Dios!*

***

Pendant quelques mois, il y avait eu Aigues-Mortes, tour à tour vivante et austère, ouverte et fermée, cloîtrée dans ses murs. Son enceinte datait du XIIIe siècle, du temps de saint Louis, du temps de la guerre de Cent ans. On y avait couronné des rois! Le passé en mots des livres d'histoire de Jeannine l'adolescente prenait vie dans ces murs de pierre. Les remparts imposants autour de la cité cachaient au regard non seulement la mer aux reflets d'azur, pourtant juste à ses pieds, mais aussi l'horizon de son ciel bleu. Personne ne semblait s'en préoccuper tant on y conjuguait encore le verbe vivre au passé composé...

Les oiseaux avaient bien été au rendez-vous sur ces terres presque vierges de la Camargue. Peut-être même plus que les hommes! Autant d'espèces jamais observées auparavant: de magnifiques busards des roseaux planant adroitement au-dessus des roselières, d'élégantes échasses blanches s'ébrouant au milieu des avocettes délicates, des mouettes rieuses et des huîtriers pies. Sans oublier les milliers de flamants roses s'élevant en harmonie dans le soleil couchant.

Néanmoins, la gent ailée s'était montrée farouche. Impossible de l'approcher, même juste un peu. Excepté ce petit rouge-gorge téméraire que Janine, à grands coups de compliments et de gâteaux secs, avait presque apprivoisé. L'oiseau sauvage venait manger dans sa main. Ce geste simple, mais très exceptionnel pour un oiseau du puech, avait suscité bien des convoitises chez ses confrères ornithologues. Chez Janine, il prenait une tout autre signification: elle s'approchait du but.

Il y avait bien eu quelques rencontres avec les Camarguais. Ils ressemblaient vaguement aux Saguenéens, mais en plus sauvages, plus fiers et surtout plus hermétiques. Leur royaume demeurait farouchement gardé, impénétrable, à l'image de leur forêt de chênes verts.

— Des arbres égoïstes, disaient certains, parce qu'ils ne laissent pousser rien d'autre aux alentours. Le peu d'eau disponible, ils le gardent précieusement pour eux.

Et comme Janine Beaulieu avait soif, il valait mieux aller ailleurs.

Changement de cap donc pour le cœur de la Provence, la belle, l'authentique, pour qui Janine Beaulieu était venue de si loin. C'est presque obligée que la Québécoise avait finalement atterri dans ce village provençal au bord de la Méditerranée. En effet, Châteauneuf s'était avéré le seul endroit qui offrît une « maison » à louer, ces dernières se faisant aussi rares en ces terres de garrigues qu'une pluie estivale. Pendant six mois de l'année, la vie s'y jouait en deux temps : chacun y rythmait sa journée sur le petit matin et sur la fin du jour. Janine avait vite redonné vie à la belle bastide rose abandonnée depuis des mois, blottie au cœur du village, tout près de la rue principale et donnant sur la place du marché.

Les commerçants de Châteauneuf dont le boucher gentilhomme et sa belle épouse, le boulanger bien portant et sa charmante dame, les jeunes propriétaires du bar tabac, Isabelle et Paulo, ainsi que le sympathique marchand de journaux, avaient fort bien accueilli la Québécoise solitaire. Car en plus de les encourager en magasinant – l'expression québécoise plaisait tant aux Provençaux! – régulièrement chez eux, l'étrangère avait fleuri la maison de géraniums, bougainvillées, lantanas et pourpiers multicolores, sans oublier les nombreuses impatientes à l'ombre du grand platane, des tamaris, des lauriers roses, des amandiers et du cerisier centenaire. Des pots en terre et des vases de toutes les formes, fleuris et peints au gré des inspirations, agrémentaient joyeusement les coins et les recoins de cette belle bastide solidement ancrée dans la tradition de Châteauneuf, ce qui n'était pas pour déplaire aux fiers commerçants.

Une ronde en musique s'évadait par les fenêtres toujours grandes ouvertes, faisant vibrer aux quatre saisons le cœur des villageois qui passaient près de la bastide rose. Les volets, clos depuis des mois, ne s'y retrouvaient plus tant la nouvelle locataire les délaissait au profit de la lumière. Ils n'étaient plus que simples panneaux de bois décoratifs, dont certains, situés au nord et à l'ouest, ne servaient plus qu'aux jours de très grand mistral.

Assez rapidement, Janine s'était liée d'amitié avec Annie. En effet, la très charmante madame Pichon, que Janine comparait à une châtelaine de village médiéval tant la grâce et la délicatesse émanaient d'elle à la manière d'un parfum provençal, fut la première personne à venir la visiter. Annie s'était vite empressée de faire savoir à Janine que « la propriétaire qui occupait la maison avant elle aimait beaucoup, elle aussi, les fleurs et la musique classique ».

Plus qu'aguerrie aux coïncidences troublantes, la Québécoise ne se surprenait plus de grand-chose.

***

Alanguie et rêveuse, Janine se rappela les balades agréables avec Annie et Paul dans les montagnes du Luberon aux villages pittoresques. Perchées à flanc de colline, protégées de remparts inébranlables, ces cités médiévales semblaient toujours en mesure, même après des siècles d'histoire, de résister à l'envahisseur: celui qui, jadis, venait principalement du sud. Mais, paradoxe troublant, elles freinaient mal l'assaut des touristes modernes qui arrivaient, aussi en masse, mais cette fois... du nord!

— De quoi y perdre son histoire et son sens de l'orientation! clamait le mari d'Annie avec humour.

Les routes sinueuses et tourmentées qui menaient à Bonnieux, Gordes ou encore Saignon n'avaient plus gardé de secrets pour la Québécoise vagabonde et curieuse. De leurs hauteurs rocailleuses et majestueuses, ces villages ne se lassaient pas de faire découvrir leur magnifique campagne verdoyante, leurs vignobles, leurs oliveraies, leurs champs de lavande à perte de vue. Janine s'arrêtait volontiers dans les églises, les abbatiales ou les chapelles séculaires pour se nourrir de l'énergie puissante qu'elles dégageaient encore. Chaque fois, elle y laissait une ligne de feu : un simple lampion allumé pour Élisabeth et aussi pour guider vers elle l'enfant qui la cherchait.

Et que dire de ces promenades sympathiques dans une Drôme plus que provençale! Ardente, offerte, colorée, la belle Drôme proposait ses villages et ses places de marché comme autant de faveurs. Une foule bigarrée, jouant des coudes, y cherchait habilement le produit original, l'affaire du jour à ne pas manquer. Sur les étals vivants et multicolores, vins, clairettes ou fromages du pays, cigales silencieuses, immobiles dans leur faux habit de céramique, lavande en bouquet ou en essence, nappe, jupe ou tissu fleuris de bleu et de jaune se côtoyaient familièrement dans une extravagance à peine voilée.

Ah! que la « noisette », ce petit expresso avec une goutte de lait, était bonne en compagnie des Pichon sur les terrasses ombragées des places de villages nichant aux abords des Alpilles! Ah! que les arômes y étaient extraordinaires et les vues, splendides! Ah! que la lumière y était riche! Néanmoins, au grand regret de Janine Beaulieu, jamais elle ne dégagea l'intensité de celle de son âme sœur.

***

La Provence d'Élisabeth se coiffait bel et bien d'un ciel bleu à l'infini. Son soleil brillait sans relâche :

— Plus de trois cents et quelques jours par an!
affirmait-on fièrement.

Telle une femme en continuelle chaleur, la terre
connaissait peu les rafraîchissements qu'apporte une
eau limpide tombée du ciel. Seule la Méditerranée, la
« Grande Bleue », pourvoyait aux rafraîchissements des
corps. En période estivale, le feu s'inscrivait comme un
continuel danger dans les longues périodes de
sécheresse accompagnées de fort mistral. Ainsi, sous les
flammes ardentes et hautes, la garrigue asséchée et les
pins centenaires s'embrasaient violemment avec une
puissance à peine maîtrisable. C'est pourquoi, quand les
sirènes d'appel retentissaient haut et fort dans le calme
plat du village endormi, Janine espérait la clémence des
cieux, cherchant désespérément dans le ciel bleu les
nuages porteurs de pluie. Quant à l'air, en ces années du
début de XXIe siècle, ce serait mentir de dire qu'il était
sans tache.

Les Provençaux arrivaient à être loquaces sur tout,
parvenant habilement à ne jamais parler d'eux-mêmes.
Leur souffrance, leur bonheur, leur intimité, ils semblaient peu enclins à les partager. Il y avait donc eu
certains silences lourds, presque indécents, dans le bruit
des voix légères et des rires insouciants, des bises et
poignées de main traditionnelles.

« Ce trait particulier, à peine un peu plus marqué en
Provence qu'ailleurs, porte incontestablement la griffe
d'un phénomène occidental », constata tristement
Janine, absorbée par ses pensées vagabondes, sous
l'ombre du grand platane. En effet, en l'an 2002, la
mondialisation faisait rage et souvent ravage. La phrase
de ce phénomène avait pour sujet des actionnaires de
multinationales de plus en plus affamés et, pour complément, des consommateurs insatiables de nouveauté,
surendettés, dans une constante hantise de se retrouver
sans le sou et sans rêves à réaliser. Quant à l'action de

cet immense pouvoir enfermé dans des tours à l'air stérile et aux hauteurs démesurées, nul ne semblait trop s'en préoccuper. Pourtant, jour après jour, heure après heure, l'occulte machine mondiale du XXIe siècle achetait ou rejetait ouvertement le temps et l'espace de la masse au profit de la rentabilité d'une très obscure et très infime élite. On endormait les consciences individuelles d'une manière vraiment très sophistiquée.

« Dès lors, se prit à spéculer Janine, les individus deviennent des numéros mondiaux, pris dans un web mondial de plus en plus gigantesque, de plus en plus invisible. Pendant que la toile d'araignée, s'étend sans plus aucun contrôle, l'Homme, lui, se referme, s'isole, sans plus aucune confiance en l'autre, sans plus aucune parole pour celui qui est juste à côté. À son insu, il devient prisonnier de cet étonnant « jeu des lignes », issu du savoir et du pouvoir technologiques de la raison d'État. En Provence, comme partout ailleurs, hélas... »

Les réflexions de Janine l'amenèrent à songer à Élisabeth. N'avait-elle pas fort justement remarqué, au changement de siècle, que chacun devait rester prudent et ne pas confondre une amélioration des possibilités extraordinaires de l'esprit humain que procurent toutes les nouvelles technologies de pointe avec ce qui transformera véritablement les consciences? Parfois trop passéiste, et aussi nostalgique, la Québécoise se languissait des années 60-70. De ce temps merveilleux de l'expression individuelle, du temps des mouvements extravagants, mais non violents, d'une jeunesse en mutinerie, du temps des musiques en liberté, des signes de paix et d'amour.

— Le temps, alors, n'était pas encore juste de l'argent. Il était d'or!

« Dans le vent, dans le vent, à chacun son temps! » se mit-elle à fredonner, dans une sorte de tentative juvénile pour s'inscrire dans la continuité. Malgré ce leitmotiv entraînant, ou à cause de lui, Janine se sentit franchement à contre-courant. Pendant qu'elle avançait avec peine sur ce chemin de la mondialisation où les vents fous apportaient non plus des temps nouveaux, mais des pluies diluviennes et dévastatrices, ou encore d'innombrables marées noires, elle, la déraisonnable, l'illuminée, la marchande d'espoir, marchait à perdre haleine, à manquer de souffle, sur une terre inconnue, à tenter de « prendre sens dans l'insensé » – façon Éluard – et, comble d'extravagance, à rechercher une enfant... réincarnée!

Le contraste puissant entre les deux mondes, l'écart démesuré entre les deux modes de pensée, lesquels venaient la fustiger de façon subite, la troublèrent tant qu'ils lui firent encore plus douter non seulement du résultat de son incroyable quête, mais aussi de l'état de sa raison.

***

Comme Élisabeth l'avait prédit, Janine avait tenté ici et là de sculpter des âmes. Par conséquent, il lui était arrivé de pouvoir écouter dans le silence troublant, révélateur d'une très grande solitude. Ces rencontres fortuites, qu'elle qualifiait parfois d'instants privilégiés, l'avaient transformée à son tour aussi sûrement que les vagues de la Méditerranée façonnent les rochers de la chaîne de l'Estaque. Pendant que l'un se retrouvait plus ou moins dans son discours et ses indications, Janine, elle, se mirait subtilement dans le miroir de l'autre. Elle comparait ces mouvements des âmes à un flux et un reflux incessant. La source d'Élisabeth, parvenue sans trop savoir comment jusqu'à ses grands fonds intérieurs, la bouleversait tant qu'elle se surprenait souvent à rêver de la solidité de son rocher et de la fluidité de ses nuages.

Elle avait pu constater au fil de ses tête-à-tête privés que les femmes et les hommes de ce pays avaient une façon de vivre tout à fait particulière. Les Provençaux vivaient, en quelque sorte, cloîtrés, bien à l'abri de ce soleil si brûlant. À l'intérieur de leurs murs et de leurs enceintes, loin des éléments. Alors que le feu de *lou souleï* s'offrait en abondance, les gens de Provence s'éloignaient de sa lumière, de cette force ardente et aérienne d'élévation, de cette énergie vibrante de prise de conscience et, dès lors, d'expression des émotions.

« En faisant cela, ne deviennent-ils pas sujets à une sorte d'endormissement insidieux? Ne courent-ils pas le risque de se figer dans un passé... trop présent? » Tel était le questionnement de Janine, adossée contre l'arbre.

Du pouvoir de la « Grande Bleue », les Provençaux ne retiraient bien souvent que des flots de touristes, délaissant ainsi l'aspect lunaire de l'eau, source de réflexion sur l'inconscient individuel et collectif. Il avait donc semblé à Janine que beaucoup trop d'âmes solitaires et assoiffées oubliaient le sens de leur quête, de leur engagement personnel. Et, par manque d'espace et de territoire, tant ce coin de pays était surpeuplé, les gens du Sud semblaient abandonner ou délaissaient trop vite leurs rêves d'évasion et de grands espaces, en plus de mettre de côté leur potentiel créatif.

— Néanmoins, tel n'a pas été le cas pour Élisabeth et pour André, fut-elle obligée d'admettre.

Tout cela n'était que constatations, exploration en quelque sorte, car Janou se souvint brusquement de l'enseignement de Ladame :

— Nul ne peut juger des chemins et des aléas de chacun...

***

Incontestablement, la France possédait la grâce de son nom : celui d'une femme talentueuse aux attraits irrésistibles, aux charmes certains, aux goûts exquis, aux parfums envoûtants, aux formes divines. Plus rien de sauvage, d'inapprivoisé n'émanait d'elle. La belle France était devenue avec les siècles d'histoire une femme raffinée et épanouie, expérimentée, extrêmement séduisante. Mais, en réalité, trop peu de ses innombrables soupirants avaient accès à ses opulentes faveurs.

Sans malice et sans jugement de valeur, après deux années passées en Provence, Janine en vint à conclure que le Québec, le petit cousin, était sans contredit plus simple, plus sauvage, voire rebelle. Avec les siècles, il n'avait plus eu recours à des murailles pour se protéger. Ses maisons de bois étaient construites à tous les vents, à tous les regards, à tous les sons. Le Québec et ses habitants possédaient « l'accueillance » des vastes contrées et la poésie engendrée par les grands espaces. La Belle Province scintillait de l'éclat des paysages blancs, bleus, verts ou colorés, battant à la mesure des saisons et des arcs-en-ciel. Tout en vibrant de la puissance majestueuse des aurores boréales, elle se parait de lacs et de rivières, de bouleaux et d'érables, de faune et de flore. Sa couronne n'avait de sens que celui d'avoir encore le privilège de vivre intimement avec la nature et les éléments. Le peuple québécois, qui s'était même battu jusqu'au sang et puis jusqu'aux berceaux pour garder coûte que coûte la langue de sa cousine France, conservait toujours en lui la mémoire du temps. Il se souvenait aussi de la voie spirituelle tracée par ses premiers habitants, bien souvent ses frères de sang : les Indiens d'Amérique. Dès lors, le petit cousin québécois désirait conjuguer une philosophie du bonheur et du respect de la nature, mais uniquement dans la langue française, uniquement au temps présent. Le passé, même composé de rois et de reines, d'empires et de traditions, n'avait plus grand attrait pour l'exilé, devenu un éternel insoumis sur le sol canadien...

À la grande joie de plusieurs, et de Janine qui avait appris à tant aimer les deux pays à la fois, un rapprochement s'était subtilement installé depuis les vingt dernières années. Les deux cousins s'entendaient de mieux en mieux, malgré leur indiscutable différence, chacun donnant et prenant de l'autre ce qu'il avait de plus beau à offrir et à partager...

« N'est-ce pas pour cette raison que je suis venue? »

XVI

— Hou! hou! charmante dame au pays de cocagne!

Un accent chantant, dans lequel tout « e » avait droit aux plus grands honneurs, tira mélodieusement Janine de ses interminables rêveries. Paul Pichon se trouvait au portail en tentant poliment d'attirer son attention.

— Oh! bonjour, Paul! Viens, entre! Annie n'est pas avec toi?

— Elle termine ses courses, enfin son « magasinage »! rectifia-t-il en riant. Je lui ai dit que je passerais te dire bonjour, en attendant. Quelle bonne idée de garder ton portail ouvert! C'est toi qui as raison, tu sais!

Paul vint rejoindre Janine, et les deux amis discutèrent de choses et d'autres sous le haut platane, bien à l'abri du vent qui s'était levé, bien à l'ombre du soleil qui avait percé.

— Annie et moi avons pensé à quelque chose qui te ferait sûrement plaisir, lança Paul d'un ton enjoué. Nous savons à quel point tu aimes les vieux sages et nous aimerions te faire rencontrer l'ancêtre de *Lou Castèu...*

— De quoi? s'écria Janine, incapable de retenir sa stupéfaction.

— *Lou Castèu.* C'est ainsi que les vieux Provençaux appellent encore ce village. Ça veut dire « Le Château », je pense, ou quelque chose du genre. Eh!... Janine! Ça va? Tu te sens bien? Tu es toute pâle!

— Euh! oui, oui, ça va, Paul. C'est... la chaleur, je ne m'y ferai jamais! Oh! voilà ta douce moitié, je crois!

L'arrivée d'Annie, qui semblait, elle aussi, dans tous ses états, changea le cours de la conversation et aussi celui de la pensée de la Québécoise, propulsée de plein fouet plus de quarante ans en arrière lorsque Élisabeth Payot lui avait dit avoir déjà habité à Lou Castèu. Ainsi, Janine Beaulieu n'eut même pas le loisir de savourer à sa juste valeur cette extraordinaire et surprenante révélation.

— Bonjour, ma mie, murmura doucement Annie en faisant la bise à Janine. Tu es bien pâlotte, ma parole! Hein, Paul?

Peu après leur première rencontre, Annie Pichon, à qui on attribuait un très bon jugement, de qui on appréciait les opinions d'une objectivité indiscutable et les intuitions d'un flair incroyable et de qui, secrètement, tant de femmes auraient tout donné pour avoir la fascinante beauté et la grâce naturelle, avait commencé à appeler Janine Beaulieu « ma mie ». Ce sobriquet intime signifiait clairement pour tous qu'elle avait, d'une manière certaine, pris l'étrangère sous son aile en lui portant une affection et une attention toutes particulières.

— C'est justement ce que je lui faisais remarquer, nota Paul au passage.

— Oh! mes amis, mes amis! reprit Annie d'une voix éplorée, passant brusquement à un tout autre sujet, je suis toute retournée.

— Que s'est-il passé? demanda son mari, l'air inquiet.

— Je viens de rencontrer madame Fernandez, l'Espagnole. Tu sais, Paul, la jeune femme qui a une petite fille atteinte d'une grave maladie.

— Oui, je sais bien, et puis? La fillette... est finalement décédée?

Devant l'air pantois et inquisiteur de la Québécoise, Annie s'empressa d'ajouter :

— Je vois que tu n'es pas au courant, ma mie...

***

D'une voix chagrinée, et en faisant preuve d'une sincère empathie, Annie fit un bref résumé de cette triste histoire connue de tous à Châteauneuf. Il s'agissait d'un couple dans la trentaine, lui était français et elle, espagnole, parents d'une fillette atteinte d'une leucémie aiguë myéloblastique. À l'automne 2000, ils avaient quitté Malaga pour Châteauneuf, situé à quelques kilomètres de Marseille, là où se trouvent les plus grands spécialistes pour l'enfant. À leur grand désespoir, les parents avaient, dès leur arrivée, appris leur incompatibilité avec l'enfant pour une greffe de la moelle osseuse. Et le donneur potentiel se faisait toujours attendre.

L'étonnement était de taille dans le monde médical. Contre toute attente, la petite, qui aurait dû succomber à sa maladie il y avait plusieurs mois déjà, luttait farouchement chaque jour pour sa vie et « courait encore les chemins », malgré les traitements de chimiothérapie très agressifs et la médication lourde. Dès le tout début, probablement en raison du courage extraordinaire de la fillette et de son acharnement à survivre, les habitants de Châteauneuf se montrèrent concernés et très préoccupés par son état. Chacun à sa manière s'était attaché à celle qu'on avait, sans trop savoir ni comment ni pourquoi, gentiment surnommée « la *niña* ». Si une faiblesse générale ou bien des saignements abondants ou encore des maux de tête atroces venaient à l'empêcher de poursuivre son chemin, l'on s'empressait avec mille précautions de la ramener chez elle.

— Madame Fernandez m'a raconté que, depuis la fin mars, sa fille souffre d'hallucinations, de visions, de délires, d'obsessions, finit par révéler Annie, atterrée. Enfin, appelez ça comme vous voudrez!

Comme si sa maladie actuelle n'était pas assez! Que la vie peut être injuste!

— A-t-elle donné... des précisions, Annie? s'informa Janine, dont l'intérêt ne faisait que croître, compte tenu des détails de l'histoire, auxquels elle avait automatiquement associé le souvenir d'Incarnation, et de la période des derniers développements décrits par Annie, qui coïncidait avec son arrivée à Châteauneuf, au printemps.

— Vaguement, oui. Madame Fernandez m'a dit que la petite insiste pour retourner vivre à Nerja, en Espagne. C'est un joli village de vacances, hein, Paul? Nous y sommes déjà allés, vois-tu, Janine. Ah! ce Balcón de Europa: une pure merveille! et la Calahonda! Bref, la fillette affirme qu'elle a perdu dans ce village un objet inestimable. Si précieux en fait que, d'après elle, il pourrait la... la guérir!

— Je ne vois pas où est le problème, Annie, opposa Janine d'une voix conciliante. Les enfants font parfois preuve d'une très grande sensibilité en de pareilles circonstances et sentent ce qui peut être bon pour eux.

— Le problème, ma mie, c'est qu'ils n'ont jamais vécu à Nerja de leur vie, qu'ils n'y ont pas mis les pieds que ce soit en vacances ou autrement! réfuta Annie avec une fougue inhabituelle. Vous vous rendez compte? Pauvre petite. Elle délire. L'enfant ne cesse de parler d'une vieille femme, la Prima, qui lui aurait fait cadeau de cet objet alors qu'elle était « déjà » très malade.

« Enfin, je ne sais plus trop! C'est tellement insensé. La maman ne sait plus à quel saint se vouer, sans compter que le pédopsychiatre lui-même semble désemparé devant son cas. Il pense qu'elle s'invente un monde à part, auquel elle a besoin de croire et dans lequel elle focalise les possibilités et les énergies qui lui restent, ceci afin d'inhiber ses angoisses et son impuissance devant une mort inéluctable. Ce serait sa façon de s'y préparer, en quelque sorte. Ah! quelle tristesse. Que la vie peut être intransigeante pour certains. C'est juste une enfant, Seigneur! »

***

Depuis le jour des étonnantes révélations sur *Lou Castèu* et sur la *niña*, lesquelles, d'un coup, avaient sorti Janine de sa torpeur, de ses doutes et de son inquiétude grandissante quant au sérieux de sa démarche, une semaine s'écoula. Trop lentement au gré de la Québécoise qui se sentait fébrile, à l'affût du moindre signe. Rencontrer l'ancêtre du village, tel que suggéré par Paul, pourrait s'avérer intéressant. Qui sait s'il n'avait pas connu Élisabeth Payot? Toutefois, délaissant le passé, Janine préférait focaliser sa pensée sur le présent, sur l'enfant... à venir.

« Désormais, ne cessait-elle de se répéter dans une sorte de mantra magique, ce n'est plus qu'une question de jours, une question de jours... »

Et il en fut ainsi.

Par une journée d'ombre rare et précieuse, sous une chaleur humide, la rencontre eut lieu. Le portail était grand ouvert sur la rue Émile-Zola qui donnait directement sur la place du marché. Janine n'avait jamais pu se résigner à se « barricader ». Ainsi, tous les passants ne pouvaient s'empêcher de jeter un œil sur la maison rose et, sans s'en rendre compte, finissaient par y jeter quelques paroles à la volée, comme cela avait été le cas pour Paul, les jours précédents.

Cinq coups à l'horloge de l'église du village donnèrent précisément à Janine la notion du temps. Cinq petits cris épars lui donnèrent vaguement l'idée d'une fillette en détresse. La femme entendit une voix grêle et désespérée crier :

— Le chat, le chat, minou, viens, viens...

Intriguée, Janine s'approcha de la rue et vit surgir devant elle une enfant énervée, éperdue, qui sanglotait.

— Pardon, madame, vous n'auriez pas vu mon chat? Ah! je le cherche depuis hier. Où pourrait-il bien être? J'ai cherché partout. Je ne sais plus quoi faire. C'est la première fois qu'il se sauve. Ça ne lui ressemble pas. Il est si calme d'habitude. Il reste toujours près de moi. Qu'est-ce qui a bien pu lui arriver? poussa-t-elle d'un seul souffle, sans s'arrêter.

— Entre, ma petite. Tu ne devrais pas te mettre dans cet état. Nous le trouverons, ne t'en fais pas. Allons voir derrière la maison, si tu veux. Il y a une grande cour. Peut-être y est-il?

Tout en précédant la fillette, Janine n'avait pu s'empêcher de remarquer sa pâleur cadavérique, ses nombreuses ecchymoses sur les bras et les jambes, et aussi son accent prononcé. En effet, elle roulait les « r » d'une façon particulière et très jolie. Il s'agissait sûrement de l'enfant dont avait parlé Annie : la *niña*. Janine lui en fit la remarque et en profita également pour lui demander son nom.

— Mon nom est Maria Gilabert, mais on m'appelle familièrement la *niña*. Mon papa est français et ma maman, espagnole. Je parle couramment ces deux langues, vous savez, ajouta-t-elle fièrement. Nous sommes venus ici parce que j'ai besoin de recevoir des soins particuliers. Je suis atteinte de la leucémie. Mais vous êtes probablement au courant. Tout le village est au courant! C'est pourquoi j'ai parfois l'air d'un zombie, comme aujourd'hui, précisa-t-elle, alors qu'un sourire triste animait faiblement son fin et doux visage.

« Je n'ai pas encore beaucoup d'amis, mais papa dit que c'est normal quand on arrive dans un nouveau pays. Je pense plutôt que les autres enfants sentent la mort rôder autour de moi et, comme ils en ont peur, ils s'éloignent. Je ferais sûrement de même à leur place! Mes parents acceptent de me voir recueillir les chats perdus. Ils me permettent de les garder, à cause de mon état et de ma solitude probablement. Ils restent tous à l'extérieur, bien entendu.

— Tous?... Tu as beaucoup de chats, Maria?

— Une dizaine environ. Peut-être plus. Mais celui-là, c'est mon préféré. Il faut absolument que je le retrouve parce que vous savez, madame...?

— Beaulieu. Janine Beaulieu.

— Madame Beaulieu, répéta Maria, c'est original comme nom. Vous savez, ce chat, il ne miaule pas, chuchota-t-elle en secret. C'est un chat muet : il n'a jamais miaulé! C'est étrange, mais c'est comme ça. Il me plaît, car, plus que tout, j'aime le silence.

Avec sérieux, Maria expliqua qu'il existait entre le félin et elle une forme de langage silencieux, comme un code secret. D'emblée, sans crainte de se faire rabrouer, elle eut envie de se confier à cette étrangère qui lui sembla chaleureuse et attentionnée :

— En rêve, précisa Maria, le chat s'adresse à moi de façon télépathique. De la Calahonda, où il se trouve toujours dans le songe, il m'annonce ce que je dois savoir et les signes à lire pour comprendre et pour agir. Ce chat est attentif au moindre de mes gestes, de mes besoins, de mes désirs, en plus d'être très sensible à son environnement, tant humain que naturel. Je me souviens quand je l'ai trouvé... Non! je devrais plutôt dire que c'est lui qui m'a trouvée.

De manière fantaisiste et plaisante, la petite raconta sa rencontre avec le chat muet, « plutôt des retrouvailles », selon elle, qui avait eu lieu le 21 juin 2001 précisément. Après qu'elle eût acheté une baguette de pain, à sa sortie de la boulangerie, une tempête s'était brusquement levée. Un chaton tout de blanc vêtu se tenait assis devant la porte, seul sur le béton gris. En le voyant, Maria avait compris qu'il l'attendait, elle, et personne d'autre. Il avait insisté pour la suivre pas à pas et n'avait plus voulu repartir.

— Comme mon papa l'exige avant de garder un chat définitivement, spécifia Maria, j'ai demandé aux voisins, j'ai mis des affiches un peu partout avec sa description. Pas de réponse. Alors il a pu rester avec moi. C'est le seul qui a la permission d'entrer à l'intérieur. Alors, vous comprenez, je serais trop triste s'il devait lui arriver malheur.

En se confiant, Maria avait levé les yeux vers Janine, qui fut happée par ce regard noble et envoûtant. Suivant leur position, les yeux de l'enfant d'un beau bleu pervenche étaient traversés par des éclats ardents au mauve très sombre. Les gouttes d'eau qui semblaient y perler en permanence fixaient cette lueur inhabituelle et captivante. Janine songea qu'avec un tel regard, la *niña* n'avait certainement aucun mal à transcender la réalité.

« Pourquoi ce prénom m'est-il familier, comme une très vieille connaissance? » se questionna soudain Janine. Elle n'avait pourtant jamais connu ou même rencontré de Maria jusqu'à ce jour. Et pourquoi aussi ne cessait-elle de voir l'arcane le Mat du Tarot? Celui qui avance seul, qui erre de par le monde avec son baluchon sur l'épaule et un chat comme unique compagnon. L'être du mystère, celui qui se situe au-delà du champ de l'intelligence. Le sage des sages, le fou des fous, celui des incarnations qu'on place dès lors avant ou après les vingt et un autres arcanes. Allez savoir! Le Mat: pour désigner tout ce qui existe indépendamment de toutes les conditions et de toutes les dimensions.

« Mat: ce mot a pourtant une signification précise. Il vient de *mâta*, il me semble. Qu'est-ce que c'était déjà? C'est si loin. Oh!... qu'est-ce qui se passe? Qu'est-ce que tout cela signifie? »

À force de marteler les portes de sa mémoire, prise dans un tourbillon d'images évanescentes, de symboles ésotériques, Janine fut prise de vertige et se sentit mal. Elle en fit part à l'enfant qui l'accompagna jusqu'au banc du jardin en lui tenant la main.

— Cela va passer. Ne vous en faites pas, madame Beaulieu. Fermez les yeux quelques instants. Je pense que vous ne supportez pas bien la chaleur provençale.

***

Étourdie, nauséeuse, Janine suivit volontiers le conseil de Maria. Une fois les yeux fermés, elle sentit que la petite lui prenait la main gauche en retournant la paume vers le ciel. Le contact était doux. Le geste, plus que surprenant.

— Ah! vous aussi, vous êtes une... étrangère. Vous retournerez bientôt dans votre pays. Un beau lieu, comme votre nom le laisse entendre. Dans quelques semaines, je crois, commença lentement Maria.

Reconnaissant à peine la voix enfantine devenue soudain vibrante et impalpable, avec des échos de la terre et de l'air, et à la fois source et flamme de vie, Janine demeura stupéfaite, hésitante, et elle se mit à respirer difficilement. « Une résonance dont l'épanouissement pourrait se comparer à celui du lotus aux mille pétales. » Telle fut l'impression immédiate de Janine Beaulieu. Un frisson parcourut son corps chaud. Tremblante, la Québécoise chercha à ouvrir les yeux.

— Gardez les yeux fermés, lui conseilla doucement Maria qui reprit aussitôt: il fait plus froid dans votre pays. Tout y est blanc parfois. Je vois beaucoup de terre. Vous aimez les grands espaces et ils vous manquent. L'air pur y est infiniment présent. Vous avez de la chance d'y être née. Pourtant, vous avez quitté ce pays que vous chérissez. Vous avez abandonné ce que vous aimiez de tout votre cœur juste pour... pour tenir une promesse? La forme d'un oiseau tracé au centre représente les migrations audacieuses, les hautes envolées intuitives d'une vie et les liens étroits avec d'autres âmes en voyage, en quête d'identité, d'authenticité et de vérité. Dans votre cas, on dirait un vol indéterminé sur un parcours déterminé...

« Des fines chaînes courent le long de la ligne du cœur, comme autant d'épreuves et de larmes. Des gens d'illusions, des absences douloureuses, une séparation ont creusé des entailles profondes sur cette ligne. Ne les laissez pas devenir amertume, rancœur, ressentiment ou haine, car ces chaînes, si petites soient-elles, deviendront de réelles entraves à une renaissance possible. Je vois un engagement à remplir qui vous tient à cœur depuis longtemps. Avant de repartir, vous devrez vous défaire d'une chose à laquelle vous tenez beaucoup. Un autre engagement suivra, une fois celui-ci accompli, mais exigera moins d'abandon de votre part et vous procurera beaucoup de bonheur.

« Ça alors! je n'ai jamais vu autant de lignes dans une si petite main. Que de chemins vous avez parcourus! Il y en a tant qu'il doit vous arriver de vous y perdre. C'est le lot de tous ceux qui errent dans les lignes invisibles, les leurs ou celles des autres. Comme vous avez le sens de l'équilibre, de la volonté et aussi celui de la nature, vous vous alignerez toujours sur la voie essentielle, celle de la vérité et de l'amour. Vous n'avez qu'à suivre l'oiseau, votre guide. D'ailleurs, madame Beaulieu, dans le ventre d'un oiseau blanc se trouve une âme sœur. Mais cela, vous le savez, n'est-ce pas, puisque vous voyez, vous aussi? »

Pendant que Janine se trouvait encore en état de choc, Maria se leva brusquement et agit comme si absolument rien de particulier ne venait de se passer.

Excitée et fébrile, elle retrouva son naturel enfantin pour s'écrier haut et fort :

— Madame Beaulieu, ouvrez les yeux! Regardez! au fond du jardin. Mon chat, il est là. Chez vous! Ça alors!

Puis, sans aucune gêne, la *niña* regarda l'étrangère droit dans les yeux et ajouta le plus sérieusement du monde :

— Je me demande ce qu'il est venu faire chez vous. Il doit bien y avoir une raison. Il y a toujours une raison à tout, non? confia-t-elle, le regard espiègle. Même si cette raison n'est pas toujours raisonnable pour certains. Dans tout ça, je ne vous ai pas encore dit le nom de mon chat. Vous allez sûrement rire. Tous les gens se moquent quand ils l'entendent. Mon chat s'appelle Sans Son : écrit en deux mots, bien sûr! S-A-N-S, espace, S-O-N, épela l'enfant en mettant l'accent sur le fait que l'espace s'avérait primordial entre les deux mots.

Compte tenu du silence et de la pâleur de son interlocutrice, Maria jugea qu'elle devait se sentir encore mal et ne voulut pas l'importuner davantage. En partant, elle lança :

— Bon! je vais le chercher. Ne vous dérangez surtout pas. Je dois rentrer à la maison. À bientôt, peut-être? Merci à vous et à votre jardin fleuri qui avez si bien accueilli mon chat blanc.

Et la fillette au teint pâle, aux airs de romanichelle, aux yeux pervenche, courageuse et défiant ouvertement la mort qui rôdait autour d'elle, courut sous la chaleur en appelant :

— Sans Son, Sans Son, viens, je suis là!

***

Encore un peu nauséeuse, presque fiévreuse,

Janine ne ferma pas l'œil de la nuit qui suivit la rencontre. Elle la passa plutôt à reproduire mentalement toute la scène dans ses moindres détails. Depuis fort longtemps, rien d'aussi particulier n'avait exigé d'elle une telle interrogation, une telle remise en question. En fait, à part la révélation d'Élisabeth concernant le 21 septembre 2000, il s'agissait d'une première vraie « lecture » pour Janine Beaulieu, plus habituée à les donner qu'à les recevoir. La femme trouvait étrange la façon qu'avait utilisée Maria pour décrire sa relation passée avec Élisabeth :

« Dans le ventre d'un oiseau blanc... »

« Pourquoi dans le ventre ? se questionna-t-elle. Peut-être ce mot, en espagnol, veut-il dire le centre, le cœur ou l'intérieur ? Elle a une façon particulière de s'exprimer en tout cas ! Maria est bel et bien entrée dans une sorte de transe pour lire les lignes de ma main. Ah ! pourquoi ce mot *mâta* n'arrête-t-il pas de me hanter ? »

Sans vouloir se faire trop d'illusions – trop tôt –, il lui sembla tout de même que les premiers dialogues de l'acte final, d'une teneur tout à fait inattendue, venaient de commencer.

— Terminé, l'entracte, ma belle ! soupira Janine en éteignant sa lampe de chevet pour essayer de trouver le sommeil.

Au petit matin donc, l'esprit surexcité, Janine finit par s'endormir et reçut sa première vision d'importance en terre française. En noir et blanc, puis en couleur, puis en saisons : sommeil d'hiver, éveil du printemps. Au début, les flocons blancs révélèrent une scène hivernale qui se passait dans sa ville natale. Janine se vit en petite « bonne femme des neiges » toute blanche avec l'améthyste qui pendait à son cou. Elle entendit clairement la voix d'Élisabeth, mais ne la vit pas. Ladame racontait un souvenir, celui de sa visite chez la voyante et son récit concernant la provenance de l'améthyste, lequel se terminait sur ces mots : « *Mâta, mâta...* signifie... Il est mort. La *niña...* »

Ensuite, un vent très sec et très chaud, un peu comme le sirocco, souffla très fort et porta l'enfant des neiges dans les airs, vers le nord. Janou se mit à étouffer dans cette espèce de coquille neigeuse qui l'enveloppait. Telle une chrysalide, elle brisa son cocon de neige et se retrouva femme papillon, nue, couchée sur son rocher, là-haut sur la colline de son enfance. À la manière d'un tatouage, l'améthyste semblait pénétrer son corps. Le cordon de cuir avait disparu et ce fait, pourtant anodin, attrista Janine au plus haut point. Encore une fois, elle entendit seulement la voix de son âme sœur qui ne faisait que répéter, à peu de chose près, les derniers mots qu'elle avait prononcés sur terre :

— Janou, ma petite... je t'aime tant ! N'oublie pas... Si tu... retrouves l'améthyste... Elle va à... Mari... a !

C'est alors que Janine se réveilla en sursaut. Il lui fallut peu de temps pour saisir l'essentiel du message nocturne d'une clarté impeccable.

— *Mâta*, oui, je m'en souviens. C'est un mot arabe qui veut dire « Il est mort », oui, c'est exact. La *niña...* Elle est morte ? s'exclama Janine à voix haute, complètement éberluée.

Ébranlée par de telles révélations, Janine Beaulieu ne put qu'entrevoir, dans un premier temps, la plus fantaisiste, la plus folle, la plus invraisemblable des possibilités : Maria Gilabert réincarnait peut-être l'enfant qui avait originellement perdu la pierre.

— Est-ce Dieu possible ? Il y a longtemps, en Espagne, son âme aurait vécu dans un autre corps qui souffrait également ?... et... et elle se souviendrait ? Si c'est le cas – oh ! je dois devenir détraquée, ma parole, juste d'envisager une telle éventualité ! – c'est à elle seule que l'améthyste est destinée, cet « objet précieux » dont elle affirme, aujourd'hui, qu'il pourrait la guérir.

Par crainte de tomber dans le délire, Janine Beaulieu continua à se questionner et à décortiquer son rêve. C'est alors qu'à brûle-pourpoint, elle se remémora un souvenir qui vint affermir ses déductions intuitives. Elle avait toujours cru que la vieille Élisabeth, aux derniers instants de sa vie, avait eu une ultime pensée pour sa petite fille décédée, Marie. Elle avait alors interprété le « ah » qui avait suivi le prénom comme une simple exclamation.

« Ce n'était pas le cas, comprit enfin Janine. « Elle va à... Maria. » Voilà exactement ses mots. Juste avant de mourir, Ladame a eu une vision de l'enfant de Nerja. Et, dans un ultime effort, elle m'a fourni son identité. Ça alors! Ça alors... Je divague, c'est pas possible! Et pourtant... »

Le jeu des lignes, une autre fois, lui parut extraordinaire, mais extrêmement exigeant, tant au niveau mental qu'émotionnel! Le transfert de l'améthyste exigerait un renoncement pénible et Janine savait à l'avance que ce geste simple serait déchirant. Elle devait donc commencer à s'y préparer. Se rapprochant du but de son périple fou, la Québécoise se sentit néanmoins en paix avec elle-même et avec ses choix de vie, aussi irrationnels et insensés pussent-ils paraître.

« J'attendrai le moment propice. Je le sentirai, sans nul doute, et elle aussi! »

Ainsi en fut-il décidé.

XVII

En tout et pour tout, première rencontre incluse, Janine vit Maria quatre fois seulement pendant le mois qui suivit, lequel, en fait, précéda son départ de l'Hexagone. Il ne fut pas question d'intimité entre elles comme cela avait été le cas précédemment entre les âmes sœurs. Fait étrange, les deux rencontres suivantes eurent lieu dans des endroits inattendus où le murmure, voire le silence, était de rigueur. Maria et Janine fréquentaient souvent les mêmes endroits, chacune à leur heure, sans le savoir.

C'est quand elles se croisèrent par hasard, un jour de la semaine suivante, dans les rayons de la bibliothèque, que le sujet de la lecture de la main fut abordé par Maria. Elle insista pour que Janine garde le secret absolu. Toujours accompagnée de Sans Son, l'enfant appréciait la présence de l'étrangère, car un courant inhabituel et très puissant passait entre elles. Elle venait tout juste, d'ailleurs, d'émouvoir la Québécoise en lui faisant part de son impression et en qualifiant ce flux entre elles « d'ondes profondes ».

— Vous comprenez, murmura la fillette, je ne sais pas moi-même comment j'arrive à dire toutes ces choses. Il y a quelques mois, j'ai découvert un livre dans le grenier poussiéreux de la vieille maison que mes parents ont louée. Ce n'est pas vraiment un livre, mais plutôt des dizaines de feuilles reliées, écrites à la main.

« Ce... manuscrit – c'est comme ça qu'on dit, n'est-ce pas? – ne porte aucun titre, aucun nom d'auteur. Juste des pages remplies de dessins, de flèches et d'explications très courtes sur les lignes dans nos mains. Je l'ai lu et relu et relu. Il me fascine! Je ne peux pas m'en détacher, comme si c'était un ami que je retrouvais ou une chose que je connaissais depuis longtemps et qui m'a tant manqué. Je sais que ça peut paraître ridicule, mais que voulez-vous, madame Beaulieu, c'est la stricte vérité. Ma mère dit que la vérité n'est pas toujours bonne à dire. Je ne suis pas de son avis. Cela n'a aucune importance qu'on se moque de moi. Mentir pour plaire: ça, jamais! » jura la petite Maria déterminée.

Puis, d'un air coquin et complice, elle mima gentiment la voix et la colère de sa maman quand celle-ci l'avait vue lire les lignes de la main de sa cousine:

— Que je ne t'y reprenne plus jamais! La chiromancie n'est pas un jeu pour les enfants.

Un jeu! Maria n'avait pas vu cela comme un jeu, mais, peut-être, après tout, sa maman avait-elle raison.

— Quand je regarde les lignes d'une main, je joue. C'est un fait. J'arrive à voir certains dessins qu'elles forment. Les lignes changent au fur et à mesure de notre vie, de nos rencontres, le saviez-vous? Ce... jeu de lignes est très beau, irrésistible aussi, et moi, quoi qu'en pensent les autres, je n'ai pas peur de m'y adonner. La chiromancie donne des indications qu'on demeure libre de suivre ou non. Elle révèle souvent le chemin et l'état d'une personne, ses forces et ses faiblesses tant mentales que physiques, affirma Maria avec conviction.

Alors, elle fit brièvement référence à ses parents, confiant qu'ils ne se doutaient pas à quel point elle les connaissait.

— C'est parce qu'ils sont trop concernés par ma

maladie qu'ils ne m'écoutent pas quand je parle de Nerja, en Espagne. Mais je comprends et je ne leur en veux pas. Personne ne peut arriver à enflammer un esprit qui est déjà consumé par de brûlantes pensées, n'est-ce pas, madame Beaulieu?

La *niña* au regard d'azur termina son discours en disant porter surtout attention aux qualités des gens, à la beauté et la grandeur de leur vie intérieure, et aussi à tout ce qui meublait le silence, le non-visible sans oublier les chats, évidemment!

Devant cette enfant si présente, si troublante, la Québécoise eut l'impression de devenir muette, presque « sans son ». Songeuse, ébahie devant tant de sagesse précoce, Janine Beaulieu découvrait en Maria Gilabert une fillette tout à fait exceptionnelle : une petite marchande d'espoir...

***

Les événements se précipitèrent et il fut facile pour Janine d'en comprendre la raison : l'enfant faiblissait à vue d'œil. En effet, sa blancheur et sa transparence étaient telles qu'on aurait cru les rues de *Lou Castèu* hantées par un fantôme. Toutefois, à cause de la prédiction de la gitane, Janine hésitait encore à remettre la pierre à Maria. La femme ne mettait pas en doute l'identité de celle qui devait recevoir l'améthyste ; simplement, elle avait le sentiment que la *niña*, pour son propre accomplissement, devait aller au bout de ses certitudes et venir elle-même vers l'étrangère.

Le troisième tête-à-tête prit place dans un lieu plus que surprenant : l'église du village de *Lou Castèu*, quelques jours plus tard, vers la fin de l'après-midi. Surprise d'y retrouver Maria, seule, immobile devant une statuette, Janine vint se placer à côté d'elle pour lui dire bonjour et s'enquérir de son état. Arrivée à sa hauteur, la quinquagénaire fut incapable de retenir un cri de stupéfaction. Toutes deux se tenaient devant une vierge noire! À la vue de Janine, Maria sourit faiblement et prit sa main. Quand elle se mit à parler, on aurait dit que sa voix sortait d'outre-tombe tant elle semblait ténue et lointaine.

— Avez-vous remarqué, madame Beaulieu, comme cette statuette est vivante et particulière? J'en ai vu une, comme celle-là, autrefois, il y a bien longtemps. Je sais plus où exactement. Une vierge noire, étrangère parmi les vierges blanches. La peinture qui recouvre le plâtre est éraflée. Il lui manque un doigt à la main gauche. Elle me plaît par son originalité et ses vêtements bigarrés. Malgré sa simplicité et son humilité, elle rayonne. Je trouve qu'on se ressemble... en partie! avait conclu l'enfant, naïvement.

— Pourquoi dis-tu cela, Maria? la questionna Janine, intriguée.

— Parce qu'à moi aussi, il me manque quelque chose d'essentiel. Je l'ai d'abord senti très fort quand je suis tombée malade. Bien que je ne me souvienne pas de la nature de l'objet, je le cherche vraiment depuis l'arrivée de Sans Son dans ma vie. C'est lui qui m'a mise sur la piste, en rêve. Si je viens implorer la vierge noire, c'est pour lui demander où je peux trouver l'objet, en espérant qu'elle me dise que je me trompe...

— Que... tu te trompes? Que veux-tu dire, petite? Je... je ne te suis pas. Tu veux le trouver et tu dis vouloir te tromper?

— Qu'il ne se trouve pas toujours là-bas, en Espagne! Sinon, je mourrai encore puisqu'il n'est pas question pour mes parents de m'emmener à Nerja. Je peux pas y aller toute seule quand même, implora-t-elle, découragée. Et j'ai tellement envie de vivre, de jouer, de m'amuser avec les autres enfants. Je voudrais tant revoir la Calahonda un jour. C'était mon endroit préféré... il y a très, très longtemps. Ah! que puis-je espérer avec cette maladie qui détruit petit à petit la vie qui coule dans mes veines. Il... il ne me reste pas beaucoup de temps, madame Beaulieu. Vraiment pas beaucoup! Mes parents ont tant de peine à cause de moi. Je suis si désolée... *Lo siento, lo siento mucho... ¿Es que me voy a morir?* gémit l'enfant d'une voix désespérée, marquée par une immense lassitude, bien plus vieille que son âge actuel.

« C'est la première fois que Maria s'exprime en espagnol, nota Janine, émue et saisie par tant de réalisme. Point besoin de connaître la langue pour comprendre le sens de ses dernières paroles. Annie a mentionné cette plage de Nerja, la Calahonda... Oh là, là!... Oh là, là!... »

Sous le coup des dernières révélations qui se situaient en dehors de la raison, qui défiaient toute notion spatiotemporelle, mais qui n'avaient rien du délire, Janine, qui pourtant s'y attendait, demeura interdite, sous le choc, troublée, incapable de dire mot. Elle n'arrivait qu'à serrer très fort la main froide et immobile de la petite malade. Puis, après un long moment, Janine sortit de sa torpeur et chercha les mots qui encourageraient la *niña*.

— Maria, sais-tu que les anciens considéraient la vierge noire comme l'âme de la nature, la... la... source d'où toute vie jaillit? réussit-elle à balbutier, se parlant plus à elle-même qu'à l'enfant à ses côtés. Car elle possède la couleur noire de la terre. Elle... je suis sûre qu'elle ne te laissera pas tomber. J'en suis persuadée! Fais-moi confiance, Maria. Tu ne vas pas mourir.

Percevant une pression infime venant de la main de la *niña*, qu'elle ressentit à la fois comme un remerciement muet et un appel pathétique, Janine reprit confiance et poursuivit:

— Euh! on dit aussi que les vierges noires sont des archétypes de l'incomparable déesse Isis, la maîtresse des éléments, la grande Initiatrice. Celle qui incarne à merveille le principe féminin. On voit souvent Isis représentée avec une croix particulière : une croix ansée. Une sorte de... de lacet entoure la croix pour nous rappeler qu'il faut apprendre à dénouer les liens. Ce nœud d'Isis symbolise le... le... le dénouement.

Comme un appareil dont on vient inopinément d'enlever le courant, Janine Beaulieu s'arrêta net de parler. Elle comprit avec une certitude absolue qu'à leur prochaine rencontre, Maria Gilabert viendrait vers elle pour chercher l'améthyste. Le dénouement aurait bientôt lieu : le lacet de son rêve, celui qui retenait l'améthyste qu'elle portait à son cou depuis deux ans, n'avait-il pas disparu ? L'étrangère de la rue des Sources jouerait le rôle d'intermédiaire entre la vierge noire et la *niña* de Nerja! Seule la pierre aux reflets violets et aux possibles effets miraculeux, osa espérer Janine, redonnerait l'éclat aux couleurs effacées de l'enfant silencieuse en quête de lumière, et, pourquoi pas, la vie à la fillette mourante en quête de guérison.

Sans même dire au revoir, la Québécoise s'effaça lentement et quitta l'église et Maria d'un pas feutré. Elle remarqua que le silence y était d'or, autant dans l'une que dans l'autre.

***

La rencontre décisive eut lieu à la maison rose, un 31 octobre, un jour triste où le temps avait pris, dès l'aurore, des airs mélancoliques, à la fois pleureurs, venteux et maussades. La pluie cessa vers midi; cependant, la grisaille persistante n'arrivait pas à recouvrir l'humeur joyeuse qui habitait la Québécoise puisque cette date précise tenait une place privilégiée dans son cœur. Alors qu'au son de la musique indienne elle mettait calmement de l'ordre dans ses affaires, préparant un départ qu'elle sentait imminent, elle réalisa qu'aucun enfant ne sillonnerait les rues en quête de friandises dans le petit village provençal, non pas en raison du mauvais temps, mais bien parce qu'on ne fêtait pas l'Halloween en terre française.

La sonnette d'entrée la fit soudain sursauter. En regardant par la fenêtre à carreaux, elle reconnut la *niña* avec son air du premier jour de leur rencontre.

« Son chat doit avoir fugué une seconde fois! » se dit-elle en se rendant au portail.

— Bonjour, Maria. À voir la tête que tu fais, je devine que tu cherches Sans Son. Viens, allons voir derrière la maison. Il doit sûrement s'y trouver.

En effet, le chat blanc était confortablement perché sur une branche du cerisier centenaire. D'une immobilité surprenante, patient et sage, le félin attendait. Une attitude insolente perçait dans son regard: la certitude d'être vite retrouvé et choyé. À le voir ainsi rivé à la branche, une pensée farfelue, mais dont la seule évocation ébranla Janine, lui vint à l'esprit: « On dirait que ce chat attend là depuis plus de cent ans! » Puis, elle se surprit à songer que l'animal semblait avoir prémédité son geste afin que sa maîtresse puisse revenir d'elle-même à la maison rose.

— Le voilà! Ah! je me doutais bien, moi aussi, qu'il était ici, s'exclama Maria, soulagée. Viens, Sans Son. Ici, dans mes bras. De suite! ajouta-t-elle avec fermeté, sans élever la voix, mais simplement en ouvrant les bras.

Et le chat, en bon félin, atterrit directement dans les bras d'une petite Maria apaisée, mais très essoufflée.

— Je m'excuse de vous avoir dérangée, madame Beaulieu. Je verrai à ce que cela ne se reproduise plus...

— Mais toi et Sans Son ne me dérangez pas le moins du monde, l'interrompit Janine. Au contraire! Si tu as quelques instants, j'aimerais que tu me tiennes compagnie, avec ton chat bien sûr, et tu en profiteras pour te reposer un peu. Tu as l'air exténué, ma pauvre petite.

Tout en retournant lentement vers la bastide, entre deux accès de toux, épongeant l'eau qui dégoulinait de son front en dépit de la fraîcheur du jour, Maria fit une confidence à Janine:

— Vous savez, madame Beaulieu, je suis venue directement ici, sans aller ailleurs. Je savais que j'y trouverais Sans Son. Et... aussi, j'aimerais vous raconter un rêve ou une vision, je sais pas trop...

— Tu m'intrigues, Maria. Cela doit être bien particulier pour que tu te décides enfin à revenir à la maison rose de toi-même! Viens, entrons au salon.

Dès qu'elles furent confortablement installées, sirotant un chocolat chaud et grignotant quelques biscuits qui redonnèrent un peu de couleur à Maria, la conversation reprit.

— Alors? Quel est donc ce rêve si particulier? Je t'écoute... Mais rien ne presse, tu sais. Tu as tout le temps du monde devant toi, mon enfant.

Encouragée, et aussi intriguée par les paroles et l'aplomb de l'étrangère, Maria commença par confier qu'elle était allée voir la vierge noire, la veille. Pas celle qui se trouvait à l'église, mais l'imposante statue sur la colline qui surplombait *Lou Castèu*. Puis, elle décrivit un banc près d'un olivier centenaire où elle aimait bien se reposer, car, du haut de la colline, elle pouvait admirer tout le village, pas juste un de ses quartiers. Elle précisa au passage qu'une vision globale et circulaire permettait souvent une meilleure approche et une plus grande objectivité des faits, remarque judicieuse et sage que Janine approuva d'un signe de la tête.

— J'étais assise avec Sans Son sur mes genoux en pensant encore à cette chose qui me manque. Et là, je ne sais pas ce qui s'est passé. Pourtant, je ne crois pas m'être endormie, mais c'est toujours possible. En tout cas, je ne voyais plus le village. Je me suis retrouvée... ailleurs, sur une autre colline. À l'avant-plan, il y avait ce grand arbre : un immense sapin de Noël! D'autres aussi aux feuillages rouges, jaunes, orangés, dont certains à l'écorce blanche coloraient la colline. Je ne peux pas vous dire leur nom, car je n'en ai jamais vu de semblables, ni ici ni en Espagne. Au milieu, il y avait un rocher... un rocher tout plat! Il n'était pas blanc et gris comme celui de notre Estaque, mais sombre avec des teintes rougeâtres. J'entendais nettement une source couler plus loin.

« Trois vieilles femmes en noir se tenaient assises sur ce rocher. Elles observaient calmement les nuages. Je crois qu'elles priaient. J'ai bien reconnu la Prima, mais les deux autres... je ne sais pas! Une... une d'entre elles avait des yeux d'ombre et une étrange façon de s'exprimer. »

Cette dernière observation ébranla fortement l'enfant et la rendit aussi muette que son chat pendant quelques secondes. Le regard fuyant, le geste nerveux, par crainte de se faire rabrouer, Maria avoua la suite avec difficulté.

— J'ai... j'ai entendu... la voix de la Prima. Elle... elle a dit : « *La extranjera de la casa rosa tiene lo que estas buscando.* » C'est tout, madame! Après ça, je me suis retrouvée penaude à regarder *Lou Castèu*. Je vous jure que je n'invente rien, croyez-moi!

Janine n'eut aucune difficulté à comprendre le sens achevé de la révélation, mais désirait l'entendre de la bouche même de la *niña*. C'est pourquoi elle demanda avec gentillesse, tout en laissant sciemment sa phrase en suspens :

— L'étrangère de la maison rose...?

— ... euh!... détient l'objet que tu cherches, compléta la *niña* d'une voix à peine audible.

Nonobstant l'air désemparé de Maria, ses frêles épaules voûtées et les larmes qui s'écoulaient une à une sur ses joues creuses pour mouiller sa robe, Janine l'enjoignit de poursuivre.

— Voyant que..., bredouilla l'enfant en hoquetant, voyant que Sans Son avait encore fugué ce matin, je... je me suis dit que si je le retrouvais encore ici, cela voulait dire que...

— Continue, ma petite. Je t'écoute.

— Cela voulait dire que... que la Prima avait dit vrai.

Une fois débarrassée de ses lourdes confidences, Maria reprit un peu d'aise. Elle admit avoir douté, pendant des heures qui lui avaient paru interminables, de sa vision. Ne voulant pas se faire des illusions et n'osant se présenter chez madame Beaulieu à l'improviste, elle avait pris la matinée pour réfléchir à ce qu'il convenait de faire.

— Le temps, seul, nous fournit parfois certaines réponses. Car c'est ce matin, madame, ce matin seulement, que j'ai repensé aux lignes de votre main. J'ai enfin compris ce que Sans Son avait réalisé bien avant moi en venant le premier, ici même. Je vous avais dit qu'il devait bien y avoir une raison. Ah! on ne suit jamais assez ses intuitions. Euh!... madame Beaulieu, c'est bien vous, alors, qui êtes venue de si loin pour me remettre... l'objet? osa finalement demander Maria pour paniquer aussitôt :

— Ah! vous devez croire que je suis folle ou bien que je délire pour vous parler de la sorte.

La Québécoise se leva d'un bond pour venir réconforter la *niña* et s'asseoir près d'elle. En caressant sa main frêle, elle lui sourit en certifiant :

— Je ne peux croire une telle chose, belle enfant, puisque... tu as raison sur « toute la ligne »!

Sur ces paroles, elle baisa tendrement le front chaud de la petite malade.

« Ce baiser, tout en étant le premier, sera aussi le seul. Je ne reverrai jamais plus Maria Gilabert », réalisa Janine, fort attristée à cette pensée.

Fortement secouée par les événements qui se déroulaient, néanmoins envahie par une grande sérénité, Janine s'éloigna un court moment. Puis, elle revint en tenant un petit écrin dans la main. Sans une parole, elle l'offrit à la fillette attentive et silencieuse, qui dégageait le calme d'une mer d'huile, malgré la tempête d'émotions qui soufflait dans la bastide rose. Maria l'ouvrit et s'extasia, incrédule et ravie :

— Une... améthyste? Une améthyste... C'était donc une pierre? Oui, oui... « une pierre aux pouvoirs extraordinaires », avait assuré la Prima. Je me souviens maintenant. Mais quelle bonne idée, le cordon! Cette fois, je ne la perdrai plus, puisque je pourrai la porter sur moi, affirma l'enfant, sûre d'elle, en laissant Janine passer la parure autour de son cou.

En faisant ce geste mille fois répété mentalement, Janine en profita pour lui révéler que celle qui avait trouvé la pierre en premier, lors d'un voyage en Espagne, s'appelait Incarnation. Cette dernière avait légué l'améthyste à Élisabeth Payot qui avait vécu, petite fille, ici même, à *Lou Castèu* et qui avait, par la suite, émigré au Québec. Cette dame avait remis l'améthyste à Janine, le 24 décembre 1959, au Royaume du Saguenay, là où elle devait retourner bientôt.

— Sur la rue des Sources, Maria, celle d'où toute vie jaillit! N'est-ce pas... magique? déclara-t-elle, particulièrement troublée et émue par cette étrange et merveilleuse coïncidence. Élisabeth a alors exigé de moi, en retour, une promesse...

— Celle inscrite dans la ligne de votre main, termina Maria simplement.

— Oui, c'est exact.

Sans toutefois fournir tous les détails, Janine avoua avoir perdu la trace de la pierre pendant quatre décennies.

— L'essentiel est que j'ai fini par la retrouver, non sans peine et avec l'aide d'une personne si chère à mon cœur, pour te la remettre, n'est-ce pas? conclut-elle, la voix hachurée par l'émotion. Ouf!... que de détours j'ai dû prendre pour venir jusqu'à toi, petite fille.

— Ah! qu'elle est belle. Regarde, Sans Son, regarde tous les reflets différents de ce beau violet, s'extasia Maria Gilabert, hypnotisée par l'éclat de la pierre.

Et le chat regarda. Et le chat admira, lui aussi. Et le chat... miaula, pour la première fois de sa vie.

— Madame Beaulieu, vous avez bien entendu comme moi? Vous l'avez entendu, non? Il a parlé... enfin, je veux dire, il a miaulé! Mais c'est fantastique! Incroyable! On dirait qu'en la voyant, il l'a, lui aussi, reconnue. Pensez-vous que c'est possible, une chose pareille, madame Beaulieu?

— Euh! Tu parles... du chat? la questionna Janine, surprise, voyant que Maria ne semblait tenir aucun compte de sa propre situation qui frisait pourtant le surnaturel! Pourquoi pas? Je suis bien obligée d'admettre que c'est une possibilité, en effet, rétorqua Janine le plus sérieusement du monde.

La femme de la terre et de l'air n'avait jamais rien vécu d'aussi insensé, d'aussi extravagant depuis fort longtemps. Elle eut soudain envie d'éclater de rire : un rire fou qui la libérerait de ce jeu des lignes irrationnel qui lui donnait encore et toujours le vertige. Cette envie subite lui rappela le jour du saule avec son âme sœur. En repensant aux paroles d'Élisabeth, à propos du remède qui guérissait son cœur, le rire, elle ne put se retenir plus longtemps. Janine se mit à rire joyeusement et Maria rit de bon cœur avec elle pendant que Sans Son pouvait enfin ronronner en se lovant tendrement dans les bras de sa protectrice.

Puis, la petite fille aux chats disparut de la vie de Janine Beaulieu aussi simplement qu'elle y était apparue. Mais avec quelques différences : la *niña* avait retrouvé son améthyste, et, de ce fait, elle rayonnait totalement. Ses yeux irradiaient une lumière exceptionnelle. Son chat, Sans Son, miaulait avec un contentement évident. Au portail, en serrant l'améthyste de sa main gauche comme l'avait fait Janine tant de fois auparavant, Maria se retourna avec un dernier regard pour l'étrangère. Toutes deux savaient qu'elles ne se reverraient plus. C'est pourquoi l'enfant lui confia :

— Je ne vous oublierai jamais, madame. Sans votre acharnement à croire à l'incroyable, sans votre persévérance à réaliser cet engagement coûte que coûte en dépit des jugements aveugles et gratuits de vos proches et, surtout, sans votre force de caractère à passer outre – et je sais de quoi je parle ! –, je ne serais pas en possession de la pierre aujourd'hui. Je ne la perdrai plus, c'est juré, chuchota-t-elle avec une très grande sincérité dans la voix. Je guérirai cette fois, vous verrez, et vous n'aurez donc pas parcouru tout ce chemin pour rien. Je bénis les aléas du destin qui vous ont menée jusqu'ici, jusqu'à moi. Je vous remercie avec… avec mon cœur d'enfant ! Bon voyage ! gentille madame Beaulieu. Bonne chance et bon vent, surtout !

Les dernières paroles de Maria eurent l'effet d'un souffle réparateur, rafraîchissant et curatif sur Janine Beaulieu. Comme par magie, tel un baume d'espoir, il vint apaiser son esprit enfiévré et fort sollicité au cours des dernières semaines. « Un cœur d'enfant. » N'était-ce pas l'expression utilisée par Incarnation au temps de l'enfance d'Élisabeth? se rappela soudain Janine, ravie, au moment où elle regardait la *niña* s'éloigner à tout jamais de sa vie.

Telles avaient été également les paroles de la Prima, au temps de l'enfance de Carla dos Santos, mais cela, Janine Beaulieu ne le saurait jamais. Fort heureusement pour Maria, cette ignorance de certains faits d'un passé lointain n'avait pas empêché la Québécoise de réaliser son engagement et, par conséquent, de lui sauver la vie.

« Le plus souvent, se prit à philosopher Janine, l'engagement d'une vie se moque allègrement du temps terrestre et de l'espace aérien. Il n'exige aucune explication immédiate, aucune compréhension rationnelle. Aucun support particulier. Il peut parfois se réaliser en quelques secondes, souvent en plusieurs années, ou même prendre toute une vie. Pour s'y intégrer, il faut le silence, l'attention portée à l'âme, l'intuition, l'amour, l'espoir, la persévérance et, surtout, un abandon puéril. Peut-être bien aussi une forte dose d'obstination et un brin de folie! ajouterait André. Ah! que penserait-il de ce dénouement si peu... orthodoxe? »

Le jeu des lignes venait de prendre, dans ce moment magique, toute sa signification, en procurant à Janine un de ces instants d'éternité si chers à son cœur. Pendant que la Québécoise retournait lentement à la maison rose afin d'y préparer officiellement son départ, pour la première fois depuis son arrivée à Châteauneuf, un rouge-gorge caché dans les branches du pin parasol fit entendre son *tictictictic* clair et pur. Un sentiment d'accomplissement et d'entièreté, comme elle n'en avait jamais connu auparavant, vint alors envahir l'esprit, l'âme et le corps de Janine Beaulieu.

« Dans le vent, dans le vent... »

La femme au souvenir dormant pouvait désormais retourner sur sa terre.

XVIII

Pendant que Janine enregistrait mentalement la triste ressemblance entre les aéroports : « Dorval, Orly ou Marignane, c'est du pareil au même, ma parole ! », la tête en l'air, puis dans ses documents de vol, elle cherchait la porte d'embarquement 17.

« Hum ! intéressant ce dix-sept. L'avenir, les prémonitions, la chance, l'amitié, l'espoir, le rêve, la bonne étoile, quoi ! Oh ! c'est ma foi vrai, ça représente le nord, et aussi l'air. Tout ce qui arrive sous cette vibration dure longtemps et marque le souvenir pour l'éternité. Chouette alors ! »

Excitée d'un rien, jouant avec la forme implicite des nombres, uniquement pour le plaisir et la détente, heureuse à l'idée de prendre l'avion et de rentrer au pays, Janine Beaulieu ne s'était jamais sentie aussi jeune, aussi enjouée et en forme. La Québécoise venait tout juste de quitter ses amis français, Annie et Paul. Comme ils avaient eu largement le temps de tisser les liens d'une amitié qui ne souffrirait pas des affres de la séparation, celle-ci fut loin d'être douloureuse. Il ne fut nullement question d'un adieu, mais bien d'un simple au revoir. Les trois amis avaient même convenu de se retrouver au cours de l'été 2003, au Québec, les Pichon voulant découvrir à tout prix les splendeurs et merveilles de la Belle Province...

Janine tenait encore dans sa main une enveloppe cachetée, remise par Annie.

« Probablement une carte de souhaits », se dit-elle. Un sourire vint éclairer son visage au souvenir de sa promesse de ne l'ouvrir qu'une fois installée dans l'avion.

« Ah! voilà enfin la porte 17. Pas trop tôt, il doit rester à peine une demi-heure avant le décollage. »

Pendant qu'elle prenait la file, elle songea à son frère Serge. C'est avec une joie évidente qu'il avait accepté de préparer la maison pour son retour : aération, nettoyage, vérification du système de chauffage, attendu qu'elle revenait avec la neige imminente. Janine avait refusé net que Claudette et lui fassent cinq cents kilomètres pour venir la chercher à Montréal. Elle prendrait l'autobus.

« Deux ans exactement depuis que je suis partie. Deux ans! ne cessait-elle de se répéter. Oh! que ça va faire du bien d'être de retour. Il me semble que je suis prête. Prête à quoi, au juste? »

Une fois les formalités remplies et les barrières de sécurité traversées, Janine repéra un fauteuil libre près des grandes baies vitrées; elle s'y dirigea d'un bon pas. Le regard plus ou moins occupé à remettre ses papiers dans son sac de voyage, elle heurta un voyageur avec son bras et s'excusa vaguement en se retournant. « Bof! il s'en est même pas rendu compte. Tiens! il a la même stature que le professeur... Ben! voyons... Ça alors! ça se peut pas!? Je rêve ou quoi? »

— André!... André Giroud?... André! André! se mit-elle à crier à tue-tête dans la salle d'attente silencieuse alors que l'homme se trouvait à peine à quelques enjambées.

D'un œil inquisiteur et plutôt malveillant, les voyageurs jetèrent leur dévolu vers la trouble-fête en premier lieu. Puis, quand ils entendirent l'intonation dans la voix de l'homme qui se retournait lentement, quand ils virent l'expression de son regard, et son corps figé par l'émotion, leur verdict sévère tomba d'un coup, tout comme les bagages des mains du charmant inconnu.

— Ja... Janine? Janine Beaulieu! Janou! Toi!? Toi ici!?

Lorsqu'il ouvrit grands les bras à la manière de larges et fortes voiles au vent, de désobligeant au départ, le verdict devint complaisant et, surtout, conciliant : n'avait-on pas sûrement affaire, ici, à de tendres retrouvailles sentimentales?

***

Passablement affecté, tant par les zones de turbulence réelles et émotives que par les révélations ahurissantes de sa compagne, le professeur s'était assoupi. Du moins, il avait les yeux fermés. Quant à Janine Beaulieu, elle se sentait heureuse, enthousiaste, en paix avec elle-même et plus que comblée par le destin. Le cœur bien à sa place – pour une fois! –, mais l'esprit en cavale, elle regardait par le hublot.

« Ah! je vais voyager plus souvent, c'est sûr. C'est si merveilleux de se retrouver au-dessus des nuages, rêvassa-t-elle. Je me demande comment va Maria. Je ne l'ai jamais revue. Et... si je me faisais une promesse? Hum! pourquoi pas? Moi, Janine Beaulieu, je promets d'aller, un jour, seule ou... accompagnée, marcher sur le sable de la Calahonda à Nerja, en Espagne. Voilà, c'est fait! Oh! oui... »

« Accompagnée. » Ce mot qui trottinait dans son esprit lui fit tourner la tête, au réel comme au figuré, et elle se mit à observer attentivement André Giroud. Tant l'homme à ses côtés dégageait un charisme certain, une assurance virile incontestable et une maturité presque appétissante – d'ailleurs, pour ces raisons, la passagère du siège qu'il occupait présentement avait été incapable de lui résister, acceptant volontiers d'échanger sa place –, il sembla à Janine voir le psychiatre pour la première fois, et le découvrir.

« Non! tu te permets enfin de le regarder en tant que mâle, ma chère. Sois honnête. C'est plutôt ça, Janine Beaulieu! Ouais! il est vraiment... vraiment pas mal du tout, ce cher professeur. Et, après tout, ne suis-je pas libre désormais! » se fit-elle la remarque à brûle-pourpoint, sentant monter les rougeurs juvéniles d'une attraction physique difficile à contenir.

Il devait rester environ deux heures de vol. Des images d'un film muet se déroulaient sous ses yeux, plus haut, en avant, sans qu'elle ait envie de s'y attarder. De toute façon, elle n'avait pas pris d'écouteurs pour les dialogues. Dans le ronronnement sécurisant des moteurs et la pénombre bienfaisante de l'appareil, Janine replaça son oreiller, se cala dans son fauteuil et en profita pour faire le point sur cette extraordinaire rencontre...

***

André Giroud venait de passer les trois derniers mois dans la région toulousaine à régler la succession de sa mère décédée et à redécouvrir son coin de pays natal, le Midi-Pyrénées traversé par la Garonne, qu'il avait longuement vanté et louangé avec brio et jubilation. Une fois que Janine lui eut offert ses condo-léances, elle n'avait pu s'empêcher de montrer sa déception quant au fait qu'il ne soit pas venu lui rendre visite.

— Euh! je suis venu, Janine... jusque sur la rue Émile-Zola, mais je suis reparti aussitôt, lui avait-il confessé, soudain intimidé.

— Quoi? Mais... explique-toi, je ne comprends pas! Gêné, André avait fourni l'explication suivante. Un jour de la fin septembre où il était passé à Châteauneuf, à la bastide rose, rue Émile-Zola, il s'était retrouvé, par chance, devant un portail grand ouvert. Ainsi, de loin, il avait pu apercevoir Janine en compagnie d'une fillette chétive et pâle qui lui tenait la main.

— De vous voir, là, ensemble... Je ne sais pas, Janine, mais j'ai senti que ce n'était pas le bon moment. Il me semblait qu'il se passait quelque chose de très important entre vous. Peut-être étais-tu proche du but? Je n'avais pas à m'immiscer. Ah! trop de doutes m'ont alors assailli. Et puis, tu sais, madame Beaulieu, c'est de ta faute aussi.

— Hein? comment ça, de ma faute? explosa Janine, éberluée et décontenancée. Mais qu'est-ce que tu me racontes? Qu'est-ce que j'ai à voir dans ta décision?

— J'ai agi sous le coup de l'intuition, chère madame! avait-il lancé d'un air narquois et frondeur. Et ça, eh bien! c'est seulement depuis que je te connais que j'agis de la sorte. Avant, avant... je serais certainement entré, sans me poser de questions.

Au souvenir des aveux du psychiatre, Janine se sentit toute drôle. Elle sourit de contentement. André Giroud s'était déplacé pour venir la voir dans les Bouches-du-Rhône. Tous ces mois, les trois derniers en particulier, il s'était donc éloigné volontairement d'elle, tenant à respecter sa vie privée et ses choix, aussi insensés puissent-ils être. Elle ne lui était donc pas indifférente, malgré leur grande différence.

Pendant qu'André s'épanchait librement, que Janine recueillait ses propos avec une ferveur juvénile, leurs regards se buvant comme eau de source après sécheresse, comme printemps après hiver, comme présence après longue absence, leurs mains se caressant à travers les simples frôlements du hasard, la compagnie aérienne, pour leur plus grand plaisir, avait annoncé un retard de deux heures. Alors, confortablement installés au bar, en riant et en faisant fi de ce retard qui n'était rien comparé au leur – ils avaient bien, eux, deux ans à rattraper! – les compagnons de voyage avaient levé leur verre à ces belles et surprenantes retrouvailles.

Puis, devant l'insistance d'André à tout savoir, Janine avait commencé son histoire qu'elle venait de terminer il y avait une demi-heure à peine. Aucun détail n'avait été épargné, absolument aucun. Sans hésitation, sans retenue, elle avait aussi parlé de l'hypothèse d'une réincarnation dans le cas de Maria Gilabert. À la fin, voyant que son interlocutrice attendait son avis, le psychiatre avait juste statué:

— Venant de quelqu'un d'autre, j'aurais de sérieux doutes sur une telle histoire. Venant de toi, belle Janou, rien ne m'étonnera jamais plus! lui avait-il confié dans le creux de l'oreille. Et... bien qu'aucune preuve ne puisse venir étayer une telle présomption, scientifiquement du moins, à la suite de tes confidences et sachant qu'elles viennent d'une personne intègre qui n'aspire qu'à la vérité, j'aurais, moi aussi, tendance à...

Juste à ce moment-là, André s'était éclairci la voix, signe qu'il ne pouvait, dans l'immédiat, dépasser cette limite. Ensuite, il avait repris d'un ton plus intime:

— Bref, le plus important, Janine Beaulieu, l'essentiel est que tu aies pu réaliser cet engagement qui te tenait occupée tout entière, cœur inclus! Tu seras peut-être libre, désormais, pour t'investir dans un autre...

Le mot « engagement » sur lequel il s'était arrêté avait eu l'effet surprenant d'une « arête » prise au fond de la gorge. Janine n'avait pas été dupe: les yeux agrandis par son audace, André s'était presque étouffé avec le mot, avec toute cette tendresse qui était remontée chez lui en bouffées de chaleur intense. Il avait alors gauchement prétexté le besoin de s'assoupir avant d'atterrir...

Une fois son tour des événements complété, Janine se rappela la carte d'Annie. Sans faire de bruit, pour ne pas déranger André, elle fouilla dans son sac et ouvrit l'enveloppe. Elle y découvrit une magnifique carte aux parfums de la Provence. En effet, l'image montrait un olivier au centre d'un champ de lavande en fleurs sous un ciel bleu à l'infini. Elle ouvrit délicatement la carte pour lire :

Ma mie,

Est-il nécessaire de te rappeler à quel point tu nous manqueras, à Paul et à moi? Je ne crois pas. Je veux t'annoncer ici une nouvelle qui te réjouira sûrement. La niña *est miraculeusement guérie! Enfin! c'est ce qu'on colporte dans tout* Lou Castèu, *ma belle... Sa mère me l'a elle-même confirmé toutefois. Le monde médical est sens dessus dessous, il paraît! Tu sais, ma mie, j'ai vu que Maria portait l'améthyste que j'ai déjà remarquée à ton cou et j'ai la certitude, sans en avoir de preuves évidemment, que tu n'es pas vraiment « étrangère » à cette guérison miraculeuse... On s'en reparlera, va!*

Justement hier, j'ai rencontré la petite et elle m'a priée de te faire ce message (je te le répète mot pour mot puisqu'elle a tellement insisté!) : « Dites à la dame, votre amie, qu'elle ne doit pas oublier que, dans le ventre de l'oiseau blanc, se trouve une âme sœur. » Voilà! C'est fait!

À bientôt chez toi, belle princesse, dans ton... Royaume.
Tes amis de Provence et de toujours,
Annie et Paul

Juste au moment où Janine réalisait pleinement la portée de la prédiction de la *niña* à leur première rencontre, au moment où elle constatait que celle-ci s'appliquait non pas au passé composé d'elle et de son âme sœur Élisabeth Payot, comme elle l'avait déduit, mais bien à son présent indicatif du fait qu'elle se trouvait effectivement dans le ventre d'un gros oiseau avec... l'Autre, elle regardait André qui ouvrit les yeux et se tourna vers elle.

Sous le choc des révélations contenues dans le message d'Annie, le teint de Janine avait pâli et son souffle était devenu court. Son regard absent et vitreux révélait celui d'une femme au bord de la nausée. Inquiet le psychiatre s'enquit :

— Janine, ça va? Te sens-tu bien?... Tu... tu pleures?

— Ou...i, oui, je pleure, mais ça va. Ouf! je viens de lire la carte d'Annie. Que d'émotions pour une seule journée. Toi, tu... t'es bien reposé?

— Bien!... j'ai pas vraiment dormi, en fait, avoua André. Je réfléchissais, les yeux fermés. Tu m'as bien dit que personne ne venait te chercher à Dorval? Hum! j'ai pensé que... que tu pourrais venir passer deux ou trois jours en Estrie, dans ces terres de l'Est si chères à ton cœur, pour te reposer, te remettre du décalage et de toutes ces... émotions. Ensuite... ensuite, je te raccompagnerais moi-même à Arvida. J'aimerais bien connaître le décor des quatre saisons, et cette fameuse rue des Sources « d'où toute vie jaillit » et aussi voir ta maison autrement qu'en citrouille. Hein? Qu'en... qu'en dis-tu, belle Janou?

En lui faisant cette offre, plus que jamais déterminé à compléter sa phrase d'amour, André avait pris doucement la main de Janine. Il aimait tant dire Janou qu'il aurait répété ce nom à l'infini. Comme la réponse tardait à venir, il s'inquiéta et crut être allé trop loin, trop vite. Et pourtant, il insista :

— Alors?

Ce terme précis fit resurgir entre eux un souvenir commun : celui de la huitième consultation. Cette fois, c'était André qui attendait, fébrile et anxieux, une réaction, une réponse de la part de Janine. De manière fortuite, le même questionnement lui revint en tête, presque à lui faire mal : « Comment un simple mot, somme toute banal, peut-il contenir autant d'attentes, susciter autant d'espérances ? »

Un « oui » paraissait trop banal à Janine Beaulieu. Elle avait beau chercher, elle ne trouvait rien d'assez puissant, d'assez complet, d'assez vrai. Ne désirant pas accentuer un malaise déjà évident chez son compagnon de voyage, une main dans celle d'André, l'autre posée sur la représentation d'un champ de lavande en fleurs, Janine Beaulieu se pencha vers l'homme à ses côtés. Elle put alors noter qu'il avait la même étincelle d'attente dans le regard qu'au temps du deuil d'Élisabeth. Il l'aimait donc depuis longtemps ! Elle l'aimait aussi, infiniment, mais ne savait depuis quand.

D'instinct, elle lui remit la carte, sans un mot, et attendit qu'il en ait terminé la lecture. Peu après, leurs regards se croisèrent à nouveau. Les mêmes certitudes, les mêmes espérances, les mêmes désirs y étaient inscrits en lettres de lumière, en lettres d'espoir. Un vent d'amour et de passion souffla fort autour d'eux, les portant vers de nouveaux sommets à conquérir, sur des terres vierges à parcourir, ensemble, ensemble...

Cette fois, sans peur, dans une sorte de mantra magique, le professeur répéta d'une voix chaude et invitante, provocatrice et insistante :

— Alors ?... Alors ?...

Des reflets violets vinrent de nouveau scintiller dans le regard d'ombre de Janine Beaulieu. Sa peau dorée affichait désormais un teint embelli et épanoui : celui d'une femme éprise et charmée par cette voix persuasive et si amoureuse. Gracieuse, féminine, la belle Janou se contenta d'embrasser longuement André Giroud sur les lèvres. Et cet élan enflammé fut pour le psychiatre la plus affirmative, la plus engageante, la plus prometteuse, la plus sûre des réponses à recevoir. La seule, en fait, qui pouvait chasser définitivement entre eux ce « rien » qui, jadis, les avait tous deux tant affligés. Ainsi, par ce baiser passionné, la femme au souvenir dormant venait de sceller avec André Giroud, le psychiatre hypnologue, un autre engagement...

Épilogue

Nerja, Espagne, 21 septembre 2010.

En cette heure du petit matin, au moment où l'aurore pointe et proclame l'espérance d'un nouveau jour, une femme se promène pieds nus sur le sable chaud et doré, accomplissant ainsi une promesse qu'elle s'était faite quelques années auparavant. Si elle a choisi cette heure du soleil de l'est, c'est pour être certaine d'y découvrir la Calahonda sous son plus bel éclairage, dans son état sauvage, c'est-à-dire dépouillée des touristes clinquants.

C'est à pas feutrés que Janine Beaulieu a, quelques instants auparavant, quitté André, son compagnon encore endormi dans la chambre d'hôtel. Elle lui a laissé une note au cas où il se réveillerait et la chercherait.

Je ne peux plus attendre, a-t-elle rédigé à la hâte. *Je n'ai presque pas dormi! J'ai une envie irrésistible d'y aller maintenant pour enfin jouir de ce beau cadeau d'anniversaire que tu m'as offert. Ne crains rien, mon amour, nous y retournerons ensemble! Je t'aime. Janou.*

La Québécoise, qui fête aujourd'hui même ses soixante automnes, s'émeut, s'émerveille, se souvient. Devant tant de beauté, elle ne sait trop que penser, que croire. L'énergie puissante du lieu l'enveloppe et, telle une sirène aux chants séducteurs, semble vouloir lui faire perdre le sens du réel, du connu, et la notion du temps. En marchant lentement pour savourer cet instant magique, elle se pose mille questions, sans espérer ou attendre aucune réponse. Juste le fait d'explorer la Calahonda, de simplement lever la tête pour admirer le magnifique Balcón de Europa, lui apparaît déjà un inestimable cadeau des dieux.

Dans le silence enveloppant, elle prend soudain conscience d'une présence. Un homme aux allures de patriarche, assis sur un récif, le pantalon retroussé aux genoux, les pieds dans l'eau, un vieux chapeau de paille sur la tête, le regard rivé sur l'immobile, sur le non-visible, semble jouer le rôle de gardien des lieux. Contemplatif, en communion avec la nature, il médite sans aucun doute, songe Janine. Quand elle passe près de lui, le vieillard la regarde avec gentillesse et l'interpelle :

— *¡Hola! Señora.*

— *... euh! Buenos días... Señor?* tente-t-elle, peu familière avec la langue du pays; mais son accent est si gracieux que le vieil homme sourit d'aise.

— Oh!... pardon. Bonjour, *Señora.*

Sans prévenir, il la détaille soudain avec insistance et ajoute aussitôt :

— Ah! oui, oui, je vois et j'entends que vous êtes sûrement... l'étrangère.

— Euh! oui, « étrangère », abrège poliment Janine, soulagée, mais intriguée.

D'entrée, les mots choisis par l'inconnu pour l'aborder l'ont saisie et l'obligent à s'y attarder, à se questionner. Pourquoi dire « je vois » et « l'» étrangère? Janine serait prête à jurer que les paroles du patriarche impliquent qu'il la reconnaît, qu'il l'attendait.

« C'est ridicule, il ne maîtrise pas bien la langue française, c'est tout! » Pourtant, elle s'entend dire le contraire :

— Vous… vous parlez bien français.

— J'espère bien! Je suis français, enfin de naissance, précise-t-il d'un air entendu. Je vis en Espagne depuis très longtemps. Cela me fait plaisir, de temps à autre, de retrouver les échos de ma langue maternelle. Vous venez vous-même du… Nouveau Monde, est-ce que je me trompe?

Devant la perspicacité et l'œil observateur du vieillard, un trouble s'empare de Janine. Elle répond maladroitement que son accent la suivra bien toujours, tout en sachant pertinemment que tel n'est pas le cas, puisqu'elle n'a pratiquement rien dit. Puis, comme par magie, en un éclair, un courant de sympathie passe entre eux, inattendu, étrange, mais bienvenu. Les deux âmes solitaires échangent alors sur la beauté des lieux, effeuillent au passage leurs parcours communs, et s'éclairent respectivement sur la raison de leur présence en cet endroit particulier. La Québécoise, qui ne désire pas partager ses motifs intimes, souligne seulement qu'on lui a, jadis, vanté la beauté et la féerie de ces lieux. Par conséquent, elle s'était promis d'y venir. « Me voici donc ici, à Nerja, en ce jour d'anniversaire! » conclut-elle, sans façon.

Quant au patriarche, après lui avoir poliment offert ses vœux, il avoue avoir été envoûté par cette magnifique terre d'Andalousie lors d'un précédent voyage, et plus particulièrement par la Calahonda. C'est pourquoi, à l'époque, conte-t-il en riant, le banquier qu'il était s'était « réincarné » en… sardinier! Et, non sans humour, il ajoute que les pêcheurs de Nerja ont pratiquement tous disparu, hélas, car les poissons se font bien rares aujourd'hui, les touristes ayant pris beaucoup de place sur et dans les eaux de la Méditerranée…

— Vous savez, madame, il n'y a pas assez d'espace ici pour les deux en même temps, affirme l'homme, mi-figue, mi-raisin. De toute façon, ils se ressemblent trop pour s'entendre!

— Je... je ne comprends pas! s'étonne Janine, indécise sur le comportement à adopter.

— C'est pourtant simple: tels des poissons, les humains mordent gauchement à tous les appâts qui leur sont offerts, et même les « leurres » fonctionnent plutôt bien avec certains d'entre eux, non? Ah! ah! ah! Ne m'en veuillez pas, ce n'est pas méchant.

Plus sérieusement, l'homme au visage buriné par les vents du grand large demande à Janine si elle connaît la signification du nom Calahonda. Elle répond par la négative; son air curieux et intéressé invite néanmoins le vieillard à poursuivre:

— Ondes profondes. Intéressant, non? « Ondes » pour les eaux de la mer, de toute évidence. Mais, en extrapolant, pourquoi pas « ondes porteuses »? Vous savez, celles de haute fréquence qui transmettent des messages? Qui dit qu'on ne peut pas envoyer un message d'espoir, voire une prière, dans les eaux de la Calahonda, et quelqu'un, quelque part, l'entend à un moment ou à un autre, ici dans les Vieux Pays ou même, qui sait... dans le Nouveau Monde?

Devant l'air incrédule et figé de son interlocutrice, sa soudaine pâleur et son malaise grandissant, ne voulant pas la voir fuir, le vieillard s'empresse d'ajouter d'un ton complice et enjoué:

— Ce n'est pas défendu de rêver, n'est-ce pas, *Señora*? En passant, savez-vous qu'il existe une histoire – certains disent une légende, mais c'est un bien grand mot! – relative à ces ondes enchanteresses?

— Eh bien! pour être franche avec vous, *Señor*: non. Je n'ai rien lu ou entendu là-dessus, réplique Janine, qui navigue désormais entre deux mondes.

— Oh! on ne retrouve pas de telles révélations dans les dépliants pour touristes, croyez-moi! En réalité, c'est une sorte de conte local qui s'est transmis de bouche à oreille. Aimeriez-vous l'entendre?

En dépit du silence de l'étrangère, jusque-là craintive et réservée, le patriarche sait qu'il vient de toucher une corde sensible, qui prend l'apparence d'une simple « ligne » chez elle. Elle devient tout ouïe. Ses yeux d'ombre s'illuminent. Son teint reprend des couleurs. Son corps se détend. Elle penche légèrement la tête mais ouvre grand son cœur d'enfant. Dès lors, le gardien des lieux peut commencer son récit...

***

— Jadis, il y a un siècle et demi environ, cette plage avait un hôte exceptionnel. Une petite magicienne, une sorcière, une devineresse, une marchande d'espoir... Qui peut réellement savoir? On l'appelait simplement la *niña*, ce qui veut dire « la petite fille ». On raconte qu'elle soulageait, et souvent guérissait, les gens, les chats perdus, les chiens errants. Elle faisait des prédictions justes et utiles tant pour les pêcheurs que les villageois. D'une parole, elle réconciliait les familles divisées, d'un sourire elle consolait celui qui était peiné, d'un regard, elle trouvait ce qui était perdu et plus encore. Un jour, sans crier gare, elle tomba sous l'emprise d'une étrange maladie dont personne ne connaissait le remède. On raconte que la source de vie s'écoulait de son corps goutte à goutte. Les villageois étaient tous peinés. L'inquiétude grandissante de perdre la *niña* poussa une délégation vers la plus vieille et la plus sage des femmes en noir de Nerja, la Prima, l'implorant d'agir avant qu'il ne soit trop tard.

« Peu après leur démarche, la *niña* se sentit mieux; elle renaissait! On relate que, grâce au pouvoir miraculeux d'une simple pierre de la nature offerte par la

Prima, l'enfant retrouvait ses couleurs à un rythme fou : celles de l'arc-en-ciel après la pluie, celles d'un ciel au soleil levant, celles d'un cœur d'enfant.

« Hélas! sa rémission a été de courte durée. De façon maladroite, mais légitime à l'enfance, la *niña* a perdu l'améthyste. La fillette est morte quelques semaines plus tard. On dit qu'à ses funérailles, auxquelles tout le village a assisté, lorsque le petit cercueil blanc est passé devant la Prima, celle-ci a prophétisé d'une voix décisive :

« Volverá. »

***

Il fait soudain silence au même titre qu'il fait beau, qu'il commence à faire chaud, très chaud. Le temps s'arrête pour Janine Beaulieu qui respire difficilement. Le vieillard ne parle plus, car il a compris que ce mot précis ne lui était pas inconnu. Janine, de son côté, cherche et fouille obstinément dans les profondeurs de sa mémoire. Elle va à la pêche aux souvenirs. La ligne qu'elle tend ne ressemble toutefois à aucune autre. Elle n'ose bouger de peur de rompre le charme. Puis, dans l'immobilité la plus complète, elle sent une prise... Quand le souvenir remonte au grand jour, il a les particularités d'un rêve oublié ou éteint par l'été de feu de ses neuf ans, juste avant le départ de Ladame. La Québécoise exulte soudain et raconte avec une précision inouïe sa vision des trois femmes en noir flottant au-dessus d'une mer bleue, d'une plage dorée, et les circonstances entourant ce rêve...

— Je n'avais pas compris, alors, la signification de ce mot et je ne pouvais dire s'il s'appliquait à mon âme sœur, à la pierre ou à quelqu'un d'autre, précise-t-elle. Maintenant, je sais pourquoi Élisabeth n'a pas voulu me le traduire. Elle a craint que cette parole ne se réalise pas et que j'aie trop de peine si elle devait s'appliquer à elle. Ce mot veut dire... elle reviendra, n'est-ce pas?

Le vieillard confirme d'un simple geste de la tête, mais son regard aux couleurs de jeunesse éternelle parle encore. Dès lors, Janine sait qu'une autre révélation va suivre. Les visages d'Élisabeth, André et Maria ondulent à la dérive et dessinent soudain sur la houle de la mer d'huile un triangle d'engagement réalisé, puis se fondent en une seule ligne : une ligne de cœur. Quant à l'inconnu, il sait ce que sa compagne muette peut ressentir.

— *Señora*, reprend-il d'une voix amicale et chaude, il appert, et c'est très bien ainsi, que notre monde a encore et toujours besoin de rêver. Il n'y a pas que les brillantes avenues pavées d'argent que l'on peut emprunter, vous savez. La chaîne d'or existe réellement et les marchandes d'espoir, aussi. L'Homme ne doit pas cesser de croire à l'impossible, d'espérer l'impensable, de s'évader du connu en empruntant des voies parallèles, de déchiffrer les signes, de démêler les fils ou les lignes qui tissent la toile de la destinée. On pourrait résumer ça par naviguer dans les ondes profondes ou encore voyager dans l'envers du monde, n'est-ce pas, chère madame?

Le vieillard lit la stupéfaction, voire l'effarement, dans le regard d'ombre de l'étrangère, et pourtant il ne lui laisse pas le temps d'exprimer ses états d'âme puisqu'il les connaît. Il reprend donc aussitôt :

— Écoutez bien ce qui suit! Depuis quatre saisons, la Calahonda est visitée par une jeune fille d'une grande beauté, et qui fait preuve d'une sagesse précoce. Elle doit avoir dix-sept ans. Elle a les yeux pervenche de la *niña*, elle porte l'améthyste à son cou et elle est dotée des mêmes pouvoirs. Je peux en témoigner puisque je l'ai vue à l'œuvre et que je suis devenu... son confident, en quelque sorte. Alors, alors...

— Alors? questionne fébrilement Janine Beaulieu d'une voix à peine audible.

— Alors... la légende dit maintenant que...

Le vieillard se lève lentement, tout comme un léger vent du sud-est. Janine songe au vent d'éternité pendant que lui admire le lever du soleil et se prépare à se retirer. Pour la première fois, il fait face à l'étrangère et plonge soudain son regard pénétrant en elle. Janine réalise qu'elle ne connaîtra même pas son nom. Tel un remerciement aux ondes profondes, lequel, manifestement, inclut Janine Beaulieu, celle qu'il voit comme une simple princesse de rocher, une marchande d'espoir, le gardien des lieux lui offre ses dernières paroles plus qu'il ne les dit :

— *La niña está vuelta.*

DISTRIBUTEURS EXCLUSIFS

Distributeur pour le Canada et les États-Unis
LES MESSAGERIES ADP
MONTRÉAL (Canada)
Téléphone : (514) 523-1182 ou 1 800 361-4806
Télécopieur : (514) 521-4434

Distributeur pour le Benelux
S.D.L. CARAVELLE
BRUXELLES (Belgique)
Téléphone : 0032 2 240 93 00
Télécopieur : 0032 2 216 35 98
info@sdlcaravelle.com

Distributeur pour la Suisse
TRANSAT S.A.
GENÈVE
Téléphone : 022/342 77 40
Télécopieur : 022/343 46 46

Distributeur pour la France et autres pays européens
HISTOIRE ET DOCUMENTS
CHENNEVIÈRES-SUR-MARNE (France)
Téléphone : 01 45 76 77 41
Télécopieur : 01 45 93 34 70
www.histoire-et-documents.fr

Dépôts légaux
2e trimestre 2004
Bibliothèque nationale du Canada
Bibliothèque nationale du Québec

Transcontinental
IMPRESSION
IMPRIMERIE GAGNÉ

IMPRIMÉ AU CANADA